Connie Glynn lebt in London, England, und schrieb bereits als kleines Mädchen gerne Geschichten. Mit fast einer Million Followern ist sie heute eine der erfolgreichsten Prinzessinnen auf YouTube, Twitter und Instagram. In ihrem anderen Leben ist sie Autorin und schreibt sich direkt ins Herz der Prinzessin, die in jeder von uns wohnt. Ihre auf fünf Bände angelegte Serie *Prinzessin undercover* erscheint in über fünfzehn Ländern und machte Connie Glynn 2017 zur meistverkauften Jugendbuchautorin im Vereinigten Königreich.

Alle Bände der Serie *Prinzessin undercover*:

Band 1: *Geheimnisse*
Band 2: *Enthüllungen*
Band 3: *Entscheidungen*
Band 4: *Hoffnungen*
Band 5: *Versprechen*

Weitere Informationen zum Kinder- und Jugendbuchprogramm der S. Fischer Verlage finden sich auf *www.fischerverlage.de*

Connie Glynn

Prinzessin undercover

HOFFNUNGEN

Band 4

Aus dem Englischen
von Maren Illinger und Marlene Frucht

FISCHER Taschenbuch

Aus Verantwortung für die Umwelt hat sich der Fischer Kinder- und Jugendbuch Verlag zu einer nachhaltigen Buchproduktion verpflichtet. Der bewusste Umgang mit unseren Ressourcen, der Schutz unseres Klimas und der Natur gehören zu unseren obersten Unternehmenszielen.

Gemeinsam mit unseren Partnern und Lieferanten setzen wir uns für eine klimaneutrale Buchproduktion ein, die den Erwerb von Klimazertifikaten zur Kompensation des CO_2-Ausstoßes einschließt.

Weitere Informationen finden Sie unter: www.klimaneutralerverlag.de

Für aufmerksame Leser*innen:
Für die Figur Max wurden von der Autorin im englischsprachigen Original non-binäre Pronomen verwendet. Im Deutschen existieren noch keine etablierten Pronomen für non-binäre Menschen. Für diese Ausgabe wurde deshalb das Neopronomen xier in seinen verschiedenen Formen verwendet.

FSC www.fsc.org MIX Papier | Fördert gute Waldnutzung FSC® C083411

Erschienen bei FISCHER Kinder- und Jugendtaschenbuch
Frankfurt am Main, 2024

Die englische Originalausgabe erschien 2021 unter dem Titel
The Rosewood Chronicles – Princess at Heart
bei Penguin Books Ltd., London

Die Übersetzung des Zitats von John Milton wurde entnommen aus:
John Milton, *Das verlorene Paradies*.
Übersetzt von Adolf Böttger, Leipzig: Verlag Philipp Reclam jun. (o. J.)

Satz: Dörlemann Satz, Lemförde
Druck und Bindung: CPI books GmbH, Leck
Printed in Germany
ISBN 978-3-7335-0648-3

Dieses Buch
ist allen Lieferdienstfahrern gewidmet,
die mir während des Covid-19-Lockdowns
Essen gebracht haben.

Prolog

Die Menschen am Meer wissen genau, wie die Luft kurz vor einem Sommerunwetter riecht. Wenn das Wasser sich bei Ebbe zurückzieht, stößt das Meer einen salzgetränkten Seufzer aus, der den Geruch baldigen Regens aufwirbelt.

Als Ollie klein war, hatten Gewitter und Sturm ihm immer Angst gemacht. Erst seine beste Freundin Lottie machte ihm klar, dass er sich ohne Grund fürchtete. Wieder und wieder erzählte sie ihm das Märchen von der *Kleinen Meerjungfrau*, deren Abenteuer mit einem mächtigen Sturm beginnt, der mit solcher Kraft über das Meer tost, dass ein Schiff darin versinkt. Den Schluss der Geschichte hatte Lottie Ollie allerdings verschwiegen, denn am Ende bleibt von der *Kleinen Meerjungfrau* nichts als ein Häufchen Schaum auf den Wellen zurück.

Aber natürlich kam Ollie irgendwann dahinter, und seitdem trug er die Angst immer bei sich wie eine alte Narbe. Selbst jetzt noch, mit sechzehn, jagte ihm jedes entfernte Donnergrollen einen Schauer über den Rücken. Lottie dagegen liebte Gewitter, denn in ihren Augen war jedes Unwetter ein Neubeginn. Schließlich löste sich nach jedem Sturm – ganz egal, wie heftig Wind und Regen auch wüteten und wie laut der Donner brüllte – die Spannung, und die Welt ging ein ums andere Mal erfrischt und abgekühlt daraus hervor.

Für Ollie aber bedeutete Gewitter immer Ärger.

Der Sommer war im Handumdrehen herumgegangen. Nun fing für Ollie die Schule wieder an, und am Horizont braute sich ein Sturm zusammen. Es war mittlerweile so schwül geworden, dass der große Knall unausweichlich bevorstand. Die Shirts klebten an seiner verschwitzten Haut, und er konnte noch so oft duschen, das klebrige Gefühl an den Händen wurde er nicht los. Seiner Mutter, Manuela Moreno, schien die Wärme dagegen nichts auszumachen, obwohl die Luft in ihrem Atelier an eine Sauna erinnerte und es darin genauso stickig war wie in der kleinen Küche, wo sie wie immer unbeirrt ihr scharf gewürztes Essen zubereitete. Deswegen fand Ollie den Gedanken daran, nun wieder zur Schule zu müssen, gar nicht so übel – wenigstens konnte er so dieser unerträglichen Hitze entfliehen.

Er brauchte dringend etwas Abwechslung.

»Ollie?«, schallte die Stimme seiner Mutter durch seine Zimmertür. »Beeil dich, sonst hast du keine Zeit mehr zum Frühstücken. Und ich lasse dich an deinem ersten Schultag nach den Ferien doch nicht mit leerem Magen aus dem Haus gehen.«

»Komme schon, Mama!«

Gerade als Ollie die Hand nach seinem Rucksack ausstreckte, erhellte ein weiterer greller Blitz die blau gestrichenen Wände seines Zimmers und ließ ihn zusammenzucken.

Der Sommer war ziemlich ereignisreich gewesen, und Binah hatte Ollie stets über die neuesten Entwicklungen auf dem Laufenden gehalten. Seit Lottie, Ollies beste Freundin aus Kindheitstagen, auf eine neue Schule gewechselt war –

das altehrwürdige und geheimnisvolle Internat *Rosewood Hall* –, war seine kleine, gemütliche Welt auf den Kopf gestellt worden. Lottie hatte Ollie nicht nach seiner Meinung gefragt, bevor sie sich entschlossen hatte, für die Königsfamilie von Maradova als *Porterin* zu arbeiten und sich als Prinzessin Eleanor Wolfson auszugeben. Indem Lottie diese Aufgabe übernahm, ermöglichte sie es der echten Prinzessin, ein *normales* Leben zu führen. Seit Ollie die echte Prinzessin kennengelernt hatte, war ihm auch klar, warum sie lieber *undercover* blieb. Ellie Wolf – so nannte sie sich – war ein Gewittersturm in Menschengestalt. Wer sie zum ersten Mal sah, würde als Allerletztes darauf kommen, dass er es mit einer Prinzessin zu tun hatte. Ihre Haupterkennungszeichen waren der düstere Blick und ihr meist mürrischer Gesichtsausdruck. Dazu ihr selbstgewisses Auftreten und dieses schleppende, herablassende Lachen. Sie war genauso wie die Unwetter, vor denen er sich als Kind so sehr gefürchtet hatte – genau die Art von Stürmen, die Lottie so liebte.

So viel zur Prinzessin selbst.

Noch schlimmer war ihr Partist, Jamie, der Bodyguard, der so aussah, als hätte er noch nie in seinem Leben gelächelt. Ollie sah ihn immer noch vor sich, wie er in der Küche am Türrahmen gelehnt hatte, reglos und abwartend wie der Tod, und nicht weniger unheilverkündend.

Zuerst war Lottie in diese Welt voller königlicher Intrigen und feindseliger Geheimgesellschaften gestoßen worden, dann war Ollie ebenfalls dort hineingeraten, als er und die anderen sich zusammengetan hatten, um die Identität des Meisters von Leviathan aufzudecken, einer gefährlichen Geheimorganisation, deren einziges Ziel es war, die maradovische Königsfamilie zu vernichten.

Ollie saß, tief in seine Gedanken versunken, am Küchentisch und schaufelte einen Pfannkuchen nach dem anderen in sich hinein wie eine seelenlose Maschine. Er hätte nicht einmal sagen können, ob sie nach Ahornsirup schmeckten oder nicht. Als er einen großen Bissen zu hastig hinunterschluckte, blieb er ihm im Hals stecken. Panisch rieb er über seine Brust.

»Das Kauen nicht vergessen, Ollie«, schimpfte seine Mutter und verstaute eine Trinkflasche mit Wasser in seinem Rucksack.

Er nickte abwesend, in Gedanken immer noch bei vergangenem Sommer und den schrecklichen Geheimnissen, die an die Oberfläche gekommen waren.

Zusammen mit einer kleinen Gruppe von *Rosewood*-Schülern war er im Laufe des Sommers in *Rosewood Hall* eingebrochen. Sie hatten sich heimlich auf das von Mauern umgebene Schulgelände geschlichen, um ein uraltes Tagebuch an sich zu bringen, das dem Schulgründer gehört hatte. Aus diesem Buch hatte Ollie erfahren, dass es sich dabei in Wirklichkeit um eine Schulgründerin gehandelt hatte: eine lange verschollen geglaubte osmanische Prinzessin namens Liliana Mayfutt – und Lotties Vorfahrin.

So hatte Lottie also erfahren, dass sie von königlichem Geblüt abstammte – aber das war noch nicht alles gewesen. Danach hatten sie noch ein weiteres Rätsel gelöst, bei dem es sich um ein Paar Zwillingsschwerter handelte, von denen eines in *Rosewood* und das andere in der japanischen Partnerschule *Takeshin* vergraben gelegen hatte. Mit diesen beiden

Schwertern wiederum hatte es seine ganz eigene Bewandtnis – sie waren der Beweis dafür, dass es eine uralte Verbindung zwischen den Gründerinnen der beiden Schulen gab, die bis ins siebzehnte Jahrhundert zurückreichte, als die aus dem Palast geflohene Liliana sich eine Zeitlang in Japan versteckt gehalten hatte. Später hatte sie dann in England ihre eigene Schule gegründet.

Das letzte Geheimnis allerdings war bei weitem das pikanteste gewesen – und gleichzeitig die schrecklichste Entdeckung, von der Ollie je in seinem Leben erfahren hatte. Mit der Hilfe von einigen *Takeshin*-Schülern hatten er und seine Freunde herausgefunden, dass Leviathan – die rätselhafte Vereinigung, die es auf seine beste Freundin abgesehen hatte, seit sie ihr neues Leben begonnen hatte – von Claude Wolfson angeführt wurde, Ellies Onkel. Wolfson hatte den Thron ausgeschlagen. Später war er dann aus Maradova verbannt worden, und sein jüngerer Bruder Alexander war gezwungen, in die Rolle des Königs zu schlüpfen. Keiner wusste, was Claude eigentlich im Schilde führte, aber eines wusste Ollie mit absoluter Gewissheit – nämlich, dass Lottie hoffnungslos in diese Intrige verstrickt war, und er konnte nichts tun, um sie daraus zu befreien. Jedenfalls noch nicht.

Er zwang sich, aus seinen Gedanken aufzutauchen. »Ich mache mich dann mal auf den Weg, bevor es zu regnen anfängt.« Er gab seiner Mutter einen Kuss auf die Wange, schnappte sich seinen Rucksack und einen letzten Pfannkuchen und verließ das Haus.

In dem Moment fuhr ein vertrauter roter Lieferwagen vor.

»Guten Morgen, Ollie. Gut, dass ich dich treffe.«

Ollie begrüßte den Postboten mit einem Lächeln. »Guten Morgen, Mr. Harris.«

»Ich habe eine Karte für die Pumpkins dabei«, sagte der Postbote und machte ein freundliches Gesicht, bei dem seine braungebrannten Wangen ganz rund wurden. »Es war schon lange niemand mehr im Haus, deswegen dachte ich, ich bringe sie zu dir. Du warst doch immer ziemlich gut mit dieser Lottie befreundet.«

Drohendes Donnergrummeln ertönte. Als Ollie das hörte, beschlich ihn eine düstere Vorahnung. Das vergangene Jahr hatte wieder einmal gezeigt, dass seine Freundin Lottie Ärger offenbar magisch anzog – so wie sie wiederum von Gewittern und Stürmen magisch angezogen wurde. Sofort schossen ihm unzählige schreckliche Möglichkeiten durch den Kopf: Vielleicht waren Journalisten hinter ihre Porterinnen-Identität gekommen, oder es gab eine neue Drohung von Leviathan, oder ihre Stiefmutter meldete sich und kündigte ihre baldige Heimkehr an. Schwer zu sagen, was davon schlimmer war.

Mr. Harris brachte eine Postkarte zum Vorschein, auf der ein weißer Sandstrand abgebildet war. In zitronengelber Schrift stand darauf: *Havanna*. Sofort meinte Ollie schnuppern zu können, dass von der Karte ein Geruch nach Rum und billigem Aftershave aufstieg. Nur einer einzigen Person war es zuzutrauen, solch eine Postkarte zu verschicken. Das Bild, das diese Karte heraufbeschwor, war noch viel, viel schlimmer als all die Möglichkeiten, die er bereits erwogen hatte.

Er nahm die Postkarte entgegen und versuchte, so ruhig wie möglich zu bleiben. »Danke. Ich sorge dafür, dass sie die bekommt.«

»Grüß bitte deine Mutter von mir, Ollie«, erwiderte Mr. Harris und kehrte zu seinem Lieferwagen zurück.

Die Welt fing an, sich immer schneller zu drehen. Ollie wusste, dass er die Postkarte besser nicht umdrehen und lesen sollte. Es konnte sich nur um schlechte Nachrichten handeln. Andererseits musste Lottie doch wissen, was auf sie zukam, oder nicht? Ollie schluckte schwer und drehte sie herum. Anscheinend hatte die Person es eilig gehabt, denn die Schrift war verschmiert. Aber die Worte waren klar zu entziffern, und klar war ebenfalls, dass sie für eine Menge Ärger sorgen würden.

An meine kleine Prinzessin, Charlotte,

wir haben uns schon wieder viel zu lange nicht gesehen, und Beady hat mir erzählt, dass du dich allmählich in höhere Kreise hocharbeitest.
Außerdem hat sie mir mitgeteilt, dass du schon länger nicht mehr in dem alten Haus wohnst, deswegen verstehst du hoffentlich, dass es an der Zeit ist, es zu verkaufen.

Alles Liebe,
dein Vater

Als Ollie den Blick wieder nach oben richtete, sah er Mr. Harris' Lieferwagen gerade noch wegfahren – und mit ihm jegliche Möglichkeit, die Annahme der verfluchten Karte rückgängig zu machen.

Er konnte nur hoffen, dass Lottie die Neuigkeiten nicht zu schwer trafen.

ERSTER TEIL

Der Nachtmahr

Ölgemälde von Johann Heinrich Füssli (1781)

1

Der Palast von Maradova lag in Mondlicht getaucht da. Der ganze Prunk und die Porträts, die bei Sonnenschein so hell glänzten, schienen nun zu schlafen und darauf zu warten, dass jemand kam und sie wachküsste wie eine verwunschene Prinzessin.

Lottie wackelte mit den Zehen, um die Kälte, die aus dem Palastfußboden zu ihr heraufdrang, nicht an sich heranzulassen. Obwohl sie nach ihrer Rückkehr aus Japan noch mit dem Jetlag kämpfte, sich die Ereignisse in den vergangenen Tagen überschlagen hatten und die neuen Erkenntnisse über Leviathan einfach nur verstörend waren, versuchte sie, Haltung zu bewahren, und starrte konzentriert auf die mit glitzerndem Diamantschmuck behangene Wand, während der Berater des Königs in dem purpurfarbenen Ankleidezimmer geschäftig um sie herum wuselte und immer wieder der mit lilafarbenem Samt bezogenen Ottomane in der Mitte ausweichen musste.

»Nein, so kommen wir nicht weiter«, Simien blickte, die mit Leberflecken übersäten Hände fest auf Lotties Schultern gepresst, mit zusammengekniffenen Augen auf die Erscheinung in dem reich verzierten Spiegel und drehte Lottie leicht hin und her, um einen besseren Blick auf das puffärmelige

Kleid zu erhalten, in das er sie gesteckt hatte und in dem sie aussah wie ein gestürzter Vanillepudding. »Vielleicht können wir uns mit etwas Hochgeschlossenem mit Schulterpolstern behelfen, um deinen *ungewöhnlich* langen Hals zu kaschieren, der jetzt so unvorteilhaft freiliegt.«

Als Simien endlich von ihr abließ und sich wieder der Kleiderstange voller Roben zuwandte, auf der Suche nach etwas, das mit ihrer neuen, leicht verstrubbelten Kurzhaarfrisur harmonierte, stellte Lottie, der von den schweren Parfümwolken im Ankleidezimmer schon ganz schwindelig war und die sich eher wie eine Marionette vorkam als wie ein menschliches Wesen, sich vor, wie ihre imaginären Fäden erschlafften.

»Was immer du für richtig hältst«, erwiderte sie, in der Hoffnung, das Prozedere zu beschleunigen, ohne durchschimmern zu lassen, wie ungeduldig sie war. Eigentlich musste sie jetzt ganz woanders sein, aber Simien durfte davon nichts merken; er war sowieso schon gestresst genug.

Lotties Frisur war nicht der einzige Grund dafür, dass bei allen die Nerven blank lagen; der ganze Palast schien auf einem Drahtseil zu schweben und jeden Augenblick herabzustürzen, sobald irgendwer auch nur einmal zu tief Luft holte. Fünf Tage waren seit dem Albtraum im Rosenwald vergangen, und obwohl Lottie darauf brannte, herauszufinden, welchen Plan Leviathan verfolgte, musste sie jetzt erst einmal mit Ellies Familie fertigwerden. Dazu war es wichtig, dass sie so präsentabel wie möglich aussah, um den Schlag abzumildern, den ihre schreckliche Entdeckung ihnen zugefügt hatte.

»Was ich jetzt für *wichtig* halte, ist, dass wir vermeiden, dass die Medien deine neue Frisur zum Skandal aufbauschen. Das hätte uns gerade noch gefehlt«, zischte Simien leicht ungehalten.

Lottie konnte ein Seufzen nicht unterdrücken. Anscheinend war sie die einzige Person auf der ganzen Welt, für die ihre Haare keine Katastrophe oder Grund zur Besorgnis darstellten.

Es gab nur eine Person, die sie ganz sicher verstand, nur dass diese Person Hunderte von Kilometern entfernt in Japan war.

Sobald sie an Sayuri dachte, sah Lottie Motorradqualm und scharfsinnige, intelligente Blicke aus mitternachtsschwarzen Augen vor sich. Sie verspürte einen Stich in der Brust, als wäre ein Teil ihrer Seele herausgeschnitten worden. Der zurückliegende Sommer, den sie zusammen in *Takeshin* verbracht hatten, hatte alles verändert. In den *Banshees* dort hatte Lottie neue Freunde gefunden – Miko, Rio und Wei –, die ihr, genauso wie die Anführerin der Motorradclique, die legendäre Pinke Dämonin, ans Herz gewachsen waren und denen sie sich verbunden fühlte, obwohl sie sich am anderen Ende der Erde aufhielten; und in Sayuri mit dem Seidenhaar hatte sie sogar fast so etwas wie eine Schwester gefunden. Sie beide waren nicht nur durch ihre Schulen miteinander verbunden, sondern darüber hinaus auch durch die Geheimnisse, die ihre Vorfahrinnen ihnen hinterlassen hatten – die Zwillingsschwerter, von denen eines Lotties Rettung gewesen war, als sie sich damit die Haare abgeschnitten hatte, um freizukommen.

Der Blick in den Spiegel erfüllte Lottie mit Ruhe und Gelassenheit, und ihre Finger wanderten nach oben, um mit den

Haarspitzen ihrer brandneuen Bobfrisur zu spielen. Aber in dem Moment, als ihre Haut mit den kurzen Locken in Berührung kam, schossen die Erinnerungen durch ihren Körper wie ein elektrischer Schlag. Schon griffen ihre Hände wieder nach dem Schwert, das sie gleich darauf mit einem kurzentschlossenen Hieb durch ihre Haare gleiten ließ, um sich aus Ingrids und Leviathans Griff zu befreien, und dann rannte sie, bis ihre Lungen schmerzten.

Sie ließ von ihren Haaren ab, hob das Kinn und stellte verwundert fest, wie viel älter sie mit dem neuen Schnitt wirkte. Ellie hatte ihre Arbeit wirklich gut gemacht, und die neue Frisur umrahmte ihr Gesicht mit den Apfelbäckchen so vorteilhaft, dass Lotties ganzer Körper sich leichter anfühlte und sie sich einer Version ihrer selbst gegenübersah, die sich mehr nach *Lottie* anfühlte als je zuvor.

Das einzige Problem war …

»Du hast jetzt viel zu viel Ähnlichkeit mit deinen echten Vorfahren«, beklagte sich Simien hinter ihr und stieß eine Reihe von Flüchen aus. »Wir brauchen eine Wolfson, keine Mayfutt.«

Es war nicht zu leugnen. Lottie war dem männlichen Alter Ego ihrer Vorfahrin Liliana Mayfutt, William Tufty, wie aus dem Gesicht geschnitten, sogar bis hin zu den Sommersprossen, die sich auf ihrem Nasenrücken tummelten. Jedes Mal, wenn ihr Blick darauf fiel, wurde sie von dem Gefühl beschlichen, dass die Geister ihrer Familie sie beobachteten und irgendetwas von ihr erwarteten.

»Ein bisschen mehr Haltung, bitte.« Auf einmal stand Simien wieder hinter ihr und hielt ihr ein buttergelbes Kleid an, bei dem die aufgeplusterten Schultern wie steifgeschlagene Sahne in die Höhe standen. »Wir müssen es irgendwie hinkriegen, dein Prinzessinnen-Image aufrechtzuerhalten. Nicht, dass die Königinmutter angesichts der unglückseligen Entdeckung völlig die Fassung verliert.« Er brauchte den Namen nicht laut auszusprechen. Jeder im Palast spürte den Ernst der Lage wie einen eisernen Griff an seinem Hals.

Lottie warf einen Blick auf die Wanduhr, ihre Geduld näherte sich dem Ende, so dass sie schon drauf und dran war, sich eine Ausrede auszudenken und ein strategisches Gähnen vorzutäuschen, als Simien endlich lockerließ.

»Etwas Besseres finden wir wohl nicht.« Der königliche Berater seufzte, tippte sich an die Schläfe neben dem Glasauge und streifte das Kleid wieder über den Kleiderbügel. »Jetzt aber ab ins Bett und sieh zu, dass du dich ordentlich ausschläfst vor der Versammlung morgen«, sagte er, und obwohl er versuchte, betont unbeschwert zu klingen, nahm Lottie den besorgten Unterton in seiner Stimme sehr wohl wahr.

Bevor sie sich ebenfalls schlafen legte, musste Lottie noch eine Sache erledigen. Sie schlüpfte in ein bequemeres Outfit und wartete, bis sie sicher war, dass die anderen Personen im Palast schliefen, dann stahl sie sich aus ihrem Zimmer, ständig auf der Hut vor einem verdächtigen Geräusch.

Ein Brett im Fußboden knarrte unter ihrem Schritt, und sie erstarrte sofort. Mit klopfendem Herzen lauschte sie auf irgendeine Reaktion.

Stille.

Sie begab sich in den langen, mit Marmor verkleideten Flur, wo die geisterhaften Gesichter der früheren Regenten von Maradova aus ihren vergoldeten Rahmen auf sie herabblickten. Sie ignorierte ihre Blicke und machte vor dem größten Gemälde halt.

Alexis Wolfson, der Mann, der vor Hunderten von Jahren den Thron von Maradova an sich gebracht hatte, starrte mit stechendem Blick aus dunkelgrünen Augen von der Farbe eines Waldes in der Abenddämmerung auf Lottie herab. Seine langen, schwarzen Haare fielen dicht auf die breiten Schultern herab. Er war in wärmende Pelze eingehüllt und sah darin eher wie ein Krieger als wie ein König aus, sein Lächeln jedoch war warm. Als Lottie jetzt zu ihm aufsah, wunderte sie sich, warum ihr dieses Porträt nicht schon früher aufgefallen war. Erst durch Ingrids rätselhafte Worte war ihre Aufmerksamkeit darauf gelenkt worden, so dass sie nun erahnen konnte, warum er so viele Bewunderer gehabt hatte.

Genau wie Alexis, hatte Ingrid gesagt. Zwei Bemerkungen hatte sie an jenem Tag im Wald gemacht, aber die andere war noch verwirrender gewesen. Es war die schlichte Frage gewesen: *Warum ist Jamie dein Partist?* Damit hatte sie natürlich die echte Prinzessin gemeint, und Lottie hatte sich seitdem in den Kopf gesetzt herauszufinden, worauf Ingrid hinauswollte. *Warum war er Ellies Partist?*

Sie riss sich von dem Anblick los und ging ans Ende des Flurs, bis sie zu dem schwarzen Schaf der Familie kam, der Person, der Ingrid sich angeschlossen hatte – Claude Wolfson, Ellies Onkel.

Sein Bildnis hing in einem schwarzen Rahmen – ein düsterer Hinweis auf das Schicksal, das jedes Mitglied der Königsfamilie erwartete, das sich seinen Verpflichtungen entzog. Er hatte in seinem Exil ausgeharrt, Pläne geschmiedet, eine kleine Armee aufgebaut. Nun wussten sie, dass hinter dem rätselhaften Mann mit der Ziegenmaske, der Lottie und ihren Freunden seit zwei Jahren das Leben schwermachte, er steckte. Aber warum?

»Hallo, Ziegenmann.« Es bereitete ihr ein sonderbares Vergnügen, den Mann, der so stolz auf sie herabblickte, mit diesem Spitznamen anzureden. Vielleicht fühlte Ellie sich genau so, wenn sie sich mal wieder gegen Autoritäten auflehnte.

»Du kannst ruhig seinen Namen sagen«, hallte Ellies Stimme durch den Flur, dunkel und bitter wie Kaffee. »Alle tun so, als wäre der Name ein besonders schlimmes Schimpfwort.«

Während Lottie sich langsam herumdrehte, wappnete sie sich für den Anblick ihrer Prinzessin und rief sich in Erinnerung, dass nicht nur ihr eigenes Aussehen sich verändert hatte. Dennoch musste sie schwer schlucken.

Ellie stand in einem langen, schwarzen Kleid da, das gut zu einer Beerdigung gepasst hätte, und im Licht des Mondes wirkte es so, als würde ihr Gesicht in der Luft schweben. Sie sah mehr als müde aus, abgekämpft. Ihre Haut hatte einen unnatürlichen Glanz, wie Alabaster, und die dunklen Schatten unter ihren Augen sahen aus wie Tintenkleckse. Lottie fragte sich unwillkürlich, ob sie überhaupt geschlafen hatte, seit sie erfahren hatte, dass ihr Onkel der Meister von Leviathan war.

Ellie machte einen selbstsicheren Schritt auf Lottie zu, und in ihren Augen schimmerte es gefährlich.

»Claude Wolfson, Claude Wolfson, Claude Wolfson«, wiederholte Ellie, als wollte sie damit irgendein Schreckgespenst hervorlocken, und blickte sich dann mit ausgestreckten Händen um. »Siehst du? Nichts passiert.«

Beim Klang ihrer Stimme verzog Lottie das Gesicht. Ellie schien sauer zu sein.

»Du bist spät dran«, sagte sie, ohne sich von Ellie provozieren zu lassen. »Was ist los?«

Ellies Ausdruck veränderte sich, und Lottie fühlte sich schuldig, als sie ihre dunkel geränderten Augen und zerkauten Lippen sah.

Sie wollte keine Zweifel aufkommen lassen, ob es richtig gewesen war, Ellie von ihrem Onkel zu erzählen, aber angesichts dieses Bildes war es schwer, an der Überzeugung festzuhalten, dass sie damit irgendjemandem geholfen hatte.

»Ich musste das hier aus dem Postzimmer mitgehen lassen, sonst hätte es uns ganz schön in Schwierigkeiten bringen können.«

Aus irgendeiner Innentasche zog Ellie eine Postkarte hervor und hielt sie Lottie hin, die auf der Vorderseite die elegante Zeichnung eines Bambuswaldes erblickte. Sie sog ihren Duft ein, sie roch nach einem sengend heißen Sommer und dem aufregenden, unverwechselbaren Geruch, der nach einem Feuerwerk noch eine Weile in der Luft hing.

Dann drehte sie die Karte herum und starrte auf die sechs Zeilen Text darauf.

Liebe Prinzessin,

bitte behalte Haru für uns im Auge.
Die Gründe für sein Auslandsjahr sind uns leider nach wie vor ein Rätsel.
Pass auf dich auf, und denk daran, dass unsere Schicksale über das Schwert miteinander verbunden sind.

Sayuri, Miko, Rio und Wei

»Sie hat es hierher geschickt, in den Palast, an dich adressiert.« Ein schriller Unterton schwang in Ellies Stimme mit, wie das ängstliche Fiepen eines Hundes, der sich in die Ecke gedrängt sieht.

»Lottie, ist dir klar, wie gefährlich das ist? Was, wenn jemand das gesehen hätte?«, schimpfte Ellie und legte ihren Kopf zwischen die Hände. »Außer uns und Ani und Saskia weiß doch niemand, dass Haru zu Leviathan gehört.«

Lottie versuchte, Ruhe zu bewahren, und steckte die Postkarte behutsam ein. Sie spürte sie warm ganz in der Nähe ihres Herzens, obwohl die Nachricht sie an die schreckliche Tatsache erinnerte, dass Haru bei ihrer Rückkehr nach Rosewood schon auf sie warten würde.

»Ist das der Grund, weshalb du mich treffen wolltest?«, fragte sie und wünschte, sie könnte irgendetwas tun, um Ellie zu beruhigen.

»Nein.« Ellie schüttelte den Kopf. »Ich wollte dich um einen Gefallen bitten.« Ihr Blick wanderte erneut zu Claudes Gemälde.

»Was du willst.«

»Du musst mir versprechen, meinen Eltern morgen nicht zu verraten, dass Haru zu Leviathan gehört. Es sei denn, ich fordere dich dazu auf.«

»Wie bitte?«

Ellies Blick sprang wieder zu Lottie zurück, und der schläfrige Ausdruck darin war plötzlich wie weggeblasen.

»Ich meine es ernst, Lottie. Nach dem, was du über meinen ... über Claude herausgefunden hast, kommt es mir so vor, als ob meine Eltern etwas vor mir verbergen. Morgen werde ich ihnen sagen, dass ich das nicht länger aushalte.« Ellie ballte die Hände zu Fäusten. »Ich kann es nicht glauben, dass Jamie nicht dabei sein darf. Wir können nicht zulassen, dass sie weiterhin Dinge vor uns geheim halten. Wir müssen wachsam sein, wir müssen –«

»Jamie wird morgen nicht dabei sein?« Lottie war vollkommen verwirrt, bestimmt hatte sie sich verhört, aber Ellie schüttelte nur den Kopf. Dann stimmte es also.

»Seltsam, oder?« Für einen kurzen Augenblick sah Ellie erleichtert aus, froh, dass Lottie genauso perplex war wie sie. »Sie wollen nicht verraten, weshalb, aber es soll nur im ganz kleinen Kreis stattfinden, nur ich, du, Großmutter und meine Eltern.«

Die Neuigkeit traf Lottie wie ein Felsbrocken, der sie zurück in den Rosenwald schleuderte, und schon schlängelte sich Ingrids Stimme erneut in ihre Gedanken.

Warum ist Jamie dein Partist?

Lottie drängte die Stimme zurück, griff nach Ellies geballter Faust und drückte sie. Als sie die bebende Hand ihrer

Freundin in ihrer spürte, fühlte sie, dass ihre Prinzessin schon lange einen Groll gegen ihre geheimnistuerische Familie hegte.

»Lass uns abwarten, was deine Eltern und Großmutter uns morgen mitzuteilen haben. Dann kannst du immer noch entscheiden, was deiner Meinung nach für alle das Richtige ist.«

»Aber –«

»Ich bin auf jeden Fall auf deiner Seite, Ellie, ganz egal, was passiert.« Das war die Wahrheit, eine Tatsache, die nie ihre Gültigkeit verlor. Alles, was sie tat, tat sie für das Wohlergehen ihrer Prinzessin, für das Mädchen, ohne das sie sich nicht komplett fühlte. »Und wenn du beschließt, dass du so verfahren willst, nachdem wir mit ihnen gesprochen haben, dann soll es so sein.« Lottie hatte mit fester Stimme gesprochen, obwohl sie ein ganz und gar ungutes Gefühl dabei hatte, die Sache mit Haru noch länger geheim zu halten. »Wollen wir es so machen?«

Sekunden fühlten sich an wie Jahrzehnte, während sie auf eine Antwort wartete, und die ganze Zeit über starrte Claude lauernd auf sie herab.

»Ja, okay«, sagte Ellie schließlich und öffnete ihre Fäuste wieder. »Ich werde versuchen, morgen Ruhe zu bewahren, dir zuliebe.« Ein schwacher Überrest von Ellies altem Charme leuchtete in ihrem Lächeln auf, der aber allzu schnell wieder erlosch. »Am besten, wir gehen schlafen. Ich kann gar nicht mehr richtig denken, ich bin müde, und es fühlt sich so komisch an, wieder hier zu sein, und … überhaupt.«

»Keine Angst, ich verstehe dich«, versicherte Lottie und verflocht ihre Finger mit Ellies.

Da legte Ellie ihr Kinn auf Lotties Kopf und schlang die Arme um ihren Hals, so dass sie ganz eng beieinanderstanden. Lottie spürte das Pochen von Ellies Puls an der Stelle, wo ihre Wange an ihrem Hals lehnte. Sie fühlte sich so warm an, dass sie sie am liebsten nie wieder losgelassen hätte, und Bilder von jenem schon so lange zurückliegenden Kuss flatterten sanft wie Schmetterlinge durch ihr Gedächtnis, aber Ellie löste sich schon wieder aus ihrer Umarmung.

»Es tut mir leid«, sagte sie leise, und Lottie fragte sich, wofür sie sich eigentlich entschuldigte. »Lass uns nach oben gehen.«

Schweigend gingen sie zu ihren Zimmern zurück. An Lotties Zimmertür sagten sie einander Gute Nacht, und ihre Hände glitten langsam auseinander. Als Lottie sich ins Bett legte, füllte sich ihr Kopf mit Bildern von Alexis und Claude, Haru und Jamie und Ellie, Ellie, Ellie.

Aber als sie an Ellies müde Augen dachte und wie sie in sich zusammengesunken war, als sie entdeckt hatten, dass jede von Leviathans gemeinen Aktionen mit ihrer Familie und deren Geheimnissen und Lügen zu tun hatte … Da fragte sie sich: War das alles wirklich zu Ellies Bestem gewesen?

War Lottie überhaupt irgendwem eine Hilfe?

2

Im großen Saal brannte ein Feuer. Orangefarbene Flammen flackerten in dem Kamin aus schwarzem Gestein ganz hinten und versuchten vergebens, wenigstens etwas Wärme in dem kalten, hallenden Raum zu verbreiten. Darüber, nur knapp außerhalb der Reichweite der Flammen, hing ein Familienporträt mit König Alexander Wolfson, seiner Frau Matilde Wolfson, der Königinmutter Willemena Wolfson – alle mit versteinerten, todernsten Gesichtern – und in der Mitte die kleine Prinzessin Eleanor Wolfson, damals noch ein Kleinkind, die nächste in der Thronfolge der Herrscher von Maradova.

Ellie konnte sich noch an den Tag erinnern, als sie für das Gemälde Modell sitzen mussten. Sie hatte sich nach draußen geschlichen, um mit Jamie zu spielen, und war im Matsch gelandet, Dreckklumpen im Haar, im Gesicht und an den Händen. Ihre Großmutter war außer sich gewesen vor Wut auf sie und Jamie. Zur Strafe hatte die alte Dame ihn gezwungen, die ganze Zeit über still dabeizusitzen und zuzusehen, und zu Ellie hatte sie gesagt, je länger sie herumzappelte, umso länger würde Jamie stillsitzen müssen.

Ellie wünschte, die Flammen würden sich über die Leinwand hermachen und das Gemälde in Asche verwandeln.

Sechs Tage waren vergangen. Nur sechs Tage, seit Lottie

herausgefunden hatte, wer der Meister von Leviathan war, die Person, die ihnen und ihren Freunden nachgestellt hatte, immer auf der Suche nach Lücken und Schwachstellen, um sie für sich zu nutzen. Irgendwie hatte Ellie immer schon geahnt, dass alles ihre Schuld war. Sie riss den Blick von dem Gemälde los, um ihn auf die versteinerten Gesichter ihrer echten Familie zu richten, die alle nebeneinander standen und in der überdimensionierten Umgebung ganz klein wirkten.

Trotz der lieblichen Putten, die an die Decke gemalt waren, und der aprikosenfarbenen Samtvorhänge, die auf beiden Seiten des vergitterten Fensters hinter dem Thron hingen, hatte der Thronsaal immer schon eher wie die Werkshalle einer großen Fabrik gewirkt. Sie konnte das Surren der Motoren, die den Palast am Laufen hielten, förmlich hören.

Mit dieser ganzen Versammlung war irgendetwas faul. Nicht nur Jamie fehlte, sondern auch Sir Olav, der Partist ihres Vaters, war nicht dabei. Es war offensichtlich, dass ihre Familie etwas zu verbergen hatte. Sie trugen irgendein uraltes Geheimnis mit sich herum, und Ellie wollte nicht zulassen, dass sie mit ihrer Heimlichtuerei noch irgendjemandem Schaden zufügten.

Wäre das Versprechen nicht gewesen, das sie Lottie gegeben hatte, wäre sie hereingestürmt und hätte verlangt, dass sie alle auf der Stelle mit ihren Lügen aufhörten. Doch das würde sie nicht tun. Das war sie Lottie schuldig.

»Zuallererst müssen wir Claudes Porträt aus der Eingangshalle entfernen«, verkündete die Königinmutter.

Willemenas Stimme knarzte wie ein alter Schaukelstuhl, und Ellie musste sich auf die Zunge beißen, um nicht zu schreien. Stattdessen warf sie einen Blick zu Lottie hinüber. Lotties Anblick, mit ihrer neuen Kurzhaarfrisur und den kaum verheilten Wunden nach ihrer Begegnung mit Ingrid im Wald, machte sie immer noch nachdenklich. Immer, wenn sie das Mädchen ansah, das sie so sehr bewunderte, wurde sie daran erinnert, was sie damit ausgelöst hatte, sie an sich heranzulassen. Und hier war nun ihre Familie, denen mal wieder nichts Besseres einfiel, als alles mit einem hübschen gelben Kleid und einer mit Diamanten besetzten Haarspange zu übertünchen.

Nicht ausrasten, nicht ausrasten.

»Ich kann Ihren Wunsch nachvollziehen, alle Spuren Ihres Sohnes Claude aus dem Palast zu tilgen, Eure Hoheit«, setzte Lottie mit einer Stimme, die ruhiger und geduldiger klang, als es die Königsfamilie verdient hatte, zu sprechen an. »Und obwohl ich finde, dass dies eine sehr gute Idee ist, um Ihr Gemüt zu beruhigen, bin ich der Ansicht, dass es weitaus dringender ist, herauszufinden, was Claudes eigentliches Ziel ist. Wir müssen einen Weg finden, ihn und Leviathan zu stoppen. Wenn Sie irgendetwas wissen, dann könnten wir vielleicht …«

»Ja, ja, alle Spuren von ihm«, fuhr Willemena fort, als hätte Lottie überhaupt nichts gesagt, und stieß ihren Gehstock mit dem Wolfskopf so heftig auf den Fußboden, dass die Eichenbretter vibrierten. »Alles, was noch an ihn erinnert – bringt es fort und lasst es verbrennen.«

Diesmal brauchte sie Lottie gar nicht anzusehen. Es war glasklar, dass Ellies Großmutter etwas zu verbergen hatte. Alle Ängste und Vermutungen, die in Ellie schlummerten, flackerten wieder auf wie eine Stadt, die nach einem Stromausfall wieder zum Leben erwacht.

Ihre Familie log. Sie wusste nicht, worüber oder warum, aber sie konnte sie damit nicht davonkommen lassen.

»Bei allem Respekt«, setzte Lottie erneut an, »Claude zu entfernen ist ein Schritt, aber wir müssen uns auch damit beschäftigen, was –«

»Wir müssen dafür sorgen, dass kein einziges Fitzelchen mehr von ihm zu sehen ist, wenn wir wie alle zehn Jahre das *Goldene Blumenfest* ausrichten.«

Wie bitte? Ellie konnte sich kaum noch zusammenreißen.

Lottie unternahm einen weiteren Versuch – der einzige Hinweis darauf, dass sie ebenso schockiert war wie Ellie, war ein leichtes Flattern ihrer Augenlider: »Entschuldigung, Eure Hoheit. Ich fürchte, ich habe Sie akustisch nicht richtig verstanden. Planen Sie tatsächlich, ein weiteres Blumenfest auszurichten? Ich dachte, Sie hätten entschieden, sie auf unbestimmte Zeit auszusetzen, nach dem, was letzten Sommer geschehen ist.«

Das Blumenfest, dachte Ellie und knirschte unwillkürlich mit den Zähnen bei dem Gedanken an jene schreckliche Nacht vor einem Jahr, als Lottie beinahe entführt worden wäre.

»Nicht irgendein Blumenfest«, Willemena stieß erneut ihren Gehstock auf den Boden, als wäre Lottie diejenige, die sich unvernünftig verhielt. »Es handelt sich um das *Goldene Blumenfest*. Es findet alle zehn Jahre statt, und jedes Mal dürfen die Bürger von Maradova das Palastgelände erkunden. Wenn wir jetzt von unseren Traditionen abweichen, wird die Öffentlichkeit annehmen, dass etwas nicht stimmt, und nach dem Desaster, das wir diesen Sommer mit den Medien erlebt haben, darf niemand wissen, dass es Risse innerhalb der Wolfson-Familie gibt. *Niemand.*« Zur Bekräftigung stieß sie noch einmal ihren Stock auf den Fußboden, und Lotties Augenlider flatterten noch stärker.

»Eure Hoheit, ich bin mir nicht sicher, ob –«

Bevor Lottie den Satz beenden konnte, stellte Ellie sich vor sie. »Ich glaube, was Lottie versucht zu sagen, ist, dass, bei allem gebührenden Respekt« – *bei allem nicht vorhandenen Respekt* –, »das Entfernen von Claudes Porträt nichts bringt. Genau so wenig wie es etwas gebracht hat, ihn des Landes zu verweisen. Ihr könnt nicht einfach weiter so tun, als ob alles in Ordnung wäre. Sonst fliegt uns hier bald alles um die Ohren.« Ellies Stimme klang brüchig und erschöpft, es war nicht ihr üblicher wütender und sarkastischer Tonfall.

Ihr Vater blickte sie streng an. »Eleanor, wir versuchen hier, uns vernünftig miteinander zu unterhalten.«

Ärger brannte auf ihrer Zunge, als sie seinen Blick erwiderte. »Und du. Wir wissen, was du getan hast. Wenn Lottie nicht so höflich wäre, hätte sie dir erzählt, wie sie herausgefunden hat, dass dieses ganze Kuddelmuddel mit unserer Familie zu tun hat, aber wir wissen, dass du Geheimnisse vor uns hast.«

»Wovon in aller Welt redest du?« Die Stimme ihres Vaters klang immer noch streng, aber ihr entging nicht, wie seine Maske ins Rutschen geriet, als Sorgenfalten auf seiner Stirn erschienen.

»Wir wissen, was du weggeworfen und dann unter den Teppich gekehrt hast, um den Namen Wolfson zu schützen. Wir wissen von den Briefen, die du deiner ersten Liebe Kana geschrieben hast.« Sie hielt einen Augenblick inne und wartete genüsslich auf den Schrecken, den die Worte ihrem Vater einjagen würden, aber sein Gesichtsausdruck gab keine Regung preis. Ihre Mutter war die Einzige, die eine Reaktion zeigte und auf einmal so verletzt aussah, dass Ellie zurückwich.

Die Briefe, die von der Beziehung ihres Vaters mit einer Studentin zeugten, die er im Ausland kennengelernt hatte, hatte Claude ursprünglich als Waffe verwenden wollen, um das Königshaus in Verruf zu bringen. Doch dann hatte Ellie sie an sich genommen. Sie hatte erwartet, dass der Hieb scharf und unerwartet genug gewesen war, um das vergiftete Blut ihrer Familie zum Fließen zu bringen und dem Verderben ein Ende zu setzen, das sie über jeden brachten, der ihnen begegnete, aber die Reaktion war alles andere als zufriedenstellend.

»Ich glaube, wir sind alle ziemlich aufgebracht.« Die Worte ihrer Mutter hatten die übliche seufzende Melodie, aber diesmal schwang darin auch Schmerz mit. »Vielleicht sollten wir …«

»Warum ist Jamie nicht hier?«, wurde sie von Ellie unterbrochen, die wild entschlossen war, sich vom Kummer ihrer Mutter nicht davon abhalten zu lassen, die Fragen zu stellen, auf die sie so dringend Antworten suchte.

Als sie seinen Namen sagte, sah Ellie Jamie sofort vor sich, mit den Verbänden am Oberarm von der leichten Stichwunde, die Ingrid ihm zugefügt hatte, und dem versteinerten Ausdruck im Gesicht, mit dem er alles einsteckte, schon immer, ihr und ihrer Familie zuliebe. Ihr wurde schlecht.

»Weil Jamie nicht zum engsten Kreis der Familie gehört, Eleanor.« Diesmal war es ihre Großmutter, die antwortete.

Ellie starrte demonstrativ auf das Gemälde über dem Kamin, damit auch alle begriffen, wovon sie redete, als sie erneut zum Sprechen ansetzte. »Das hat früher auch nie jemanden gestört.«

Die Stille, die auf ihre Worte folgte, war Musik in ihren Ohren; ihre Familie konnte nicht länger Dinge vor ihr verbergen.

»Entschuldigung, Eure Hoheit, darf ich?« Als sie Lotties klare und ruhige Stimme hörte, schoss Ellie die Schamesröte ins Gesicht. Sie hatte sich doch vorgenommen, nicht auszurasten. »Könnten wir bitte eine kurze Pause einlegen, damit ich mit Ellie unter vier Augen reden kann?«

Ohne die Erlaubnis abzuwarten, packte Lottie Ellie am Arm und führte sie nach draußen, und ihre Schritte hallten laut in der Stille des großen Saals.

Als die schweren Türen hinter ihnen ins Schloss gefallen waren, blickte Lottie sie direkt an, ihre Maske der Gelassenheit fiel von ihr ab, und zum Vorschein kam eine ganze Sorgenflut.

»Warum hast du das getan?«

Ellie zögerte, überrascht von dem plötzlichen Stimmungswechsel. »Hast du nicht gesehen, wie sie alle geguckt haben? Sie sollen endlich wissen, dass sie nichts vor mir geheim halten können.«

»Das hier ist doch kein Spiel, Ellie! Wir versuchen, mehr herauszufinden, bevor irgendwas Schreckliches passiert.« Lotties Stimme war nicht mehr als ein lautes Flüstern, dennoch fühlte Ellie sich schuldig.

Ellie schüttelte frustriert den Kopf und fuhr sich mit den Fingern durch die Haare, als könnte sie damit all ihre unangenehmen Gefühle ausreißen. »Es ist einfach nicht richtig, dass du dir über diese Dinge Sorgen machst. Sie sind es doch, die nicht mit sich reden lassen. Sie *wollen* überhaupt keine Lösungen finden, und jetzt bestehen sie auch noch auf dem Blumenfest nächstes Jahr. Das ist so was von unverantwortlich.«

»Du hast ja recht. Wir dürfen trotzdem nicht aufgeben. Wenn ich weiter mit ihnen rede, kann ich sie bestimmt davon überzeugen, offen und ehrlich zu sein.«

Ellie staunte mal wieder, wie leicht Lottie sie besänftigen konnte, weil sie einfach immer genau die richtigen Worte fand; aber dann sagte Lottie plötzlich genau das, was Ellie auf keinen Fall hören wollte.

»Warum erzählen wir ihnen nicht, was mit Haru los ist? Ich wette, wenn sie das erfahren, können wir unser gemeinsames Wissen zusammenfügen und herausfinden, was sie vorhaben und was sie für ein Problem mit Jamie haben.«

Ellie erstarrte, als ihre alte Paranoia und ihr Frust erneut in ihr aufwallten.

»Nein, wir erzählen ihnen nicht von Haru«, sagte sie ganz ruhig und dachte an den Gesichtsausdruck ihrer Großmutter, als sie Jamie erwähnt hatte. »Das ist unser Geheimnis.«

»Ellie, ich verstehe nicht, wie das irgendjemandem weiterhelfen sollte«, sagte Lottie flehentlich.

»Es hilft *mir*, Lottie, weil es dann in diesem ganzen Chaos wenigstens eine Sache gibt, die ich unter Kontrolle habe. Und wenn sie Dinge vor mir geheim halten, dann darf ich ebenfalls Dinge vor ihnen geheim halten.«

»Das ist doch verrückt. Du benimmst dich wie …«

»Wie denn?«

»Spielt keine Rolle«, erwiderte Lottie und blickte so resigniert drein, dass Ellie vor lauter schlechtem Gewissen ganz schlecht wurde. »Lass uns einfach wieder reingehen, und ich schaue, was ich noch retten kann.«

Lottie wich Ellies Blick aus, und die beiden Mädchen kehrten durch die knarrende Tür in den kalten, hallenden Saal zurück. Ellies Schuldgefühle wurden sofort von neuer Wut überlagert, als sie die Mitglieder ihrer Familie erblickte, die flüsternd beieinanderstanden. Als sie sich umdrehten, wirkten sie wie ein Rudel Wölfe, das sich ertappt fühlt, wahrscheinlich weil sie sich gerade über weitere Geheimnisse gebeugt hatten.

»Kann man sich jetzt wieder zivilisiert mit dir unterhalten?«, wollte ihr Vater wissen.

Ellie bemerkte, wie seine Brauen kaum merklich zitterten, und blickte zu Lottie hinüber, die nun wieder die Gelassenheit in Person zu sein schien, dann nickte sie.

»Es gibt da etwas, das wir Euch mitteilen wollen«, verkündete Lottie, und Ellie erstarrte. Sie wollte ihnen doch nicht etwa von Haru erzählen, oder doch?

Nein, sie würde sie niemals hintergehen. Lottie war hier die Einzige, der sie vertrauen könnte. Dennoch zitterten Ellies Hände, und ihre Handflächen fingen an zu schwitzen.

Lottie, bitte. Nicht du auch noch.

»Im Wald hat Ingrid ein paar rätselhafte Dinge gesagt«, begann Lottie. Die Welle der Erleichterung, die über Ellie hinwegrauschte, war so stark, dass sie fürchtete, das Bewusstsein zu verlieren. »Die erste Bemerkung war, dass Claude bei seiner Rückkehr der gleiche Empfang bereitet werden würde *wie Alexis.* Sie schien andeuten zu wollen, dass …« Lottie zögerte. »… dass Ihr, König Alexander und Königin Matilde, auf irgendeine Weise aus dem Weg geräumt würdet. Wir können nicht ausschließen, dass es das ist, was sie mit der Hameln-Formel im Sinn haben, die sich ja, wie wir wissen, gut zur Gehirnwäsche einsetzen lässt.«

Als Ellie das hörte, sog sie scharf die Luft zwischen den Zähnen ein, aber ihre Eltern zeigten kaum eine Reaktion.

»Und die zweite Bemerkung war noch seltsamer …« Lottie warf einen raschen Blick zu Ellie hinüber, bevor sie fortfuhr. »Sie hat mich gefragt, warum Jamie mein Partist ist.«

»Moment mal, wie bitte?«, platzte es aus Ellie heraus. »Davon hast du mir gar nichts erzählt.«

»Dafür erzähle ich es dir jetzt. Ich dachte, es wäre das Beste, wenn deine ganze Familie gleichzeitig davon erfährt.« Ellie hörte einen Anflug von Bedauern aus Lotties Worten heraus, und bei der Vorstellung, dass Lottie mit solchen bedrückenden Informationen allein hatte fertigwerden müssen, stieg erneut Wut in ihr auf. »Ingrid meinte mit ihrer Frage natürlich die Prinzessin von Maradova und nicht mich, aber es kam mir so seltsam vor, dass ich dachte, Ihr könntet vielleicht wissen, warum sie …«

Da verstummte Lottie auf einmal und blickte mit weit aufgerissenen Augen zum Kamin hinüber. Ellie folgte ihrem Blick.

In der hinteren Ecke des Saals wurde das tanzende Feuer plötzlich von einem kräftigen Windstoß erfasst, der durch den Schornstein herabfuhr. Da wanden sich die Flammen wie ein missgestalteter Körper, bevor das Feuer vollständig erlosch und eine dunkle Aschewolke aus dem Kamin quoll, als würde der Palast Dreck hervorhusten, als wäre er von einer Krankheit befallen. Die Asche legte sich in einer langen, schwarzen

Linie nieder, die bis zu den Stufen der Thronplattform reichte wie ein schmutziger Schatten.

Niemand sagte ein Wort. Nun, da die einzige Wärmequelle im Raum erloschen war, fühlte die Luft in Ellies Lungen sich eiskalt an. Von oben blickte das Gemälde der Familie Wolfson wie ein Gericht auf sie herab und wirkte jetzt, da es nicht mehr von sanftem Licht beschienen wurde, düsterer.

Ellies Mutter war die Erste, die etwas sagte.

»Also, das war ja vielleicht merkwürdig.« Königin Matilde lachte auf, aber es klang eher wie der Warnschrei eines panischen Vogels. »Vielen Dank, Lottie, dass du diese sehr nützliche Information mit uns geteilt hast, wir werden uns darüber beraten.« Sie rieb sich über die Stirn, und eine Haarsträhne löste sich aus ihrer strengen Hochsteckfrisur. Rechts und links neben ihr starrten König Alexander und seine Mutter Willemena immer noch in den leeren Kamin, als wäre ihnen ein Geist erschienen. Ellie hatte ihre Familie noch nie so gesehen; es war, als würde die Fassade der Wolfsons vor ihren Augen zu bröckeln beginnen. »Ich fürchte, dass wir euch im Moment nicht viel dazu sagen können, aber hoffentlich sind wir bald schon einen Schritt weiter. Ich finde, nun ist es Zeit, dass ihr euch auf eure Rückkehr nach Rosewood vorbereitet.«

Damit waren sie entlassen.

Lottie nickte, und Ellie merkte, dass sie auch nicht länger mit ihrer Familie, die sich so seltsam aufführte, in dem kalten, dunklen Raum bleiben wollte. Genau genommen hatte sie den Wunsch, sich selbst und Lottie so weit wie möglich von ihnen fortzubringen.

3

Die Aufgabe eines Partisten war, zu beschützen. Er stellte keine Fragen und lehnte sich nicht gegen Anordnungen auf. Seine einzige Sorge war stets, die Sicherheit seiner Herrin oder seines Herrn zu gewährleisten – ob es diesem gefiel oder nicht. Jamie sagte diese Leitsätze mehrmals leise vor sich hin, während er in seinem Zimmer zu lesen versuchte. Normalerweise ließ Louisa May Alcott ihn nie im Stich, wenn es darum ging, sich mit leichter Lektüre abzulenken, trotzdem war es ihm bisher nicht gelungen, ein einziges Wort in sich aufzunehmen. Stattdessen hatte er die vergangene Stunde damit verbracht, darüber nachzudenken, was wohl der Grund dafür sein mochte, dass er an dem Treffen nicht teilnahm. Und nicht nur er, sondern Nikolai und Simien genauso wenig. Wenn er Ellie und Lottie weiterhin beschützen sollte, dann musste er doch über jede Gefahr Bescheid wissen, oder nicht?

Irgendetwas war während des Treffens geschehen, das Lottie und Ellie verstört hatte, so viel war offenkundig. Lottie war bereits früher, als er es erwartet hatte, vor seiner Zimmertür aufgetaucht, und er kannte sie gut genug, um den dunklen Schatten zu sehen, der über ihr schwebte, aber da war noch etwas anderes gewesen. Irgendetwas beschäftigte sie, und es wirkte, als versuchte sie angestrengt, irgendeine immens wichtige Information aus dem Geschehenen abzuleiten – aber das Seltsamste war, dass sie ihn angestarrt hatte, als wäre er Teil des Rätsels.

Auf ihrer Reise zurück nach Rosewood herrschte eine nachdenkliche Stille zwischen ihnen, nachdem die beiden Mädchen ihm von Ingrids rätselhaften Andeutungen, Ellies Eltern, die stur daran festhielten, alles von sich zu weisen, und den Neuigkeiten bezüglich des Blumenfests berichtet hatten.

Jamies Wissensdurst hatte jedoch nicht nur damit zu tun, dass er Ellie und Lottie beschützen musste.

Er wollte Rache.

Seit er Ingrid hatte laufen lassen, hatte ein blutrünstiges Verlangen von ihm Besitz ergriffen, seinen wahren Feind ausfindig zu machen: die Person, die Lottie das alles angetan hatte. Wenn er daran dachte, wie sie ihm im Wald entgegengekommen war, voller Schnittwunden und unwiederbringlich nicht mehr das süße, naive Mädchen, das er vor zwei Jahren kennengelernt hatte, wanden seine Muskeln sich wie Schlangen unter seiner Haut und warteten ungeduldig auf ihren Einsatz. Er wollte keine albernen kleinen Kämpfe mit Strohmännern wie Ingrid oder Julius mehr; er wollte die Person finden, die *wirklich* verantwortlich war, und dass sie dafür bezahlte.

»Tja.« Ellie warf die Hände in die Luft und unterbrach damit die Stille, die sich auf dem letzten Abschnitt ihrer Reise zum Internat eingestellt hatte.

»Wieso *tja?*«, fragte Jamie mit leiser Stimme, während er im Rückspiegel heimlich Lottie betrachtete, die sich auf dem Rücksitz zusammengerollt hatte wie eine Hauskatze und döste. Sie sah so friedlich und klein aus, ein winziger Lichtblick in der schwächer werdenden Abendsonne.

»Bist du etwa nicht neugierig, wieso Ingrid Lottie diese Frage gestellt hat?« Ellie gab sich Mühe, genauso leise zu sprechen wie er. »Findest du es nicht komisch, dass sie fragt, warum du ein Partist bist?«

Da fing Lottie an sich zu regen und schlug so plötzlich die Augen auf, als wäre sie ein Radio, dessen Empfang auf Nachrichten über Leviathan eingestellt war – anscheinend hatte sie auf genau diese Unterhaltung gewartet.

»Ja, das ist doch seltsam, oder?«, sagte sie und klang kein bisschen verschlafen. Einerseits fand er es lustig, dass sie sich so abrupt aufsetzte, andererseits machte es ihn traurig zu sehen, wie sehr sie sich für das Gespräch interessierte und dass ihr kurzer Moment des Friedens so rasch schon wieder vorüber war.

»Nein, ich finde das nicht seltsam«, sagte er frei heraus. »Sollte ich?« Seine Lippen kräuselten sich leicht, und er war überrascht, wie leicht es auf einmal war, wieder mit Lottie zu scherzen, aber sie erwiderte sein Lächeln nicht. Stattdessen erschien eine Falte zwischen ihren Augenbrauen. »Ich habe diese Frage schon so oft gehört«, beeilte er sich hinzuzufügen. »Ständig wollen irgenwelche Leute, dass ich mich frage, ob ich wirklich ein Partist sein will, aber ich kann euch versichern, das funktioniert bei mir nicht.«

»Hmmm.« Lottie wirkte nicht überzeugt, und sie blickte ihn aus ihren himmelblauen Augen forschend an, als würde er ein Geheimnis verbergen, von dem nicht einmal er etwas wusste. Es war nur ein kurzes Aufflackern, aber er ertappte sie dabei, wie ihr Blick hinunter zu seiner Brust wanderte, wo normalerweise sein Wolfsanhänger baumelte, und sein ganzer Körper spannte sich an bei dem Gedanken, den Verschluss in seinem Nacken aufs Neue zuzudrücken.

Er fühlte sich unwohl, also wandte er sich lieber seiner echten Prinzessin zu. Ellie war das genaue Gegenteil von Lottie. Ihre bleiche Haut schimmerte lila im orangefarbenen Licht von draußen, und die Haut unter ihren dunklen, mondsichelförmigen Augen war violett. Seit sie herausgefunden hatten, dass Claude hinter Leviathan steckte, war sie ungewohnt still geworden und hielt sich lieber im Hintergrund. Sie war nun erst recht zu einem Buch mit sieben Siegeln geworden, die ganze Sache nahm sie offenbar total mit, aber sie wollte die Last trotzdem unbedingt allein schultern.

Ellie machte sich nicht die Mühe, auf seine Loyalitätsbekundung etwas zu erwidern. Sie wussten alle, wie sie dazu stand, dass er ihr Partist war.

Lottie spürte mal wieder im richtigen Moment, dass die Stimmung sank, setzte ein strahlendes Lächeln auf und vertrieb damit die Düsternis. »Ach, das wird schön, endlich ins Internat zurückzukehren, endlich wieder zu Hause zu sein.« Sie wandte sich mit träumerischem Blick zum Fenster und drückte ihre Stirn gegen die Scheibe, und Jamie wartete auf jenen Gesichtsausdruck purer Verzauberung, den sie immer bekam, sobald sie sich der Schule näherten, aber er stellte sich nicht ein. Stattdessen traten zwei Gestalten ihrem Wagen in den Weg, so dass Jamie abrupt bremsen musste.

Alle plumpsten mit einem dumpfen Geräusch zurück in ihre Sitze, und Jamie beäugte die beiden Männer in den schwarzen Jacken, die sie mit Handbewegungen aufforderten, langsamer zu fahren. Instinktiv scannte sein Gehirn die Umgebung des Autos ab, prägte sich Fluchtwege ein und wie er eventuelle Angreifer am schnellsten außer Gefecht setzen konnte.

»Was ist los?«, wollte Ellie wissen und sah sich mit großen Augen um.

»Sie haben das Wappen von Rosewood auf ihren Jacken«, verkündete Lottie, die versuchte, Ruhe zu bewahren, gleichzeitig aber auf den mittleren Sitz rutschte, möglichst weit weg von den Männern, die auf sie zukamen.

Sie waren schon fast da, der Ankunftsbereich der Schule war nicht mehr weit. In der Ferne glänzte das goldene Schultor wie ein rettendes Leuchtfeuer in der späten Nachmittagssonne und lockte sie mit dem Versprechen von Sicherheit, doch als sie anhielten, fiel Jamie noch etwas anderes auf, unzählige düstere Gestalten, die wie Käfer hin und her huschten. Er kniff die Augen zusammen und erkannte, dass es noch mehr schwarz gekleidete Männer waren, die wie eine kleine Armee vor dem Eingang von Rosewood Hall patrouillierten.

Einer der Männer klopfte ans Fenster und forderte ihn auf, die Scheibe hinunterzufahren, was Jamie auch tat, allerdings nur wenige Fingerbreit.

Der Mann sah eher müde als bedrohlich aus, und ein dünner Schweißfilm hatte sich oberhalb seines Schnurrbarts gebildet.

»Seid ihr Internatsschüler?«, wollte er wissen, und sein sachlicher Tonfall konnte Jamie etwas beruhigen.

»Ja, Sir, ist irgendwas passiert?«

»Sagen Sie mir bitte, wie Sie heißen?«

Ellie griff ins Handschuhfach, holte ihre Papiere hervor und reichte sie an Jamie weiter.

Der Mann mit dem Schnurrbart warf durch die Fensterscheibe einen Blick auf die Dokumente und nickte. »Okay, Sie können weiterfahren. Einen schönen Abend noch.«

Jamie ließ die Fensterscheibe wieder hochfahren und fuhr weiter.

»Was war das denn?«, fragte Ellie, und Jamie sah ihr an, dass sie sich schon auf einen Kampf eingestellt hatte.

»Keine Ahnung, aber guck mal da.« Jamie deutete nach vorne.

Lottie und Ellie blickten in die Richtung, wo einen normalerweise eine hell gepflasterte Auffahrt und taubenetzte Rosen in voller Blüte empfingen – aber jetzt standen überall bis hinauf zum Tor weitere Männer in schwarzen Jacken herum.

»Das sieht aber gar nicht gut aus«, sagte Lottie, und ein Schatten huschte über ihr Gesicht, als wüsste sie irgendetwas, das sie aber lieber für sich behielt.

Beim Tor angekommen, stieg Jamie zuerst aus dem Wagen.

»Wartet hier«, wies er die Mädchen an und ließ sie im Auto zurück, während er sich auf den Weg machte, um herauszufinden, was los war.

Rosewood Hall, das normalerweise so imposant und stolz am Ende des Weges hinter den vergoldeten Gitterstäben thronte, wirkte gedemütigt. Die Sonne, die hinter den Türmen aus verwittertem Stein unterging, schickte langgezogene, kriechende Schatten über die mit Gras bedeckte Böschung auf beiden Seiten, wo die Rosen blühten, während das altehrwürdige Gebäude voller dunkler Flecken war – düstere Umrisse, die aussahen wie lauter Blutergüsse. Im Zwielicht wirkte alles seltsam verzerrt und verdreht.

Jamie legte einen inneren Schalter um und versuchte, so unerbittlich und selbstsicher zu klingen wie möglich: »Kann mir bitte jemand erklären, was hier vor sich geht?«

Der Mann vor ihm stieß einen langgezogenen Seufzer aus – offensichtlich war er es müde, den lieben langen Tag ein und dieselbe Frage beantworten zu müssen.

»Es hat letzte Nacht einen Vorfall gegeben, deshalb überprüfen wir jeden, der das Schulgelände betreten will. Da wir auch den Wagen begutachten müssen, überlassen Sie uns bitte Ihre Autoschlüssel. Wir parken ihn dann anschließend für Sie.«

Das war zwar keine zufriedenstellende Antwort, aber Jamie beschloss, dass es wohl das Beste wäre, erst mal aufs Gelände zu gelangen und dann dort mehr darüber herauszufinden, was eigentlich geschehen war.

»Und, hast du was rausgekriegt?«, flüsterte Lottie, doch er schüttelte nur den Kopf, während sie dem Mann zum Eingang folgten. Das schwere Tor ächzte in den Angeln. Für Jamie hörte es sich an, als wäre es verärgert und jedes Quietschen ein Aufschrei über die grobe Behandlung durch die Wachmänner.

Sobald sie auf dem Schulgelände waren, ließ man sie allein, und die schwarz gekleideten Männer schlossen hinter ihnen das Tor wieder mit einem metallischen Klirren; aber irgendwie fühlte es sich nicht so an, als würde damit irgendetwas ausgeschlossen, sondern eher, als würde man sie einschließen.

Als sie sich auf den Weg zur Rezeption machten, umgab sie eine unheimliche Stille, und alles wurde noch eigentümlicher, als sie die Eingangshalle komplett verwaist vorfanden. Es war niemand da – kein Angestellter am Empfang, kein Verwaltungsmitarbeiter, der mit Büchern und Unterlagen herumhantierte, und keine Schüler, die vor der Bürotür Schlange standen –, und als sie die Halle durchquerten, um in den Innenhof zu gelangen, sahen sie den Staub, der ungestört in den Lichtstreifen schwebte, die durch den eingezäunten Kirschbaum in der Mitte hereinfielen.

Jamie hatte schon den Mund geöffnet, um etwas zu sagen, als er von irgendwoher draußen Stimmengewirr hörte, Fußgetrappel und gedämpfte Gespräche, und als sie durch den Torbogen blickten, war es wie durch ein Fenster in eine Parallelwelt zu schauen, wo auf den mit Lavendel gesäumten Pfaden lauter Schüler wie Schwärme von Zugvögeln in Richtung Sportplatz unterwegs waren.

Ellie kratzte sich am Kopf, und alle drei sahen zu, wie Schüler aus allen Häusern auf ihrem Weg über die Brücke an ihnen vorbeidrängten. »Das ist wirklich seltsam«.

Als sie sie erblickten, blieben ein paar von den Schülern stehen, zeigten auf sie und flüsterten miteinander, als wäre das, was gerade vor sich ging, in irgendeiner Weise ihre Schuld, und Jamie war schon drauf und dran, ein Mädchen aus Conch zur Befragung zur Seite zu nehmen, als eine vertraute, hell zwitschernde Stimme ihre Aufmerksamkeit erregte.

»Da seid ihr ja!« Binah schnellte von einer Bank neben der Brücke hoch, wo sie offenbar auf sie gewartet hatte, und konnte sich, da sie so zierlich war, mühelos zwischen den vielen Schülern hindurchquetschen. »Ihr kommt gerade rechtzeitig zu unserer außerordentlichen Versammlung.«

Als sie näher kam, konnte Jamie Sonnencreme auf ihrer Haut riechen, und sie strahlte noch sommerliche Leichtigkeit aus, obwohl ihr Gesichtsausdruck vollkommen ernst war und in dem besorgten Blick, den sie ihnen zuwarf, keine Spur mehr von Urlaubserholung übrig war.

»Zur was?«

»Hey, pass doch auf!« Ein Mädchen aus Ivy drängelte sich an Lottie vorbei, machte irgendeinen Kommentar zu ihrer Frisur und glotzte sie dabei so giftig an, dass Jamie mit den Zähnen knirschte.

»Letzte Nacht ist was passiert«, berichtete Binah, zog damit Jamies Aufmerksamkeit von dem Mädchen ab und lenkte ihre Schritte in die gleiche Richtung wie die der anderen Schüler. »Jemand ist in die Schule eingebrochen …« Sie verstummte, und Jamie wusste, dass das noch nicht alles war.

»Binah, was genau ist passiert?«, fragte Jamie leise.

Sie fummelte an ihrer gelben Schärpe, die sie als Vertrauensschülerin von Stratus zu erkennen gab, herum und warf durch ihre runden Brillengläser einen schrägen Blick auf Lottie. Ihre ohnehin schon großen, von unglaublich dichten Wimpern umgebenen Augen weiteten sich noch mehr, bis sie wie eine weise Eule aussah.

»Der Einbrecher …« Sie schauderte, und man merkte ihr an, wie sehr es ihr widerstrebte, noch einmal über die Sache zu sprechen. »… war ein Reporter, und er hat sich einen Jungen aus der Achten gegriffen, Dom Nguyen, und ihn bedroht. Total unheimlich.«

»Deswegen also der Sicherheitsdienst«, antwortete Lottie und zog besorgt die Augenbrauen zusammen.

Sie waren vor der Sporthalle angelangt, und zitroniger Duft nach Reinigungsmitteln schlug ihnen entgegen, während die Schüler hineinströmten, um sich einen Sitzplatz auf einer der Tribünen zu sichern.

»Was verschweigst du uns?« Ellie war es, die die Frage stellte und Binah dabei am Arm packte, damit sie ihnen ins Gesicht sah.

Binah stieß einen langen Seufzer aus, und dann zog sie sie in eine ruhige Ecke neben dem Eingang, wo sie außer Hörweite waren. Sie suchten sich ein Plätzchen an einem der Springbrunnen, wo sie unter sich waren und das Getuschel der anderen Schüler nur noch gedämpft zu ihnen herüberdrang.

»Der Typ, der eingebrochen ist«, fing Binah an und rückte ihre Brille zurecht, und Jamie fiel auf, wie sie die Lippen zusammenpresste, als wollte sie die Geschichte am liebsten nicht herauslassen, »mit dem stimmte was nicht. Dom hat gesagt, dass er ihm wie ein Zombie vorkam und dass man gar nicht richtig mit ihm reden konnte.« Sie zögerte einen Moment und gab ihnen Zeit, diese erste Information zu verdauen, und alle dachten offensichtlich das Gleiche, nämlich, dass die Symptome sich besorgniserregend nach den Nebenwirkungen der Hameln-Formel anhörten. »Und dann hat er wohl die ganze Zeit immer wieder die gleichen Worte wiederholt.« Binah schluckte und warf ihnen allen nacheinander einen kurzen Blick zu. »Er hat die ganze Zeit davon gefaselt, dass er ein Foto von der Prinzessin mit ihrer schönen, neuen Frisur haben will.«

4

Obwohl sie nur zwei Tage lang fort gewesen waren, hatte diese kurze Zeitspanne genügt, um das Sicherheitsgefühl in Lotties geliebter Schule zu zerstören, und das Schlimmste war, dass sie genau wusste, wer dafür verantwortlich war.

In der Sporthalle herrschte eine fiebrig aufgeladene Stimmung, jeder Platz auf den dreigeteilten Tribünen war besetzt, und alle Schüler waren nach den Farben ihrer Häuser einem Farbblock zugeteilt: lila, rot und gelb. Es war deutlich zu spüren, dass alle lieber woanders gewesen wären, und sie hörten nicht auf, Lottie anzustarren.

Sie gab sich alle Mühe, nicht darauf zu achten, und konzentrierte sich stattdessen auf die Markierungen des Basketballfeldes, die sie mit dem Blick entlangfuhr, als wäre es ein Labyrinth. Hauptsache, es hielt sie davon ab, auf die Menge zu blicken und erst recht auf die wütenden Gesichter von Ellie und Jamie neben ihr.

»Guten Abend, liebe Schüler.« Schuldirektor Croak erschien in der Mitte des Platzes, die rechte Hand auf einen schlichten Gehstock aus Holz gestützt. Er hatte immer schon alt ausgesehen, irgendwie aufgeschwemmt und fleckig wie eine verschrumpelte Bohne aus einem Topf *Baked Beans*, aber in diesem Sommer schien er noch mal um gut hundert Jahre gealtert zu sein. Nicht, dass er zerbrechlich gewirkt hätte – nein, er sah eher aus wie ein alter Zauberer, und der lange Patchworkmantel und das Etwas auf seinem Kopf, das am besten als smaragdgrüne Weihnachtsmannmütze zu beschreiben war, untermauerten dieses Bild.

»Ich danke euch allen, dass ihr so zügig und gesittet zu dieser außerordentlichen Versammlung erschienen seid«, begann er und blickte sich ernst und sorgenvoll um. »Es stehen mehrere Punkte auf der Tagesordnung, und ihr seid alle dazu aufgefordert, doch bitte Ruhe und Geduld zu bewahren, während wir ein Thema nach dem anderen behandeln werden.«

»Gut, dass es immer so hilfreich ist, die Leute um Geduld zu bitten, wenn alle kurz vorm Ausrasten sind«, flüsterte Ellie Lottie ins Ohr.

Nun, da alle Augen auf den Schuldirektor gerichtet waren, traute Lottie sich, den Blick umherschweifen zu lassen, auf der Suche nach ihren restlichen Freunden aus den anderen Häusern. Anastasia, Saskia und Raphael waren schnell gefunden, weil sie wie Supermodels aus den oberen Rängen der offenen Conch-Tribüne herausstachen, aber selbst sie, die eigentlich immer makellos aussahen, wirkten heute verängstigt. Als Nächstes suchte sie die gelben Stratus-Sitzreihen nach Lola, Micky und Binah ab. Mit den Zwillingen stimmte irgendetwas nicht. Sie hatten ohnehin sehr helle Haut, aber jetzt schimmerte sie fast grünlich, und das ließ sie aussehen wie Schatten ihrer selbst.

Schließlich suchte sie noch die eigenen, lilafarbenen Ivy-Sitzreihen nach Percy ab. Er hielt sich meistens ziemlich im Hintergrund, aber sie entdeckte ihn trotzdem, auf der untersten Bank direkt neben dem Beratungslehrer, der für ihn alles in Gebärdensprache übersetzte. Seine tief in den Höhlen liegenden Augen waren starr nach vorn gerichtet, und er verfolgte die ganze Szene mit Panik im Blick, als würde sie schreckliche Erinnerungen in ihm hervorholen.

»Lasst uns mit den guten Nachrichten beginnen«, bellte der Schuldirektor und schien allen Ernstes Applaus dafür zu erwarten. Als niemand reagierte, fuhr er nach einem Hüsteln fort: »Trotz der allseits großen Bedenken aufgrund der neuen Schulregeln und Stundenpläne wollen wir an der *Präsentation der drei Grundpfeiler* unserer Schule im Frühjahr festhalten – beziehungsweise an unserem *ISC-Contest*, wie viele von euch diese Semesteraufgabe gerne nennen –, auch wenn es sich ja streng genommen nicht um einen Wettbewerb handelt.« Hier machte er erneut eine Pause, erntete statt Applaus allerdings abermals nur Schweigen, weil die Mehrheit der Schüler sich nur für den Anfang seines Satzes interessierte. »Unsere Schule ruht sozusagen auf den drei Grundpfeilern Ehrlichkeit, Entschlossenheit und Einfallsreichtum, und jeder von euch ist entsprechend seiner Affinität zu den einzelnen Grundpfeilern einem unserer Häuser zugeteilt worden. Der ISC-Contest findet alle drei Jahre statt und gibt jedem von euch die Möglichkeit, eure Kreativität, euren Ideenreichtum und euren Humor einzusetzen, um etwas zu erschaffen, das in angemessener Form an den Namensgeber eures Hauses erinnert; nämlich je nachdem an Florence Ivy, Shray und Sana Stratus oder Balthazar Conch.« Es folgte eine erneute Sprechpause, in der der Schuldirektor unter seinen raupenförmigen Brauen auf die Schüler blickte, um sicherzugehen, ob sie auch alle aufmerksam zuhörten, bevor er die letzte Karte spielte. »Die Teilnahme daran ist verpflichtend und wird in eure Empfehlungsschreiben für die Universitäten einfließen. Wir sind schon sehr gespannt auf eure Ideen.« Mit einer einladenden Geste begrüßte er die Hausvorsteherin von Conch, damit sie ihn ablöste und die schlechten Nachrichten überbrachte. »Und nun werden wir euch die neuen Schulregeln erläutern, auf die wir uns aus Sicherheitsgründen verständigt haben. Ms. Bolter, bitte sehr.«

Nervöses Raunen ging durch die versammelte Schülerschaft – alle waren gespannt, was sie als nächstes über den Vorfall der letzten Nacht erfahren würden –, aber ein strenger Blick von Ms. Bolter genügte, um sie zum Schweigen zu bringen. Sie war gut einen Meter achtzig groß, und ihre groß gewachsene, athletische Gestalt und der kahl geschorene Schädel passten vortrefflich zu dem unerbittlichen, angriffslustigen Funkeln in ihren Augen. Jeder wusste, dass Mercy Bolter einst bei Olympia angetreten war. Wenn man sie allerdings dabei beobachtete, wie sie eine so große Menschenansammlung mühelos unter Kontrolle hielt, musste man eher an eine allmächtige Göttin als an eine Profi-Sportlerin denken – aber etwas anderes wurde von der Conch-Hausvorsteherin eigentlich auch nicht erwartet.

Lottie ließ ihren Blick ein weiteres Mal durch die Halle schweifen, obwohl sie insgeheim hoffte, die Person, nach der sie suchte, nicht zu entdecken.

»Ich habe volles Verständnis dafür, dass ihr alle unbedingt mehr über Rosewoods Pläne erfahren wollt, mit denen wir auf den Vorfall der vergangenen Nacht reagieren, als jemand in die Schule eingebrochen ist«, begann Ms. Bolter, und ihre Stimme schallte durch die Halle wie ein Nebelhorn. »Um alle Gerüchte gleich im Keim zu ersticken: Bei dem Einbrecher hat es sich um einen Reporter einer Online-Website gehandelt, der darauf aus war, ein Mitglied der Schülerschaft ausfindig zu machen, dessen Namen wir hier nicht nennen wollen.«

Augenblicklich drehten sich alle zu Lottie um, und sie fühlte, wie Ellie und Jamie sich neben ihr anspannten und Ellie die Hände ganz fest zu Fäusten ballte.

»Der Einbrecher schien nicht in der Lage, rational zu handeln oder zu sprechen, und er hat einen Schüler unserer Schule bedroht«, fuhr Ms. Bolter fort.

Lottie wurde übel, als sie an Dom dachte, der etwas so Furchtbares hatte erleben müssen – sie konnte sich nur annähernd vorstellen, wie es ihm jetzt wohl ging –, und das alles nur wegen ... Hier unterbrach sie ihre Gedanken, wandte sich zu Ellie um und hätte sich bei ihrem Anblick beinahe auf die Zunge gebissen.

Ihre Prinzessin schlotterte – in ihren Augen schwelte ein Sturm, und ein kaum hörbares Flüstern entwich ihren Lippen, das sich anhörte wie ein Fluch: »Das ist alles meine Schuld.«

Lottie wollte ihr sagen, dass das nicht wahr sei, aber bevor sie dazu kam, setzte Ms. Bolter ihre Ansprache fort.

»In Anbetracht der Tatsache, dass es hier so viele Schüler aus einflussreichen Familien gibt, mussten wir die Sicherheitsvorkehrungen innerhalb der Schule überdenken, und als erste Maßnahme werden wir eine Ausgangssperre nach 20.30 Uhr einführen, die wir mit Hilfe eines Meldesystems überwachen werden«, verkündete sie, und sofort brach neuerliches Raunen und Tuscheln aus, während Ms. Bolter unbeirrt mit der Liste der Maßnahmen fortfuhr. »Außerdem werden wir einen hohen Zaun um den Rosenwald errichten lassen, um das Gelände komplett nach außen abzuschirmen, auf dem gesamten Campus werden Wachtposten aufgestellt, und niemand darf ohne gesonderte Erlaubnis das Schulgelände betreten oder verlassen – ja, das gilt auch für die Schüler der Oberstufe.« Das Getuschel der Schüler wurde lauter und ein dumpfes Ächzen ging durch die Menge, das wie das Knarren eines alten Schiffsrumpfs klang. »Mir ist bewusst, dass manche von euch aus den höheren Klassenstufen sich schon auf das Privileg gefreut haben, in der Mittagszeit und an den Wochenenden den Campus verlassen zu dürfen, aber wir werden euch dieses Vorrecht auf mittelfristige Sicht erst einmal nicht wieder einräumen können. All diese Maßnahmen sind von einem angesehenen Mitglied des Lehrkörpers ausgearbeitet worden, und wir hoffen, dass ihr alle deren Wichtigkeit einseht und dazu beitragen werdet, dass unsere Schule ein sicherer Ort bleibt.«

Lotties Herz fing an zu rasen, aber nicht wegen irgendetwas, das Ms. Bolter gesagt hatte, oder dem lauter werdenden Aufschrei aus der Schülerschaft, sondern weil die Luft plötzlich anders roch, als ein warmer, entwaffnender Duft wie von einer sanften Sommerbrise zu ihr herüberwehte. Sie wusste sofort, wessen Geruch das war, und als sie den Kopf wandte, sah sie ihn die Treppe herunterkommen, um sich zu den anderen Lehrern und Assistenten zu gesellen.

Haru.

Sein Haar war so bauschig wie eh und je, und über der Nase die vertrauten, wie Sternbilder angeordneten Sommersprossen, und dazu die großen, braunen Augen mit den dichten Wimpern, die hinter einer braunen Brille mit dicken Gläsern verborgen lagen. Als er Lotties Blick auffing, verzog er den Mund zu einem Lächeln, das so weich und einladend aussah wie eine frisch gemähte Wiese. Es fehlte nicht viel, und sie hätte ihm geglaubt, dass er nichts weiter war als ein netter, freundlicher Partist, der sein wohlverdientes Sabbatjahr einlegte, aber sie wusste es besser. Sie wusste, dass er zu Leviathan gehörte und ein Spion mit unbekannter Mission war, und sie wusste, dass das alles sein Werk war.

Sie musste sich stark zusammenreißen, um nicht aufzuschreien, als er sein lächelndes Gesicht anschließend Jamie zuwandte und sie nichts tun konnte, als hilflos dabei zuzusehen, wie Ellies Partist ihm respektvoll zunickte, völlig ahnungslos über die wahre Identität des jungen Mannes, den er für seinen Freund hielt.

»Jetzt, wo wir alle hier miteinander versammelt sind, wollen wir die Gelegenheit nutzen, um euch mit einem neuen Mitglied des Lehrkörpers bekannt zu machen.« Ms. Bolter streckte den Arm aus und forderte Haru mit einer Handbewegung auf, zu ihr zu kommen. Er ließ sich nicht lange bitten, und sofort fingen einige Schüler an zu kichern und zu flüstern, jetzt schon drauf und dran, seinem Charme zu verfallen. »Haru Hinamori wird dieses Jahr als Assistenzlehrer hier bei uns verbringen, nachdem er den ganzen weiten Weg von unserer Partnerschule in Japan hergekommen ist. Wir hoffen, dass ihr ihn alle herzlich willkommen heißt.«

Die Schüler fingen zögerlich an zu klatschen, applaudierten aber immer lauter und enthusiastischer, als der Partist der

Menge schüchtern zuwinkte, sein übliches Zuckerschock-süßes Lächeln zur Schau stellte und die Rolle des harmlosen Schwarms aller Herzen so perfekt spielte, dass er im Handumdrehen alle für sich gewann. Doch in dem Moment, als der Applaus langsam verebbte, blitzte etwas auf – so kurz, dass Lottie es fast übersehen hätte. Für den Bruchteil einer Sekunde blickte Haru ihr direkt ins Gesicht, und ein Schatten huschte über sein Antlitz. Er ließ für einen ganz kurzen Augenblick die Maske fallen und zeigte sein wahres Ich. Da schoss ein Gedanke durch Lotties Hirn wie eine geschärfte Klinge.

Er weiß, dass du es weißt.

Ihr wurde schlecht vor Angst, und die ganze Halle schien sich zu drehen; sie wollte nur noch fort und sich im Wohnheim in ihrem sicheren Zimmer verkriechen.

Lottie entschied, dass sie unbedingt mit Jamie über Haru reden mussten. Trotz des Versprechens, das sie Sayuri gegeben hatte, und trotz Ellies starrköpfigem Festhalten daran, all ihre Probleme allein lösen zu wollen, durften sie Jamie nicht länger im Ungewissen lassen – nicht jetzt, wo der Fuchs bereits in ihren Stall eingedrungen war und sich unter sie mischte. Sie musste nur noch Ellie davon überzeugen, dass sie damit das Richtige taten.

»Ihr dürft jetzt gehen«, rief Ms. Bolter.

5

Es war immer noch Sommer, und in der warmen Luft, die sanft durch die geöffneten Fenster in den Frühstückssaal hereinwehte, lag der schwere Duft nach Rosen und frisch geschnittenem Gras.

Es wäre leichter gewesen, sich an den blühenden Blumen und Gärten zu erfreuen, wenn die Männer in den schwarzen Jacken nicht gewesen wären, die die Landschaft verunstalteten. Allein vor dem Tor zu Ivy waren es schon zwei, und der Lärm, der von der Errichtung des neuen Zauns herüberschallte, fraß sich wie ein Bohrer in Lotties Schädel.

Ich muss es einfach nur schaffen, diesen Tag irgendwie zu überstehen, sagte sie sich. *Dann können wir einen echten Plan schmieden.*

Alle waren dafür gewesen, sich am nächsten Tag nach dem Unterricht in ihrem geheimen Atelier zu treffen, um die Lage zu besprechen und über das Treffen mit Ellies Eltern zu beraten. Lottie hatte sich vorgenommen, Ellie bis dahin davon zu überzeugen, den anderen von Haru zu erzählen.

Lottie hätte gleich auffallen müssen, dass etwas nicht stimmte, sobald sie den Frühstücksraum von Ivy betraten und feststellten, dass ihr Stammplatz am Fenster mit Blick auf den Teich besetzt war. Erst als sie ihr Tablett mit Porridge und Marmelade zu dem Tisch trug, an dem Ellie, Jamie und Percy bereits saßen, fielen ihr die Blicke auf, mit denen unzählige Augenpaare sie förmlich durchbohrten. Überall wurde hinter vorgehaltener Hand geflüstert und gekichert, so dass es ihr sehr schwerfiel, sich nichts anmerken zu lassen. Seit damals das Gerücht aufgekommen war, sie wäre die echte Prinzessin von Maradova – das Gerücht, das sie zu ihrem Job als Porterin geführt hatte –, hatte sie sich daran gewöhnt, dass alle sie ständig anstarrten. Aber diesmal war es anders. Es fühlte sich gemein und feindselig an.

Sie wollte sich gerade hinsetzen, als es passierte. Marcy Soundso, ein Mädchen aus ihrem Jahrgang mit kurzen, roten Haaren, die bisher immer vollkommen freundlich gewirkt hatte, kam näher. Lottie bemerkte einen süßlichen Geruch, wie Babypuder.

»Vielen Dank dafür, dass Ihr alles kaputtmacht, Eure Hoheit«, fauchte sie und trat so schnell, dass Lottie keine Zeit hatte zu reagieren, ihren Stuhl zur Seite, so dass Lottie hintenüber fiel und der Porridge sich über ihr lila kariertes Trägerkleid ergoss.

Ellie und Jamie eilten sofort zu ihr und stellten sich zwischen Marcy und Lottie.

»Was ist bitte dein Problem?«, grollte Ellie, kurz davor, dem Mädchen an die Gurgel zu gehen, so dass Jamie ihr besänftigend eine Hand auf die Schulter legte.

»Ist doch offensichtlich, wer hier das Problem ist.« Marcy deutete mit ihrem Kinn auf Lottie, die immer noch völlig überrumpelt auf dem Boden lag. »Der ganzen Schule würde es viel besser gehen, wenn du einfach verschwinden würdest.«

Eine Sekunde lang sah es aus, als würde Ellie ihr gleich eine reinhauen, aber dann zog Jamie Ellie zurück und baute sich warnend vor Marcy auf.

»Du gehst jetzt zurück zu deinem Tisch, oder ich schleife dich an deinen Füßen dahin.«

Lottie konnte nur entsetzt dabei zusehen, wie der Jamie, den sie kannte, sich in jemand anderen verwandelte – einen wütenden und bedrohlichen Unbekannten. Marcy blinzelte verwundert und huschte von dannen wie ein verängstigtes Tier.

Ellie streckte die Hand aus, und Lottie griff, ohne hinzusehen, danach, weil sie Marcy weiterhin beobachtete, die sich mit gläsernem, unstetem Blick über die Stirn rieb. Aber dann entdeckte Lottie Percy, und als sie seine tief den Höhlen liegenden, geweiteten Augen sah, war klar, wie sehr die soeben beobachtete Szene ihn beunruhigte. Es war offensichtlich, dass sie beide dasselbe dachten: Das war kein Fall von spätpubertärem Zickenterror gewesen, das hier roch anders – nämlich ekelerregend süß und gefährlich nach der Hameln-Formel.

Mit einer geschickten Bewegung hatte Ellie sie hoch- und in ihre sicheren Arme gezogen.

»Geht's dir gut?«, fragten ihre Prinzessin und ihr Partist einstimmig.

Lottie hatte bereits den Mund geöffnet, um mechanisch mit *Ja* zu antworten, starrte aber stattdessen bloß stumm in den Speisesaal. Aufgereiht an den langen Tischen glotzten ihr unzählige Gesichter entgegen, während alle gespannt darauf warteten, was sie wohl als Nächstes tun würde.

Lottie kratzte all ihre übrig gebliebene Würde zusammen,

ließ Ellies Hand los und marschierte zum Büfett, um sich eine neue Schüssel zu holen.

»Ich glaube, ich nehme mein Frühstück mit aufs Zimmer und ziehe mich erst mal um«, antwortete Lottie, der es dank ihres früheren Prinzessinnen-Trainings so gerade eben gelang, das Gesicht zu wahren, auch wenn ihr angestrengtes Lächeln jeden Moment verrutschen würde.

Eine Prinzessin würde sich von einem Missgeschick nicht verunsichern lassen, dachte sie – die kleinste Schwäche, und sie würden sich daraufstürzen. Neben sich spürte sie Ellie und Jamie, deren düstere Mienen dafür sorgten, dass sich niemand zu einem Kommentar verstieg. Endlich an der Tür des Speisesaals angekommen, winkten sie Percy zum Abschied zu, der Jamie mit Gebärden zu verstehen gab, dass sie sich bald wiedersehen würden.

»Willst du nicht zu Ende frühstücken?«, erkundigte sich Lottie, aber Jamie schüttelte den Kopf.

»Ich glaube, es wäre besser, wenn ich nicht wieder zurückgehe. Ich will nicht noch mehr Aufsehen erregen.«

Ellie nickte zustimmend, aber Lottie jagten Jamies Worte einen kalten Schauer über den Rücken. Es passte überhaupt nicht zu ihm, sich so leicht aus der Ruhe bringen zu lassen, und es versetzte sie wieder an jenen Tag zurück, als sie sich die Haare abgeschnitten hatte und sie danach zusammen auf der Bank in der Sonne saßen und er ihr mit der Hand sanft über die Wange gestrichen hatte. Da hatte sie zum ersten Mal dieses Feuer in seinen Augen gesehen.

Sie bebte innerlich, als sie sich daran erinnerte, und hätte zu gern gewusst, was er damals empfunden hatte oder ob er noch daran zurückdachte. Aber sie schob ihre Gefühle von sich und ließ ihren Blick nur ein wenig länger auf Jamie verweilen, als sie ihm zum Abschied zuwinkte, bevor sie Ellie mit ihrer trist aussehenden Schale mit Porridge und Banane in der Hand ins Wohnheim folgte.

Sobald die Tür hinter ihnen ins Schloss fiel, zog Ellie eine Grimasse und stieß ein wütendes Knurren hervor.

»Ich kann es nicht fassen, dass sie dir das angetan hat«, brummte sie und tigerte auf dem Parkett hin und her wie ein Raubtier in seinem Käfig. »Niemand darf so mit dir umspringen, Lottie. Niemand.«

Ellie war wirklich auf hundertachtzig, aber Lottie machte sich um Marcy keine Sorgen. Was ihr Sorgen bereitete, war die Frage, warum das Mädchen sich so verhalten hatte, und außerdem fing Lottie langsam an sich zu fragen, was eigentlich mit Jamie los war.

Ellie drehte sich um, damit Lottie sich in Ruhe umziehen konnte, und starrte, immer noch wutschnaubend, aus dem Fenster. Lottie hatte den Reißverschluss ihres Kleides über dem frischen Shirt erst halb hochgezogen, als es aus ihr heraussprudelte.

»Findest du, dass Jamie sich merkwürdig benommen hat?«, fragte sie, ohne vorher darüber nachzudenken. Es klang kindisch und hatte scheinbar gar nichts mit dem eigentlichen Problem zu tun. »Ich meine«, fügte sie rasch hinzu, »also, ich finde, wir sollten darauf achten, ihm nicht zu wenig Beachtung zu schenken, vor allem nach der Sache, die ihm in Tokio passiert ist. Ich will einfach sichergehen, dass es ihm gutgeht.«

Wie sie da stand, zwischen den flatternden Vorhängen zu

beiden Seiten des Balkons, mit ihrem halb aufgeknöpften Hemd, den tintenschwarzen Haaren und ihrem ausgezehrten Gesicht, sah Ellie dramatisch und schaurig aus. Wenn Lottie nicht so nervös gewesen wäre, hätte sie sie am liebsten auf der Stelle gemalt.

»Kannst du nicht mal damit aufhören, dir ständig Sorgen um alle anderen zu machen?« Die Bitterkeit in Ellies Ton war nicht zu überhören – irgendetwas schwelte hinter ihren Worten, das nichts mit dem Vorfall im Frühstücksraum zu tun hatte.

Lottie wollte schon darauf eingehen, dann aber schüttelte sie den Kopf, denn ihr war vollkommen klar, worüber Ellie sich in Wirklichkeit aufregte. »Ich hole uns jetzt einen Kaffee, und du kannst dich so lange ein bisschen beruhigen.« In der Tür blieb sie noch einmal stehen und drehte sich zu ihrer Prinzessin um, die immer noch sichtlich verärgert war. »Es ist nicht deine Schuld, Ellie«, sagte Lottie mit fester Stimme, und als sie sah, wie Ellie das Gesicht verzog, wusste sie, dass sie einen Nerv getroffen hatte.

Lottie schnappte sich zwei wiederverwendbare Kaffeebecher und machte sich auf den Weg in die Küche, in der zum Glück eine wohltuende Ruhe herrschte, schenkte einmal schwarzen Kaffee ein, tat drei Stück Zucker dazu und holte für sich selbst einen Caramel Latte Macchiato. Als sie die Deckel auf die Becher drückte, dachte sie mit einem zufriedenen Lächeln, was für ein ungleiches Paar Ellie und sie doch waren, aber schon im nächsten Moment schob sich das Bild ihrer Prinzessin mit den blauschwarzen Schatten um die Augen davor und verscheuchte das heitere Gefühl.

Lottie durfte sich nicht beirren lassen und ihren Glauben daran nicht verlieren, dass sie das Richtige tat, dass Ellie sich wieder hochrappelte und dass sie beide auch diese Krise gemeinsam durchstehen würden. So wie es immer gewesen war. Sie würden auch dieses Mal standhalten.

Niemals aufgeben, dachte sie, und ihre Finger wanderten zu ihren frisch geschnittenen Haaren hinauf, mit denen sie ihrer Ahnin so ähnlich sah.

Auf dem Rückweg zu ihrem Zimmer fühlte Lottie sich schon etwas besser.

Sie wollte gerade an der Postecke vorbei und ins Treppenhaus abbiegen, als sie abrupt stehen blieb.

Da lag etwas in ihrem Postfach. Über ihrem Namensschild lag, hauchdünn und leicht zu übersehen, ein Brief. Sie stellte beide Becher auf der Kommode ab, schaute genauer hin und fand einen schmalen, unadressierten Umschlag aus braunem Papier, der nur mit einem Namen versehen war. Ihr Herz setzte einmal aus: *An die Prinzessin von Maradova* stand darauf.

Zuerst vermutete sie irgendeine Gemeinheit – einen weiteren Schüler, der sich über die neuen Sicherheitsmaßnahmen ärgerte –, aber gleichzeitig hatte sie das Gefühl, dass den Brief etwas noch Düstereres umgab. Die Schrift war gestochen scharf und auffallend elegant.

Gespannt und mit angehaltenem Atem riss sie den Umschlag auf, und da roch sie es sofort, süß wie eine sanfte Sommerbrise. Ihr wurde schwindelig, denn es gab nur eine Person, die stets von diesem Geruch umgeben war.

Ganz vorsichtig, als könnte er sie beißen, nahm sie den Brief heraus und spürte einen bitteren Geschmack im Rachen, weil sie bereits wusste, von wem er stammte und dass er nichts Gutes bedeuten konnte.

Der Inhalt war kurz und prägnant, und er ließ Lottie das Blut in den Adern gefrieren.

An die Prinzessin

Nachdem du nun gesehen hast, wozu wir fähig sind, wirst du weitere Unannehmlichkeiten mit Sicherheit vermeiden wollen.
Komm nach dem Mittagessen zum Schwimmbad von Conch.
Dort warte ich auf dich.
Sprich mit niemandem darüber, denn du kannst sicher sein, dass ich davon erfahren würde, und ich gehe davon aus, dass du deinen Freunden weitere Probleme ersparen willst.

Und schon zerfiel jedes positive Gefühl, das sie gerade so mühsam zusammengekratzt hatte, zu Staub. Unsichtbare, kriechende Finger wanden sich um ihren Hals, drückten ihr die Luft ab und ließen auch nicht von ihr ab, als sie sich zwang, ganz tief einzuatmen.

Das war ganz klar Harus Werk, anders konnte es nicht sein, die Drohung war deutlich und machte jeden ihrer Vorsätze, dem Rest der Gruppe von ihm zu berichten, zunichte.

Was würde er ihnen antun, wenn sie sie einweihte? Wie weit würde er gehen?

Sie musste an Dom denken – den Jungen, den der Reporter attackiert hatte –, und an Marcy und den grausamen, wild entschlossenen Ausdruck in ihrem Gesicht, als sie auf Lottie herabgeblickt hatte.

Sie durfte nicht zulassen, dass noch mehr Leute so etwas Schlimmes erleben mussten; die Sicherheit der anderen ging vor und ließ ihr keine Wahl.

Als Panik in ihr aufwallte, kniff sie die Augen zusammen, stellte sich ihre Krone auf ihrem Kopf vor, mit dem leichten Druck ihres Gewichts und der Kühle des Silbers auf ihrer Haut, und rief sich selbst zu: *Sei freundlich, sei tapfer und gib niemals auf!* Aber nicht einmal ihr altes Mantra konnte sie diesmal beruhigen, denn die Wahrheit war: Sie hatte sich noch nie in ihrem Leben so einsam gefühlt.

Als Jamie das Wohnheim der Jungen erreichte, wartete Vampy schon vor dem Eingang auf ihn. Seine gelben Augen tauchten plötzlich aus dem Schatten auf, und der Kater kam zu ihm und fing an, zwischen seinen Beinen herumzustreichen und sich miauend bei ihm zu beschweren, dass er so unverfroren gewesen war, ihn zwei volle Tage allein zu lassen.

»Na, du fette, verwöhnte Bestie?« Jamie nahm den großen Fellberg hoch und ließ zu, dass Vampy sich besitzergreifend an seinem Gesicht rieb.

Das Zimmer, das er sich mit Percy teilte, sah endlich wieder so aus, wie sie es gern hatten – alle Schulsachen in säuberlicher Ordnung, während ihre gemeinsame Büchersammlung sich überall ausbreitete, wo sich etwas ablegen ließ. Auf Percys Bett lag die eselsohrige Ausgabe von *Frankenstein*, die Jamie ihm geliehen hatte, neben einem Notizbuch voller Anmerkungen. In gewisser Hinsicht war es eine Erleichterung, wieder in Rosewood zu sein und nachts auf Percys leise Atemzüge zu lauschen, die wie ein beruhigendes Schlaflied klangen. Er ließ sich aufs Bett plumpsen und fühlte, wie die Anspannung nach dem Vorfall im Frühstücksraum von ihm abfiel. Während er abwesend Vampys Bauch kraulte, der das mit unfassbar lautem Schnurren quittierte, schloss er die Augen und erlaubte sich einen ganz kurzen Moment, in dem er sich vorstellte, dass alles normal wäre, ohne Leviathan, ohne Claude, ohne Marcy oder irgendwelche Reporter und ohne irgendwelche Bedrohungen, vor denen Ellie oder Lottie sich fürchten mussten.

Als er wieder aufstand, fauchte der Kater erbost.

»Du bist hier ja wohl der Allerletzte, von dem ich mir Vorschriften machen lasse«, brummte Jamie und öffnete seinen Schrank. Er vergewisserte sich, dass ganz sicher keine Geräusche vom Flur zu hören waren, dann drückte er gegen die Rückwand, so dass sich die Holzverkleidung mit einem leisen Klick löste. Jamie schob seine gebogenen Finger vorsichtig dahinter und nahm das falsche Brett heraus, hinter dem nun die echte Rückwand des Schranks zum Vorschein kam. Das dunkle Eichenholz war über und über bedeckt mit Informationsschnipseln, die an Baumwollfäden befestigt und wie ein Spinnennetz aufgefächert waren, um die einzelnen Teile miteinander zu verbinden. In der vergangenen Woche hatte Jamie jeden Hinweis und jeden Gegenstand, die sie bisher gesammelt hatten, zueinandergefügt, angefangen von dem Symbol, das Leviathan verwendete, bis zur Besessenheit der geheimen Organisation mit der Familie der Prinzessin. Jetzt wollte er alles, was er am Abend zuvor erfahren hatte, dort einfügen. Also schrieb er die Worte gewissenhaft auf kleine Zettel.

Warum hat Ingrid von Alexis Wolfson gesprochen?
Was haben sie mit dem König und der Königin vor?

Er wollte es schon dabei belassen, als ihm wieder einfiel, wie unzufrieden Lottie dreingeblickt hatte, als die Mädchen ihn im Auto nach seiner Meinung gefragt hatten, also fügte er noch eine weitere Notiz hinzu.

Warum bin ich Ellies Partist?

Dann befestigte er seine neuen Hinweise in dem Spinnennetz, in dessen Mitte sich das Ziel befand, wo das alles ihn hinführen sollte. Mit einem Taschenmesser waren dort vier schlichte Worte ins Holz geritzt, die sein Blut mit dem Versprechen auf Rache in Wallung brachten, Rache für Lottie, für Ellie, und für jeden, der ihm nahestand und der von Leviathan gequält worden war.

Wo ist mein Feind?

6

Den Vormittag durchzustehen, war der reinste Albtraum für Lottie. Sie starrte immer wieder zu der violetten Wanduhr hinüber, die unaufhaltsam dem Ende ihrer Englischstunde entgegentickte, und flehte sie an, langsamer zu werden, denn am Mittag musste sie sich Haru stellen. Normalerweise liebte sie den Unterricht – und Ms. Kumas Englischstunden ganz besonders. Der Fremdsprachen- und Kunstbereich der Schule war weitläufig und mit wunderbaren Wandmalereien aus Bildern und Zitaten aus berühmten Romanen dekoriert, aber heute fühlte Lottie sich trotzdem dort eingeengt – die vielen Farben und Wörter bedrängten sie, und sie kam sich vor, als wäre sie in einem Buch gefangen.

Sie hatte weder Ellie noch sonst jemandem von dem Brief erzählt. Harus Drohung hatte ihre Lippen versiegelt.

»*Drei Mal beginnt, und drei Mal bricht er, seinem Stolz zum Trotz, in Thränen aus, sowie sie Engel weinen*«, deklarierte Ms. Kuma, als ihr anmutiges Gesicht über den Rand einer Ausgabe von Miltons *Verlorenem Paradies* hinweglugte. »Können Sie mir sagen, was hier passiert?«

»Das bedeutet, dass er drei Mal zum Sprechen ansetzt, aber dass er nichts sagen kann, weil er jedes Mal weinen muss«, sagte Billy Levine, ein Mädchen aus Stratus, das Lottie kannte, weil es sich mehrmals die Hauptrollen in den Schulmusicals gesichert hatte. Billy schien äußerst zufrieden mit sich und schenkte Lottie ein unsympathisches Lächeln, und ihre kurzgeschnittenen Haarspitzen unter der gelben Baskenmütze hüpften provozierend.

Nicht einmal Lotties Lieblingsfach war vor Harus Gift sicher.

»Aber es ist kein normales Weinen, oder?«, fuhr Ms. Kuma fort. »Es sind Engelstränen – das bedeutet doch, dass zu dem Zeitpunkt noch ein Rest Güte in ihm ist. Dass er noch in der Lage ist, Reue zu empfinden. Oder aber es ist seine größte Täuschung.«

Da klingelte es. Sobald Lottie das schrille Läuten hörte, sprang sie auf die Füße, als hätte sie einen militärischen Befehl erhalten, und fing mit einem mulmigen Gefühl an, ihre Tasche zu packen; jeder Gegenstand, den sie einsteckte, brachte sie Haru ein Stückchen näher.

»Halt, halt, halt, wartet bitte alle mal kurz! Lottie?« Ms. Kuma machte den Schülern Zeichen, sich wieder hinzusetzen, und Lottie zuckte zusammen. »Da im Frühling die Präsentation der drei Grundpfeiler unserer Schule stattfindet, möchte ich, dass ihr euch alle schon mal Gedanken darüber macht, auf welche Weise ihr den Namenspaten eurer Häuser die Ehre erweisen wollt. Wenn irgendjemand von den Schülern aus Ivy vorhat, im Andenken an Florence Ivy über einflussreiche Lyrikerinnen oder Romanautorinnen zu sprechen, dann kann er oder sie sich gerne an mich wenden. Dasselbe gilt natürlich auch für Conch-Schüler, auch wenn ich da vielleicht nicht so viel beitragen kann. Und natürlich meine lieben

Stratus-Schüler« – sie blickte sich strahlend um, und ihr Blick landete wie zufällig auf Billy, die definitv zu ihren Lieblingen zählte –, »ihr wisst ja, dass ihr jederzeit zum Plaudern zu mir kommen könnt. Ihr dürft jetzt gehen.«

Lottie wollte aufstehen, da hielt Ms. Kuma sie zurück. »Lottie. Kann ich dich noch kurz hierbehalten?«

»Selbstverständlich!«, antwortete Lottie lächelnd und beschwor innerlich ihren Prinzessinnenunterricht herauf. Sie sah zu, wie der Rest der Klasse den Raum verließ und sich Gelb, Lila und Rot miteinander vermischten, während alle sie anstarrten. Das war aber nicht das übliche Nicken und Zuwinken, an das sie gewöhnt war. Es fühlte sich kalt und verstörend an und rief ihr in Erinnerung, welchen Schaden Haru bereits angerichtet hatte.

»Worüber ich mit dir sprechen wollte, Lottie«, begann Ms. Kuma, erhob sich und strich glättend über ihren kirschroten Hosenanzug, in dem sie ein bisschen wie eine Maraschino-Kirsche aussah – ein Anblick, der bestens mit ihrem süß duftenden Parfüm harmonierte. »In den Schuljahren, in denen der ISC-Contest stattfindet, wählen wir auch immer einen Schüler aus, der eine kleine Würdigung von William Tufty vorbereitet.«

Lottie presste die Lippen aufeinander, um nicht laut herauszulachen, als sie sich Ms. Kumas Reaktion vorstellte, wenn sie wüsste, dass Lottie William Tuftys Erbstück in ihrem Rucksack mit sich herumtrug oder dass sie sein geheimes Atelier in den Kellergewölben von Stratus aufgestöbert hatte.

»Die anderen Hausvorsteherinnen und ich haben uns darüber schon Gedanken gemacht, und wir würden uns sehr freuen, wenn du ihm in diesem Jahr die Ehre erweisen würden. Der Direktor hat uns mitgeteilt, dass du schon früher ein großes Interesse an unserem Schulgründer bekundet hast, und offensichtlich teilst du auch seine große Leidenschaft für Märchen und alte Bräuche.« An dieser Stelle hielt Ms. Kuma abrupt inne, musterte Lottie von oben bis unten und putzte ihre Brille, als könnte das irgendetwas an dem Bild ändern, das sie vor sich sah. »Und ich muss sagen« – sie blinzelte noch ein paar Mal –, »seit du diesen Kurzhaarschnitt hast, ist die Ähnlichkeit wirklich frappierend. Wenn ich nicht wüsste, dass vor mir die Thronfolgerin von Maradova steht, würde ich beinahe vermuten, ihr beide wärt miteinander verwandt.«

Lottie riss sich zusammen und legte in einer gespielten Geste überraschter Bescheidenheit eine Hand auf ihre Brust, wobei ihre Finger unabsichtlich den Wolfsanhänger berührten.

»Wie lustig wäre das denn?«, scherzte sie. »Es würde mir die größte Freude bereiten, unserem Gründer die Ehre zu erweisen, auch wenn ich *nicht* mit ihm verwandt bin.« Sie konnte einen Moment lang nicht weitersprechen. »Entschuldigen Sie bitte«, sagte sie. »Ja, überaus gern.« Sie spürte, wie sich das Gewicht dieser neuen Aufgabe schwer und unangenehm auf ihre Schultern legte; das hatte ihr gerade noch gefehlt.

»Wunderbar, ich danke Ihnen.« Ms. Kuma streckte Lottie ihre Hand entgegen. »Wir sind schon sehr gespannt, was Sie sich wohl einfallen lassen.«

Der Weg zum ehemaligen Conch-Schwimmbad war schmerzhaft. Lottie kam sich vor wie die *Kleine Meerjungfrau*, nachdem sie ihren Fischschwanz eingetauscht hatte und jeder Schritt sich anfühlte wie einhundert Messerstiche in ihre Fußsohlen. Sie war heilfroh, auf ihrem Weg weder Ellie noch Jamie begegnet zu sein, und achtete nicht darauf, wie unheimlich leer dieser Bereich des Schulgeländes war. Gebogene Brombeerranken ragten über den sandigen Pfad, und zwischen den Maulbeerbäumen wucherten Brennnesseln. Im Gegensatz zum Rest des Schulgeländes wirkte dieser Bereich völlig verwildert, so als hätte der Rosenwald sich bis hierher ausgebreitet und sich diesen Teil einverleibt.

Als sie das schmiedeeiserne Tor erreichte, überlegte sie, wie sie da hindurchgelangen sollte oder ob Haru tatsächlich von ihr erwartete, dass sie hinüberkletterte.

Das ist alles eine bescheuerte Idee, und du bist eine Idiotin, und wenn dir hier gleich etwas Schlimmes zustößt, dann ist das einzig und allein deine Schuld.

Sie hatte Jiminy Grille auf ihrer Schulter sitzen, wie *Pinocchio* in dem Zeichentrickfilm, und seine Kommentare waren erbarmungslos. Sie wünschte, sie hätte daran gedacht, irgendetwas zu ihrer Verteidigung mitzunehmen, zum Beispiel das Schwert ihrer Ahnin, das noch immer unter ihrem Bett lag, oder sich ein besonders schweres Buch gegriffen, egal was. Aber leider war alles, was sie hatte, ihre eigenen zwei Beine, die immer noch schmerzten, nachdem sie erst vor einer Woche damit vor Ingrid weggelaufen war. Sie war zwar mittlerweile eine ziemlich gute Läuferin geworden, aber es nützte nichts, sich etwas vorzumachen – sie hatte Ingrid nur deshalb abgehängt, weil sie sich nicht so verhalten hatte, wie sie es von ihr erwartet hatte, und sie konnte nicht davon ausgehen, dass ihr das Gleiche auch mit Haru gelingen würde.

Als sie gegen das Tor drückte, zuckte sie zusammen, weil es so fürchterlich quietschte. Ihr Körper war in höchster Alarmbereitschaft, in Erwartung des unvermeidlichen Hinterhalts, in den sie soeben geradewegs hineinspazierte.

Sie hatte das Schwimmbad das letzte Mal gesehen, als sie an Silvester gedankenlos dort eingebrochen waren. Damals war noch Wasser in dem grün gefliesten Becken gewesen, in dem sich der schwarze Nachthimmel spiegelte, bis Jamie mit seinem Sturz ins Wasser die Sterne zerschlug. Mittlerweile war das Wasser abgelassen worden, und die Steine hatten Risse bekommen, in denen bereits das Unkraut wucherte, und im Boden klaffte ein Loch, das nur darauf wartete, sie zu verschlucken.

»Hallo, Prinzessin.« Harus Stimme klang butterweich, als sein sommersprossiges Gesicht wie ein schelmischer Waldgeist, wie Puck oder Pan, oben auf der Plattform auftauchte. »Ich hoffe, mein Brief hat dir keinen allzu großen Schrecken eingejagt. Es war mir einfach wichtig, dass du ihn ernst genug nimmst.«

Er kam gemächlich die Stufen herunter und fing an, an dem leeren Becken entlangzubalancieren, während das durch die Bäume einfallende Licht merkwürdig geformte Schatten auf seine Haut warf, so dass sich seine Züge fortwährend veränderten und es unmöglich war, seinen Ausdruck zu deuten.

»Danke, dass du pünktlich bist.« Er drückte sich immer sehr gewählt aus und klang dadurch höflich und distanziert, was so gar nicht zu seinen bauschigen Haaren und den Rehaugen passen wollte.

Haru grinste von der anderen Seite des Beckens zu ihr herüber. Aber diesmal war es nicht das übliche Sommerbrise-Lächeln, bei dem man nicht daran dachte, sich zu fürchten; diesmal fühlte sie sich klein unter seinem Blick, wie ein Hund, der von seinem Herrchen gelobt wird.

Lottie war hin und her gerissen: Sollte sie weiter so tun, als wüsste sie nicht, wer Haru *wirklich* war, oder ins kalte Wasser springen und die Sache hinter sich bringen? Haru ließ sie nicht aus den Augen, und ein Lächeln spielte um seine Mundwinkel, als wüsste er ganz genau, was sie dachte.

»Du kannst aufhören, mir den charmanten Jungen vorzuspielen«, sagte Lottie schließlich und musste all ihre Willenskraft aufbringen, damit ihre Stimme nicht zitterte. »Warum bist du hier? Was willst du?«

Lottie fiel auf, dass Haru nicht näher kam; er blieb auf der anderen Seite des Beckens und hielt die Hände so, dass sie sie die ganze Zeit über sehen konnte. Vielleicht machte er es sogar absichtlich, um sie in Sicherheit zu wiegen.

»Ich will nur unnötigen Ärger vermeiden«, antwortete er unschuldig, legte den Kopf schief und machte einen Schmollmund, so dass er beinahe niedlich aussah. Hätte Lottie nicht hinter seine Maske blicken können, hätte er sie vermutlich schon um den Finger gewickelt. »Mir ist zu Ohren gekommen, dass du weißt, mit wem ich zusammenarbeite, und deswegen müssen wir dafür sorgen, dass bei deinen ungeschickten Einmischungsversuchen niemand zu Schaden kommt.«

Lottie reichte es langsam: »Ich bin hier nicht diejenige, die irgendjemandem Schaden zufügt.«

Da huschte etwas über Harus Gesicht hinweg, ein fieser, drohender Ausdruck, der Lottie unwillkürlich einen Schritt zurückweichen ließ. Zum Glück war sie hier und nicht Ellie.

Sie konnte das hier durchstehen, wenn das der Preis dafür war, dass Ellie und den anderen nichts zustieß.

»Du hast keine Ahnung, was du tust«, sagte Haru und lächelte bereits wieder, so dass Lottie gar keine Zeit blieb, um über den Sinn seiner Worte nachzudenken. »Wer weiß außer dir Bescheid?«, wollte er wissen, und sie blickten einander über das leere Schwimmbecken hinweg direkt ins Gesicht.

Sie schwieg beharrlich, weil sie sich weigerte, Anastasia, Saskia und Ellie zu verraten, aber das brachte ihn bloß zum Lachen, ein einschmeichelndes Lachen, als hätte sie einen guten Witz gemacht.

»Macht nichts.« Er schüttelte den Kopf. »Ich bin mir ziemlich sicher, dass ich es sowieso schon weiß, und ich finde es sehr weise von euch, dass ihr Jamie nichts gesagt habt. Sehr umsichtig.«

Lottie biss sich auf die Lippen und verfluchte sich innerlich, dass sie Ellie und Sayuri nicht früher davon überzeugt hatte, Jamie einzuweihen, doch nun war es zu spät.

»Du hast jetzt die Aufgabe, dafür zu sorgen, dass sie uns nicht in die Quere kommen, und deine Belohnung wird es sein, dass sie gesund und unversehrt bleiben. Komm …«, sagte Haru, setzte sich an den Beckenrand und bedeutete Lottie, es ihm gleichzutun, so dass ihre Beine hinunterbaumelten. Der Grund des Beckens roch nach Schlamm, und unterhalb ihrer schwarzen Ballerinas lag altes Laub und Dreck herum. »Während ihr verreist wart, habe ich im Wald etwas gefunden, das mir anvertraut worden war. Ich musste nicht lange nachdenken, um herauszufinden, woher es stammte und was es zu bedeuten hatte.«

Claudes Wolfsanhänger, dachte Lottie und fühlte das Gewichts ihres eigenen überdeutlich. Jedes Mitglied der Wolfsonfamilie besaß so einen, und sie hatte ihren damals zum Beweis dafür erhalten, dass sie sie in ihr Rudel aufgenommen hatten. Sie hatte die Reste von Claudes kaputtem Anhänger im Wald zurücklassen müssen, als sie vor Ingrid geflohen war.

»Dein Onkel lässt dich schön grüßen, Prinzessin. Er möchte mit dir in Kontakt bleiben«, verkündete Haru und riss Lottie damit aus ihren Gedanken.

»Was?« Sie hatte sich noch nicht damit abgefunden, was Haru alles wusste, und nun erzählte er ihr, dass Claude, der Ziegenmann, der Meister von Leviathan, mit ihr in Kontakt bleiben wollte? Allein der Gedanke ließ sie schaudern.

»Jetzt erkläre ich dir noch, wie es weitergeht.« Plötzlich hielt Haru etwas in der Hand, das er aus seiner Jacke gezogen hatte. »Ich werde euer Briefträger sein.« Er hielt ihr einen schmalen, braunen Umschlag hin, der genauso aussah wie der, den sie vor kurzem erhalten hatte. »Ich werde dir diese überbringen, und dafür händigst du mir deine Antworten aus. Aber keine Angst«, fügte Haru hinzu und grinste verschlagen wie ein Fuchs, »ich verspreche dir, sie nicht zu lesen.«

Lottie wurde heiß, aber gleichzeitig schlotterte sie, als wäre es allertiefster Winter. Sie musste daran denken, wie sie Jamie gefunden hatte, fiebrig und verängstigt, und er sie angefleht hatte, sich so schnell wie möglich vor dem Ziegenmann in Sicherheit zu bringen. Er war der drohende Schatten, der ihnen stets auf den Fersen war, ohne sie jemals einzuholen, aber jetzt war er so nah, dass sie ihn förmlich unter ihrer Haut spürte.

»Warum um alles in der Welt sollte ich mich darauf einlassen? Nach allem, was er meinen Freunden und meiner Familie angetan hat?«, fragte sie und gab ihr Bestes, ihre Stimme nicht so ängstlich klingen zu lassen, wie sie sich fühlte.

»Ich bin noch nicht fertig«, schnitt Haru ihr unsanft das Wort ab, um sie daran zu erinnern, dass sie keine Wahl hatte. »Wir wollen dir die Möglichkeit geben, die Dinge wieder geradezurücken, und ich bin hier, um dich im Auge zu behalten und dich und deine kleinen Freunde davon abzuhalten, sich weiter in Angelegenheiten einzumischen, von denen ihr nichts versteht.«

Lottie wich zurück. Es kam ihr so vor, als wäre Haru tatsächlich ein Lehrer ihrer Schule und würde sie zurechtweisen.

»Das ist übrigens keine Bitte. Das sind Regeln.« Er sah ihr direkt in die Augen und machte es ihr unmöglich, seinem Blick auszuweichen. »Du weißt jetzt, wozu wir in der Lage sind, aber wir wollen es doch nicht zum Äußersten kommen lassen, nicht wahr?«

Er drohte ihr schon wieder, aber Lottie konnte ihm nichts entgegensetzen, weil sie an Dom, Marcy und an Ellie und all ihre Freunde dachte.

»Verstehst du?«

Lottie nickte.

»Dann sag es.«

Damit zerstörte er auch noch das letzte Fitzelchen von Lotties Stolz, und sie blickte Haru unter ihren gerunzelten Brauen an, ohne ihre Wut zu verbergen, und antwortete:

»Ja, ich verstehe.«

Obwohl Haru sich auf der anderen Seite des Beckens befand, konnte sie den Duft nach gegrillten Marshmallows riechen, der ihn stets umgab, als stünde er direkt neben ihr und würde ihr den Hals zudrücken.

»Gut.« Erneut verzog er den Mund zu seinem Sommerlächeln, das sich wie Zuckerguss über sein schroffes Verhalten von eben legte, so dass sie an ihrem Verstand zu zweifeln begann und sich fragte, ob sie sich das alles womöglich nur ausgedacht hatte. »Bist du jetzt bereit, dir den Rest der Regeln anzuhören?«

Lottie wollte erneut nicken, aber da wurden Harus Augen zu Schlitzen.

»Ja, ich bin bereit«, sagte sie zähneknirschend und hätte ihn am liebsten in das leere Becken hinabgestoßen.

»Du wirst mir einmal in der Woche deine Antwortbriefe an Claude übergeben, und genauso oft werde ich eine Stunde mit Jamie allein verbringen, in der uns keiner stören darf. Wenn es dir nicht gelingt, dafür zu sorgen, dann holen wir uns deinen Partisten eben mit Gewalt.«

»Nein«, platzte es da aus Lottie heraus, die sich für den Bruchteil einer Sekunde vormachte, sie könnte es tatsächlich mit Haru aufnehmen, einem ausgebildeten Partisten, alles, nur um Jamie zu schützen.

Haru schien sich an ihrer Antwort gar nicht zu stören. Im Gegenteil, er wirkte zufrieden. »Ich gebe dir mein Wort, dass deinem Partisten nichts zustoßen wird, solange du ihm nichts verrätst. Ich will ihn nur besser kennenlernen.«

Seine Stimme hatte aufrichtig geklungen, und trotz allem fühlte Lottie auf einmal eine merkwürdige Verbindung zwischen ihnen, als hätte sich soeben herausgestellt, dass sie in

Wirklichkeit denselben Kampf kämpften. Offenbar hatte sie aber nicht besonders überzeugt ausgesehen, denn er legte ohne jede Ironie die Hand auf sein Herz und fuhr fort: »Sollte deinem Partisten unter meiner Aufsicht irgendetwas zustoßen, dann werde ich mich stellen und euch für immer in Ruhe lassen – vorausgesetzt, du hältst dich an deinen Teil der Abmachung. Wenn Jamie irgendeinen Verdacht gegen mich schöpft, kann ich für nichts garantieren.«

Lottie schluckte schwer.

»Was wollt ihr überhaupt von Jamie?« Unter ihren Handflächen spürte sie Löwenzahnblumen, die in den Rissen der gesprungenen Fliesen wuchsen.

Haru lächelte erneut, als wäre ihre Frage niedlich gewesen. »Wir wollen einfach nur gewisse Dinge gerade rücken.«

Lottie fühlte sich, als wäre sie wieder im Rosenwald und hörte Ingrid flüstern. Auf einmal fing es an, ihr in den Fingern zu jucken, als sie sich fragte, was wohl in dem Brief stand, den Haru in der Hand hielt.

»Wie hört sich das an?«, sagte Haru, unterbrach ihren Gedankenstrom und wedelte spöttisch mit dem Umschlag. »Du hältst dich an meine Regeln, reißt dich zusammen und hältst deine Freunde in Schach, und ich verspreche, dass keinem Rosewood-Schüler etwas geschehen wird.«

Es war ein verlockendes Angebot. Lottie musste an Ellie und an die violetten Schatten unter ihren Augen denken, die gar nicht mehr verschwinden wollten. Die Vorstellung, dass sie nur einwilligen musste, und schon würde Leviathan sie alle ihr normales Schulleben weiterleben lassen, und nur Lottie allein müsste diese Last tragen, während alle anderen frei wären, vermittelte ihr das Gefühl, keine andere Wahl zu haben.

»Versprichst du, dass niemandem etwas zustößt? Dass wir weiter ganz normal zur Schule gehen können?«, fragte Lottie trotz ihrer Schuldgefühle.

»Das ist genau das, was wir wollen«, sagte Haru.

Sie atmete tief aus, und eine Antwort war eigentlich gar nicht mehr vonnöten. Die Art, wie ihr Körper sichtlich in sich zusammensackte, verriet Haru, dass er gewonnen hatte.

»Okay.«

Plötzlich machte Haru einen Satz, landete auf dem Grund des leeren Beckens und kam mit langen Schritten auf sie zu, wobei das Laub unter seinen Füßen raschelte. Sie war zu erschöpft, um auszuweichen, aber er versuchte gar nicht, die Hand nach ihr auszustrecken, sondern hielt ihr nur mit einer angedeuteten Verbeugung den Brief entgegen wie eine kostbare Gabe.

»Für dich«, sagte er. Lottie fiel auf, dass sein Kopf so nah an ihrem Fuß schwebte, dass sie ihm ohne weiteres einen Tritt versetzen konnte.

Sie kämpfte gegen den Impuls an, holte einmal tief Luft und griff dann nach dem Brief. Als ihr Blick auf die elegante Handschrift fiel, erkannte sie, dass sie die ganze Zeit über vollkommen machtlos gewesen waren.

7

Nichts war, wie es sein sollte. Ellie war ziemlich überzeugt davon, dass die ganze Welt sich dauerhaft gegen sie verschworen hatte, und sie wäre am liebsten zur Brücke gelaufen und hätte in den darunterliegenden Abgrund gebrüllt.

Sie zupfte am Saum ihres verfluchten karierten Kleidchens herum in dem Versuch, es wenigstens ein kleines Stückchen weiter runterzuziehen, während sie mit der Schulter gegen die Tür zum Wohnheim von Stratus drückte, um sie aufzuschieben. Der Unterricht war für heute vorbei, es fanden nur noch AGs statt, und die meisten Stratus-Schüler hielten sich um diese Tageszeit in der Bücherei auf. Dennoch vergewisserte sie sich mehrmals, dass die Luft auch wirklich rein war, bevor sie sich der steinernen Statue des Falken Elwin näherte, dem Haus-Maskottchen von Stratus, der den Eingang zu Rosewoods größtem Geheimnis bewachte.

Sie drehte an dem W, bis es sich in ein M verwandelte, und wartete darauf, dass die Zahnräder sich in Bewegung setzten. Das Geräusch ließ sie jedes Mal wieder zusammenzucken, obwohl sie es doch schon kannte, und dann bewegte sich der Vogel langsam nach oben und gab den Weg auf die darunterliegende Treppe frei. Eigentlich war es eine Schande, dass keiner der Stratus-Schüler den verborgenen Raum unter ihrem

Wohnheim als Inspirationsquelle für seine Präsentation beim ISC-Contest nutzen konnte, aber dieser Ort war Lotties Geheimnis, das Ellie und ihre Freunde notfalls mit ihrem Leben verteidigen würden.

Sie rieb sich die Arme gegen die Kälte, die ihr aus dem verborgenen Eingang entgegenschlug, und begann ihren Abstieg in das geheime Atelier, das der Schulgründerin gehört hatte, der verschollenen Prinzessin Liliana Mayfutt alias William Tufty – genau hier hatte Lottie von ihrer wahren Herkunft erfahren.

Ellie hatte nie groß über die Geheimnisse und Familienähnlichkeiten nachgedacht, aus denen Lotties Erbe bestand – der versteckte Arbeitsraum im Keller und die zierliche Krone, die so verblüffend gut zu ihren ungebändigten honigfarbenen Haaren passte. Also warum spürte sie bei dem Gedanken daran jetzt auf einmal einen Kloß im Magen? Warum hatte sie plötzlich ein schlechtes Gewissen?

Ohne dich könnte sie so viel mehr sein, feixte eine Stimme in ihr.

Sie konnte die anderen bereits reden hören, während sie widerwillig die letzten Stufen hinunterschlurfte und verstohlen um die Ecke lugte, gerade als Raphaels unverkennbarer Akzent, eine Mischung aus Los-Angeles-Slang und Oxford-Englisch, durch die Türöffnung schallte.

»Und danach war das Feuer dann aus?« Raphael sog scharf die Luft ein und drehte sich fragend zu Jamie um, der aber nur mit den Schultern zuckte.

Die Zwillinge hockten heute auffallend schweigsam in der Ecke wie zwei ein ganz klein wenig unheimliche Porzellanpuppen und lauschten den Neuigkeiten, während sie ängstlich an ihren beinahe aufgelösten Lutschern knabberten. Mickys Blick wirkte besonders leer – entweder war er mit seinen Gedanken vollkommen woanders oder das, was er hörte, behagte ihm gar nicht.

Ellie überlegte kurz, ob man sich Sorgen um ihn machen musste, während sie insgeheim aber auch erleichtert darüber war, Lotties Bericht über die Zusammenkunft mit ihrer Familie verpasst zu haben. Es war besser so, denn ob sie das Ganze noch einmal durchleben und dabei einen klaren Kopf hätte behalten können, war alles andere als sicher.

»Vielleicht hat es sich einfach um eine Wetterkapriole gehandelt?«, schlug Binah vor und riss Ellie damit aus ihren Gedanken. »Manchmal kommt es vor, dass die Luft sich durch Regen so stark abkühlt, dass säulenförmige Fallwinde mit zerstörerischer Wirkung entstehen, so ähnlich wie bei einem Tornado. Wobei die beiden Phänomene natürlich nicht miteinander gleichzusetzen sind.«

Ellie war davon ausgegangen, dass sie nach ihrem kleinen Missgeschick beim Mittagessen die Letzte sein würde, und hatte es eilig, Lottie zu erklären, warum sie sie im Speiseraum nicht hatte finden können, deshalb war sie nicht wenig überrascht, als sie Saskia und Anastasia nirgends erblickte.

»Brauchen wir das für die Chemieklausur?«, fragte Raphael und kritzelte sofort etwas in sein Notizbuch, in dem er eigentlich Informationen über Leviathan sammelte.

»Ja, das steht auf Seite 56. Ich habe vorgearbeitet.« Als Binah sich zur Seite drehte, breitete sich ihr kanariengelber Vertrauensschülerinnen-Umhang wie ein Fächer um ihre Schultern. »Ich kann dir meine Aufzeichnungen ausleihen, wenn du willst.« Sie machte Percy Handzeichen, er nickte, und im nächsten Augenblick kauerten die beiden zusammen vor Binahs säuberlichen Notizen, um davon abzuschreiben.

Ellie blieb stocksteif stehen und blickte auf die Szene, als hätte sie eine Schneekugel vor sich.

Es sah aus, als würden die anderen, umgeben von blinkenden Lichterketten und dem filigranen Sternenschmuck, der von der Decke hing, auf der anderen Seite der Glasscheibe durch einen Traum schweben.

Sie könnten ganz normale Schüler sein. Ohne dich wären sie glücklicher. Schon wieder meldete sich die gehässige Stimme in ihr, und ungewollt stieß Ellie ein frustriertes Schnauben aus.

»Ellie, Gott sei Dank.« Lottie sprang sofort auf sie zu, und als Ellie die tiefe Sorgenfalte auf ihrer Stirn sah, wollte sie sich nur noch verkriechen und sterben. Sie hasste es, dass sie der Grund dafür war. »Wo warst du? Warum hast du ein Kleid an?«

Alle starrten sie an, als hätten sie einen Geist vor sich.

Auch nicht dein Tag?, fragte Percy in Gebärdensprache. Ellie zog unwillkürlich leicht den Kopf ein und wünschte sich im nächsten Moment, sie wäre eine bessere Schauspielerin.

»Tut mir leid, dass ich zu spät bin, ich musste meine normale Uniform schnell in der Wäscherei abliefern.« Sie kratzte sich am Hinterkopf. »Jemand hat mir gleich zu Beginn der Mittagspause Kaffee darübergeschüttet.«

Jamie zog eine Augenbraue hoch, aber sie schüttelte nur den Kopf.

Ellie räusperte sich und wollte schnell vom Thema ablenken, damit keiner merkte, wie sie sich fühlte. »Habt ihr schon was rausgefunden?«

Binah, die an der Tafel stand und nachdenklich gegen ihr Kinn tippte, seufzte. »Ich fürchte, die neuen Informationen bringen uns nicht viel weiter. Nichts, was die königliche Familie bei dem Treffen gesagt hat, hilft uns, Claudes Beweggründe besser zu verstehen, geschweige denn, herauszufinden, was er am Ende eigentlich erreichen will.«

Von ihren Freunden in Rosewood waren Binah, Anastasia und Saskia die Einzigen, die wussten, dass Ellie die echte Prinzessin war, deswegen wählte Binah ihre Worte mit Bedacht.

Was Ellie aber besonders beunruhigte, war der Blick, mit dem Lottie sie anschaute, die immer noch mit flackernden Augen auf das Kleid starrte, das an Ellies Körper seltsam formlos herunterhing. Ihr Apfelblüten-Mund wurde zu einem schmalen Strich, als sie die Lippen aufeinanderpresste und sich in ihrem Kopf Puzzleteile ineinanderfügten.

Aber bevor Lottie sie näher befragen konnte, hörten sie, wie schwere Schritte sich ihnen näherten, als würde ein wütender Riese die Stufen heruntergepoltert kommen.

»Ich schwöre, wenn ich rausfinde, wessen Idee das war, dann …«

»*Arrête,* Saskia!«

Aus dem Dunkel des Treppenschachts tauchten Saskia und Anastasia auf, fünfundzwanzig Minuten zu spät und beide mit einem Mehrweg-Kaffeebecher in der Hand, der den Schriftzug *Rosewood Library Café* trug. Als Anastasia Lotties Blick auf ihren Becher registrierte, verzog sie den Mund:

»Nein, wir kommen nicht deshalb zu spät, weil wir uns

noch Kaffee geholt haben.« Sie betrat, umgeben von einer Parfümwolke und mit wehender, sorgfältig geföhnter, rotbrauner Mähne den Raum.

»Sondern wegen diesem Ding!« Saskia trat mit ihrem linken Bein einmal kräftig in die Luft, und Ellie starrte auf den Ring aus Metall, der um ihren Knöchel befestigt war.

Jamie war der Einzige, der eine Reaktion zeigte, als er scharf die Luft einsog.

»Sie haben mich an die Leine gelegt!«, kreischte Saskia ungehalten und stampfte mit dem Fuß auf.

»Was ist das denn?«, fragte Raphael angewidert, als würde es sich um irgendein besonders hässliches Accessoire handeln, das sie freiwillig trug.

»Das ist eine elektronische Fußfessel«, sagte Jamie. »Gewisse Leute verlangen vom Partisten-Rat, sie einzusetzen, damit sie ihre Partisten besser überwachen und ausschließen können, dass sie abtrünnig werden, aber die meisten von uns sehen darin eine Verletzung der Privatsphäre.«

Ellie zuckte zusammen. Sie konnte sich nicht vorstellen, was man der freiheitsliebenden Saskia Schlimmeres antun konnte. Sie sah, wie Lotties Lippen bebten, als würde irgendetwas sie beschäftigen, das sie sich nicht anmerken lassen wollte.

»Anscheinend hat einer der neuen Sicherheitsleute Wind von dem kleinen, äähmm« – sie hüstelte verlegen und warf Lottie einen raschen Blick zu –, »Entführungsversuch bekommen, als ich unter Leviathans Einfluss stand, und hat verlangt, dass ich erst wieder am Unterricht teilnehmen darf, wenn sie meine Bewegungen überwachen und sicher sein können, dass ich nie das Gelände verlasse.«

Anastasia legte ihrer Freundin besänftigend die Hand auf die Schulter, und das Band, das sie als Partistin und Herrin miteinander verband, verwandelte sich in etwas anderes, das noch stärker war. Dann seufzte sie, zog einen kleinen Spiegel aus ihrer Tasche, um ihr Make-up zu überprüfen, und als sie wieder aufsah, huschte ihr Blick zwischen Lottie und Ellie hin und her, die sich vorkamen, als würden sie durchsucht. »Heute war echt der allerschlimmste Tag. Ich muss morgen nachsitzen«, sagte sie, und alle drehten sich zu ihr um.

Dass Anastasia Alcroft zum Nachsitzen verdonnert wurde, hatte es noch nie gegeben. Das war, als würde die Königin von England an einem illegalen Rave in einem Abrisshaus teilnehmen. Einfach unvorstellbar. »Jepp«, fuhr sie fort und beschäftigte sich weiter mit ihrem Spiegel, um niemandem in die Augen sehen zu müssen. »Vor dem Unterricht von Mr. Trigwell konnte ich plötzlich mein Buch nicht mehr finden, und er dachte, ich würde das nur als Ausrede benutzen, weil ich meine Hausaufgaben nicht gemacht hätte.« Lottie zuckte zusammen, weil sie wusste, wie schwierig der allseits gefürchtete Mathelehrer sein konnte. »Das Komische daran ist, dass ich mir ganz sicher bin, dass ich es eingesteckt hatte. Als hätte irgendjemand es gestohlen, nur damit ich Ärger bekomme.«

Als sie diesmal aufblickte, sah sie Lottie an, und der Blick aus ihren saphirblauen Augen war bohrend.

»Vielleicht finden manche Schüler, ich sollte mir besser überlegen, mit wem ich befreundet sein will.« Ihre Stimme war wie Glasscherben, die Ellies Haut aufritzten.

»Nun werd mal nicht ungerecht«, brummte Ellie unverzüglich, denn sie wusste nur zu gut, was Anastasia damit sagen wollte.

»Ich bin nicht ungerecht, Ellie, ich bin nur realistisch.« Anastasia klappte den Taschenspiegel zu, und es wurde ganz still im Raum. »Die Leute sind wirklich sehr schlecht auf Lottie zu sprechen, weil sie denken, dass sie an allem schuld wäre. *Uns* dagegen sollte, nach allem, was wir über die Wirkung der Hameln-Formel wissen, klar sein, dass der Reporter, der hier eingebrochen ist und Dom attackiert hat, unter ihrem Einfluss stand – was wiederum bedeutet, dass Leviathan das alles genau so geplant hat.« Dann blickte sie nacheinander Saskia, Ellie und Lottie fest an, als wollte sie sie ermahnen. »Ich glaube, es ist an der Zeit, dass alle erfahren –«

Ellie wusste, dass Anastasia drauf und dran war, den anderen von Haru zu erzählen, und sie wusste auch, dass Jamie dann durchdrehen würde. Er würde Ellie niemals verzeihen, dass sie das für sich behalten hatte. Vielleicht war das hier deshalb genau die Standpauke, die sie verdient hatte, dachte Ellie bei sich.

Da erklang aus dem hinteren Teil des Raumes ein merkwürdiges Geräusch, eine Mischung aus Wimmern und Flehen, und traf Ellie bis ins Mark. Als sie sich umdrehten, konnten sie gerade noch einen Blick auf Mickys entgleiste Züge erhaschen, bevor er aus dem Raum stürmte.

»Micky!«, rief Lola ihm hinterher. »Ich kümmere mich um ihn«, sagte sie und tauschte mit Percy einen besorgten Blick.

Percy legte fragend den Kopf schief, und Lola formte mit den Lippen ein tonloses *Ja* als Antwort, bevor sie ebenfalls verschwand.

Sofort wandten sich alle Gesichter Percy zu in der Annahme, dass er vermutlich am ehesten die Gründe für den Zwischenfall kannte, denn schließlich waren er und die eine Hälfte der Zwillinge ein Paar. Er lehnte neben der Tafel an der Wand und sah aus wie ein Geist, den eine Düsternis umgab, die anders war als die Schatten, die er sowieso immer mit sich herumschleppte. Dicke Strähnen seiner schwarzen Haare hingen ihm über die Augen und schnitten wie schwarze Striemen durch sein Gesicht.

Es gibt da etwas, worüber wir mit euch sprechen wollten, erklärte er in Gebärdensprache und blickte betroffen zu Boden. *Lola und Micky … ihrem Vater geht's ziemlich schlecht, und wir glauben, dass ihm nicht mehr viel Zeit bleibt. Deswegen …* Er zog die Schultern hoch und zögerte einen Moment, bevor er weitersprach. *… glaube ich, es wäre das Beste, wenn die beiden in der nächsten Zeit nicht bei unseren Treffen mitmachen. Ich hatte Micky auch vorher gewarnt, dass ihn das zu sehr aufregen würde, und jetzt – na ja, ihr habt es ja selbst gesehen.*

Alle machten ein betroffenes Gesicht, als sie daran erinnert wurden, dass es auch noch andere Dinge gab.

Normalerweise sollten sie sich auf ihre Prüfungen, AGs, ihre Freunde und Familien konzentrieren – und nicht auf diesen blöden Leviathan Quatsch. Das sollte eigentlich einzig und allein Ellies Problem sein, aber sie hatte alle anderen damit angesteckt.

Ellie drehte sich zu Lottie um, der Tränen in den Augen standen und die wohl auch diese Bürde ihrem ohnehin schon bestehenden Sorgenberg hinzugefügt hatte, dann wanderte ihr Blick langsam zu ihrem Partisten.

Jamies Miene war so unbewegt wie immer, aber als ihre Blicke sich trafen, wusste Ellie, dass sie beide dasselbe dachten, und sie trafen eine wortlose Übereinkunft, die sich in einem langen Seufzen äußerte.

»Ihr könnt jetzt gehen«, verkündete Jamie. »Lasst uns einfach nächste Woche wieder hier treffen. Ich glaube, alle haben im Moment viel um die Ohren, mit dem ISC-Contest, Klausuren und Familienangelegenheiten, und da wir sowieso nichts Neues herausgefunden haben, hat es auch keinen Sinn, euch noch länger eure Zeit zu stehlen.«

Lottie öffnete den Mund und wollte etwas sagen, starrte aber die ganze Zeit zu Ellie hinüber, und dann schloss ihr Mund sich ganz langsam wieder, und sie blieb stumm.

»Seid ihr sicher, dass das okay ist?«, fragte Raphael mit schuldbewusstem Hundeblick. »Ihr müsst es nur sagen, wenn ihr uns braucht, dann bleiben wir.«

»Nein, ist schon okay«, sagte Ellie, und Lotties Blick verriet, wie erstaunt sie darüber war, dass Ellie so ruhig blieb. »Raus mit euch. Los, lebt euer Leben.« Und dann tat sie etwas, das sie noch nie zuvor getan hatte: Sie schenkte dem Raum das gespielte Lächeln, das sie von Lottie gelernt hatte, und betete insgeheim, dass sie es lange genug durchhielt, um alle zu überzeugen.

Nach einem ganz kurzen Moment des Innehaltens war Percy der Erste, der sich regte, denn er wusste, dass ihm niemand einen Vorwurf machen würde, wenn er lieber seinen Freund tröstete, als noch länger im Keller von Rosewood in alten und unerfreulichen Erinnerungen zu kramen. Als Nächstes stand Raphael auf und winkte Jamie am Fuß der

Treppe noch einmal zu, gefolgt von Binah, Anastasia und Saskia.

Ellie sah Panik in Lotties Blick aufleuchten, offenbar wusste sie weder ein noch aus.

»Lasst uns doch nächstes Wochenende wieder hier treffen, wenn alle etwas Zeit zum Nachdenken hatten«, rief Lottie und bekräftigte das Gesagte, indem sie mit der Faust einmal kräftig in ihre Handfläche schlug und dabei so entschlossen dreinblickte, dass Ellie sich wunderte, wohin der verzweifelte Ausdruck von eben so schnell verschwunden war. Lotties Verhalten wirkte unecht.

Anastasia schien ebenfalls etwas bemerkt zu haben, denn sie blieb auf der Schwelle zur Treppe noch einmal stehen. »Wie wär's mit einem Wellness-Tag in meinem Zimmer«, antwortete sie, »damit wir den Kopf mal wieder frei kriegen. Nur wir Mädels?«

»O ja, was für eine super Idee, Ani!«, stimmte Lottie ihr zu und schoss mit ihrer Begeisterung ein wenig über das Ziel hinaus. »Das wäre toll, mir wird nämlich echt gerade alles zu viel.«

Beide nickten und hofften, dass Jamie keinen Verdacht schöpfte. Ellie musterte sie misstrauisch – es konnte kein Zufall sein, dass Lottie versuchte, ein Treffen nur mit Anastasia und Saskia einzufädeln: den einzigen Personen außer ihnen, die über Harus und Ellies wahre Identitäten Bescheid wussten.

Die anderen Mädchen nickten ebenfalls, weil sie sofort begriffen hatten, dass Lottie ihnen offenbar etwas mitzuteilen hatte. Ellie hoffte nur, dass es nicht schon wieder neue schreckliche Nachrichten waren.

Erst als die anderen den Raum verlassen hatten, drehte Lottie sich mit geballten Fäusten zu Ellie um, und ihr Gesicht sah aus, als würde es jeden Moment in tausend Stücke zerspringen.

»Warum habt ihr das gemacht?«

Keiner erwiderte etwas, aber an der Art, wie Jamies Atemzüge länger wurden und lange Schatten über sein Gesicht wanderten, erkannte Ellie, dass er dasselbe dachte wie sie. Sie war diejenige, die es aussprach:

»Lass es gut sein, Lottie«, sagte sie mit ruhiger Stimme, obwohl das die bedeutsamste Erkenntnis war, die sie seit langem gehabt hatte. »Gönn dir doch auch mal eine Pause von dem Ganzen.«

8

Als Ingrid ein kleines Mädchen gewesen war, lange bevor sie ihren Job als Partistin antrat, hatte eine der Nonnen aus dem Kinderheim in Peć immer zu ihr gesagt: *Du darfst nie vergessen, dass es immer jemanden gibt, dem es noch schlechter geht als dir. Wenigstens bist du kein Affe mit einer Nussallergie.* Und obwohl der vergangene Monat schrecklich gewesen und keiner ihrer Pläne aufgegangen war, musste sie wieder an diesen Satz denken und beschloss, sich lieber um Julius zu kümmern.

Sie hatte lange nicht mehr an das Kinderheim gedacht. Der hässliche, braune Teppich im Speisesaal, das knarzende Brett im Fußboden, das sie jedes Mal verriet, wenn sie sich nachts in die Küche schleichen wollte, und der Gestank nach Kohlsuppe, der in allen Räumen hing. Die anderen Kinder waren dort glücklich gewesen, aber Ingrid bekam ständig zu hören, wie verwöhnt und wie frech sie doch sei, so dass sie ständig schmolltc und immer peinlich darauf achtete, dass sie, verglichen mit den anderen Kindern, ja nicht zu kurz kam. Keine drei Tage nach ihrem zwölften Geburtstag war ein Mann vom Partistenrat zu Besuch gekommen – und eine Woche darauf hatte sie im Trainigslager Julius kennengelernt. Mit seiner lockeren und großzügigen Art war er so ganz anders als Ingrid. Am Anfang hatte sie ihn für einen Idioten gehalten, weil er immer Geduld mit ihr hatte, auch wenn sie kratzte und biss – aber er blieb hartnäckig und nahm sie unter seine Fittiche, brachte ihr alles bei, was wichtig war, lachte einfach, wenn sie mal wieder gehässig wurde, und so waren sie bis heute ein Team.

»Man könnte ja meinen, ich läge im Sterben, so wie du ständig um mich herumwuselst«, stöhnte Julius mit seinem Südstaatenakzent, der alles, was er sagte, wie einen Scherz klingen ließ.

Ingrid verzog missmutig das Gesicht. »Vielleicht mag ich ja einfach dein Zimmer.«

»Lügnerin.«

Julius hatte sich in Tokio den Arm gebrochen, als er Saskia und die Prinzessin verfolgte, und war in einem Krankenhaus in der Nähe von Shinjuku gelandet. Es hatte viel Geld und Überzeugungskraft gekostet, die Behörden zu überreden, den Vorfall unter den Teppich zu kehren und Julius zurück zur Basis nach Yakushima zu holen. Aber das Schlimmste war, dass sie beide gescheitert waren. Jamie war ihnen entwischt, und was ihren Plan anging, sich an Saskia für Julius' Auge zu rächen – Fehlanzeige.

»Wir ziehen um«, sagte Ingrid schließlich, die genau wusste, wie sehr Julius es hasste, entwurzelt zu werden, weil er sich wie sie nach einem dauerhaften Zuhause sehnte. »Der Meister sagt, dass es an der Zeit ist, Japan zu verlassen.«

Julius stieß einen langen Seufzer aus und rieb sich über das breite, unrasierte Kinn. »Wohin?«

»Es gibt da wohl noch einen Unterstützer in Deutschland, einen ehemaligen Kommilitonen, dem der Meister verschiedene Dinge versprochen hat, wenn er uns hilft, unseren Plan zu vollenden.«

»Also näher an Maradova?«

»Näher an England.«

»Ach so, ja klar.« Julius pfiff durch die Zähne. »Eins nach dem anderen.«

Sein gesundes Auge fiel ihm bereits wieder zu – offenbar machten die Schmerzmittel ihn träge. Dass das ganze Zimmer nach Sandelholz-Räucherstäbchen stank, machte es auch nicht besser. Ingrid beschloss, ihm etwas zu essen zu holen, falls er nach dem Aufwachen hungrig wäre.

Als sie in den hässlichen, fensterlosen Flur hinaustrat, spitzte Ingrid die Ohren, denn sie hatte hinter der nächsten Ecke leises, verdächtiges Getrappel gehört. Sie schloss fest die Hände um die Griffe der beiden Spinnenmesser, die auf beiden Seiten ihres Körpers in ihren Futteralen steckten, und ihre Absätze erzeugten ein metallisches *Klick-Klack*. Mittlerweile hatte sie kaum noch Schmerzen in den Handgelenken, nur noch ein dumpfes Echo war geblieben, das sie geisterhaft an die Verletzung erinnerte, die Jamie ihr in Tokio zugefügt hatte.

Als Ingrid sich der Biegung näherte, sprang ihr eine schwarz gekleidete Gestalt in den Weg, schlitterte über den Boden und zielte dabei mit einem Messer direkt auf Ingrids Gesicht. Ingrid sprang mit blitzartiger Geschwindigkeit zur Seite, so dass das Messer ihre Nase knapp verfehlte, wehrte die Waffe ihres Angreifers mit einer raschen Bewegung ihres Spinnenmessers ab und schleuderte sie mit einem lauten *Ding* gegen die Wand. Dann wirbelte sie herum, schnappte sich die Gestalt und drückte sie auf die Knie.

»Upsi!«, sagte die Person lachend und biss Ingrid gleich darauf heftig ins Handgelenk, damit sie von ihr abließ.

»Stella, du kleines Miststück!«, zischte Ingrid. »Wo ist dein Bruder?«

Stella grinste und verzog das sommersprossige Gesicht, so dass ihre von einer pinken Zahnspange bedeckten Zähne sichtbar wurden. »Hinter dir!«

Wie ein Wirbelwind schoss Ingrid herum, um die unvermeidliche Attacke abzuwehren, aber da war niemand. Stattdessen brachen hinter ihr zwei Stimmen gleichzeitig in hysterisches Lachen aus.

»Haha, reingelegt!«, klang es im Chor.

»Ich kann mich noch an die Zeit erinnern, als ihr zwei stille und erträgliche Kinderchen wart«, brummte Ingrid und drehte sich zu den beiden um.

Stella und Sam waren ihre jüngsten und neuesten Rekruten, von Claude sozusagen handverlesen für ein spezielles Projekt, das er plante. In der ersten Zeit nach ihrer Ankunft war Sam ein stiller Junge gewesen, der sich gerne nützlich machte. Auch seine ältere Schwester war auf beinahe schon unglaubliche Weise darum bemüht gewesen, den Leuten zu gefallen. Wie sich herausstellte, war ihr Verhalten nicht nur *unglaublich,* sondern genau genommen *unglaubwürdig* gewesen: Es hatte sich nur um ein ehrgeiziges Spiel gehandelt, um sich die Gunst des Meisters zu erschleichen. Ingrid musste gut aufpassen, wenn sie nicht wollte, dass sie bald schon seine neuen Lieblinge wurden. Sie hatte die beiden immer für kleine, graue Mäuse gehalten, denen man keine Beachtung schenken musste, aber jetzt wurde ihr klar, dass sie Ratten waren.

Sam verspottete Ingrid und glotzte sie dabei aus seinen haselnussbraunen Augen an. »Nichtsnutz Julius und überflüssige Ingrid.«

Stella stimmte mit ein. »Es reimt sich, also ist es wahr.«

Ingrid hätte die beiden auf der Stelle töten können; sie wusste, dass sie das konnte. Die beiden hatten ihr Partisten-Training niemals abgeschlossen. Höchstwahrscheinlich hätten sie die Abschlussprüfung ohnehin nicht bestanden – sie waren zu unzuverlässig. Das war vielleicht auch der Grund, weshalb sie bei Leviathan mitmachten, weil ihnen klar war, dass es ihre einzige Chance war, aufzusteigen.

»Das reimt sich überhaupt nicht, du kleine Dummbratze«, zischte Ingrid und setzte ihren Weg zur Küche fort.

»Ist aber trotzdem wahr!«, rief Stella ihr nach, während die zwei ihr hinterherliefen. »Verstehst du etwa keinen Spaß?«

Ingrid antwortete nicht.

»Wo bist du neulich hingefahren?«, wollte Sam wissen und rümpfte die Nase, als hätte er einen seltsamen Geruch gewittert. »Du bist fast fünf Tage lang weg gewesen, und keiner wusste, wo du warst.«

Ingrid, die schon im Türrahmen der Küche stand, erstarrte für einen Augenblick. Sie hatte sich große Mühe gegeben, ihre Spuren zu verwischen, als sie nach Rosewood Hall gefahren war, um sich an der Prinzessin und ihrem Partisten zu rächen. Sie hatte die Briefe verbrannt, mit denen sie die maradovische Königsfamilie hatten bloßstellen wollen, und auch alle Beweise für ihre Flüge und Reisen. Die einzigen Fehler, die sie gemacht hatte, war die Verletzung gewesen, die sie Jamie aus Versehen zugefügt hatte, und natürlich die Tatsache, dass sie sich beinahe hätte einfangen lassen. Alles nur, weil die dumme, verwöhnte Prinzessin ihr schon wieder entwischt war. Wenn sie etwas davon herausfanden und dem Meister davon berichteten, vor allem, nachdem er ihr strengstens verboten hatte, sich Jamie zu nähern, würde er ihr niemals verzeihen.

»Brauchte mal einen Tapetenwechsel«, erwiderte sie bewusst vage, während sie sich in die eiskalte Küche stahl. »Um über meine Fehler nachzudenken.«

»Gute Idee.« Genervt stellte Ingrid fest, dass die Geschwister ihr immer noch folgten. »Vor allem, nachdem du den Meister in Tokio so enttäuscht hast.«

Ingrid bemühte sich, sie so gut wie möglich zu ignorieren und fing an, zwei Teller mit Essen zu füllen.

»Zum Glück ist dem Meister endlich klargeworden, dass man dich nicht in die Nähe des Partisten lassen darf, den er haben will.«

»Hat euch keiner gesagt, dass Ratten in der Küche verboten sind?«, brummte Ingrid und nahm sich etwas Obst und zwei Becher mit Karamellpudding aus der Vorratskammer.

»Haru ist viel besser für den Job geeignet, findest du nicht auch?« Stellas Stimme war wie Säure auf ihrer Haut. »Anscheinend hat er die kleine Prinzessin schon auf Linie gebracht, und Jamie vergöttert ihn.«

Der perfekte Haru. Wenn Ingrid an ihn dachte, sträubte sich jedes Haar an ihrem Körper. Alles an ihm war unecht.

»Halt den Mund«, knurrte sie warnend.

»Zweifelst du etwa an den Entscheidungen des Meisters?«

»Habt ihr zwei nichts Besseres zu tun?«

»Nö. Wir bereiten uns auf die Schule vor.«

»Was?«

»Er will uns zur Schule schicken«, erwiderte Sam.

»St. Agnus in Maradova. Nächste Woche geht's los.« Die beiden blickten Ingrid lauernd an, um ihre Reaktion nicht zu verpassen. »Hat der Meister dir nichts davon gesagt?«

Ingrid nahm das Tablett mit dem Essen und wollte zurück in Julius' Zimmer gehen, und die Haut in ihrem Nacken prickelte, als sie Stella und Sam hinter sich erneut in Lachen ausbrechen hörte.

»Ach, verdammt!« Sam lief zur Tür, um ihr noch etwas hinterherzurufen: »Total vergessen – der Meister wollte, dass wir dir was ausrichten.«

Ingrid erstarrte – sie brannte darauf, endlich wieder von Claude zu hören; er hatte sie jetzt lange genug spüren lassen, dass sie ihn enttäuscht hatte. Sie wollte einfach nur wissen, dass er sie immer noch für nützlich hielt, dass er ihr immer noch vertraute.

»Er hat gesagt, er glaubt, wenn Haru so weitermacht, dann wird der maradovische Partist unseren Standpunkt begreifen, ohne dass die Hameln-Formel bei ihm angewendet werden muss – jedenfalls noch nicht.« Stella und Sam sahen einander an. »Er will, dass du – wie hat er es ausgedrückt? Du sollst Jamie vom Leib bleiben, wenn er hier ankommt.«

Ingrids Finger klammerten sich an das kalte Tablett aus Metall, während eine Million wütender Gedanken durch ihr Hirn rasten.

»Danke«, sagte sie und wandte sich zum Gehen.

Als sie wieder in Julius' Zimmer war und die Tür hinter sich geschlossen hatte, bebte ihr ganzer Körper.

Du musst einfach nur warten, dachte sie. Im Moment wirkte alles chaotisch, weil sie kurz davor waren, die letzten Stufen ihres Plans umzusetzen. Sobald er vollendet war, würde sie bekommen, was man ihr versprochen hatte. Dann wäre endlich alles in der Welt wieder an seinem rechten Platz, und sie würde daran teilhaben.

»Stimmt was nicht?«, fragte Julius, der soeben aufwachte.

Ingrid drehte sich zu ihm um, und ihr Gedankenstrom endete abrupt. Es fühlte sich an, als würde sie in vollem Ritt vom Pferd geworfen und wieder im Rosenwald landen, wo der widerliche Geruch nach Rosen und Lavendel ihr das Atmen schwermachte, Dornen ihr die Haut an den Knöcheln aufritzten und Baumwurzeln ihr ein Bein stellten. Sie stand wieder neben jener riesigen Eiche und krallte ihre Finger fest in die goldenen Locken, als die Prinzessin von Maradova ihrem Griff entkam, indem sie sich kurzerhand die Haare abschnitt. Warum konnte sie dieses Bild nicht vergessen? Warum verfolgte es sie derart?

»Ob etwas nicht stimmt?«, brummte Ingrid. »Denk mal an die Königsfamilie von Maradova.«

9

Der Sommer hatte eine Blumengirlande um Rosewood gewoben und die Luft war schwer von ihrem berauschenden Duft. Lottie war allein auf dem Weg zur Bibliothek und beobachtete, wie die Schatten einzelner kleiner Quellwolken über den Pfad hinwegglitten.

Vor der Bibliothek blieb sie stehen und betrachtete das weiße Gebäude mit den geschwungenen Formen, an dessen äußerem Gerüst sich cremefarbene und gelbe Blumen wie eine Spitzenbordüre emporwanden. Sie setzte ihr schönstes Lächeln auf und stellte überrascht fest, dass ihr das hier, an ihrem Lieblingsort der Schule, viel leichter fiel. Niemand wäre darauf gekommen, dass sie aus einem anderen Grund hier sein könnte, als zu lernen. Denn was sie vorhatte, war etwas, mit dem sie allein fertigwerden musste – erst recht nach dem, wie die anderen sich bei ihrem letzten Treffen verhalten hatten.

Beim Betreten der Bibliothek wurde sie angestarrt, aber so langsam gewöhnte sie sich an das nervenzehrende Geflüster, das sie überallhin begleitete. Die Mittagssonne schien durch die mit Patina überzogene, gläserne Rose auf dem höchsten Punkt des Gebäudes und goss orangerotes Licht über die Bücher. Über der Nische, in der sich die Schüler-Arbeitsplätze befanden, waren die Wappen der einzelnen Häuser aufgehängt, und Lottie suchte sich ein ruhiges Plätzchen unter ihnen, wo sie vor neugierigen Blicken geschützt war und das tun konnte, wovor sie solche Angst hatte.

Da Ellie beim Fechttraining und Jamie mit Raphael joggen war, war Lottie ganz allein, und keiner der beiden würde erfahren, in welchem Maße sie sich eben *keine* Pause gönnte. Sowieso war es als Porterin doch ihr Job, alle möglichen Lasten zu schultern; das ließ sich doch nicht von einem auf den anderen Augenblick abstellen.

Behutsam legte sie zwei Geschichtsbücher und ein Lehrbuch vor sich auf den Tisch.

Zwischen den Seiten des Geschichtsbuchs war der Umschlag versteckt – der verfluchte Gegenstand, den Haru ihr überreicht und den sie noch immer nicht geöffnet hatte. Sie wünschte sich so sehr, sie hätte Sayuri kontaktieren und das hier mit ihr zusammen tun können, aber sie musste es allein schaffen. Es war der einzige Weg, die anderen zu schützen.

Als sie den Finger unter die zugeklebte Seite des Umschlags schob, musste sie daran denken, wie Claudes Zunge über das Papier gestrichen war, und bekam das Bild einer Schlange mit gespaltener Zunge nicht mehr aus dem Kopf. Sobald sie das Papier aufgerissen hatte, stieg ihr Glühwein-Geruch in die Nase – ein würziger, benebelnder Duft, der wie Parfüm an dem Stück Papier im Innern haftete.

Sie leerte den Inhalt über dem Tisch aus: Zum Vorschein kam eine rechteckige Karte im A5-Format aus dickem, schwarzem Papier, das wie Lack glänzte. Im Zentrum der Karte befanden sich elegante, goldfarbene Buchstaben, die abwechselnd aufleuchteten, sobald sie die Karte bewegte.

An meine entzückende kleine Nichte,

Lottie fiel sofort der herablassende Tonfall auf; Ellie hätte die Karte auf der Stelle zerrissen.

Ich gebe zu, dass mir unsere kleinen Spielchen in den letzten zwei Jahren viel Vergnügen bereitet haben, aber irgendwann müssen diejenigen, die das Sagen haben, entscheiden, dass der spaßige Teil vorüber ist. Zwar hat es mir gefallen zu sehen, wie meine eigene Nichte sich auf das Spiel einlässt und ein Rätsel nach dem anderen löst, dennoch wird unser nächstes Spiel von sehr viel ernsterer Natur sein.
Mir ist zu Ohren gekommen, dass du Märchen genauso sehr liebst wie ich, und deshalb gewähre ich dir nicht nur die Möglichkeit, das Ungerade gerade zu machen, sondern möchte dir darüber hinaus diese Hinweise zum Geschenk machen, die dir auf die Sprünge helfen werden, sofern du sie richtig zu deuten weißt.
Geschichten haben oftmals größere Macht, als wir vermuten.
Hiermit erhältst du deinen ersten Hinweis.

Der Brief ließ Lottie mit einem widerlichen, klebrigen Gefühl zurück – derselbe instinktive Abscheu eines Kindes vor einem ekelerregenden Geruch oder wenn einem ein richtig fieser Streich gespielt wird. Als Lottie die Karte mit zitternden Fingern umdrehte, entdeckte sie die kunstvolle Zeichnung eines goldenen Hirschs mit einer Krone auf dem Geweih. Das Bild schien im Licht zu zerfließen, weil die flüchtige goldfarbene Tinte abwechselnd immer wieder aufleuchtete und verschwand. Plötzlich war das Bild ganz verschwunden, als ein Schatten über die Karte fiel.

»Cool, das ist doch mal was anderes als die gute, alte Geheimtinte«, erklang eine Stimme hinter ihr, hell und klar wie Vogelgezwitscher.

Sofort schob Lottie alles in das Lehrbuch und klappte es zu, bevor sie sich so hastig umdrehte, dass sie um ein Haar vom Stuhl gefallen wäre.

»Binah!«, japste sie und legte die Hand auf die Brust, wie um ihr Herz am Herausspringen zu hindern. »Wie oft habe ich dir schon gesagt, dass du dich nicht so anschleichen sollst!«

Selbst wenn Lottie saß und Binah stand, war Binah kaum größer als sie, aber heute trug sie ihre schwarzen Kringellocken zu einem strengen Dutt hochgezwirbelt, der sie größer wirken ließ als sonst.

»Entschuldige!«, sagte sie und nahm ihre Brille ab, um sie mit einer Ecke ihres Pullunders zu putzen. »Du hast einfach so vertieft ausgesehen, da bin ich neugierig geworden.« Ein wissendes Lächeln spielte um ihre Mundwinkel, und Lottie war überzeugt, dass sie mehr gesehen hatte, als sie sollte.

Lottie schnaubte und zog Binah am Arm in ihre Nische hinein: »Du musst das unbedingt für dich behalten, Binah. Das ist wirklich eine ernste Sache.«

»Meine Lippen sind versiegelt, das hier bleibt zwischen mir und dem königlichen Trio.«

Als Lottie sich vor Unbehagen wand und ganz rote Wangen bekam, begriff sie.

»Oh!« Binah hob den Zeigefinger, ihre Augen weiteten sich, und Lottie konnte die Glühbirne über ihrem Kopf förmlich aufleuchten sehen. »Sie wissen nichts davon, und deswegen warst du bei unserem letzten Treffen so komisch, weil du nämlich *doch* neue Infos hast.«

»Es ist nicht so, dass ich das vor ihnen geheim halte … Ich kann nicht …, du weißt ja nicht …, ich darf nichts verraten, sonst bringe ich die anderen in Gefahr, weil –« Schon standen Lottie die Tränen in den Augen, und sie war kurz davor, lozuheulen. Binah durfte nichts erfahren, auf keinen Fall durfte sie noch eine weitere Person in Schwierigkeiten bringen.

»Hey, hey, ist ja gut!« Binahs Stimme war so tröstlich wie warme Milch mit Honig, und sie legte behutsam ihre Hand auf Lotties. »Ganz egal, was hier los ist, lass mich dir helfen. Es ist nicht gut, wenn du mit solchen Dingen ganz allein fertigwerden musst.«

»Du verstehst das nicht – er hat gesagt, wenn ich irgendjemandem was erzähle, ist die Schule in Gefahr, dann seid ihr alle in Gefahr.«

»Wer hat das gesagt?

Lottie hatte das Gefühl, Haru und Claude würden hinter ihr stehen und sie davon abhalten, weiterzusprechen.

»Lottie.« Binah versuchte, ihr Mut zu machen, und als Lottie zu ihr aufblickte, erinnerten die dunkelbraunen Augen sie auf einmal an die große, aufrechte, standhafte Eiche im Rosenwald, die jedem Trost spendete, der danach suchte. »Ich verspreche dir, dass ich das Geheimnis für mich behalte. Komm, wir schaffen das zusammen.«

Da war es auf einmal, als wäre der Fluch aufgehoben.

»Haru«, flüsterte sie und sah sich sofort um, ob sie auch ja niemand belauschte. »Er ist bei Leviathan, und …«

Binah entfuhr ein Aufschrei, eine Mischung aus Quieken und Stottern.

»Aber natürlich!«, wisperte sie. »Deshalb hat alles angefangen, seit er hier ist … Und wie er Jamie anschaut … Auweia.«

Lottie nickte; allein bei der Vorstellung, dass Haru Jamie überhaupt irgendwie anschaute, lief es ihr kalt den Rücken hinunter.

»Seit Montag werde ich von ihm erpresst.« Sie schluckte schwer und musste erst die letzten Überreste des Gefühls der heimtückischen Hände auf ihren Schultern abschütteln. »Er hat eine Reihe von Regeln aufgestellt, an die ich mich halten muss, damit den anderen nichts passiert. Und jetzt habe ich schon die erste davon gebrochen, weil ich mit dir rede.«

Binah hörte ihr schweigend zu, und Lottie musste an eine dieser altmodischen Standuhren denken, bei der unter einer vollkommen ruhigen Oberfläche ein emsiges Räderwerk arbeitete und alles an den rechten Platz rückte.

»Er hat mir diesen Brief gegeben, der ist … äh …« Lottie zögerte erneut, schon wieder überkam sie dieses widerliche Gefühl. »Er ist von Claude.«

»Ach, du heiliger Schnürsenkel«, sagte Binah nur, und ihre Augen schienen noch größer zu werden.

»Ja. Ich muss ihm zurückschreiben. Scheint so eine Art Rätsel zu sein oder ein Puzzle.«

Binah hob den Kopf, ihre Brillengläser glänzten, und für eine Sekunde sah es so aus, als würde sie gleich zu sabbern anfangen. Sie leckte sich über die Lippen. »Ein Puzzle, sagst du?«

Binahs Reaktion war eigentlich vollkommen albern, für sie aber gleichzeitig auch völlig normal, so dass Lottie plötzlich vor Lachen überquoll und gar nicht wieder aufhören konnte, und mit jedem Zucken ihres Zwerchfells fühlte sie sich leichter.

»Hey, was kann ich denn dafür, dass ich ein Enigmaholic bin«, kicherte Binah.

»Gibt es das Wort überhaupt?«

»Nee, sollte es aber!«

Lottie tupfte sich die Lachtränen aus den Augen und versuchte, wieder ernst zu werden. Dann stieß sie einen tiefen Seufzer aus und schlug das Buch erneut auf, zwischen dessen Seiten Claudes verfluchtes *Geschenk* steckte.

»Wir haben uns morgen zu einem geheimen Treffen verabredet – Ellie, Saskia, Anastasia und ich –, aber die anderen ahnen noch nichts von dem Attentat, das ich dann auf sie verüben muss. Kannst du nicht auch kommen? Ich hab keinen blassen Schimmer, wie ich ihnen das Ganze beibringen soll.«

»Hm«, machte Binah und zeigte Lottie offen, dass sie so ihre Zweifel hatte. »Du weißt aber schon, dass du ihnen irgendwann auch von Claudes Briefen erzählen musst, oder? Zumindest Ellie.«

Lottie hatte endlich die Karte wiedergefunden und winkte ab.

»*Erst mal* muss ich jetzt diesen Brief beantworten.«

»Ich helfe dir«, bot Binah an.

Als sie erneut auf die Karte blickte, sah Lottie, dass die Ecken vom hastigen Verstecken angestoßen waren und sie dadurch schon einiges von ihrem Glanz verloren hatte. Sie sah auf einmal gar nicht mehr so unbesiegbar aus.

»Einverstanden«, sagte Lottie. »Nur wir zwei.«

10

An den Ziegenmann,

vielen Dank für deinen überaus großzügigen Hinweis, und dass du deiner kleinen, dummen Nichte so weit entgegenkommst. Erpressung ist doch immer noch der schönste Liebesbeweis, nicht wahr?
Es stimmt zwar, dass ich mich gut mit Märchen und alten Geschichten auskenne (wie nett, dass dir das aufgefallen ist), aber ich muss sagen, dass der gekrönte Hirsch mir unpassend vorkommt – meine Abstammung lässt mich fragen, warum kein Wolf an seiner Stelle steht?
So wie die Dinge liegen, finde ich, dass es nicht zu viel verlangt wäre, wenn ich dich bitte, mir auch eine Frage zu beantworten, und ich bin mir sicher, o großer, weiser Onkel, dass du sie mir mit Freuden beantworten wirst.
Darum frage ich, berstend vor Neugier: Was willst du von meinem Partisten?

Mit den besten Grüßen
Deine entzückende, kleine Nichte

Als Lottie mit der Zunge widerwillig über den Rand des Umschlages strich, um den Brief zu verschließen, schmeckte der Kleber bitter. Sie hatte bei jedem einzelnen Wort das Gefühl gehabt, einen Pakt mit dem Teufel zu schließen. Wenn sie daran dachte, dass eigentlich Ellie den Brief hätte beantworten müssen und nicht sie, wurde ihr schlecht.

Sie verstaute den Brief in ihrem Nachttisch, schloss die Schublade ab und mochte gar nicht daran denken, dass sie ihn irgendwann wieder hervorholen und Haru übergeben musste, wie ein gehorsames Hündchen, das seinem Herrchen die Zeitung bringt.

Die Badezimmertür ging auf, und Ellie erschien, eingehüllt in eine Dampfwolke und den dezenten Duft des Herrendeos, das sie immer benutzte. Sie trug einen schwarzen Kapuzenpullover zu zerrissenen Jeans und rubbelte sich mit einem kleinen Handtuch die Haare trocken.

Immer, wenn sie Ellie ohne ihre übliche Rüstung aus dunklem Kajal oder Lippenstift sah, spürte Lottie nach wie vor ein angenehmes Flattern im Bauch. Wenn die Schminke fehlte, fiel besonders auf, wie durchscheinend zart und blass ihre Haut war.

»Bist du so weit?«, fragte Ellie und wich Lotties Blick aus.

»Jepp«, erwiderte Lottie mit einem dünnen Lächeln, obwohl ihre innere Stimme *nein* sagte.

Anastasia und Saskia erwarteten sie im Wohnheim von Conch zu ihrer Zusammenkunft mit dem Teil ihrer Clique, den Lottie insgeheim *Die Eingeweihten* nannte, sprich: mit allen, die wussten, dass Ellie die echte Prinzessin und Haru bei Leviathan war. Leider war ihr Hirn ein ängstliches Knäuel aus wirren Gedanken, wovon Ellie aber auf keinen Fall etwas merken durfte, denn heute war auch der Tag, an dem Haru zum ersten Mal verlangt hatte, eine Stunde mit Jamie allein zu verbringen – Lottie mochte gar nicht daran denken.

Anastasias Zimmer sah einerseits aus wie direkt aus einem Einrichtungskatalog der Luxusklasse entnommen, andererseits wie der wahr gewordene flauschige, pinkfarbene Teenager-Traum. Als die Zeitschrift *Toffy* einmal eine Serie über *Englands schönste Internatszimmer* gemacht hatte, hatten sie darüber berichtet. Lustigerweise hatte Lottie die Seite aus dem Magazin damals in ihrem Kinderzimmer aufgehängt.

Anis Gemächer waren unter der Überschrift *Nonstop vom Laufsteg nach Conch House* vorgestellt worden, und in dem gleichen überdrehten Tonfall ging es weiter:

> Klassischer Pariser Stil mit Kuschelfaktor. Man beachte den Mix aus Pflaumenrot und sattem Pink als Ergänzung zu den handverlesenen Möbeln aus edlem Walnussholz – vom antiken Himmelbett bis zum atemberaubenden Spiegelschrank –, wobei jedes Einzelstück verblüffend gut mit dem persönlichen Touch der Bewohnerin harmoniert. Hier eine Sammlung von Chanel-Originalen, dort das Make-up bekannter Designmarken auf der Frisierkommode, dazu die goldgerahmten Fotos über dem Betthaupt – an allem lässt sich jene Mischung aus Unschuld und avantgardistischer Attitüde bewundern, die für die heutige Nachwuchs-Elite so typisch ist. Selbst der Blick aus den beiden Erkerfenstern, die auf den Sportplatz hinausgehen, wo man die durchtrainierten Schüler in ihren einheitlichen Uniformen beobachten

> kann, mutet eher wie ein Renaissance-Gemälde an als wie eine alltägliche Schulhofszene. Alles in allem entspricht dieses Zimmer also genau dem, was man von dem ebenso exklusiven wie weltentrückten Rosewood Hall erwarten würde.

Der Raum von dem Foto hatte seitdem einige Veränderungen erfahren, nachdem Anastasia ihre *Rosewood-Lancers*-Fechtausrüstung und die dazugehörige Jacke stolz gleich neben der Tür aufgehängt hatte, damit sie von jedem Besucher gleich bewundert werden konnten.

Saskia stand am Fenster und blickte nachdenklich auf den Sportplatz.

Anastasia saß vor ihrer Frisierkommode und drehte sich mit der Haarbürste in der Hand zu ihnen um.

»Gut, dass ihr da seid«, sagte sie. »Wir haben ein Problem.«

»Haben wir das nicht immer«, motzte Ellie und pfefferte ihren Rucksack achtlos auf den Boden, so dass ein Teil des Inhalts herausrutschte. Sie benahm sich mal wieder einen Tick zu aggressiv – wie ein Wolf, der ein warnendes Knurren ausstößt.

Endlich drehte sich auch Saskia zu ihnen um und forderte sie mit einer leichten Bewegung des Kinns auf, in dieselbe Richtung zu schauen wie sie.

Als sie zu ihr ging, bemerkte Lottie einen Hauch von Anastasias Chanel-Parfüm an Saskia, und ein vollkommen unangebrachter Gedanke schoss ihr durch den Kopf: Wie es sich wohl anfühlen würde, wenn ihre Haut ebenso ganz schwach nach Ellies Lieblingsduft riechen würde? Im nächsten Moment schämte sie sich für den Gedanken und verdrängte ihn wieder.

Sie sah sofort, was Saskia ihnen zeigen wollte. Wie eine Bronzestatue in der Nachmittagssonne stand Jamie auf dem Spielfeld und wärmte sich auf, wobei es eher so aussah, als würde er sich auf einen Kampf der Götter vorbereiten als auf ein freundschaftliches Wettrennen. Neben ihm standen Raphael und Haru und taten es ihm gleich.

Ellie sog so scharf die Luft ein, dass es wie das Zischen einer Schlange klang, und stieß einen Fluch auf Maradovisch aus.

Lottie wollte etwas sagen, konnte aber nicht. Schließlich hatte sie eingewilligt.

»Die sind jetzt seit ungefähr zwanzig Minuten da unten, aber … es sieht total harmlos aus.« Saskia zuckte mit den Schultern. Durch das Fenster sahen sie, wie Haru sich lachend nach hinten bog und Jamie sich mit einem stummen Lachen auf den Lippen über die Stirn rieb. »Anscheinend hat Raphael gerade einen schlechten Witz gemacht – wie so oft.«

Das Merkwürdige an dem Anblick war, dass daran gar nichts merkwürdig war. Drei junge, verschwitzte, gut gelaunte Männer, die in der heißen Sonne miteinander rumflachsten, mehr nicht. Haru hatte Lottie versprochen, dass Jamie nichts geschehen würde, wenn sie sich an die Regeln hielt, und ob es ihr gefiel oder nicht, so gelöst hatte sie Jamie schon lange nicht mehr gesehen.

Als sie sich zu Ellie umwandte und sah, wie diese die Fäuste ballte, wusste Lottie, dass sie beide dasselbe dachten.

»Ich war drauf und dran, rauszugehen und mich da einzumischen, aber: Auch wenn ich das nur ungern zugebe«, sagte Saskia und fuhr sich mit der Hand durch ihre dicken, blonden

Locken, »sagt mir mein Partistinnen-Instinkt, dass die Situation vollkommen ungefährlich ist. Ich glaube, die haben einfach nur Spaß.«

Ellie schwieg. Ein kurzes Rucken ihres Kiefers war das einzige Anzeichen, dass sie überhaupt zugehört hatte.

»Wenigstens können wir sie von hier oben aus im Blick behalten«, sagte Lottie zaghaft, in dem Wissen, dass sie sich ohnehin nicht einmischen durften, wenn sie keine Schwierigkeiten wollten.

»Wenn Haru gerade mal nicht versucht, irgendwen zu entführen, könnten wir dann vielleicht endlich mal darüber reden, was wir gegen ihn unternehmen wollen?«, fragte Anastasia, die immer noch vor ihrem Frisiertisch thronte. »Ich muss nämlich langsam mit meiner Hommage an Balthazar Conch anfangen, obwohl ich bisher nicht den Hauch einer Idee dafür habe, und es hilft mir auch nicht, dass Saskia die ganze Zeit auf Schritt und Tritt von diesen bemitleidenswerten Sicherheitsleuten überwacht wird. Das macht mich alles schon total nervös, und wenn ich nicht aufpasse, kriege ich noch Pickel davon.«

Zufällig trafen sich Lotties und Ellies Blicke, nur um gleich darauf wie entgegengesetzte Pole eines Magneten wieder auseinanderzustreben. Die Atmosphäre im Raum war angespannt, weil alle darauf warteten, wie Ellie wohl reagieren würde, die aber rührte sich kaum und starrte nur weiter aus dem Fenster.

»Wir müssen dafür sorgen, dass Haru niemals mit Jamie allein ist«, sagte Ellie schließlich, und Lotties Selbstbeherrschung machte aufflammender Panik Platz.

»Vielleicht hat es ja sogar sein Gutes«, platzte es aus ihr heraus.

Eine Stimme in Lotties Kopf wollte sofort wissen, was zur Hölle sie da eigentlich faselte, und so wie die anderen sie ansahen, schienen sie sich die gleiche Frage zu stellen.

»Ich meine«, versuchte Lottie konfus, ihren Worten Sinn zu verleihen, »wenn wir zulassen, dass Haru ab und zu ein bisschen Zeit mit Jamie verbringt, dann könnten wir ihn hinterher ausfragen, worüber sie so geredet haben – vielleicht erfahren wir dann endlich, was sie von ihm wollen.«

Lottie kam sich vor wie die letzte Verräterin, und jedes Wort brannte wie Gift in ihrem Hals, während ihr Hirn sie zu überzeugen versuchte, dass sie für alle das Richtige tat – und Jamie womöglich sogar das Leben rettete.

»Aber wäre das nicht einfacher, wenn Jamie auch Bescheid wüsste?«, gab Saskia zu bedenken, und Anastasia nickte dazu. Lotties Gesicht wurde ganz heiß.

»Sayuri verlässt sich auf uns«, sagte Ellie. »Schließlich ist Haru ihr Partist, und sie will nicht, dass irgendjemand erfährt, dass er mit Leviathan unter einer Decke steckt.«

Der Raum kam Lottie auf einmal sehr klein vor, ihre Schuldgefühle wurden dafür immer größer.

»Ich dachte, das war nur, weil sie ihn heimlich überwacht haben, um Informationen zu sammeln«, sagte Anastasia, und bei jedem Wort schien der Raum ein Stückchen zu schrumpfen. »Das trifft ja im Moment nicht zu.«

»Außerdem haben die Umstände sich komplett geändert. Jetzt sind Menschen in Gefahr«, fügte Saskia hinzu.

Lottie war ganz ihrer Meinung. Sie hätten Harus falsches

Spiel gleich nach ihrer Ankunft in Maradova aufdecken sollen. Stattdessen hatte Lottie genau den Fehler begangen, vor dem der König sie einst gewarnt hatte: Sie hatte Ellies Wünsche über ihre Sicherheit gestellt, und jetzt saßen sie in der Falle.

»Lottie, alles in Ordnung?«, fragte Saskia, und da merkte Lottie erst, wie hektisch ihr Atem geworden war. Die Luft kam ihr zu dünn vor, aber gerade als sie dachte, sie würde gleich in tausend Stücke zerspringen, klopfte es leise an der Tür.

»Hey! Tut mir leid, dass ich zu spät bin.« Binahs fröhliches Gesicht lugte durch den Türspalt, und Lottie brauchte einen Moment, bis ihr wieder einfiel, dass sie Binah doch selbst eingeladen hatte. »Ich hatte ganz vergessen, Lottie zu fragen, um welche Uhrzeit wir uns treffen, und dann musste ich Lola und Micky noch ein Geschenk vorbeibringen«. Binah kam herein, nahm ihre kanariengelbe Baskenmütze ab, hängte sie neben der Tür an die Garderobe und merkte offenbar gar nichts von der Anspannung im Raum.

»Apropos, wenn wir entschieden haben, was wir wegen Haru unternehmen wollen, können wir ja vielleicht mal überlegen, ob wir nicht irgendwas für die Zwillinge tun können, die haben es ja wirklich nicht leicht im Moment, einen Kuchen backen oder so; ihr wisst ja, wie verrückt die beiden nach –«

»Soll das heißen, du hast Binah von Haru erzählt?« Ellies Stimme war ein Funken, der den Raum mit knisternder Elektrizität erfüllte. Instinktiv stellte Saskia sich vor ihre Freundin.

»Es ging nicht anders.« Lottie schluckte ihre Nervosität herunter und suchte fieberhaft nach einem Weg, die Situation zu entschärfen. »Sie kann uns helfen.«

»Helfen?«

»Ja, ich –«

Ellie war ein Meeressturm, der jetzt Kurs auf Binah nahm. »Wobei soll sie dir denn helfen? Die ganzen Probleme zu lösen, die meine verdammte Familie uns eingebrockt hat?«

Da wusste Lottie, dass sie nicht länger schweigen durfte. »Ellie, du irrst dich. Ihr könnt das alle nicht verstehen.« Sie warf Anastasia und Saskia einen entschuldigenden Blick zu: »Ich …« Binah ermunterte sie mit einem kaum merklichen Nicken, fortzufahren: »Haru weiß, dass wir Bescheid wissen.«

Das Weiße in Ellies Augen leuchtete hell auf, während sie hörbar nach Luft schnappte.

Lottie fuhr unbeirrt fort: »Er hat Regeln aufgestellt, und solange wir uns daran halten, wird niemandem in Rosewood etwas zustoßen, uns und Jamie eingeschlossen.«

Niemand rührte sich, und außer einem halblaut gemurmelten Fluch von Saskia war es komplett still im Raum.

»Was mit Dom passiert ist, der neue Wachdienst, dank dem keiner mehr das Gelände verlassen kann, die ganzen kleinen Probleme, die in letzter Zeit aufgetreten sind: Ich glaube, dass er für all das verantwortlich ist. Damit wollte er uns warnen. Er hat gesagt, wir sollen einfach ganz normal mit unserem Internatsleben weitermachen, und dass er jede Woche eine Stunde lang mit Jamie allein sein will«, sagte Lottie in die Stille hinein, aber von Claudes Brief erzählen konnte sie nicht. Als hätte er sie bereits zu fest in seinem Griff. Es fühlte sich an, als wäre ihre Haut mit Schleim überzogen, der in ihre Luftröhre drang und sie davon abhielt, weiterzusprechen.

»Seit wann weißt du das?« Ellies Stimme klang seltsam verzerrt und kratzte an Lotties Ohren wie Sandpapier. »Wann hast du dem zugestimmt?«

Die ungeheure Spannung, die von ihren Worten ausging, zwang Lottie, unverzüglich zu antworten.

»Seit Montag, aber Binah hat es erst gestern rausgefunden.«

»Okay, ich glaube, wir sollten jetzt Folgendes tun –« Anastasia machte einen Schritt nach vorn, aber Ellie ließ sie nicht ausreden, sondern schob sie unsanft zur Seite, baute sich vor Lottie auf und nahm ihr das Licht.

»Hey, lass das –«, knurrte Saskia, aber Ellie hörte sie gar nicht.

»Du hast Binah davon erzählt? Und *mir nicht*?«

»Nein, ich … Es war ganz anders, ich konnte nicht. Es war ein Versehen – das waren die Regeln, und ich …«

Zuerst dachte Lottie, Ellie würde sie gleich anschreien, aber stattdessen wandte sie sich ab und schlug die Hände vors Gesicht.

»Das ist alles meine Schuld«, stieß sie hervor, und ihre Augen huschten unruhig hin und her. »Alles nur wegen mir. Wenn ich dich nicht davon abgehalten hätte, meinen Eltern von Haru zu erzählen … Wenn ich nicht so dickköpfig gewesen wäre zu denken, dass ich alles alleine regeln kann … Und jetzt …«

Sie stieß eine Reihe von Flüchen auf Maradovisch hervor, die Lottie zusammenzucken ließen.

Ellie sah so gequält aus, das Lottie es kaum aushielt, sie anzusehen.

Lottie machte einen Schritt auf sie zu. »Ellie, es ist nicht deine Schuld. Ich will dir doch nur helfen. Es tut mir leid –«

Ellie hob die Hand. »*Briktah*, Lottie, ich weiß«, sagte sie scharf, aber es klang eher wie ein verängstigter Hund als wie ein wütendes Bellen. »Bitte hör endlich auf, dich dauernd zu entschuldigen. *Ich* bin es doch, die sich bei dir entschuldigen müsste. So kann das nicht weitergehen. Wir sind nicht gut für dich.« Dann streckte sie den Rücken durch und blickte sich im Raum um, und ein entstelltes Lächeln spielte um ihre Mundwinkel, als hätte sie soeben einen grausamen Witz verstanden. Im nächsten Augenblick strich sie ihre Haare zurück, und ihr Gesicht wurde wieder zur Maske. »Ich gehe jetzt und reg mich wieder ab«, sagte sie und stieß einen tiefen Seufzer aus. »Wir sehen uns heute Abend im Wohnheim. Vergesst alle dieses idiotische Treffen, vergesst Haru und Leviathan und lebt euer Leben. Ich werde allein damit fertig.«

»Ellie –«, sagte Lottie, aber ein verzerrtes, halbherziges Lächeln bremste sie aus, nur ein schwaches Echo von dem Grinsen, das einst das Markenzeichen ihrer Prinzessin gewesen war.

»Lass gut sein, Lottie, ich sagte doch, ich werde damit fertig. Bis später.«

Die Tür fiel hinter ihr ins Schloss, nicht einmal besonders laut, aber das Geräusch hallte trotzdem in Lottie nach wie ein Erdbeben.

»Was ist mit Jamie?« Saskias Stimme klang sanft, ein leises Flehen für einen Partisten-Kollegen.

»Ich weiß nur, dass er auf keinen Fall erfahren darf, was wir über Haru wissen«, gab Lottie zu und umklammerte den Wolfsanhänger an ihrer Brust. Offenbar war Ellie soeben innerlich zu irgendeiner Entscheidung gelangt, und das schmerzhafte Bummern ihres Herzens verriet Lottie, dass dies keiner ihrer üblichen Wutausbrüche gewesen war.

11

»Wohin verzieht ihr euch eigentlich immer?«

»Wie bitte?« Jamie beobachtete Haru, fasziniert davon, wie jemand so viel Körperkraft praktisch unsichtbar machen konnte, indem er einfach nur ein Hemd überstreifte. Sie hatten zusammen auf dem Sportplatz trainiert und waren nun im Umkleideraum, wobei Jamie sich ziemlich sicher war, dass Haru nur von *Training* gesprochen hatte, um ihn zu einer Reihe von albernen Fangspielen zu überreden.

»Deine Prinzessin und ihre Freunde. Über Mittag und in den Freistunden kann ich euch manchmal nirgendwo finden.« Er rückte seine Krawatte zurecht und warf Jamie einen Blick aus seinen braunen, von dichten Wimpern umgebenen Augen zu, der so tröstlich war wie ein Becher heiße Schokolade. »Als ob ihr euch einfach in Luft auflösen würdet.«

Diese sanften Augen, und dazu diese höfliche Stimme – obwohl Jamie selbst gesehen hatte, wozu Haru in der Lage war, konnte er immer noch kaum glauben, dass er ein Partist war.

»Wir hatten es alle nicht leicht in letzter Zeit. Ich schätze, deshalb bleiben wir gerne unter uns«, erklärte Jamie und achtete darauf, Lotties geheimes Atelier mit keinem Wort zu erwähnen.

»Redet ihr über diese Vereinigung, Leviathan?«

Jamie blieb mit dem Kopf im T-Shirt stecken, bis Haru es behutsam an den richtigen Platz zog. Jamie kam sich vor wie ein Kind und kriegte vor lauter Wut über die indiskrete Frage und die zudringliche Geste rote und heiße Wangen, aber er blieb trotzdem da.

»Warum machst du dir über Dinge Gedanken, die nichts mit dir zu tun haben?«, fragte er stattdessen und klang vor lauter Scham und Ärger ziemlich schroff. »Und warum bist du überhaupt nach Rosewood gekommen?«

»Weil alles, was dir oder deiner Herrin Sorgen bereitet, mich beschäftigt, Jamie-kun«, erwiderte Haru und benutzte einfach weiter den Spitznamen, den er ihm in Japan gegeben hatte. »Ich möchte einfach sicher sein, dass es dir auch gutgeht.«

Als Haru, der sich gerade die Schuhe zuband, lächelnd zu ihm aufblickte, lösten sich Jamies Vorbehalte auf. Haru hatte die Gabe, jedes ungute Gefühl, das in ihm aufstieg, wie Butter in der Sonne fortschmelzen zu lassen. Es funktionierte jedes Mal, und kurz darauf verließ er mit Haru die Sporthalle und folgte ihm durch die Flure in Ms. Bolters Büro und ließ zu, dass sie schon wieder miteinander allein waren.

Als sie davon erfahren hatten, dass Haru ein Sabbatjahr in Rosewood verbringen wollte, war Jamie verwirrt gewesen. Jedem Partisten stand nach seinem zwanzigsten Geburstag eine solche Auszeit zu und danach alle fünf Jahre, aber bisher war er keinem Partisten begegnet, der davon Gebrauch machte. Es war einfach total unüblich.

Er musste ständig an Sayuri denken, Harus Herrin. Vielleicht hatten sie kein gutes Verhältnis zueinander, vielleicht spielte Haru sogar mit dem Gedanken, den Partistenjob komplett aufzugeben. Jedenfalls schien seine Position für ihn nicht mehr als ein Job zu sein, den er jederzeit hinschmeißen konnte. Jamie konnte sich absolut nicht vorstellen, genauso unbekümmert auf seine Berufung zu blicken, Ellie zu beschützen. Andererseits war es genau jene Lässigkeit, die ihn an Haru so faszinierte. Aber handelte es sich dabei wirklich um Lässigkeit oder um etwas anderes – etwas gefährlicheres?

Jamie wollte nicht länger darüber nachdenken. Er hasste es, dass er immer allen misstrauen musste. Er hasste es, dieser Person, die offenbar einfach nur mit ihm befreundet sein wollte, die kalte Schulter zu zeigen. Warum konnte er nicht zur Abwechslung mal jemandem vertrauen? Warum musste er es immer so kompliziert machen?

»Warte mal einen Moment, ich habe da was für dich«, hörte er Haru hinter sich sagen.

Im Büro der Hausvorsteherin von Conch standen unzählige Pokale und Andenken an ihre Reisen herum, die sie als Olympia-Teilnehmerin unternommen hatte, und füllten ein ganzes Regal aus Mahagoniholz hinter ihrem Schreibtisch. Abgesehen davon war es unglaublich aufgeräumt, als würde sich nie ein Mensch darin aufhalten – abgesehen von einem kleinen Papierkorb in der Ecke, der fast ausschließlich mit Orangenschalen gefüllt war.

Jamie lehnte im Türrahmen und sah seinem Kollegen zu, der jetzt in der obersten Schreibtischschublade der Hausvorsteherin herumwühlte.

»Darfst du so darin herumsuchen?«, fragte er und zog eine Augenbraue hoch.

Haru gluckste. »Keine Sorge – das ist meine Schublade. Ich muss immer so viel für sie in diesem Büro erledigen, dass sie mir erlaubt hat, meine Sachen hier reinzutun.«

Jamies Neugier siegte – er trat in das Büro und beugte sich über den Schreibtisch, um einen Blick in Harus Sammelsurium zu werfen.

Der Inhalt der Schublade war das reinste Chaos und passte überhaupt nicht zu Ms. Bolters pedantisch aufgeräumtem Büro – kein Wunder also, dass Haru darin offenbar nichts wiederfand. Jamie wollte gerade einen Schritt zurück machen, als seine Aufmerksamkeit an etwas hängenblieb, das dort nicht hinzupassen schien: ein abgestoßenes, altes Kästchen mit einem Schloss daran.

»Was ist das?«, fragte er und deutete darauf.

Haru holte es so behutsam hervor, als wäre es ein heiliger Gegenstand aus Gold und kein unscheinbares Holzkästchen mit einem wackeligen Schloss. »Das hier?«

Jamie nickte.

»Glaubst du mir, wenn ich dir sage, dass ich hier drin mein geheimes Tagebuch aufbewahre?« Er blickte grinsend darauf hinunter, und als Jamie seinen Kopf leicht zur Seite neigte, sah es durch die Balken aus Eichenholz und die Schatten, die eine Vase mit Sonnenblumen auf dem Regal hinter ihm warf, plötzlich so aus, als würden Bockshörner aus Harus Schädel wachsen, und da bekam auch sein Lächeln etwas Dämonisches.

»Auch gut, dann sag's mir eben nicht«, sagte Jamie leicht verstimmt und bezog wieder im Türrahmen Stellung – fest entschlossen, nicht nach dem Köder zu schnappen, den Haru ihm hinhielt. »Es interessiert mich sowieso nicht.«

»Ist nicht gelogen, ehrlich«, protestierte Haru und bückte sich, um das Kästchen wieder in der Schublade zu verstauen. »Wenn wir uns ein bisschen besser kennen, zeige ich dir, was drin ist.« Er überlegte einen Augenblick und korrigierte sich dann: »Wenn du es dir verdient hast.«

Während Haru weiter in der Schublade wühlte, fragte Jamie sich stirnrunzelnd, was hinter dem unbekümmerten Lächeln wohl in dessen Kopf vorging. Jamie war so in Gedanken, dass er vor Schreck fast in die Luft sprang, als Haru sich plötzlich wieder aufrichtete und ihm ein grellbuntes Päckchen mit aufgedruckten japanischen Schriftzeichen hinstreckte. »Ah, da ist es ja.«

Haru war so zufrieden mit seinem Fund, dass Jamie einen Moment brauchte, um zu erkennen, worum es sich handelte.

»Sind das etwa … Katzenleckerlis?«

Haru warf ihm einen verschmitzten Blick zu, als hätte Jamie irgendetwas Lustiges gesagt.

»Die sind für die kleine Bestie, die du aus Tokio mitgebracht hast«, sagte er und warf das Päckchen zu Jamie herüber, der es mit einer Hand auffing. »Die Katzen in Takeshin lieben diese Marke.«

Jamie blieb kaum Zeit, sich zu fragen, ob es ein Problem war, dass Haru über Vampy Bescheid wusste, als dieser seine Gedanken zu lesen schien.

»Keine Sorge, ich werde niemandem von deinem kleinen Monster erzählen«, versicherte er, bevor er ihn rasch umrundete und ihm den Ausgang versperrte. »Wo willst du eigentlich hin, wenn du alt genug für dein Sabbatjahr bist?«

Die Frage traf Jamie vollkommen unvorbereitet, und es kam ihm so vor, als würden Harus Mundwinkel noch ein Stückchen weiter nach oben wandern, so dass er ihn an einen verschlagen grinsenden Fuchs erinnerte.

Jamie winkte ab und duckte sich, um unter Harus Arm durchzuschlüpfen, aber der wollte ihn nicht vorbeilassen.

»Ich glaube nicht, dass ich jemals eins nehmen werde, und ehrlich gesagt war ich überrascht, dass du das machst. Wie findet Sayuri das denn, dass du sie allein gelassen hast?«, fragte Jamie selbstsicher. »Und warum hast du dich für Rosewood entschieden? Warum wolltest du dein Sabbatjahr ausgerechnet hier verbringen, schon wieder in einem Internat?«

Haru ließ sich nicht beirren »Es ist Teil unseres Jobs, dass wir uns hin und wieder eine Auszeit nehmen dürfen. Oder hast du etwa keine Achtung vor dieser Regel?«

»Im Gegenteil«, gab Jamie zurück »ich halte mich an die Regeln, und zwar vor allem an die, dass ich *jederzeit* für die Sicherheit meiner Herrin zu sorgen habe.«

»Sorgt deine Einstellung denn wirklich dafür, dass deine Herrin sich sicher fühlen kann?«

Bei Harus Worten tauchte vor Jamies innerem Auge das Bild einer hell erleuchteten Stadtsilhouette auf, in der die Luft von elektrischer Spannung erfüllt war – Vorbotin eines nahenden Gewitters. Jamie befand sich nicht länger in Ms. Bolters nach Orangenschalen duftendem Büro, sondern auf einem Dach in Tokio, und der beißende Geruch von Feuerwerk stieg ihm in die Nase. Der Ziegenmann hatte ihm an jenem Abend eine ganz ähnliche Frage gestellt, ihn mit Fragen in die Enge getrieben, obwohl beide die Antworten darauf kannten. Nicht lange danach hatte er herausgefunden, dass der Ziegenmann kein böser Geist oder geheimnisvoller Fremder war – sondern Claude Wolfson.

»Bei mir ist es was anderes.« Jamie erschrak und wunderte sich über sich selbst, während Haru ihm, wie zum Lohn für seine ehrlichen Worte, endlich den Weg freimachte.

Rasch schob Jamie sich an seinem Partisten-Kollegen vorbei und ging zur Rezeption des Gebäudes hinüber, die nur durch eine gläserne Flügeltür vom Rest der Schule abgetrennt war.

»Aber du bist doch auch Partist«, rief Haru ihm hinterher. »Dir steht es doch auch zu, eine gewisse Zeit –«

»Ich bin der maradovischen Königsfamilie etwas schuldig, weil sie mich bei sich aufgenommen hat.« Jamie blieb stehen und drehte sich zu Haru um. Seine Schultern sackten nach unten, und er merkte, wie verkrampft er gewesen war. »Deswegen kann ich mich erst wieder entspannen, wenn ich herausgefunden habe, was Leviathan vorhat, und es mir gelungen ist, den Mann zu stoppen, der dafür verantwortlich ist. Ich muss unbedingt rausfinden, wo er sich versteckt hält.«

Die undeutliche Gestalt des Mannes mit der Ziegenmaske verwandelte sich in Jamies Kopf und verschmolz mit dem Gemälde von Claude, das seit jeher in der Eingangshalle des Palastes hing: pechschwarzes Haar und begehrlich dreinblickende Augen im eleganten, schillernden Grün einer Pfauenfeder. Dieser Blick verfolgte Jamie bis in seine Träume. Er musste um jeden Preis verhindern, dass er sich jemals auf Lottie richtete.

»Behandeln sie dich denn so, Jamie-kun? Als wärst du ihnen zu Dank verpflichtet?«

Jamie tauchte mit mürrischem Gesicht aus seinen Gedanken auf und öffnete die geballte Faust, als wäre Claude ihm soeben entwischt. Er blickte Haru an, der lässig an der Wand lehnte, und kam wieder zu sich. Als ihm bewusst wurde, wie unhöflich er sich gerade eben einem dienstälteren Partisten gegenüber verhalten hatte, wurde ihm ganz heiß. Da fiel ihm auf, dass an einem seiner Schuhe die Schnürsenkel aufgegangen waren.

Haru bemerkte es auch.

»Vielleicht irre ich mich«, fuhr Haru fort und kniete sich hin, um sie wieder zuzubinden, bevor Jamie ihn davon abhalten konnte. »Aber du sagst, dass du den Mann stoppen willst, der euch so viel Ärger eingebracht hat, und dass du deinem Ziel noch kein bisschen näher gekommen bist. Vielleicht bedeutet das, dass du bisher immer an der falschen Stelle gesucht hast …?«

Haru streckte die Hand aus, damit Jamie ihm aufhalf, und schaute ihn dabei fragend an.

Jamie ließ Harus Worte auf sich wirken, bevor er nachdenklich nach der Hand griff. Er hatte soeben etwas ausgesprochen, an das er auch schon gedacht hatte, nämlich dass er irgendetwas zu übersehen schien. Er ahnte, dass er, wenn er Lottie und Ellie beschützen und Claudes Plan aufdecken wollte, vielleicht auf eine unangenehme Wahrheit stoßen würde. Er sah die Buchstaben in seinem Kleiderschrank wieder vor sich, und die Frage, die Lottie so sehr beunruhigt hatte, schob sich erneut in seine Gedanken.

Warum ist Jamie dein Partist?

An der falschen Stelle gesucht, dachte er. Als wären diese Worte ein Mantra oder ein wichtiger Hinweis.

»Und um deine andere Frage zu beantworten«, sagte Haru: »Ich wollte gern in deiner Nähe sein.«

»Was?«

»Der Grund, warum ich nach Rosewood gekommen bin.« Harus Finger griffen nach Jamies, und als er ihre Handflächen gegeneinander presste, merkte Jamie, dass sie sich auf genau die richtige Weise rau und weich zugleich anfühlten. »Ich wollte dich besser kennenlernen.«

Noch nie in seinem Leben war jemand so aufrichtig zu Jamie gewesen. Dass eine andere Person sich freiwillig derart entblößte, traf ihn wie ein Schock.

Noch immer berührten sich ihre Hände, und das machte Jamie unglaublich nervös.

In Rosewood war ihm zum ersten Mal bewusst geworden, welche Wirkung sein Aussehen und Auftreten auf andere Schüler hatte, die manchmal kicherten oder rot wurden, wenn er vorbeiging. Vor seinem Auslandsaufenthalt hätte er es nie für möglich gehalten, dass ihm das auch passieren könnte, einer anderen Person gegenüber solche Gefühle zu haben, einer Person wie Lottie zum Beispiel. Aber Partisten durften sich nicht ablenken lassen.

Und er wäre auch in einer Million Jahren nicht darauf gekommen, dass ausgerechnet Haru sich eines Tages in die Liste dieser möglichen Ablenkungen einreihen könnte.

Jamie zog den anderen Partisten mit einer einzigen raschen Bewegung hoch. »Haru, ich weiß nicht, ob –«

»Ups, ich glaube, meine Zeit ist um.« Harus Blick war auf etwas auf der anderen Seite der Glastüren gerichtet.

Dort saß in den bläulichen Schatten des letzten Abendlichts

Lottie auf einer Bank und wartete auf Jamie. Als sie sah, dass er zu ihr herüberblickte, winkte sie ihm zu und schenkte ihm ein strahlendes Lächeln, das ihre Wangen in zwei kleine, reife Äpfel verwandelte; jedes Mal, wenn sie so lächelte, versetzte es ihm einen Stich in die Brust, und er bekam ein seltsames Gefühl im Magen.

»Ich habe dich jetzt schon über eine Stunde lang in Beschlag genommen, Jamie. Du solltest jetzt besser wieder zu deiner Prinzessin gehen.« Als Jamie sich nur widerwillig in Bewegung setzte, gab er ihm einen leichten Schubs in Richtung Tür, und da musste Jamie, ob er wollte oder nicht, wieder an jenes Kästchen denken, das er vielleicht doch gerne geöffnet hätte. »Wir sehen uns nächste Woche beim Training.«

Wieder einmal hatte die Begegnung mit Haru ihn durcheinandergebracht. Aber Lottie wartete auf ihn, und seine Prinzessin wahrscheinlich ebenfalls. Und die Krone hatte immer Vorrang.

12

Wer sich in der letzten Stunde vor Beginn der Ausgangssperre über das Schulgelände bewegte, kam sich vor wie in einer Stadt, die sich auf eine hereinbrechende Katastrophe vorbereitet. Es herrschte allgemeines hektisches Gewusel, weil jeder noch schnell irgendetwas erledigen wollte. Ellie war da keine Ausnahme. Während sie eilig über das Gelände huschte, fühlte sie sich wie ein kleines Nagetier auf geheimer Erkundung, das auf keinen Fall erwischt werden wollte; seit sie allerdings über Haru Bescheid wusste, musste sie immer damit rechnen, beobachtet zu werden.

Als sie auf ihrem Weg zum Kunsttrakt schon wieder an einem Wachmann in schwarzer Uniform vorbeikam, zog sie verärgert den Kopf ein, weil seine Anwesenheit sie daran erinnerte, was sie alles angerichtet hatte.

Die Schule fühlte sich nicht länger wie ein sicherer Ort an, sondern wie ein Käfig – und die meisten machten Lottie dafür verantwortlich, obwohl Lottie und ihre Freunde doch selbst darin gefangen waren: mit Haru als ihrem Wärter. Und das alles war Ellies Schuld.

Der Vorfall in Anastasias Zimmer war erst ein paar Stunden her. Die Bilder in Ellies Kopf – Jamie mit ihrem Feind auf dem Sportplatz und Lotties unglückliches Gesicht, als sie einräumen musste, wieder einmal Dinge für sich behalten zu haben, um Ellie zu schützen – brannten ein Loch in ihre Brust, und sie fühlte sich leer.

Wie eine Leine lag der Wolfsanhänger um ihren Hals, verschlungen mit der Kette mit ihrem Familienmedaillon. Sie blendete aus, wie schwer beide an ihr zogen.

Mit flinken, hallenden Schritten lief Ellie durch die weitläufige Galerie, in der die wichtigsten Kunstwerke der Schule ausgestellt waren, und zuckte bei jedem plötzlich auftauchenden Schatten oder starren Blick aus den toten Augen eines gemalten Porträts, den sie auffing, zusammen. Sie beeilte sich und blickte sich verstohlen um, ob ihr auch niemand folgte, bevor sie durch die zweiflügelige Tür ganz am Ende des Flurs huschte. Ächzend fielen die Türen hinter ihr ins Schloss – es klang, als würde sie in einer Gruft eingeschlossen.

Ellie befand sich nicht länger in dem lichtdurchfluteten, modernen Gebäudeteil des Kunsttrakts, sondern in dem verwinkelten, staubigen alten Teil, und wenn es ihr gelang, sich in diesem Labyrinth zurechtzufinden, würde sie das, was sie suchte, in dessen Zentrum finden.

In jeder Schule gibt es diese eine berühmt-berüchtigte Gang, deren Mitglieder dem gewöhnlichen, hasenherzigen Rest der Schülerschaft mit ihrem Krokodilsgrinsen und ihren starren Raubtierblicken Angst machen.

Natürlich hatte auch Rosewood so eine Clique; hier handelte es sich um eine Gruppe von besonders kunstbegeisterten Schülern. Sie hatten sich selbst den Namen *Die Artistokraten* gegeben und widmeten sich mit Vorliebe den schockierenden Extremen des künstlerischen Ausdrucks: Theater der Grausamkeit, blutverschmierte Gliedmaßen sowie – der Grund, weshalb Ellie heute hierhergekommen war – Tattoos.

Das war genau das, was sie brauchte, wenn es ihr jemals gelingen sollte, die Dinge wieder ins Lot zu bringen – ein Mal, das sie daran erinnern sollte, nie wieder einzuknicken, sobald sie Lottie sah. Sie musste aufhören, immer nur an sich zu denken, ganz egal, wie weh es tat.

Mit selbstbewussten Schritten eilte Ellie durch Flure voller ausrangierter und kaputter Kunstwerke, und abgetrennte Hände von Statuen und zerschlissene Leinwandreste streiften neugierig über ihre Haut, bis sie die gewundene Treppe zu den ehemaligen, nicht mehr genutzten Fotografie-Unterrichtsräumen erreichte.

Oben angekommen, traf sie auf durch einen Wasserschaden komplett verzogene Dielenbretter, die aussahen wie hölzerne Wellen, deren Strömung jeden, der hier eintrat, zu der schwarzen Tür der ehemaligen Dunkelkammer auf der gegenüberliegenden Seite zog.

Ellie schenkte den mit Brettern vernagelten Türen, die sie nur aus dem Augenwinkel wahrnahm, keine Beachtung, sondern hielt direkt auf die Tür mit den Armen von Babypuppen zu, die sich nach ihr reckten und sie heranzuwinken schienen.

Ohne ans Umkehren zu denken, klopfte sie an die Tür. Sie hörte Rascheln und Flüstern auf der anderen Seite, bevor sich schließlich mit einem Seufzen die erste Tür der Schleuse öffnete, als würde Druckluft daraus entweichen.

»Was willst du?« Ein Schlitz in der zweiten Tür wurde aufgeschoben, und sie erkannte ein verwirrend ungleiches Augenpaar mit einer schwarzen und einer weißen Iris, eine dicke

Schicht roten Lidschattens und eine raffiniert geschwungene Eyeliner-Bemalung, die an Spinnweben erinnerte.

Der Kunstbereich von Rosewood gehörte nicht zu den Orten, die Ellie normalerweise aufsuchte; die schlichteren, schnörkelloseren Welten von Sport und Naturwissenschaften waren ihr lieber. Kunst war verwirrend. Da gab es keine Lösungen oder klar umrissene Methoden, dafür aber jede Menge abstrakter Ideen, die einen zu überwältigen drohten.

»Ich suche Stephanie Gallo.« Ellie beschloss, sich von der unterkühlten Begrüßung nicht einschüchtern zu lassen. »Ich habe gehört, dass sie mir vielleicht bei etwas helfen kann.«

Die Luke wurde unsanft wieder geschlossen, gefolgt von erneutem Murmeln und Flüstern, diesmal lauter als zuvor, dann wurde die Luke wieder aufgeschoben, und es zeigten sich zwei braune Augen mit aufgemalten Brauen, die mit einer ganzen Reihe verschieden breiter Ringe geschmückt waren.

»Du bist doch das Anhängsel von der kleinen pinken Prinzessin, stimmt's? Wegen der sich die Schule in ein Gefängnis verwandelt hat«, wollte *Augenbraue* wissen. Dann legte sie den Kopf nach hinten, und ihre Nasenlöcher, zwischen denen ein Piercing glitzerte, weiteten sich ganz leicht, als wollte sie ihre Fährte aufnehmen.

»Entweder du hörst auf, so über sie zu reden – oder wir klären das draußen, verstanden?«, sprudelte es prompt aus Ellie heraus wie eine elektrische Entladung. Wenn es um Lottie ging, hatte sie sich einfach nicht im Griff – und das war genau der Grund, warum sie hier war.

»Ist ja schon gut, kannst dich abregen, dann machen wir halt keine Witze mehr über deine kleine Freundin«, lenkte *Au-*

genbraue ein, aber das Kräuseln ihrer Nase verriet Ellie, dass sie sie verstanden hatte. »Du hast hoffentlich an die Bezahlung gedacht?«

»Hab ich«, erwiderte Ellie wie aus der Pistole geschossen. »Die gibt's aber erst, wenn Stephanie hier ist.«

Wieder schloss sich der Türschlitz, und wieder fing auf der anderen Seite das Getuschel an, dann aber wurde die Tür endlich geöffnet und gab den Blick auf *Augenbraue* und *Spinnennetz* in ihrer ganzen Pracht frei. Ellie hatte jedoch keine Zeit, sie eingehender zu betrachten, und nahm aus dem Augenwinkel lediglich zerrissene Schuluniformen und grellbunt gefärbte Haare wahr. Sobald sie den kleinen Flur betreten hatte, der als Lichtschleuse diente, schlug *Augenbraue* die Tür hinter ihnen zu, so dass sie komplett im Dunkeln standen. Die beiden schlenderten aber so lässig auf die zweite Tür zu, dass Ellie sich schon fragte, ob sie vielleicht im Dunkeln sehen konnten.

Die schwere Tür öffnete sich ächzend, und im nächsten Augenblick schwappte eine Flut aus rotem und blauem Licht in den Flur.

»Willkommen im Dunklen Salon.« *Spinnennetz* grinste und gab den Blick auf eine überraschend elegant anmutende Zahnlücke frei.

Sie hatten ihr Quartier *Der Dunkle Salon* getauft, weil es sich dabei um eine der ehemaligen Dunkelkammern handelte, welche die *Artistokraten* für sich in Beschlag genommen hatten. Die Luft in dem fensterlosen Raum war neblig von Bergamotte-Räucherstäbchen, was aber nur dürftig den Geruch nach Zigarettenqualm übertünchte, den ihre Kleider verströmten. Überall im Raum verteilt waren stolz ausgewählte, möglichst schockierende Kunstwerke ausgestellt: Babypuppen, deren abgetrennte Gliedmaßen einzeln aus Möbeln hervorwuchsen und deren tote Augen herausgeschnitten und an die Wände geklebt worden waren, von wo sie jeden Hereinkommenden anglotzten. Es waren noch zwei weitere Personen im Raum. Eine davon kannte Ellie aus ihrem Mathekurs: Max trug das Haar kurzgeschoren und abwechselnd rot und weiß gefärbt. Und schließlich die Anführerin der Clique, die lässig in einem schwarzen Samtsessel fläzte, die Beine über die Armlehne geworfen. Sie war diejenige, nach der Ellie suchte.

Stephanie Gallo war groß, kräftig gebaut und schlicht und ergreifend wunderschön. Ihre schwarzen Haare trug sie zu einer Hochfrisur auftoupiert, aus der kleine Strähnen ihrer Kringellöckchen herausschauten und sich wie eine elegante Kette um ihren Hals legten. Es hieß, dass sich unter ihrem Oberteil, nur den wenigsten bekannt, ein geheimer Garten aus Blumentattoos versteckte. Während die Eltern der anderen Mitglieder der *Artistokratie* vorwiegend Karrieren à la Vom-Laufsteg-auf-die-Leinwand-zur-Gründung-einer-wohltätigen-Stiftung absolviert hatten und ihren Sprösslingen einmal Bio-Superfood-Marken vererben würden, deren Produkte sich nur die wohlhabendsten Anhänger des Clean-Living leisten konnten, traf dies auf Stephanie nicht zu. Angeblich war ihre Mutter ein ehemaliger Bollywood-Star aus Jaipur und hatte die schönste Stimme der Welt, bei deren Gesang sich selbst die hartgesottensten Männer auf der Stelle hoffnungslos verliebten. Sie hatte ihr Vermögen erworben, indem sie nacheinander eine ganze Reihe von reichen Männern geheiratet hatte, die allesamt unter tragischen und unerwarteten Umständen das Leben gelassen hatten. Ellie hatte so ihre Zweifel, ob das alles der Wahrheit entsprach, feststand aber, dass Stephanie ganz sicher über das nötige Selbstbewusstsein und die Ausstrahlung verfügte, um sich mit der Goldkehle, die sie bestimmt von ihrer Mutter geerbt hatte, aus jeder brenzligen Situation herauszureden.

»Ich hab mich immer gefragt, wann du mir endlich einen Besuch abstatten würdest.« Stephanies Stimme klang tief wie der Ozean und genauso hypnotisierend. »Im Ernst, du würdest gut zu uns passen. Wir sind auch alle queer und wütend.«

»Ich bin aber total schlecht in Kunst«, gab Ellie ungerührt zurück.

»Niemand ist schlecht in Kunst«, wehrte Stephanie ab und hielt sich einen muschelförmigen Spiegel vor, um ihre Frisur zu richten. »Ich habe gehört, du hättest gerne eins von meinen Henna-Tattoos.«

Ellie nickte und versuchte, sich nicht vom gezeitenhaften Auf und Ab von Stephanies Stimme einlullen zu lassen.

»Hast du mir denn auch was mitgebracht?«

»Hab ich«, sagte Ellie und ignorierte den laut brüllenden Zweifel in ihrem Kopf.

»Das werden wir gleich sehen.« *Augenbraue* lachte hämisch und lümmelte sich auf einen violetten Sitzsack.

»Die beiden, die dich vorne in Empfang genommen haben, das waren Gem und Paris«, sagte Stephanie und lud Ellie mit einer Handbewegung ein, sich auf den Holzstuhl neben ihr zu setzen. »Und das hier ist Max. Xier hat mir viel von dir erzählt.«

»Max ist in meinem Mathe-Kurs«, erwiderte Ellie stumpf und winkte xiem zu. Sie war erleichtert, als Max zurückwinkte – es tat ihr gut, wenigstens auf ein bekanntes Gesicht zu treffen.

»Was hast du denn für mich?«, wollte Stephanie wissen, stütze ihr rundliches Kinn in die Hand und schürzte die leuchtend blau geschminkten Lippen erwartungsvoll.

Bargeld ist uninteressant, wenn man bereits Unmengen davon besitzt, deswegen verlangte Stephanie Gallo für ihre Tattoos eine Bezahlung der besonderen Art. Sie wollte Geheimnisse – und da hatte Ellie genau das Richtige für sie.

Sie führte eine Hand an die Brust, als würde sie nach ihrem Herzen greifen, zog aber stattdessen das Medaillon unter ihrem Shirt hervor, das normalerweise immer auf ihrem Nachttisch lag. Sie ignorierte den Stromschlag, den ihr der Wolfsanhänger verpasste, als sie ihn streifte.

»Mach auf.« Ohne hinzusehen, als würde sie gerade etwas vollkommen Unaussprechliches tun, ließ sie das Medaillon in Stephanies Hand fallen.

Mit einem kaum hörbaren Klicken sprang das Medaillon auf. Stephanie lehnte sich vor, um besser sehen zu können.

»Was? Das ist doch nur ein Foto von dir als kleines Mädchen mit …« Hier verebbte Stephanies tiefe, sinnliche Stimme, als die Erkenntnis in ihr heraufdämmerte. »Ach, du Schande«, sagte sie und hob den Blick, um Ellie genauer zu betrachten. »Dann bist *du* in Wirklichkeit die echte Prinzessin«, stieß sie hervor – gleichzeitig verriet ihr Blick aber, für wie abwegig sie die Vorstellung hielt, dass ausgerechnet Ellie königlicher Abstammung sein könnte.

»Ist das ein Geheimnis nach deinem Geschmack?«, fragte Ellie.

Stephanie ließ Ellie nicht aus den Augen und brach unvermittelt in Lachen aus. Ein ansteckendes, fröhliches Glucksen.

»Was für ein Tattoo willst du?«, fragte sie, immer noch lächelnd. »Ein Wort zu Risiken und Nebenwirkungen: In ganz seltenen Fällen kann das Henna eine Hautreaktion hervorrufen.«

»Ich weiß«, erwiderte Ellie. Tatsächlich wusste Ellie aus eigener Erfahrung, dass sie zu diesen *seltenen Fällen* gehörte, und hatte eine winzige Narbe an ihrem Fuß davongetragen – und insgeheim hoffte sie, dass das heutige Tattoo sich ebenfalls dauerhaft einbrennen würde.

Ellie tat so, als würde sie nicht merken, dass Stephanie misstrauisch die Augen zusammenkniff, zog ein zerknittertes Knäuel Papier aus ihrer Hosentasche und strich es auf dem Schreibtisch glatt, so dass die schnörkellose Schrift darauf lesbar wurde: Es war das maradovische Wort *bol'shbrota*.

»Was bedeutet das?«, wollte Stephanie wissen und griff nach einem silberfarbenen Trichter, der bereits mit Hennapaste gefüllt war.

»Einer anderen Person zuliebe etwas Grausames tun.«

»Also jemanden zu seinem Glück zwingen?«

»So ähnlich«, antwortete Ellie und sah zu, wie die spitze Mine in der erdigen Mixtur verschwand. »Aber es bedeutet auch, grausam zu sich selbst zu sein.«

»Und was hast du so Grausames vor?«

Der Geruch des Hennas stieg Ellie in die Nase – ein durchdringender Lehmgeruch –, und sie biss sich auf die Lippe, bevor sie eine Antwort gab.

»Ich werde eine kleine Prinzessin vor einem fiesen Wolfsrudel retten.«

Ellie schaffte es gerade noch vor der Sperrstunde ins Wohnheim zurück. Als sie vorsichtig die Tür öffnete, um kein Aufsehen zu erregen, sah sie, wie Lottie eben behutsam etwas in ihrem Nachttisch verstaute und abschloss.

»Ellie!« Lottie fiel ihr um den Hals, und Ellie ließ sich umarmen, obwohl sie es nicht verdient hatte, und sog den süßen Rosenduft ihrer Haare ein. »Wo warst du? Die Ausgangssperre fängt gleich an.«

»Tut mir leid wegen vorhin«, flüsterte Ellie und blendete den schmerzhaften Protest ihres Tattoos aus. »Ich musste mich erst mal abregen.«

Lottie strahlte sie an. »Ja, hab ich mir schon gedacht. Willst du jetzt mit deiner Florence-Ivy-Hommage für den ISC-Contest anfangen?«, fuhr sie fort und blätterte schon in ihren Büchern herum. »Ist doch bestimmt eine nette Ablenkung, und über Haru können wir auch morgen noch sprechen.«

»Klar.« Ellie erwiderte ihr Lächeln und gönnte sich einen Moment, um sich dieses Bild einzuprägen: die goldenen Locken, die vor Freude geröteten Wangen und die Wärme, die ihre Freundin stets um sich herum verbreitete, als wäre sie die Sonne selbst.

Ellie wusste, dass sie immer noch irgendein Geheimnis vor ihr hatte. Lottie war stets um sie besorgt und wollte ihr helfen, und es war Ellies Schuld, denn sie hatte sie ja in ihre Welt hineingezogen. Aber das alles würde bald schon keine Rolle mehr spielen. Denn Ellie hatte eine Entscheidung getroffen.

13

Eine volle Woche verging, bis Lottie ihren ersten Antwortbrief von Claude bekam. Es war wieder Zeit für ein weiteres von Jamies und Harus Treffen, als sie nach Unterrichtsschluss den verräterischen braunen Umschlag in ihrem Postfach liegen sah. Lottie fackelte nicht lange, griff sich den Brief, ohne ihn sich näher anzusehen, zusammen mit ihrer übrigen Post und machte sich schnurstracks auf den Weg zu Binahs Zimmer.

»Da ist er«, verkündete sie, sobald Binah ihr die Tür aufmachte und sie hereinließ.

Das Stratus-Wohnheim war das modernste, weil das Gebäude erst kürzlich renoviert worden war. Binahs Zimmer war eine kuriose Zusammenstellung: der moderne Grundriss und die Möbel bildeten einen merkwürdigen Kontrast zu all den alten Büchern und genügend Grünzeug, um sich wie in einem Gewächshaus vorzukommen. Es roch intensiv nach Räucherstäbchen, und regenbogenfarbige Reflexe tanzten hier und da durch den Raum, wo das Licht, das durch das große, kreisförmige Fenster hereinfiel, auf ihre Kristallesammlung traf.

Als Lottie an dem niedrigen Tischchen Platz nahm, wo Binah ihnen bereits aus einer froschförmigen Teekanne Kamillentee einschenkte, kam sie sich eher so vor, als würde sie gleich an einer Seance teilnehmen, anstatt einfach nur einen Brief zu lesen.

Mit überraschend ruhigen Fingern holte Lottie die Briefe hervor, die sie achtlos in ihre Tasche gestopft hatte, und machte sich daran, den braunen Umschlag aufzureißen. Sie nahm das edle, hauchdünne Papier heraus, und schon stieg ihr wieder der Duft nach Glühwein und Gewürzen in die Nase.

Sie warf einen Blick in den Umschlag. »Da ist wieder eine Karte dabei.«

»Lass uns zuerst den Brief lesen.«

Lottie nickte und legte das Blatt Papier flach auf das Tischchen, bereit für ihre nächste Unterredung mit dem Meister von Leviathan.

An meine neugierige Nichte,

wie schön, dass dein jugendlicher Humor sich auch von diesen schwierigen Zeiten nicht unterkriegen lässt. Andererseits macht mir das wenig Hoffnungen, dass du dich meinen Bedingungen auf angemessene und würdevolle Art und Weise unterordnest. Haru berichtet mir alles, und sobald eine deiner Antworten an Entgegenkommen zu wünschen übrig lässt, könnte es sein, dass ich zu der Entscheidung gelange, dass unsere Abmachung nicht funktioniert.
In Anbetracht dessen gehe ich davon aus, dass du dich deinem Onkel gegenüber in Zukunft angemessen verhältst. Vergiss nicht, dass ich das Wohlergehen deiner Freunde in meiner Hand habe.

Dein Wunsch, dass es ein Wolf sein sollte, der die Krone trägt, entbehrt nicht der Ironie. Leider kann ich nicht davon ausgehen, dass du den Witz verstehst. Vielleicht helfen dir ja dieses Bild und diese Nachricht ein wenig auf die Sprünge.
Vergiss nicht, Wölfe sind auch Jäger.

PS: Dein Partist ist das Ungerade, das gerade gemacht werden muss.

»Das bringt mich überhaupt nicht weiter«, brummte Lottie unzufrieden und schob den Brief von sich.

Binah gluckste leise. »Oh, Onkel Wolfson, du bist ja nicht besonders großzügig mit deinen Hinweisen.« Sie griff nach dem Brief, und Lottie sah plötzlich Binah und Claude bei einer gemeinsamen Teestunde vor sich. Die abstruse Vorstellung ließ sie erschaudern. »Und was ist der neue Hinweis?«

Lottie verdrängte die skurrile Szene aus ihrem Kopf und schüttete den restlichen Inhalt des Umschlags über dem niedrigen Tischchen aus.

Die Karte, die nun vor ihnen lag, sah fast genauso aus wie die aus dem letzten Brief, nur dass diesmal kein so erhabenes, majestätisches Geschöpf darauf abgebildet war. Anstelle eines Hirschs war in goldener Tinte ein knurrender Wolf darauf gemalt, der die gleiche Krone trug wie der Hirsch. Es war zwar genau das, was sie gefordert hatte, nämlich dass das gekrönte Tier ein Wolf sein sollte, aber das Bild hatte etwas Groteskes, weil es beinahe so aussah, als hätte dieser Wolf soeben den Hirsch von der anderen Karte gefressen.

»Was willst du mir damit bloß sagen, Claude?«, fragte Lottie den Wolf flüsternd.

»Gibt es eine Möglichkeit, Sayuri zu kontaktieren oder die anderen Mitglieder der *Banshees*? Vielleicht haben sie ja irgendwas Neues herausgefunden«, schlug Binah vor. Lottie hatte ihr von den Banshees erzählt, Sayuris geheimer Bikergang, die geschworen hatte, sich an Leviathan zu rächen, und wie es dazu gekommen war, dass sie sich zusammengetan hatten. Es war offensichtlich, dass Binah darauf brannte, sie kennenzulernen. »Was ist mit dieser Emelia, von der du mir erzählt hast?«

Da zog sich in Lottie alles zusammen. Sie war Emelia zwar noch nie begegnet, aber sie sah in dem Mädchen trotzdem so etwas wie ein Vorbild. Vor einem Jahr hatte Leviathan Emelia entführt, sie aber schnell wieder fallen gelassen, weil sie mit ihr nichts anfangen konnten. Daraufhin hatte Emelia es geschafft, ganz allein herauszufinden, auf wen Leviathan es eigentlich abgesehen hatte: die Prinzessin von Maradova. Ohne Emelia und Sayuri hätte Lottie niemals erfahren, dass Claude der Meister von Leviathan war; und alles, was Lottie bisher zustande gebracht hatte, war, sie alle in eine Falle laufen zu lassen. Wenn Lottie sich Emelia gegenüber jemals erkenntlich zeigen oder ihren Respekt verdienen wollte, dann musste sie ihr schon irgendetwas Nützliches bringen, um ihr zu beweisen, dass sie mehr war als die verwöhnte Prinzessin, der sie Claudes Attacken zu verdanken hatten. Sie musste herausfinden, was Claude im Schilde führte, nur dann konnte sie den anderen helfen.

Lottie seufzte und war schon dabei, den Brief und den

neuen Hinweis einzustecken. »Das Problem ist, dass Haru mit Sicherheit alles abfangen wird, was ich abschicke. Und dann würde ihre Tarnung auffliegen, dabei haben die beiden doch schon genug Schlimmes durchgemacht.«

Binah rührte auf fast schon hypnotische Weise in ihrem Tee herum und blickte Lottie dabei so konzentriert an, als wollte sie ihr mit dem Sog des heißen Wassers ihre Gedanken entziehen.

»Was ist denn mit deinem anderen Brief, machst du den gar nicht auf?«

Lottie blickte auf die zweite Postsendung, die sie achtlos auf den Tisch geworfen hatte.

»Sieht aus wie Ollies Handschrift«, sagte Binah beiläufig, und Lottie stutzte kurz, weil sie sich fragte, woher sie das wissen konnte.

Es war eine merkwürdige Parallele, dass sich in diesem Umschlag ebenfalls ein Brief und eine Karte befanden. Der Brief war tatsächlich von Ollie, ihrem ältesten Freund. Seine Handschrift sah so krakelig aus wie eh und je, und sie hätte gerne darüber gelacht, wenn der Inhalt der Worte nicht gewesen wäre.

Liebe Lottie,

am liebsten würde ich dir das hier gar nicht schicken, weil ich weiß, dass du es nicht haben willst, und ich habe auch überlegt, es einfach in den Müll zu schmeißen, aber dann dachte ich, wenn ich du wäre, was ich natürlich nicht bin, aber wenn, dann wäre ich lieber vorbereitet, also, es tut mir leid, du kannst es auch

einfach wegwerfen, und wenn er sich blicken lässt, dann sag ich ihm, dass er abhauen soll.
Noch mal Entschuldigung. Hoffe, dir geht's gut.

Dein Kumpel (der jederzeit bereit ist, ein Ei auf jemanden zu werfen, wenn du ihn darum bittest) – Ollie

Sie senkte den Blick und zog langsam die Karte aus dem Umschlag, deren Geruch Erinnerungen heraufbeschwor.

Sie zeigte einen Strand voller Palmen, und darauf stand in leuchtend gelber Schrift *Havanna*. Sie wusste sofort, von wem sie war und was das bedeutete, und ihre Augen huschten im Rhythmus ihres hämmernden Herzschlags über die geschriebenen Worte.

… dass du schon länger nicht mehr in dem alten Haus wohnst …

Bumm!

… dass es an der Zeit ist, es zu verkaufen …

Bumm!

… dein Vater

Eine Welt, die sie sorgfältig weggeschlossen hatte, klopfte bei ihr an, um wieder eingelassen zu werden.

Wie bei einem alten Spuk, der zu neuem Leben erwachte, roch der Raum plötzlich nach billigem Fusel, ein Dunst, der an Haarspray erinnerte, und eine Reihe von Erinnerungsbildern schoss durch Lotties Kopf; wie sie an den Hosenbeinen eines düster blickenden, schlecht rasierten Mannes weinte, der Verkauf der Habseligkeiten ihrer Mutter, das Bettzeug bei Ollie, wo sie für eine Weile unterkam, der erste Blick auf das feuerrote Haar ihrer Stiefmutter, die Stille auf dem Dachboden, wenn niemand bei ihr war.

Lottie kam blinzelnd wieder zu sich und hatte keine Ahnung, wie lange sie ins Leere gestarrt hatte.

»Das bringt mich auch nicht weiter«, sagte sie schlicht und schaute Binah unverwandt an, als hoffte sie auf deren Zustimmung.

Binah, die die Karte offenkundig mitgelesen hatte, blickte Lottie neugierig und zugleich fragend an, während ihr Verstand versuchte, sich einen Reim auf alles zu machen.

»Meinst du nicht, du solltest Ellie davon erzählen, und auch von Claudes Briefen?«, schlug sie behutsam vor. »Vielleicht hilft es, wenn ihr gemeinsam nach einer Lösung sucht.«

»Nein.«

Lotties Miene war wie versteinert, sie stand auf und stopfte die Karte in ihre Tasche, als wäre sie ein benutztes Taschentuch.

»Aber Lottie, diese Karte ist –«

»Spielt keine Rolle.« Lottie hatte keine Worte dafür, was gerade in ihr vorging. Es war, als fiele eine Tür ins Schloss, nachdem sie ihre Erinnerungen wieder eingesammelt und erneut weggeschlossen hatte. Das war nicht mehr ihr Leben. Solange sie einen Weg fand, sich bei den Wolfsons nützlich zu machen, musste es auch nie wieder ihr Leben sein. Sie durfte sich nur nicht verwirren lassen.

»Das Einzige, was eine Rolle spielt, ist, dass ich herausfinde, was Claude vorhat, damit ich alle vor ihm beschützen kann«, sagte sie bestimmt, leerte ihre Teetasse in einem Zug und ging zur Tür. »Das ist meine Pflicht.«

»Was hast du jetzt vor?«, fragte Binah.

»Ich versuche, Haru auszuquetschen. Vielleicht verrät er mir ja irgendwas, das wir gegen sie verwenden können.«

Und damit ließ sie Binah allein zurück, die darüber nachdachte, wie viel sich gerade veränderte, ohne dass Ellie oder Lottie es bemerkten.

Lottie verließ das Stratus-Gelände und rief sich bei jedem Schritt in Erinnerung, dass sie eine Porterin war – Ellies Porterin, eine Art Double für die Öffentlichkeit, um die echte Prinzessin vor Angriffen zu schützen –, und sie krallte ihre Finger um den Wolfsanhänger, den sie um den Hals trug und unter dem ihr Herz hämmerte. Sie hatte Angst, und da war diese gemeine Stimme, die ihr flüsternd ausmalte, wie ihr Leben ohne Ellie und ihren Job aussehen könnte, aber sie klammerte sich nur noch fester an den Anhänger und weigerte sich, weiter darüber nachzudenken. Damit musste sie sich überhaupt nicht herumschlagen, solange sie ihren Dienst für die Wolfsons ausfüllte, und genau darauf wollte sie sich jetzt konzentrieren.

Lottie beschloss, dass es das Beste wäre, Jamie direkt im Anschluss an die erlaubte Stunde mit Haru abzufangen. Vermutlich hatte sie tatsächlich die besten Chancen, etwas herauszufinden, was sie gegen Haru verwenden konnte, wenn sie Jamie direkt nach ihren Tête-à-Têtes ausfragte.

Sie hatte keine Schwierigkeiten, die beiden zu finden, weil Jamie ihr vorher gesagt hatte, dass er Haru helfen würde, im Rosengarten die Blumen zu gießen, und tatsächlich entdeckte sie sie bereits von weitem.

Als hätte Jamie gespürt, dass sie ihn ansah, unterbrach er sich kurz beim Gießen und blickte auf, und Lottie spürte ein merkwürdiges Ziehen in der Brust. Er sah auf einmal so unschuldig aus, nicht so angespannt wie sonst in letzter Zeit.

Bevor sie länger darüber nachdenken konnte, hatte Haru sie ebenfalls erblickt und winkte ihr mit einem fuchshaften Grinsen im Gesicht spöttisch zu.

Lottie musste sich sehr zusammenreißen, um nicht die Augen zu verdrehen.

Haru klopfte Jamie auf den Rücken und entließ ihn damit aus dem kleinen Blumenkäfig, in dem er ihren ahnungslosen Partisten eine Stunde lang gefangen gehalten hatte.

Jamie verließ das warme Gewächshaus mit einem dünnen Schweißfilm über den Brauen, und sofort kehrte jene hitzige Anspannung in sein Gesicht zurück, als er wütend auf Lottie zugeschritten kam, so dass sie vorsichtshalber einen Schritt zurück machte. Irgendetwas stimmte nicht, und aus einem unerklärlichen Grund spürte Lottie ihr Herz aufgeregt schlagen.

»Was ist los?«, fragte Jamie. »Ich dachte, wir sehen uns erst heute Abend wieder.«

Lottie wich zurück – offenbar hatte Jamie gedacht, sie wäre in Schwierigkeiten, und das Feuer, das um ihn loderte, war nur sein Beschützerinstinkt gewesen. Als sie das begriff, hatte sie schon wieder ein seltsames Gefühl in der Magengegend. Seit wann machte Jamie sie eigentlich wieder so nervös?

»Nichts. Ich dachte nur, es wäre nett, wenn …«

Jamie schnitt ihr mit einem entnervten Seufzer das Wort ab. »Warum hast du mir nichts gesagt?«, fragte er.

Lottie erstarrte.

Wusste er Bescheid?

»Wovon redest du?«, fragte sie unschuldig.

Um ihm nicht in die Augen schauen zu müssen, starrte Lottie auf seine Brust und konzentrierte sich auf das langsame Heben und Senken, und da fielen ihr wieder seine perfekt geformten Muskeln auf, die verrieten, wie viel Kraft sich unter seiner stoischen Haltung verbarg. Und sie musste unwillkürlich daran denken, wie dieser starke Körper sie vor wenigen Wochen am Rande des Rosenwaldes beschützt hatte und dass Jamie sie seitdem immer mit diesem durchdringenden Blick ansah, den sie nicht mehr aus dem Kopf bekam. Anstatt ihm weiter auszuweichen, blickte sie ihm direkt ins Gesicht.

»Du hast dich mit Ellie gestritten«, stellte er mit ruhiger Stimme fest, und sie schreckte ganz leicht zusammen, teils vor Erleichterung und teils vor Schuldbewusstsein.

»Schon okay. Wir raufen uns bestimmt wieder zusammen.« Sie zuckte mit den Schultern und hoffte, er würde es dabei belassen. »Es gehört halt zum Berufsrisiko, dass man ab und zu mit Ellie aneinandergerät, wenn man mit ihr befreundet ist.«

Ihre Antwort schien Jamie zwar nicht zufriedenzustellen, aber er sagte nichts weiter dazu. Also traten sie den Rückweg nach Ivy an und gingen kurz darauf im Gleichschritt nebeneinander her.

Sie nahmen die Abkürzung durch den leeren Speisesaal, und Lottie wollte gerade anfangen, ihn behutsam nach Haru auszufragen, als Jamie stehen blieb und sie ansah.

»Hast du schon mit deiner Präsentation für den ISC-Contest angefangen?«, fragte er.

»Was?« Das hatte Lottie komplett vergessen. »Ach, das …«

»Dachte ich's mir doch«, murmelte Jamie. »Und was ist mit den Zwillingen? Hast du mit ihnen geredet? Percy meint, Micky geht's echt schlecht im Moment.«

Lottie schrak innerlich zusammen. Sie hatte nicht mit ihnen geredet; die ganze Geschichte war komplett durch ihr gedankliches Raster gefallen, weil sie nur noch an Claude und Leviathan und Haru gedacht hatte.

»Ich hab sie noch nicht einmal gefragt, wie es ihnen geht«, gab sie zu.

Die Unterhaltung verlief überhaupt nicht so, wie Lottie sich das vorgestellt hatte.

Sie schämte sich und wollte aus der Tür hinaus, aber Jamie schlug sie wieder zu und versperrte ihr mit seinem Arm den Weg.

»Das klingt gar nicht nach dir.« Trotz des Feuers in seinen Augen klang seine Stimme sanft. »Du bist doch normalerweise so ein freundlicher, umsichtiger Mensch und bist ständig um deine Freunde besorgt.« So wie Jamie mit ihr redete, kam Lottie sich wie ein Lehrling vor, der seinen Meister enttäuscht hat, und sie krümmte sich vor Unbehagen.

»Ich hatte einfach viel um die Ohren«, sagte Lottie und blickte zu ihm auf, und da hatte er schon wieder diesen Ausdruck in den Augen, bei dem die goldenen Sprenkel in seiner Iris so feurig leuchteten, dass sie zu fürchten begann, die Flammen könnten jeden Moment auf die ganze Welt überspringen.

Ohne die gewohnte Beleuchtung war es dunkel im Speisesaal, und es fühlte sich seltsam an, so ganz allein um diese Tageszeit hier zu stehen.

Lotties Blick wanderte forschend über Jamies Gesicht hinweg und registrierte Details, denen sie sonst keine Beachtung schenkte – von der immer blasser werdenden Narbe an seiner Augenbraue über die leicht gebogene Nase bis hinunter zu seinem stets missmutig verzogenen Mund. Die Lippen bebten kaum merklich – entweder waren sie die Büchse der Pandora oder aber ein wunderliches Schloss vor den Worten in seinem Kopf –, und Lottie konnte sich nicht zurückhalten, eine Frage zu stellen, um ihnen ihr Geheimnis zu entlocken.

»Warum guckt ihr mich immer so komisch an?«

Ihre Worte trafen ihn wie ein Schlag, hinterließen ein Kribbeln auf seiner Haut, und das Glitzern der Sterne in seinen Augen wurde schwächer.

»Wie denn?«, gab Jamie zurück, und seine Stimme klang auf einmal so tief, dass Lottie sie kaum wiedererkannte.

»Weiß ich auch nicht. Sag du's mir doch.« Lottie war bewusst, dass sie sich anhörte wie ein patziges kleines Kind, aber sie konnte nicht anders.

»Lottie«, begann er und zog spöttisch eine Augenbraue hoch, und Lottie konnte es ihm in dem Moment nicht verübeln. »Ich versichere dir, ich habe keine Ahnung, wovon du redest.«

»Du und Ellie«, stieß sie hervor und fuchtelte entnervt mit den Händen, »ihr seht mich immer so komisch an, und so langsam … Ich weiß auch nicht.« Sie seufzte, weil sie es einfach nicht beschreiben konnte. »Es macht mich einfach nervös, es fühlt sich merkwürdig an.«

Für den Bruchteil einer Sekunde fiel Jamies Maske herunter, und ein gequälter Ausdruck blitzte auf, nicht verärgert oder aufgebracht wie zuvor, sondern traurig. Wie ein Kind, wenn es merkt, dass es allein zurückgelassen wurde und sich vollkommen verloren fühlt. Lotties Herz zog sich zusammen, denn sie kannte dieses Gefühl nur zu gut. Aber da war der Ausdruck schon wieder verschwunden.

»Okay, hilf mir bitte mal auf die Sprünge«, sagte Jamie, und seine Mundwinkel verzogen sich zu einem Lächeln. »Du willst also, dass wir aufhören, dich anzusehen?«

»Ich …« Lottie war verwirrt, offenbar hatte sie soeben einen zutiefst persönlichen Einblick in Jamies Innenleben erhalten, wusste aber nicht, wie sie damit umgehen sollte, also atmete sie einmal gründlich aus und zwang sich, es wieder zu vergessen. »Nein, das meine ich nicht … Vergiss es einfach, alles ist gut, Ellie und ich vertragen uns wieder, zwischen uns beiden ist auch alles in Ordnung, und ihr könnt mich beide weiter so lange und so seltsam anstarren, wie ihr wollt.«

Sie wollte zur Tür, aber Jamie hielt sie schon wieder zurück.

»Warte, so hab ich das doch nicht gemeint.« Er schüttelte den Kopf, enttäuscht von sich selbst. »Ich bin auch nicht besser als Haru mit seinem dämlichen Kästchen.«

Lottie wurde hellhörig.

»Kästchen?«

»Ach, er hat da dieses Kästchen, in dem er angeblich sein« – Jamie zeichnete mit den Fingern Anführungszeichen in die Luft – »*geheimes Tagebuch* aufbewahrt, und hat so eine alberne Nummer abgezogen, von wegen, dass er es mir erst zeigt, wenn ich es mir verdient habe.« Er verdrehte die Augen. »Total kindisch und nervig.«

»Wie sieht das Kästchen denn aus?« Sie versuchte, nicht so verzweifelt zu klingen, dabei wollte sie um jeden Preis etwas in die Hand bekommen, womit sie den Wolfsons weiterhelfen und sich als nützlich erweisen konnte.

»Es ist aus schlichtem Eichenholz, nicht größer als ein Schmuckkästchen, mit einem Schloss vorne dran«, erzählte Jamie und gab endlich die Tür frei. »Er bewahrt es in der Schublade auf, die Ms. Bolter ihm in ihrem Büro überlassen hat.«

Lottie blickte lächelnd zu ihm auf, fest entschlossen, sich nichts anmerken zu lassen. »Das hört sich ja wirklich nervig an. Aber es klingt auch, als würdet ihr beiden vielleicht Freunde werden«, fügte sie zögernd hinzu.

»Möglich«, erwiderte Jamie, und Lottie verlor allen Mut. »Aber nur, wenn er aufhört, so eine entsetzliche Nervensäge zu sein.«

Auf ihrem restlichen Weg zum Wohnheim sagten sie kaum noch etwas. Lottie ließ sich alles, was Jamie gesagt hatte, noch einmal durch den Kopf gehen. Dort angekommen, verabschiedeten sie sich voneinander, und Lottie ging sofort in ihr Zimmer, um sich fürs Abendessen etwas Bequemeres anzuziehen. Darüber, dass sie Ellie den ganzen Tag über kaum gesehen hatte, wollte sie nicht nachdenken.

Ihr schwirrte der Kopf vor lauter neuen Informationen, auf die sie sich keinen Reim machen konnte.

Sie wusste nur eines, und zwar, dass sie unbedingt dieses Kästchen an sich bringen und herausfinden musste, was darin war.

Lottie schlüpfte in einen gemütlichen Pullover und wollte

gerade wieder das Zimmer verlassen, als ihr Blick auf die Tasche fiel, die offen auf ihrem Bett lag.

Lottie kehrte noch einmal in den Raum zurück, schnappte sich die Tasche und holte die Postkarte von ihrem Vater heraus.

Ohne lange nachzudenken ging sie damit zum Papierkorb und warf sie in den Müll.

14

An einem Donnerstag in der ersten Oktoberwoche fing das Wetter an, sich zu verändern. Die Luft war nicht länger schwer von süßen Blütenpollen. Stattdessen hatte sich eine frische, erdige Kühle breitgemacht. Bald würden die Blätter sich verfärben, der Boden härter werden, und schon wäre ein weiteres Jahr vorbei.

Jamie hatte immer gedacht, der Winter wäre seine liebste Jahreszeit, wenn die Welt still, ruhig und geordnet dalag. Erst als er mehr und mehr Zeit fern der kalten, trostlosen Landschaft von Maradova verbracht hatte, war ihm klar geworden, dass es in Wirklichkeit der Sommer war. Er mochte dessen Unberechenbarkeit, den ständigen Wechsel von Hitze und Unwettern, die scheinbar unendlich langen Tage und wie das goldgelbe Licht unaufhaltsam in jede noch so dunkle Ecke drang.

Warum guckt ihr mich immer so komisch an?

Jamie war überzeugt, soeben Lotties Stimme gehört zu haben, und blickte auf, nur um festzustellen, dass sein Verstand ihm einen Streich gespielt hatte, denn ihm gegenüber am Gartentisch saß Raphael und blickte ihn erwartungsvoll an. Neben ihm saß Vampy und kaute gierig auf einem der Leckerlis aus Japan herum.

»Jamie«, wiederholte Raphael und kraulte den Kater am Kopf. »Ich hab dich gerade gefragt, warum du es nicht nachschlägst. Das Milton-Zitat?«

»Ja, klar«, erwiderte er und schüttelte den Kopf, um wieder klar zu werden. »Moment …«

Es war Mittagszeit in Rosewood, und Jamie hatte versprochen, Raphael und Percy mit ihren Englisch-Hausaufgaben zu helfen. Erst später hatte er begriffen, dass Raphael nur deshalb in der Nähe der Ivy-Zimmer arbeiten wollte, um mehr Zeit mit dem Teufelsbraten von Kater verbringen zu können. So langsam fragte sich Jamie, ob Vampy alle Leute mit einem Bann belegt hatte, denn ihm war vollkommen schleierhaft, was alle an dem verwöhnten kleinen Biest so toll fanden. Als könnte er seine Gedanken belauschen, wandte der Kater ihm sein Gesicht zu, zwei große, gelbe Mondaugen, die auftauchten und wieder verschwanden, als er wie in Zeitlupe blinzelte.

Alles okay?, erkundigte sich Percy in Gebärdensprache und hob fragend eine Augenbraue. *Du hast uns immer noch nicht erzählt, was damals eigentlich genau passiert ist, ich meine bei deinem Zusammenstoß mit …* Er machte eine Pause und hob zwei Finger, um damit Hörner anzudeuten, und sah auf einmal mit seinem blassen Gesicht und dem schwarzen Haar ziemlich dämonisch aus.

Mir geht's gut, teilte Jamie ihm mit, um den beiden gleich die Luft aus den Segeln zu nehmen. *Genau für diese Dinge bin ich ausgebildet worden.*

In Wahrheit hatte er kaum über die Ereignisse auf dem Dach in Tokio nachgedacht, seit er erfahren hatte, dass es sich bei seinem Angreifer um Claude gehandelt hatte. Seine Erinnerungen waren mittlerweile verschwommen, so als hätte das Ganze unter Wasser stattgefunden. Bis dahin war Claudes Gesicht für ihn ein vollkommen vertrauter Anblick gewesen, weil der Blick, sobald man den Palast betrat, immer sofort auf dessen Porträt fiel, so dass es mit der Zeit so selbstverständlich geworden war, als sähe man sein eigenes Spiegelbild. Der Gedanke, dass dieser Freund mit den Smaragdaugen der Mann hinter der Ziegenmaske gewesen war, ergab irgendwie keinen Sinn.

Wenn du meinst, sagten Percys Gebärden, während er ein spöttisches Gesicht machte und einen Blick mit Raphael tauschte.

»Anscheinend gibt es da etwas, das ihr loswerden wollt«, sagte Jamie laut und mit den Händen. »Dann spuckt es doch einfach aus, und dann können wir hoffentlich weiterlernen.«

Wieder sahen Percy und Raphael einander an, dann platzte es aus Raphael heraus.

»Wir machen uns Sorgen.« Er strich sich mit der Hand durch sein sorgfältig frisiertes Haar. »Seit du aus Tokio wieder da bist, wirkst du so angespannt. Noch mehr als sonst, als würdest du die ganze Zeit einen Feind wittern oder mit einem Angriff rechnen.«

Und das ist noch nicht alles, fuhr Percy fort, und ein besorgter Ausdruck trat in sein hageres Gesicht. *Wir glauben, dass du das Ereignis noch gar nicht richtig verarbeitet hast. Wir wären einfach froh, wenn wir wüssten, dass du jemanden hast, mit dem du darüber reden kannst. Lottie vielleicht?*

»Nein!«, brach es aus ihm heraus, und sie sahen einander wieder an, ohne ihre Ratlosigkeit vor ihm zu verbergen.

»Meint ihr nicht, dass die gerade schon genug um die Ohren hat, seit sie das mit ihrem Onkel herausgefunden hat?« Die beiden reagierten beschämt auf seine aufrichtige Frage, aber Jamie weigerte sich, deswegen ein schlechtes Gewissen zu haben. Denn er hatte sich eines ganz fest vorgenommen: dass er Lottie dieses Jahr vor allem und jedem schützen würde – und vor allem nicht selbst der Grund für ihre Probleme sein würde.

Warum seht ihr mich immer so komisch an?

Ihre Worte hallten noch in ihm nach, und erneut wallte Enttäuschung in ihm auf.

»Und was ist mit Haru?«, schlug Raphael vor. »Seid ihr beide drüben nicht Freunde geworden?«

»Vielleicht«, sagte Jamie.

Haru hatte zu tun, er musste Sportunterricht geben und Unterlagen sortieren, und auch abgesehen davon sorgte Ms. Bolter dafür, so viel wie möglich von ihrem Assistenten zu profitieren, so dass sie gerade mal etwa eine Stunde pro Woche miteinander verbringen konnten. Seit ihrem Gespräch in der Conch-Turnhalle hatte er Jamie nicht mehr auf solche heiklen Themen angesprochen. Stattdessen vermieden sie es, das komplizierte Partisten-Thema oder Harus Wunsch, dass sie sich näherkamen, anzuschneiden. Entweder trainierten sie schweigend, oder sie widmeten sich stillen Aufgaben wie der Pflege des Rosengartens und wahrten dabei einen gewissen Abstand – aber selbst jetzt noch meinte Jamie, als er seinen Namen hörte, zu spüren, wie seine Hand sich warm um seine wand.

Zugegeben, wenn es überhaupt jemanden gab, der ihm helfen konnte, seinen Feind aufzuspüren und endlich Frieden zu finden, so wäre Haru sicher ohne weiteres bereit, ihm beizustehen. Er hatte ihn schließlich noch nie hängenlassen. Und er war es ja auch gewesen, der ihn auf den Gedanken gebracht hatte, dass er bisher vielleicht immer am falschen Ort gesucht hatte.

Ich finde, du solltest mit ihm reden, teilte Percy ihm mit und warf ihm einen sarkastisch-wissenden Blick zu. *Dein Auftrag besteht doch darin, deine Prinzessin zu beschützen. Aber wie kann sie sich sicher fühlen, wenn sie weiß, dass es dir nicht gutgeht?*

Beinahe hätte Jamie gelacht, so beeindruckt war er, wie geschickt Percy seine eigenen Argumente gegen ihn ausspielte, aber noch mehr faszinierte ihn, wie absurd das alles war. *Seine Prinzessin zu beschützen* war tatsächlich sein Auftrag, nur dass es mittlerweile *zwei* Prinzessinnen waren, von denen eine noch sturköpfiger und unberechenbarer war als die andere.

Da blickten Raphael und Percy auf. Jemand näherte sich ihm von hinten. An den schweren Schritten ihrer Stiefel erkannte er Ellie, noch bevor er sich umdrehte.

»Hey, Jamie, kann ich mit dir reden?« Ihre Stimme hatte einen harten Unterton, den sie nur hatte, wenn Lottie nicht in der Nähe war, um sie zu besänftigen.

»Stimmt irgendwas nicht?«

»Ich muss dringend mit dir reden.« Sie war ungeschminkt, und ihre Augen waren verquollen, sie schlief also immer noch nicht richtig. »Komm schon, es ist wichtig.«

Er griff nach seinen Sachen und verabschiedete sich mit einem leichten Schulterzucken von Percy und Raphael. »Wo ist Lottie? Ich dachte, ihr hättet euch wieder vertragen.«

»Haben wir auch, aber …« Sie vergewisserte sich mit einem Blick über die Schulter, dass Raphael außer Hörweite war und

Percy ihre Lippenbewegungen nicht sehen konnte. »Ich muss trotzdem mit dir über Lottie sprechen.«

Als sie sah, wie er sich sofort versteifte, verdrehte sie die Augen.

»Keine Panik, das ist jetzt noch nicht die Stelle, wo ich dich bitte, jemanden um die Ecke zu bringen«, versuchte sie zu scherzen, aber ihr Lachen klang hohl. »Komm mit.«

Sie führte ihn zu einem ruhigen Ort im obersten Stockwerk von Ivy, wo sie sich gemütlich in einen Erker lümmeln konnten, von dem aus man einen weiten Blick über den Rosenwald hatte, dessen Bäume sich mit schaukelnden Ästen im Wind wiegten. Dort saßen sie eine Weile, und Jamie wartete geduldig ab, bis seine Prinzessin das Wort ergriff.

»Ich habe nachgedacht«, sagte sie schließlich mit leiser Stimme. »Darüber, was wir damals in Japan im Wald besprochen haben, und über die ganze Geschichte mit Claude und Leviathan und meiner Familie, und wie sehr alle darunter leiden, und …« Sie unterbrach sich, um einmal tief Luft zu holen. »Ich kann so nicht weitermachen. Vor allem Lottie will ich das nicht länger antun.«

Jamie sah, wie schwer es ihr fiel, diese Dinge auszusprechen.

»Worauf willst du hinaus?«, fragte er, weil er nichts dazu sagen wollte, bevor er nicht sicher war, sie richtig verstanden zu haben. Er konnte nicht wissen, dass ihre Antwort ihn in einen so tiefen Abgrund stürzen würde.

»Ich glaube, wir müssen uns damit abfinden, dass wir die Gefühle, die wir für sie haben, niemals ausleben können. Ich weiß, dass du das Gleiche für sie empfindest wie ich, mehr als nur Freundschaft.« Die Worte trafen ihn wie ein vollbeladener Güterzug. Das nie verlöschende Feuer in seinem Bauch, aus dem sich sein Durst nach Rache und der Wunsch speiste, Lottie vor der ganzen Welt in Sicherheit zu bringen und sie zu beschützen, loderte schmerzhaft auf und wollte ihm Herz und Haut versengen. Aber er erstickte die Flammen und ließ seinen Verstand dumpf werden, bis er nichts mehr fühlte.

Ellie muss an erster Stelle stehen, ermahnte er sich.

»Ich verstehe, aber ... seit wann siehst du das so?« Er gab sich Mühe, seine Stimme fest klingen zu lassen, und wählte die Worte mit Bedacht.

»Eines Tages werde ich Königin sein, Jamie. Ich muss mich damit abfinden, und wenn es so weit ist, dann wird sie nicht mehr da sein, weder für mich noch für dich.« Ellie blickte zu Boden, so dass ihr Gesicht in den Schatten tauchte. »Ihr ist das noch nicht klar, aber du hattest von Anfang an recht: Ich bin nicht gut für sie, dieses ganze Porterinnen-Arrangement war schlecht für sie.«

Es war so seltsam, dass Ellie nun genau die Erkenntnis aussprach, die er sich damals, als Lottie in ihre Leben getreten war, von ihr gewünscht hätte. Aber seine Gefühle spielten keine Rolle mehr.

»Ich werde dich immer unterstützen, Ellie, egal, was du entscheidest, das weißt du. Ich bin sehr froh, dass endlich auch du den Ernst dieser Dinge erkennst.« Jede Silbe fühlte sich an, als würde er lebendig gehäutet; es widerte ihn an, wie großartig er in seinem Job versagte. Seine eigenen Gefühle mussten ihm egal sein; er sollte bloß froh sein, dass Ellie von allein zu dieser Erkenntnis gelangt war.

»Ich will, dass wir eine Vereinbarung treffen«, sagte Ellie, und es wurde deutlich, dass ihre Entscheidung bereits gefallen war. »Einen königlichen Pakt, um sicherzugehen, dass jeder von uns sich an sein Versprechen hält.«

Es schmerzte ganz kurz, als Jamie sein Zögern überwand, dann war es schon vorüber, und er nickte.

Beide wussten, dass es nie wieder werden würde wie früher.

Als Jamie dann vor seiner Prinzessin auf die Knie ging, fühlte es sich an, als würde die Welt mit ihm versinken, und jedes noch so kleine Erlebnis, das sie mit Lottie geteilt hatten, stürzte in Untiefen, von wo sie es niemals wieder heraufholen konnten.

Ellie stellte sich vor ihn. Hinter ihr fiel so viel Licht durch das Fenster, dass sie nur eine schwarze Silhouette war, dann aber bezog sich der Himmel in atemberaubender Geschwindigkeit, und die Sonne verschwand komplett.

»Als deine Prinzessin und deine Herrin«, begann sie und legte Mittel- und Zeigefinger auf seine Stirn, »befehle ich, dass es dir, dem Partisten Jamie Volk, nicht gestattet ist, deine romantischen Gefühle für die Porterin Charlotte Edith Pumpkin auszuleben – und mir, Eleanor Prudence Wolfson, Prinzessin von Maradova genauso wenig –, und dass wir uns zu einer einzig und allein professionellen Beziehung verpflichten, von jetzt an bis ans Ende aller Zeiten. Beim Blute des Alexis Wolfson darf niemals gegen diesen Befehl verstoßen werden.«

So sollte es sein.

Anstatt wieder nach draußen zu den anderen zu gehen, folgte Jamie einem unwiderstehlichen Sog, der ihn in sein Zimmer und zu der dort im Schrank verborgenen Schatulle rief, die er mittlerweile länger nicht mehr in die Hand genommen hatte, als er sich eingestehen wollte.

Die Schranktür gab einen langgezogenen Klagelaut von sich, als er sie öffnete, und das kleine Schmuckkästchen befand sich ganz unten, noch immer in seiner Tasche. Er griff danach, und die Berührung mit dem blauen Samtbezug weckte schmerzhafte Erinnerungen in ihm. Die Schatulle sprang mit einem schalen *Plopp* auf, und wie schlafend lag darin seine Kette mit dem Wolfsanhänger und wartete auf den Moment, in dem er endlich bereit wäre, sie wieder anzulegen. Das einzige Problem war, dass er vergessen hatte, was ihn eigentlich zurückhielt. Wenn er das blinkende Stück Silber mit dem knurrenden Wolf betrachtete, dachte er nicht länger an Ellie und die Wolfsons und daran, was er ihnen schuldete. Er dachte nur noch daran, dass die gleiche Kette um Lotties Hals lag und sie an die maradovische Königsfamilie fesselte.

Schnell ließ er die Schatulle wieder zuschnappen, sein Blick wanderte zur Rückwand des Schranks, und er dachte an das Netz aus Hinweisen, das sich dahinter verbarg.

»Wo versteckt sich mein Feind?«, murmelte er.

Haru hatte recht. Er hatte die ganze Zeit am falschen Ort gesucht und dabei übersehen, dass die größte Bedrohung für Lottie sich die ganze Zeit über direkt vor seiner Nase befunden hatte.

Es waren die Wolfsons.

Er verstaute das Schmuckkästchen wieder und fragte sich, ob er darauf vertrauen konnte, dass Prinzessin Eleanor Wolfson sich an ihr Versprechen halten würde.

15

»Ein Kästchen?«, wiederholte Binah, kuschelte sich in Lotties pinkfarbene, mit Rüschen besetzte Kissen und sah so behaglich aus, als würde sie jeden Moment anfangen zu schnurren.

»Nicht nur ein Kästchen, sondern irgendein Geheimnis, das Jamie sich irgendwann ansehen darf.«

Lottie tigerte auf dem violetten Teppich hin und her, der in jedem Ivy-Zimmer lag, und knabberte abwesend an ihrem abblätternden Nagellack herum – eine schlechte Angewohnheit, die sie neuerdings hatte.

»Ist das nicht seltsam? Und worauf wartet er, bevor er es Jamie zeigt?« Lottie ließ sich auf den Boden plumpsen und blickte zu Binah hinauf, als könnte sie auf wundersame Weise den Inhalt des Kästchens erraten. »Da ist bestimmt irgendwas drin, das uns weiterhilft, meinst du nicht?«

Lottie strahlte so viel hektische Energie aus, dass das Zimmer sich allmählich damit aufheizte und die Temperatur nur dank der spärlichen Brise, die von der halb geöffneten Balkontür hereinwehte, einigermaßen erträglich blieb; allerdings mit dem Nachteil, dass Claudes Briefe hin und wieder aufgewirbelt wurden. Sie wirkten beinahe wie zwei kleine Tiere, die herumraschelten, um Aufmerksamkeit zu erregen, sobald sie sie zu lange nicht beachtete.

»Ja, ganz bestimmt«, pflichtete Binah ihr bei. »Aber wie sollen wir da rankommen?«

Insgeheim hatte Lottie gehofft, Binah würde vielleicht irgendein waghalsiges Manöver vorschlagen, zum Beispiel einzubrechen und sich das Kästchen einfach zu schnappen. Dass Binah das Thema aber mit so viel Vorsicht behandelte, rief ihr nur den Ernst der Lage in Erinnerung. Selbst Binah schreckte davor zurück, das Schicksal herauszufordern, wenn Haru im Spiel war.

Da flatterte Claudes letzter Brief schon wieder auf, und Lottie legte schnell ein Buch darauf, weil sie nicht ständig daran denken wollte.

Sie war noch keinen Schritt weiter damit, mehr über Leviathans Pläne oder über Claudes letztes Ziel herauszufinden, und jetzt kam auch noch dieses Kästchen dazu und die Frage nach dessen Inhalt, die ihr nicht mehr aus dem Kopf ging.

Was würde Sayuri tun?, dachte Lottie und streckte sich auf dem Teppich aus, so dass ihr Blick auf die dunkelste Stelle unter ihrem Bett fiel, wo ihr Schwert – oder vielmehr Lilianas Schwert – versteckt lag, eingehüllt in ein Tuch.

Es sah einsam aus, fehl am Platz und nutzlos – genau so, wie Lottie sich niemals fühlen wollte.

»Was ist das denn?«, fragte Binah plötzlich, Neugier in ihrer Stimme.

Als Lottie sich aufsetzte, sah sie, wie Binah eine von ihren Postkarten von der Wand neben dem Bett pflückte.

Es war die Karte, die Sayuri ihr in den Palast geschickt hatte und auf deren Vorderseite eine Zeichnung des Bambuswaldes zu sehen war, in dem sie das erste Schwert gefunden hatten, Sayuris Schwert.

»Eine Postkarte von Sayuri.«

»Ihr seid ziemlich enge Freundinnen geworden, stimmt's?«

Lottie nickte. »Und ich habe ihr versprochen, dass ich mithelfe, die ganze Sache aufzudecken, und dass sie mir vertrauen kann. Stattdessen habe ich uns nur in eine Sackgasse manövriert.«

Binah summte gedankenverloren vor sich hin und befestigte die Karte wieder an der Wand.

»Was hast du eigentlich mit der Postkarte gemacht, die du gestern bekommen hast?«

Lottie stutzte einen Moment, denn sie hatte nicht nur die Karte dem Müll überlassen, sondern die Erinnerung daran gleich mit.

Sie war erleichtert, als sie genau in diesem Moment Schritte auf dem Flur hörten, und schnell ließen die beiden Mädchen die Briefe mitsamt ihren Notizen unter Lotties Kopfkissen verschwinden, als die Tür auch schon aufging. Ellie erschien in ihrer Fechtuniform – verschwitzt, aber voller Energie.

»Ich gehe dann mal.« Binah grinste Lottie an, aber die hörte sie kaum, weil sie so überrascht war, dass Ellie nach ihrem Unterricht so gut aussah.

»Ja, genau, Binah. Danke für deine Nachhilfe in Naturwissenschaften und bis später!« Lottie hätte sich am liebsten getreten für ihre schlechte Ausrede, und Binah verdrehte auf ihrem Weg zur Tür die Augen.

»Habt einen schönen Abend, ihr zwei«, rief sie noch über die Schulter, dann ließ sie die beiden Mädchen allein.

Ellie blickte mit misstrauisch hochgezogener Augenbraue auf die geschlossene Tür, sagte aber nichts dazu, sondern stieß nur einen ermatteten, aber zufriedenen Seufzer aus und bewegte den Kopf hin und her, um ihren Nacken zu lockern.

»Du siehst aber zufrieden aus«, verkündete Lottie und musste unwillkürlich grinsen, weil Ellie mit ihren geröteten Wangen aussah wie ein tapferer Prinz nach gewonnener Schlacht.

»Ja, ich habe Anastasia besiegt.« Ellie warf ihre Fechtausrüstung aufs Bett und fing an, an ihrem Anzug herumzunesteln.

»Warte, ich helfe dir.«

Wie sie es schon oft getan hatte, griff Lottie nach dem Reißverschluss in Ellies Nacken und kam ihr dabei so nah, dass sie den Kakaoduft ihres Shampoos riechen und spüren konnte, wie ihr eigener Atem warm auf Ellies Porzellanhaut traf. Vorsichtig zog sie den Stoff herunter, so dass der harte, weiße Brustpanzer zum Vorschein kam. Ihre Finger griffen nach den Bändern, und ihre Muskeln wussten von selbst, was zu tun war, als sie eine Schleife nach der anderen mit gleichmäßiger, ruhiger Sorgfalt löste.

Als der Brustschutz hinunterfiel, sprang ihr etwas ins Auge – eine dunkle Markierung blitzte auf wie eine wütende Narbe, ein trügerisch eleganter Schriftzug, der von gereizter und geschwollener Haut umgeben war.

Es war ein maradovisches Wort, *bol'shbrota* – Lottie kannte es und wusste, dass damit ein schmerzhaftes Opfer gemeint war.

Sie hatte keine Zeit, sich zu vergewissern, ob es wirklich

dieses Wort war, denn im nächsten Augenblick griff Ellie, wie ein Tier, das in eine Falle geraten war, so fest nach ihrem Handgelenk, dass Lottie zusammenzuckte.

»Ich kann das allein.« Sie stieß Lottie so heftig zur Seite, dass sie mit einem Bein am Nachttisch hängen blieb und ihr Wasserglas umstieß, das zersprang, während Lottie auf ihrer Bettdecke landete.

»Was war das denn, Ellie?«, fragte sie. »Und … und … du hast mich geschubst!«

»Das war gar nichts«, antwortete Ellie. »Lottie, ich wollte nicht, es war nur …« Sie fluchte auf Maradovisch. »Es tut mir leid.«

»Beruhige dich, Ellie, ist schon gut.« Rasch fing sie an, die Scherben aufzulesen. »Mir ist ja nichts passiert.«

»Nicht, Lottie, ich mach das weg. Bleib, wo du bist.«

Lotties Gedanken rasten, als sie sich wieder hinsetzte und Ellie dabei zusah, wie sie die Glasscherben einsammelte. Ellies Augen glitzerten, als würde sie mit den Tränen kämpfen. Lottie blieb ein Weilchen so sitzen, während sie den Zwischenfall vor ihrem inneren Augen wieder und wieder abspulte, bis zu dem Moment, als sie die gereizte Hautstelle an Ellies Körper erblickt hatte, ungläubig und ohne zu begreifen, was das zu bedeuten hatte.

»Lottie, was ist das?«, rief Ellie, die neben dem Papierkorb stand, in den sie gerade die Scherben getan hatte.

Lottie, die den Schreck noch nicht verdaut hatte, drehte sich um und sah, was Ellie in der Hand hielt.

»Ach, nichts«, sagte Lottie und starrte auf die Havanna-Postkarte.

»Das ist nicht *nichts* …« Ellies Stimme stockte. »Die ist von deinem Vater.«

»Ich weiß.« Lottie ging zu ihrer Freundin und nahm sie ihr ab. »Es ist mir egal. Ich habe doch euch und meinen Job als Porterin. Wozu sollte ich mich mit ihm treffen?«

»Warum hast du mir nichts davon gesagt?«

»Warum hast du mir nichts von dem Ding auf deinen Rippen gesagt?«, konterte Lottie und ließ die Karte wieder in den Mülleimer fallen.

»Das ist doch lächerlich, Lottie«, entgegnete Ellie, ohne auf Lotties Vorwurf einzugehen. »Da steht, er will das Haus verkaufen. Aber wo sollst du dann wohnen?«

»Welche Rolle spielt das?«, entgegnete Lottie. »Ich wohne doch mit dir zusammen.«

Sie starrten einander wortlos an, beide atmeten schnell. Lottie blickte auf den Anhänger mit dem Wolfswappen, der über Ellies Brust baumelte, und wusste: Solange sie beide diese Kette trugen, war ihre Verbindung intakt. Genau so, wie es sein sollte.

Als Ellie ihr schließlich antwortete, klang ihre Stimme kühler, als Lottie erwartet hatte: »Weil ich nicht deine Familie ersetzen kann. Du brauchst einen Ort, an den du zurückkehren kannst, wenn das alles hier vorbei ist.«

Lotties Magen verknotete sich. Ellie *war* doch ihre Familie. Die Vorstellung, dass irgendetwas stärker sein könnte als ihre Gefühle für Ellie, war genau so undenkbar, wie dass die Sonne im Westen aufging.

»Ich will aber nur dich«, sagte Lottie mit brüchiger Stimme.

Ellies Gesichtsausdruck verriet Lottie, dass sie genauso

empfand – dass es da einen Bereich in ihrer Beziehung gab, in den sie sich noch nie hineingewagt hatten, der aber voll von wundervollen Möglichkeiten war.

Ellie wandte als Erste den Blick ab und seufzte. »Manchmal«, sagte sie langsam, »will man etwas, das gar nicht gut für einen ist.«

Schon zerfiel die lockende Frucht der wunderbaren Möglichkeiten zu Staub.

Bevor Lottie die Fragen stellen konnte, die ihr auf der Seele brannten, klopfte es an der Tür.

Sie blickten einander an, aber keine von beiden reagierte.

»Hallo?«, erklang Saskias Stimme von draußen.

»Hey!«, antwortete Ellie, und als sie die Tür aufmachte, stand da nicht nur Saskia, sondern Percy war auch dabei und außerdem eine dunkle Sorgenwolke, die so dick und dicht war, dass sie sie förmlich riechen konnten wie den Rauch eines nahen Waldbrands.

»Was ist los?«, fragte Lottie.

»Geht's um Leviathan?«, fügte Ellie hinzu, und schon machten beide sich innerlich kampfbereit.

Stattdessen warfen Percy und Saskia einander einen Blick zu, der von dumpfer Trauer erfüllt war und überhaupt nicht zu Ellies und Lotties Alarmbereitschaft passte.

Saskia schüttelte den Kopf, legte Percy tröstend die Hand auf die Schulter und drückte sie ganz leicht. »Es ist wegen Lola und Micky«, sagte sie, und Lottie ahnte die schreckliche Neuigkeit bereits. »Ihr Vater ist gestorben.«

ZWEITER TEIL

Der Kuss

Gemälde von Gustav Klimt (1907)

16

An den Mann mit der Ziegenmaske

Ich hoffe, diese Anrede ist ausreichend, denn ich fürchte, ich kenne dich nur als den Mann mit der Ziegenmaske, der meinen Partisten auf dem Dach in Tokio gepeinigt hat, oder soll ich dich lieber mit »Meister von Leviathan« anreden? Aber vielleicht dürfen dich so nur die nennen, die du als nützlich genug erachtest?
Was die neuen Puzzleteile angeht, die du mir so großzügig überlassen hast, so finde ich das Bild mit dem Wolf, ehrlich gesagt, verstörend, auch wenn es nicht schwerfällt, sich in Erinnerung zu rufen, dass Wölfe auch Jäger sind – schließlich bist du ja ebenfalls einer. Abgesehen davon glaube ich nicht, dass ich mit diesen Hinweisen weiterkomme, und würde mir wünschen, dass du mir irgendetwas Handfesteres überlässt, vielleicht so etwas wie ein Eckstück? Etwas, das vielsagend genug ist, um von da aus den Rest des Puzzles zusammenzufügen?

Deine stets neugierige und zunehmend frustrierte Nichte

PS: Ich verstehe, was für eine zusammengeschusterte Geschichte du deinen Lakeien über Partisten erzählst, aber ich kann dir versichern, dass Jamie mit seiner Stellung voll und ganz zufrieden ist, was du aber sicherlich selbst noch früh genug erfahren wirst.

Trotz des unbekümmerten Tons, um den sie sich bemühte, war die Handschrift ganz leicht verwackelt – eine kaum sichtbare, in den Worten verborgene Information, die entweder von Nervosität oder Aufregung zeugte; so oder so ließ sich daran ablesen, dass die Prinzessin Angst hatte.

Während er seinen bitteren Kaffee schlürfte, strich Claude mit leicht verwunderter Zufriedenheit über den Brief und fühlte das dünne Papier mit den Fingerspitzen, und er musste an aufgespießte Schmetterlingsflügel denken – so waren sie ihm am liebsten.

»Kann ich Ihnen sonst noch etwas bringen, mein Herr?« Der Hausdiener hatte soeben das Frühstückstablett auf dem Tisch abgestellt, und seine Stimme klang seltsam hohl – ein typischer Begleiteffekt der Hameln-Formel.

Claude wusste nicht einmal, wie der Mann hieß, aber das störte ihn nicht weiter. Er hatte diese Blockhütte gewollt und einen Hausdiener dazu, um seinen Aufenthalt komfortabel zu gestalten, und all das hatte er bekommen – ein Tropfen ihres Giftes hatte genügt. Die Formel machte so vieles möglich – das einzige Problem war nur, dass es sterbenslangweilig war. Claude genoss es viel mehr, wenn die Menschen taten, was er von ihnen wollte, weil sie ihn bewunderten – so wie es gewesen war, als er noch ein Prinz war.

»Nein«, gab Claude zurück und warf einen Blick auf den stocksteif dastehenden Diener, der ständig, mit einem unnatürlichen Lächeln im Gesicht, auf den nächsten Befehl wartete. »Geh und putz die Hütte.«

Der Morgennebel, der über den Bergseen in den bayerischen Alpen hing, benetzte die Spitzen der Farne und ließ die Landschaft wirken, als würde irgendwo ein außer Kontrolle geratener Waldbrand wüten. Es war kühl, aber die Kälte hatte Claude nie etwas ausgemacht, schließlich war er in der schneebedeckten Tundra von Maradova aufgewachsen. Ihm gefiel es sogar, die hier in den Bergen außergewöhnlich kurze Dämmerung barfuß auf der Veranda der Hütte willkommen zu heißen. Es erinnerte ihn an sein Leben im Palast, wenn er gleich nach dem Aufwachen sein Frühstück auf dem Balkon eingenommen hatte, das ihn jeden Ärger, den er sich in der Nacht zuvor eingehandelt hatte, vergessen ließ. Damals hatte alles auf sein Kommando gehört, und so wollte er es wieder haben. Der Palast, die allgemeine Bewunderung, die ihn zu einem mächtigen Mann machte – das alles stand ihm als dem rechtmäßigen König von Maradova zu, und er wusste, dass das Land erst dann wieder ganz und genesen wäre, wenn es dieses räudige, verlogene Rudel losgeworden war. Was das Land brauchte, war der richtige Leitwolf, um das Rudel anzuführen.

Als er den Brief der Prinzessin dicht vor seine Nase hielt, konnte er Rosenduft schnuppern. Das war die einzige Sache, die ihn jedes Mal neu überraschte. Der liebliche Duft passte nicht zu seinen Erinnerungen an den Palast, als wäre die Tochter seines Bruders in einem anderen Garten groß geworden.

Er faltete den Brief zusammen. »Ich habe Rosen immer gehasst.«

Ein leises Klopfen an der Glasscheibe der hölzernen Veranda teilte Claude mit, dass Ingrid da war. Es klang gedämpft, als wollte sie ihn nicht stören, dabei wusste sie doch, dass er sie zu sich bestellt hatte.

Er winkte sie heran, ohne sich umzudrehen.

»Ihr wolltet mich sehen, Meister?«

Ingrids Stimme hatte immer einen bettelnden Unterton, wie bei einer maunzenden Katze – ein hungriges Flehen um seine Gunst, das Claude mal gefiel und mal verärgerte, je nachdem, wie seine Stimmung gerade war.

In Wahrheit wollte er sie am liebsten gar nicht mehr sehen, nach ihrem Verhalten in Tokio, als sie Jamie bedrängt hatte, bis er sich ausgerechnet in dem Moment hinunterfallen ließ, als Claude ihn gerade in seinen Fängen hatte.

»Bringst du mir das, worum ich gebeten habe?« Er drehte sich immer noch nicht um, sondern blickte auf das Schreibzeug, das er auf dem Tisch abgelegt hatte.

Ingrid gab sich offenkundig Mühe, Haltung zu wahren, aber Claude hatte schon immer einen siebten Sinn für die winzigen Ticks und Zuckungen, Blicke oder nervöses Herumnesteln gehabt, all diese Kleinigkeiten, die den meisten Leuten gar nicht auffielen – er nahm sie wahr, so klar wie die Berge, auf die er jetzt blickte, und sie schrien ihm die Schwächen der Menschen entgegen.

»Bitte.« Ingrid legte eine Holzkiste auf den Tisch. Claude wusste, dass sie sich nach seiner Aufmerksamkeit verzehrte, aber wenn er sie jetzt ansah, würde er nur schlechte Laune bekommen. Er wedelte mit der Hand, damit sie ein paar Schritte zurück machte. »Ich mach's wieder gut«, entfuhr es ihr, und er hörte das Gift in ihrer Stimme, das ihr selbst am meisten schadete.

»Das wirst du«, entgegnete er schlicht, und diesmal drehte er sich um und schaute sie an, blickte ihr so fest in die wütenden, grauen Augen, dass sie zusammenzuckte.

Für eine Partistin war Ingrid recht klein, ihr Haar war schwarz und glatt wie Öl, und seit ihrem Aussetzer in Tokio kümmerte sie sich nicht mehr darum. Die Strähnen fielen wie alte, schlaffe Spinnenweben in ihr fein geschnittenes, katzenartiges Gesicht. Es ging Claude unsagbar gegen den Strich, dass einer seiner Untergebenen so ungepflegt aussah, und als er sie mit roter Nase zitternd in der kalten Luft stehen sah, nahm er sich vor, unbedingt dem Diener aufzutragen, sich um ihr Aussehen zu kümmern.

»Komm«, forderte er sie auf und deutete auf den Holzstuhl auf der anderen Seite des Tisches. »Ich möchte dir etwas zeigen.«

Sie zögerte kaum merklich, aber Claude registrierte es. Normalerweise ergriff sie hastig jede Chance, um in seiner Nähe zu sein, und er wusste genau, was das zu bedeuten hatte. Obwohl er sich nach wie vor über sie ärgerte, war es an der Zeit, sie wieder in den inneren Kreis zu holen und daran zu erinnern, warum sie sich ihm angeschlossen hatte. Die Sache mit Saskia hatte ihn gelehrt, dass es besser war, sie einzubeziehen, als sie auf Distanz zu halten.

Er hatte immer geahnt, dass Saskia das schwache Glied in der Kette sein würde. Ihre Loyalität hatte niemals nur ihm allein gehört. Ihr Herz gehörte ihrer Pariser Herrin, und genau aus diesem Grund hatte er stets gezögert, sie in seine

Pläne einzubeziehen, weil er wollte, dass sie sich vorher bewies.

Der erste Hinweis darauf, dass sie ihm nicht allein gehörte, war ihre Forderung nach Entlohnung gewesen, bevor sie sich bereiterklärte, seinen Aufträgen zu entsprechen. Ihm war immer klar gewesen, dass sie mit ihrer Freundin abhauen würde, sobald sie das nötige Geld zusammen hatte. Da er das einkalkuliert hatte, hatte er sie über den Großteil ihrer Aktionen im Dunkeln gelassen, nachdem er entschieden hatte, dass der Vorteil, jemanden so nah an der Prinzessin dran zu haben, die Nachteile überwog.

Das Einzige, womit Claude nicht gerechnet hatte, war, dass sie sich so rasch schon gegen ihn wenden würde, und er konnte nicht aufhören, sich zu fragen, ob sie wohl geblieben wäre, wenn er sie der Gruppe nicht entfremdet hätte. Ihr Verrat hatte Leviathan einen Schandfleck verpasst – eine Demütigung, für die sie unbedingt bezahlen musste.

Diesen Fehler würde er bei Ingrid nicht noch einmal machen.

Claude klappte den Deckel der Kiste hoch, gab acht, den restlichen Inhalt nicht durcheinanderzubringen, und holte die beiden nächsten Hinweise hervor, die er an seine Nichte schicken wollte.

»Weißt du, wer das ist?« Claude hielt ein altes Foto zwischen den Fingern. Die Farben waren mit der Zeit verblasst, aber die Gesichter waren immer noch klar zu erkennen und wirkten überraschend lebendig.

Ingrid schluckte, und ihre Augen huschten nervös über das Foto. »Ja.«

»Ich werde es an die Prinzessin schicken«, erklärte Claude. »Das wird mein vorletzter Brief an sie sein, bevor ich ihr die Wahrheit enthülle. Verstehst du, warum ich das tue?«

Ingrid nickte, und Claude forderte sie mit dem Hochziehen seiner Brauen auf, es laut zu sagen.

»Du willst ihr die Chance geben, die Dinge geradezurücken«, sagte sie hastig und blickte auf ihren Schoß hinunter wie ein bockiges Kind.

»Ich sehe dir an, dass du wieder einmal an meinen Entscheidungen zweifelst.«

Ingrids Hände krallten sich so fest in den Stoff ihres Rocks, dass es aussah, als würden ihre Fingernägel gleich in ihr eigenes Fleisch dringen.

»Ich finde, sie hat es nicht verdient«, stieß sie schließlich hervor und presste schnell die Lippen aufeinander, um nicht aus Versehen noch mehr auszuplaudern.

Hin und wieder kam es vor, dass Ingrid genau das Richtige sagte, wenn auch nur selten und meistens unabsichtlich; aber dennoch gefiel es Claude immer sehr, wenn er es schaffte, sie so zu manipulieren, dass sie genau das tat, was er von ihr wollte, und noch mehr, wenn sie dachte, es wäre ihre Idee gewesen.

In Wahrheit ging es Claude natürlich gar nicht darum, ihnen eine Chance zu geben, sich zu bessern. Er wollte nur, dass seine Jünger ihn als einen wohlwollenden und nachsichtigen Anführer wahrnahmen.

»Ja, ich finde auch, dass sie es vielleicht gar nicht verdient hat«, sagte Claude, und seine Mundwinkel zuckten vor Freude über Ingrids vorhersehbare Antwort. Sie war wie Wachs in seinen Händen, und schon entspannten sich ihre Finger wieder. »Ich mache das auch nicht, weil sie es verdient hat, sondern um zu zeigen, dass wir im Recht sind.«

Genau in dem Moment stellte der Hausdiener zwei Tassen Kaffee zwischen ihnen ab. Claude schob eine der Tassen behutsam zu Ingrid hinüber und forderte sie mit einer Handbewegung zum Trinken auf; diese Geste war sein letzter Köder, um sie gefügig zu machen. »Nachdem sie die Wahrheit über ihre Familie erfahren und sich unweigerlich dafür entschieden hat, auf deren Seite zu bleiben, wird Jamie aus freien Stücken zu uns kommen.«

Ingrid schluckte den bitteren Kaffee hinunter, und schon weiteten sich ihre Pupillen wie bei einer Katze, die ihre Beute ins Visier nimmt – dieser Impuls war es, auf den Claude aufpassen musste.

»Ich möchte dir auch eine Chance geben, Ingrid«, begann er, und als er sah, wie ihr Mund sich hungrig einen Spalt öffnete, fand er, dass er sie unbedingt daran erinnern musste, dass seine Gunst nicht so leicht wieder zu erlangen war. »Nicht, weil ich denke, du verdienst es, sondern weil du noch viel zu lernen hast.«

Sie zuckte wie erwartet zusammen, ein Zeichen, dass sie ihre Lektion gelernt hatte, ohne sich komplett zurückgestoßen zu fühlen.

»Wenn Jamie sich also entschließen sollte, zu mir zu kommen, was wirst du dann tun, um den entsetzlichen Eindruck wiedergutzumachen, den du erweckt hast und mit dem du nicht nur deiner Beziehung zu ihm, sondern auch zu mir geschadet hast?«

Ingrid hob die Schultern und wurde ganz klein. »Ich werde ganz brav sein.« Ihre Stimme war kaum lauter als ein Flüstern. »Ich halte mich zurück und bleibe im Hintergrund. Das kann ich tun.«

Das war nicht die Antwort, die Claude hören wollte.

»Nein, nein, Ingrid«, schalt er sie und schüttelte mit einem müden Seufzen den Kopf, das klang, als gälte es einem Kind. »Jamie soll sehen, dass wir füreinander da sind wie eine Familie, wir haben Geduld miteinander und stehen für unsere Fehler ein.« Claude vergewisserte sich, dass Ingrid ihm weiterhin aufmerksam zuhörte, und senkte die Stimme zu einem tiefen Knurren – ein sicheres Zeichen dafür, dass sie seine folgenden Worte als Befehl aufzufassen hatte: »Wenn wir Jamie hierherbringen, dann bist du zur Stelle: Du kochst für ihn, putzt für ihn und verhältst dich hilfsbereit und zuvorkommend. Kannst du das tun?«

In der Ferne flog ein Schwarm Krähen von einem hohen Baumwipfel auf, und ihr raues, trostloses Krächzen verhöhnte Ingrid für den demütigenden Auftrag, aber Claude zweifelte nicht daran, dass sie sich fügen würde, weil dies ihre einzige Chance war, sich seine Gunst wieder zu verdienen.

»Ja, das kann ich.« Ihre Stimme klang kleinlaut und besiegt, und das einzige Anzeichen für ihr gewohntes Temperament war die Art, wie sie beim Sprechen die Kiefer anspannte. Wieder so eine subtile Körpersprache, die Claude nicht entging.

»Sehr schön.« Er klatschte ein paar Mal in die Hände und applaudierte ihrem folgsamen Verhalten. »Ich habe nichts dagegen, wenn du das Tablett mit dem Kaffee zurück in die Küche bringst, wenn du gehst.«

17

Die Trauerfeier für Alfred Tompkins fand an einem Samstagvormittag im Krematorium von Sweetmill statt. Es war ein regnerischer Oktobertag. Der Gottesdienst in der mit Lilien geschmückten Kapelle, zu dem nur die Verbliebenen und engsten Vertrauten des Verstorbenen zugegen waren, fand direkt nach der Testamentseröffnung statt und lief sehr ruhig ab. In der Woche, die auf den Tod ihres Vaters folgte, kehrten Lola und Micky noch nicht wieder ins Internat zurück, und Percy genauso wenig. Die beiden Familienunternehmen der drei, Tompkins und Butter, hatten erst vor kurzem fusioniert und bildeten nun die größte Süßwarenfabrik der Welt, und um Alfred zu würdigen, trauerte Familie Butter mit Familie Tompkins gemeinsam.

Ohne die Zwillinge schien Rosewood bitter zu schmecken, und ihr Fehlen erinnerte Lottie fortwährend daran, wie es wäre, wenn ihr einer ihrer Freunde weggenommen würde. Diese düstere Vorstellung ließ sie nur noch entschlossener werden, den beiden bei ihrer Rückkehr einen perfekten Empfang zu bereiten, und sie war nicht die Einzige, die diesen hohen Anspruch hatte.

»Ich hatte doch gesagt, gelben, grünen und *pinken* Zuckerguss, nicht gelb, grün und orange.« Anastasia inspizierte mit hochgerecktem Kinn das Tablett mit den bunten Petit Fours und Macarons, die sie bei einem Conch-Mädchen in Auftrag gegeben hatte, das den Schwerpunkt Lebensmitteltechnologie belegt hatte und darin als Jahrgangsbeste galt.

»Die sehen einfach toll aus, danke schön«, sagte Lottie und nahm dem sprachlos dastehenden Mädchen das Tablett aus der Hand.

Anastasia verdrehte die Augen, schnappte sich ein anderes Kuchentablett und folgte Lottie damit in den Gemeinschaftsraum von Conch, den sie für Lolas und Mickys kleine *Welcome-Back*-Party nutzen durften.

»Ich bin mir ganz sicher, dass ich Pink bestellt hatte und nicht Orange«, murmelte Anastasia leise vor sich hin, während sie die mehrstöckige Kuchen-Etagere und die Teetassen abstellte und Ellie und Lottie zeigte, wo jedes Teil platziert werden sollte, derweil sie weiter vor sich hin schimpfte: »Jeder weiß doch, dass Pink und Gelb die Lieblingsfarben der Zwillinge sind! Ich meine, mal ehrlich, welcher Idiot verwechselt bitteschön Orange mit Pink?«

»Ani, es wird ihnen trotzdem gefallen, ganz bestimmt.« Saskia legte besänftigend den Arm um ihre Freundin, bevor sie sich daran machte, die übrigen Teetassen auf dem runden Eichentisch zu verteilen.

»Ach, es ist nur, weil … ihr wisst schon …« Anastasia verstummte, als ihre und Lotties Blicke sich trafen.

Lottie und die anderen wussten genau, was sie meinte, nämlich, dass Harus Regeln ihnen nicht erlaubten, das Schulgelände zu verlassen. Aus dem Grund hatte auch keiner von ihnen den Zwillingen anbieten können, sie zu Alfreds Beerdigung zu begleiten, oder sie wenigstens fragen, ob sie zu Hause irgendwelche Hilfe benötigten. Als wäre das noch nicht schlimm genug, mussten sie außerdem darauf achten, die beiden zusätzlich zu ihrem Kummer nicht noch mit der neuen Situation um Haru und Leviathan zu belasten.

»Ich wünschte einfach, wir könnten mehr für sie tun«, fuhr Anastasia fort und zwirbelte eine Strähne ihrer kastanienbraunen Haare zwischen den Fingern.

»Ani, das Wichtigste ist doch, dass alle in Sicherheit sind – und außerdem haben wir doch das Geschenk für sie angefertigt«, sagte Lottie, griff nach einer mit einem Tuch verhängten Leinwand neben dem Tisch und hielt sie hoch, erntete aber für ihren Versuch, die Sichtweise ins Positive zu wenden, nichts als leere Blicke.

»Ja, genau«, versetzte Ellie trocken, und ihre Stimme hatte einen schneidenden Unterton, als würde sie Nadeln hochwürgen. »Alle sind so was von *in Sicherheit.*«

Lottie beschloss, nicht darauf einzugehen. Noch immer hing nach ihrer Auseinandersetzung vor einer Woche ein gewisses Unbehagen zwischen ihnen in der Luft – aber Lottie dachte lieber nicht darüber nach, denn sonst hätte sie sich auch mit der Postkarte ihres Vaters auseinandersetzen müssen.

Ellie, die anscheinend genau wusste, in welche Richtung Lotties Gedanken wanderten, amtete laut hörbar aus.

So war es eine willkommene Ablenkung, als die Tür mit einem Knarren aufschwang und Jamie und Raphael mit einer Sammlung von schrillen Partyhüten in Zuckerwatte-Farbtönen erschienen, die jedem Außenstehenden sicher absolut unpassend für den Anlass erschienen wären, dabei passten sie perfekt zu den Zwillingen.

»Percy und Binah kommen in zehn Minuten mit den Zwillingen hier an«, verkündete Jamie und war schon dabei, das Willkommensplakat aufzustellen.

Jamie zuzusehen, wie er in schwarzem Hemd und schwarzer Hose hingebungsvoll grellbunte, mit Glitzer verzierte Partydekorationen aufhängte und dabei die vorahnungsvolle Düsterkeit eines Edvard-Munch-Gemäldes ausstrahlte, war ein mehr als eigenartiger Anblick. Der Kontrast war so groß, dass Lottie ihn fasziniert anstarrte, bis Raphael zu ihr kam und ihr eine Konfettikanone in die Hand drückte.

»Die startest du, sobald sie in den Raum kommen.«

»Noch fünf Minuten«, rief Jamie, stieg wieder herunter und nahm am Tisch Aufstellung.

Lottie fand sich eingeklemmt zwischen Jamie und ihrer Prinzessin wieder und registrierte, dass keiner den anderen zu berühren wagte, als wären sie die entgegengesetzten Pole eines Magneten. Als sie zu ihnen aufblickte, um ihr seltsames Verhalten zu ergründen, starrten beide angestrengt Richtung Tür, als würden sie irgendein ungeschriebenes Gesetz brechen, wenn sie Lottie auch nur ansahen.

Was zum Himmel ist denn mit denen los?

Trotz der ganzen Aufregung um sie herum musste Lottie wieder an den merkwürdigen Hautausschlag auf Ellies Brustkorb denken, und an den seltsamen Ausdruck in Jamies Augen. Sie hätte sie am liebsten auf der Stelle darauf angesprochen, aber dafür war es natürlich nicht der richtige Zeitpunkt. Da sprang auch schon die Tür auf, und Binah huschte herein.

Das war das Zeichen: »*Welcome back!* Schön, dass ihr wieder da seid!«, riefen alle im Chor, pusteten Luftschlagen in die Luft und starteten Konfetti- und Glitzerkanonen, so dass sich überall im Raum kunterbunte Fontänen ergossen.

Einen Augenblick lang standen Lola, Micky und Percy stocksteif da wie die Statuen in der Eingangshalle – drei Gespenster mit verständnislosen Gesichtern, die durch den Regen aus Luftschlangen und bunten Bändern im ersten Moment gar nichts erkennen konnten. Als sie sich immer noch nicht vom Fleck rührten, schoss Lottie siedend heiß die Frage durch den Kopf, ob sie vielleicht vollkommen danebengegriffen hatten, als sie sich überlegten, sie auf diese Weise zu empfangen. Dann aber tauchte, wie ein Regenbogen aus grauen Wolken, ein breites Lächeln auf Lolas Gesicht auf, und ihre fröhlich strahlende Aura verteilte sich wie Puderzucker im ganzen Raum.

»Ach, Leute, das wäre doch nicht nötig gewesen.« Lolas Augen glänzten, und sie drückte die Hand ihres Bruders.

»Das ist für euch – von uns allen.« Mit einer raschen Bewegung zog Lottie das Tuch herunter und enthüllte ein sorgfältig ausgearbeitetes Ölgemälde, das Alfred Tompkins inmitten all seiner wunderbaren Süßwaren-Kreationen zeigte – ein unsterbliches Andenken an den Vater der beiden, gerahmt in Gold. Niemand brauchte zu wissen, dass für Lottie die Arbeit am Porträt eines anderen Vaters eine willkommene Ablenkung davon gewesen war, an ihren eigenen Vater zu denken.

Binah lachte. »Sie ist viel zu bescheiden. In Wahrheit hat Lottie das ganz allein gemalt; wir haben es nur rahmen lassen.«

»Euer Vater war wirklich ein großartiger Mensch, und wir wollten ihm, so gut wir konnten, unseren Respekt erweisen«, sagte Lottie, überreichte den Zwillingen das Bild und freute sich zu sehen, wie ihre Mienen sich aufhellten.

»Kommt rein, setzt euch, lasst es euch schmecken.« Binah schob für die beiden einen Stuhl nach hinten, und alle taten es ihr gleich und setzten sich an die überbordende Tafel.

»Und sagt einfach Bescheid, wenn wir euch irgendwie helfen können, jetzt wo ihr ...« – Raphael schnappte sich einen Florentiner und konnte vor lauter Zuckergebäck im Mund kaum weitersprechen – »... die größte Süßwarenfirma des Landes besitzt.«

»Ich bitte dich, Raph, was hab ich dir über gute Manieren beigebracht?«, grollte Jamie, erntete dafür allerdings nur ein unfassbar charmantes Schulterzucken, das bei jedem anderen, der nicht so unverschämt gut aussah wie Raphael, lange nicht so liebenswert gewirkt hätte.

Percy verdrehte theatralisch, aber humorvoll die Augen, setzte sich neben seinen Freund und häufte Kuchen von der Etagere auf seinen Teller.

»Wir werden die Firma aber erst übernehmen, wenn wir mit der Schule fertig sind«, erklärte Micky, während er die üblichen drei Zuckerwürfel in seinen Tee plumpsen ließ, dann sprach Lola für ihn weiter.

»In den nächsten Jahren wird sich Nadia – ihr habt sie bei der Fabrikbesichtigung kennengelernt – um die Firma kümmern und auch die rechtlichen Aspekte der Fusion abwickeln.« Dann huschte Lolas Blick zwischen ihrem Bruder und Percy hin und her, und sie zuckte mit einem zufriedenen

Grinsen mit den Schultern. »… und dann, wenn wir drei mit der Uni fertig sind, übernehmen wir, gemeinsam, als Familie.«

Als sie *Familie* sagte, blickten sowohl Lottie als auch Ellie erschrocken auf, für die sich das Wort seit ihrem Streit fast wie ein Schimpfwort anhörte, und Lottie begann, unter dem bohrenden, düsteren Blick ihrer Prinzessin unbehaglich auf dem Stuhl herumzurutschen. Jamie bekam sofort mit, dass etwas im Busch war, und kniff mit einem derart wissenden Gesichtsausdruck die Augen zusammen, dass Lottie überzeugt war, er könne ihre Gedanken lesen.

»Ihr hattet Glück, so einen wunderbaren Vater zu haben«, sagte Lottie und ärgerte sich über den scharfen Klang ihrer Stimme, aber sie hoffte einfach, dass es außer Ellie niemandem auffiel. »Ein so guter Familienzusammenhalt ist etwas Besonderes.«

Lola rührte in ihrer Teetasse und brummte zustimmend, doch sie wirkte auch ein wenig melancholisch.

»Ganz so perfekt war die Familie leider nicht immer.« Sie starrte weiterhin auf den Strudel unter ihren Fingern, als würde sie damit alte Erinnerungen aufwirbeln. »Alfred musste sich erst eine eigene Familie suchen. So ist das manchmal, wenn ein Elternteil nicht gerade ein Engel war.«

Es wurde ganz still im Raum, und Lottie spürte, wie Ellie sich anspannte und ihre Finger krampften, so sehr kämpfte sie gegen den Drang, Lottie oder Jamie anzusehen. Es war allseits bekannt, dass Lolas und Mickys Großvater der Erfinder der verstörenden Hameln-Formel war, und obwohl er versucht hatte, seinen Fehler zu korrigieren und sie zu verstecken, konnte er das Schlechte, das er angerichtet hatte, nicht ungeschehen machen. Manchmal ist das Böse so groß, dass Wiedergutmachung unmöglich ist.

»Als Kind werden einem ständig Geschichten erzählt, die einem eintrichtern, wie wichtig Familie doch sei, wichtiger als alles andere, aber das ist nicht wahr«, fuhr Lola mit sanfter Stimme fort. »Manchmal hat man Glück, und die Familie, die man bekommt, ist toll, so wie wir mit unseren Eltern, aber manchmal hat man auch weniger Glück, und dann muss man sich auf die Suche nach seiner eigenen Familie machen …«

Lola und Micky blickten gleichzeitig zu dem Gemälde auf, und dann, als würden sie ihre Gedanken aus ein und derselben Quelle schöpfen, vollendete Micky ihren Satz: »Alfred hat seine eigene Familie gefunden, mit unserer Mutter und allen, die geholfen haben, Tompkins Süßwaren mit aufzubauen.«

Die Worte strichen sanft wie die Blüten einer Frühlingswiese über Lotties Haut hinweg, lieblich und flüchtig zugleich, und ein Gefühl überkam sie, das sie am liebsten für immer festhalten wollte.

»Ich glaube, für manche Menschen ist die Familie, die man sich gesucht hat, genauso wichtig«, sagte Lola, und sie und Micky ließen mit einem warmen Leuchten in ihren himmelblauen Augen den Blick über alle Gesichter am runden Tisch wandern. »Für manche Menschen ist die Familie, die sie sich selbst gesucht haben, ihre wahre Familie.«

Die Zwillinge strahlten in die Runde und schlossen einstimmig: »Ihr alle, ihr seid auch unsere Familie.«

Keiner wusste, was er sagen sollte, während der Staub der kleinen Ansprache der Zwillinge sich langsam setzte, und Lottie wollte ihr Lächeln erwidern, sie wollte *ja* sagen, aber sie konnte an nichts anderes denken als an die Postkarte von ihrem Vater, die nach billigem Alkohol gerochen hatte. Und direkt hinter ihr, wie ein Schatten, der ihr überallhin folgte, stand der Ziegenmann und flüsterte ihr ein, dass selbst solche glücklichen Momente nicht echt waren.

»Ich werde meinem Vater sagen, dass Saskia und ich ein Paar sind«, sprudelte es aus Anastasia heraus, und sie schlug sich die Hand vor den Mund, schockiert über ihre eigenen Worte.

Um ein Haar wäre Saskia rückwärts vom Stuhl gekippt.

»Ich will ihm die Chance geben, uns zu akzeptieren, das Richtige zu tun«, erklärte Anastasia und errötete leicht, was absolut untypisch für sie war.

»Und was, wenn er das nicht tut?«

»Dann ist es auch nicht so schlimm. Lola hat recht – wir haben dann trotzdem noch eine Familie.« Anastasia versuchte, ihr gerötetes Gesicht hinter ihrer Tasse zu verstecken, und als das nicht gelang, warf sie allen einen strengen Blick zu. »Man kann den Menschen nicht unendlich viele Chancen geben, nicht mal den eigenen Eltern, und ich will endlich herausfinden, ob er tatsächlich ein hoffnungsloser Fall ist.«

Für Lottie rückten die ganzen Kuchen und Süßigkeiten in den Hintergrund, ihr süßer Duft wurde von widerlichem Rumgeruch überdeckt, und der Raum verschwamm vor ihren Augen, als sie ihr eigenes Spiegelbild im schwarzen Assamtee entdeckte. Sie sah ihrem Vater wirklich kein bisschen ähnlich. Es war nur die mütterliche Seite ihrer Familie, die ihr entgegenblickte, und das Wolfsmedaillon um ihren Hals glänzte in dem Streifen Sonnenlicht, der durchs Fenster fiel, weiß auf.

Lottie wusste, dass Ellie recht hatte und sie die Postkarte ihres Vaters nicht einfach ignorieren konnte, weil sie damit nur etwas vor sich her schob, das sie schon vor langer Zeit hätte erledigen sollen.

»Das ist eine sehr mutige und gute Idee von dir, Anastasia.« Lotties Blick zeigte Anastasia, wie gut sie sie verstand, nur dass für Lottie, was das Einräumen von Chancen anging, die Grenze bereits erreicht war und es keinen Sinn hatte, so zu tun, als wäre es anders. »Entschuldigt mich bitte. Ich muss mal eben zur Toilette«, verkündete sie.

Ellie reagierte sofort.

»Ich komme mit«, sagte sie und scherte sich nicht darum, ob das irgendjemand seltsam fand. Sie stand auf, folgte Lottie aus dem Raum und begann, kaum, dass die Tür hinter ihnen zugefallen war, auf sie einzureden.

»Ich konnte förmlich hören, wie es eben in deinem Hirn gearbeitet hat.« Ellies Stimme folgte ihr, als sie unbeirrt ihren Weg zum Waschraum fortsetzte und sich umständlich an überraschten Conch-Schülern vorbeischlängelte, während Ellie sich einfach zwischen ihnen durchdrängelte, ohne darauf zu achten, wie die so Herumgeschubsten sich aufregten.

»Und, was denkst du? Haben Anastasias Worte irgendwas bei dir ausgelöst? Willst du jetzt mit deinem Vater reden?«

Seufzend bog Lottie um die Ecke des Flurs, und die Eichendielen knarrten unter ihren eiligen Schritten. Sie hatte keine Ahnung, warum es Ellie so wichtig war, dass sie mit ihrem Vater in Kontakt blieb. Sie konnte nur vermuten, dass es irgendwie mit ihrem schlechten Gewissen wegen ihres Onkels und wegen Haru zusammenhing. Dabei musste Ellie doch verstehen, dass sie Lottie alles bedeutete – dass sie für sie das Wichtigste auf der Welt war, ihre Prinzessin und beste Freundin und der Grund, weshalb sie die Bürde von Claudes Briefen bereitwillig auf sich nahm und nicht von ihrer Rolle als Porterin abwich. Sie würde sich immer für sie entscheiden, ganz egal, wie schwer es werden würde.

»Ellie, du hast recht mit dem, was du neulich in unserem Zimmer zu mir gesagt hast, ich muss mit meinem Vater sprechen – aber Lola hat auch recht.« Lottie drückte die Tür zum Waschraum auf, der zu ihrer Erleichterung leer war, und drehte sich rasch zu Ellie um, weil sie ihr etwas Wichtiges zu sagen hatte: »Ich weiß, wer meine Familie ist.«

»Moment, was soll das heißen?«, rief Ellie verständnislos und stemmte eine Faust gegen die geflieste Wand, so dass Lottie nicht mehr aus der Ecke beim Waschbecken herauskam. »Willst du dich jetzt bei deinem Vater melden oder nicht?«

Als sie den wütenden Blick sah, mit dem Ellie sie anfunkelte, leuchtete Lottie plötzlich ein, warum das königliche Wappen ein Wolf war. Sie hechelte regelrecht, und der Hunger in ihren Augen verriet ihren starken Willen.

Da fiel Lotties Blick auf Ellies Rippen, wo sich vermutlich immer noch dieser seltsame Ausschlag befand, und sie fühlte sich durch die Erinnerung an das mit Quaddeln übersäte Stück geröteter und gereizter Haut bestätigt. Sie musste unbedingt herausfinden, warum Ellie sich so etwas Entsetzliches zugefügt hatte, und ihr helfen.

»Ja, ich werde um die Erlaubnis bitten, ihn anzurufen«, sagte Lottie schlicht und konnte zusehen, wie Ellies Körper sich daraufhin entspannte.

»Lottie, das ist super, echt … das ist toll, und ich …«

Lottie nutzte die Gelegenheit, um unter Ellies Arm hindurchzutauchen, und blickte ihr direkt in die dunklen Gewitteraugen, damit sie begriff, dass Lottie über das, was sie gleich sagen würde, nicht mit sich diskutieren ließ.

»Ich werde mit meinem Vater reden und ihm sagen, dass er das Haus in Cornwall ruhig verkaufen kann und dass ich ihn nie wieder sehen will, weil ich meine wahre Familie gefunden habe.«

18

Das war nicht gut. Genau genommen war es sogar das genaue Gegenteil von dem, worauf Jamie und Ellie gehofft hatten. Hinter der Tür zur Rezeption sprach Lottie ihrem Vater gerade eine Nachricht auf die Mailbox, in der sie ihm klipp und klar sagte, dass sie nichts mehr mit ihm zu tun haben wollte, und Jamie kam sich vor wie ein Stück dünnes Glas, das jeden Moment zerbrechen konnte, weil es so viele widersprüchliche Empfindungen in ihm weckte.

Tief in seinem Innern rangen zwei entgegengesetzte Teile seiner Persönlichkeit miteinander: Der Partist in ihm war von dieser Entwicklung enttäuscht, wissend, dass Lottie ihre Rolle als Porterin irgendwann ablegen und zu einem normalen Leben zurückkehren musste, damit Ellie Königin werden und sie gehen lassen konnte. Dies war die Version seiner Selbst, an die er sich klammerte, während er die andere Version lieber vergessen wollte, weil sie so egoistisch war: eine dämonische, verwirrte Version von ihm, die nichts anderes wollte, als die Arme um Lottie zu schlingen und sie so fest zu halten, dass der Rest der Welt ihr nichts anhaben konnte. Am liebsten hätte er ihr ins Ohr geflüstert, wie stolz er auf sie war, weil sie das machte, und dass sie außer ihm niemanden brauchte, weil er sie für immer beschützen würde.

Durch das eiserne Schlüsselloch der alten Tür konnte Jamie sehen, wie Lottie den Hörer auflegte und sich endlich umdrehte, aber ihr Gesicht war ausdruckslos. Sie lächelte ihr übliches Sonnenschein-Lächeln, als Jamie ihr die Tür aufhielt.

»Hat's geklappt?«, wollte er wissen und musterte sie so aufmerksam, als wäre sie ein potenzieller Angreifer und er würde nach irgendeiner winzigen Bewegung forschen, um herauszufinden, was sie wirklich dachte. »Hast du mit ihm gesprochen?«

»Nein, er hat nicht abgenommen, also habe ich ihm eine Nachricht hinterlassen«, antwortete sie und machte sich mit schwungvollen Schritten, die die Spitzen ihrer goldenen Locken zum Wippen brachten, auf den Weg nach draußen.

Jamies Kiefer zuckte, aber ihr Lächeln strahlte genauso hell wie immer. Seit wann war sie so gut darin, Dinge vor ihm zu verbergen?

»Und das war's? Willst du wirklich nie wieder was mit deiner Familie zu tun haben?«

»Ich habe es dir und Ellie doch schon gesagt – er ist nicht mehr meine Familie.«

»Ich wundere mich einfach nur, das von dir zu hören, während du es gleichzeitig immer noch nicht geschafft hast, endlich mal mit deinem Projekt für den ISC-Contest anzufangen. Mit kommt's fast so vor, als hättest du am liebsten überhaupt keine Familie mehr.«

Da blitzte etwas auf, das Jamie beinahe entgangen wäre, aber als er wahrnahm, wie das Licht für eine panische Sekunde aus Lotties Pupillen wich, wusste er alles, was er wissen musste.

»Vielleicht bist du in Wahrheit doch verwirrter, als du es dir anmerken lässt.«

»Ich bin Ellies Porterin«, sagte sie dickköpfig und merkte, dass sein Blick sich auf die Kette um ihren Hals richtete, wo der Wolfskopf auf der Lauer lag.

»Aber das ist keine Familie, das ist ein Job.« Ihm war bewusst, wie schroff das klang, aber trotzdem sprudelten die Worte aus ihm heraus – ein unheilvolles Gift, das er seit seinem Pakt mit Ellie mit sich herumtrug.

Da drehte Lottie sich plötzlich zu ihm um. »Du bist doch für die kommende Stunde mit Haru zum Training verabredet, oder?«, fragte sie, und dann tat sie schon wieder etwas, das er nicht einordnen konnte: Sie schien sich zurückzuziehen, als wäre sie von sich enttäuscht.

»Das stimmt, und wenn ich es nicht besser wüsste, würde ich glauben, du willst mich loswerden.«

Die Anschuldigung ließ Lottie ein Stück in sich zusammenschrumpfen, und ihre runden Wangen färbten sich in der allzu vertrauten Weise pink.

»Nein, ich will einfach nur mal ein Weilchen allein sein.«

Keiner wollte sich als Erster verabschieden, dabei war Lottie deutlich anzumerken, dass sie schnell irgendwohin wollte. Vicllcicht hatte sie bemerkt, dass er sie längst durchschaut hatte, denn sie knickte ein und setzte wieder jenes unechte Lächeln auf, mit dem sie ihn noch nie hatte täuschen können.

»Dann sehen wir uns in einer Stunde, okay?« Bevor Jamie protestieren konnte, hüpfte sie schon davon und rief über die Schulter zurück: »Und ich schwöre: Mit mir ist alles in Ordnung – du kannst also aufhören, mich so anzusehen.«

Jamie erstarrte, als hätte er sich verbrannt.

Er hatte keine Ahnung, ob sie ihre Worte bewusst gewählt hatte, aber sie entfachten ein Feuer in seinem Bauch. Siedend heiß erinnerten sie ihn daran, dass Lottie sehr wohl gemerkt hatte, dass er anders mit ihr umging. Er hatte sich einfach nicht mehr so gut unter Kontrolle, seit sie ihn in Tokio verletzt und vollkommen durcheinander aufgefunden hatte.

Seit er dem Ziegenmann begegnet war.

Ohne lange nachzudenken, machte er sich auf den Weg nach Ivy, und obwohl er ein mulmiges Gefühl hatte, wusste er genau, was er tun würde.

Als hätte er seine Gedanken gelesen, stand Haru bereits am Tor zu Ivy, in goldenes Sonnenlicht getaucht, und wartete auf ihn.

»Ich wollte zu dir«, sagte Jamie überflüssigerweise, obwohl sie sich immer dort trafen. »Wir sind ja heute wieder verabredet, und …« Es kam nicht oft vor, dass Jamie einen Satz nicht zu Ende bringen konnte, aber Lotties Worte brannten immer noch in seiner Brust und brachten ihn völlig durcheinander.

»Was ist los?« Haru legte neugierig den Kopf schief, und eine Locke fiel nach vorne wie ein winziges Bockshorn.

Jamie konnte Haru nicht direkt ansehen, weil die hinter ihm stehende Sonne ihn zu sehr blendete und ihn außerdem an Lottie erinnerte. »Ich weiß es nicht«, gestand er schließlich und stellte verwundert fest, dass es genau so war.

»Heute gibt es keine Aufgaben, bei denen du mir helfen könntest, und auf Training habe ich gerade auch keine Lust«, sagte Haru. Vor Enttäuschung sackten Jamies Schultern nach unten, und Haru, dem das wohl nicht entgangen war, legte den Kopf schief. »Wollen wir stattdessen lieber spazieren gehen?«

Jamie wusste, dass er viel zu aufgewühlt war, um sich jetzt in eine Situation zu begeben, in der der ältere Partist leichtes Spiel damit hätte, ihn schon wieder zu analysieren. Arbeit oder Training war kein Problem – da waren sie zu beschäftigt, um sich zu unterhalten –, aber das hier war anders. Harus Vorschlag schien eine Intimität zu beinhalten, bei der ihm gar nicht wohl war. Andererseits – war das nicht genau das, was Percy ihm geraten hatte: mit jemandem zu sprechen, der nachvollziehen konnte, wie es ihm ging?

Percy hatte recht. Er konnte niemanden beschützen, wenn er jeden Moment kurz davor war, in Flammen aufzugehen. Schon hatte der irrationale Teil über seine Vernunft gesiegt, und Jamie ließ Haru entscheiden, wo sie entlanggingen.

Von erwartungsvollem Schweigen begleitet, schlenderten sie den Pfad entlang, der zu dem vor langer Zeit geschlossenen Schwimmbad von Conch führte, zu dem Haru einen Schlüssel hatte. Der gesamt Bereich war längst wieder eins mit der Natur geworden – unbekannte Blumen und Gräser lugten zwischen den Steinplatten hervor, und in dem leeren Becken schimmerten grüne Pfützen, auf deren Oberfläche trockene, orange und braun verfärbte Blätter schwammen.

Beim letzten Mal, als Jamie einen Fuß in diesen Bereich gesetzt hatte, hatte Leviathan ihn als Versuchskaninchen für ihre unausgegorene Hameln-Formel benutzt. Es hatte ihn gefügig und benommen gemacht und ihn Dinge preisgeben lassen, an die er sich nur sehr ungern erinnerte. Jetzt hingen goldgelbe Lichtsprenkel über der Grube des leeren Schwimmbeckens, und es roch nach Chlorresten, nasser Erde und Kiefern.

»Was hast du denn für Sorgen?«, fragte Haru und setzte sich auf den feuchten Untergrund.

Inmitten der Stille der Natur, wo nichts zu hören war außer leisem Vogelgesang und raschelnden Blättern, konnte Jamie endlich einmal tief durchatmen, um wenigstens einen Teil der Spannung aus seinem Körper loszuwerden, als er neben Haru Platz nahm, so dass sie ihre Beine über den Beckenrand baumeln lassen konnten.

»Percy meint, ich sollte mit dir reden. Er hat mich regelrecht dazu *aufgefordert,* weil er findet, dass wir viel gemeinsam haben«, sprudelte es aus Jamie hervor. »Er und Raphael finden, dass ich das, was in Tokio passiert ist, nicht richtig verarbeitet habe, aber das ist total albern, weil unser Training uns doch auf genau solche Situationen vorbereitet, aber das können sie nicht verstehen.«

»Du kannst froh sein, so gute Freunde zu haben.« Haru hob den Blick, und die Sonne fiel voll auf sein sommersprossiges Gesicht. »Es ist nicht fair, dass sie so viel durchmachen mussten, nur weil sie bestimmte Personen kennen.«

»Was willst du damit …«

Da wandte Haru sein Gesicht wieder Jamie zu, der ihn kaum wiedererkannte. Jede Wärme war aus seinem Ausdruck verschwunden, aber was an deren Stelle getreten war, konnte Jamie nicht deuten. »Das war echt unheimlich«, sagte Haru und hörte sich seltsam kindlich an, »als du vom Dach gefallen bist.«

»Wie bitte?«

»Du bist doch runtergefallen, nicht wahr? Das hat jedenfalls die Krankenschwester gesagt. Es wundert mich, dass du es zurück nach Takeshin geschafft hast. Weißt du eigentlich, wie?«

»Nein, es ist alles total verschwommen.«

»Vielleicht hat dir jemand nach Hause geholfen.«

»Außer den Leviathan-Leuten wusste aber niemand, dass ich vom Dach gestürzt bin, und die ...« Da war noch etwas anderes: Zwischen der Erinnerung an die Blitze und den peitschenden Regen gab es ein Gefühl von Getragen-Werden, das Gewicht eines anderen, starken, großen Körpers und leise gemurmelte Vergewisserungen, ob mit ihm auch alles in Ordnung sei – das gleiche fürsorgliche Bemühen, mit dem Eltern sich über ihr Kind beugen.

»Was ist mit dir?«, fragte Haru.

»Nichts, aber mein Hirn wirft da was durcheinander. Wahrscheinlich erfindet mein Verstand irgendwas, um mich vor einem Trauma zu schützen.«

Doch noch während er das sagte, erinnerte er sich deutlich an das Gefühl, getragen zu werden, und ein Geruch verfing sich in seiner Nase, der ihn beinahe überwältigte. Es roch nach Glühwein und verkohltem Holz.

Als er den Blick wieder auf Haru richtete, hatte sich hinter ihm der Himmel über dem dichten Wald rot gefärbt. Die Sonne stand mittlerweile so tief, dass ihre Schatten immer länger wurden, und die langgezogenen Umrisse verwandelten sich in der Tiefe unter ihren Füßen nach und nach in gespenstisch anmutende Figuren.

»Erzähl mir von deinen Eltern«, sagte Haru leise und mit beschwörender Stimme.

»Ich habe sie nie kennengelernt. Die Wolfsons sind meine Familie«, erwiderte Jamie und lauschte auf Harus beständiges Atmen neben sich wie auf ein hin und her schwingendes Pendel.

Ein Lächeln erschien auf Harus Lippen, als müsste er über einen Insiderwitz lachen, den nur er verstand, und plötzlich verspürte Jamie den völlig unverständlichen Drang, sie zu berühren, als könnten sie ihm alles verraten, was er wissen wollte, und wieder heil machen, was zerbrochen war.

»Was ist mit deiner Mutter? Was weißt du über sie?«

»Meine Mutter?«

Jamie war verwirrt. Warum fragte Haru ihn nach seiner Mutter? Ihm war klar, dass er eigentlich aufstehen und woanders hingehen und diese Unterhaltung abwürgen sollte, bevor sie ihr Gift versprühte – aber die Art, wie Haru ihn ansah, ließ Jamie ihm bedingungslos vertrauen. Und schon sprudelten die Worte aus ihm heraus und erweckten sie zum Leben, nachdem er sie jahrelang weggesperrt hatte.

»Sie hieß Hirana.« Ihren Namen auszusprechen fühlte sich an, als würde er beten und berührte etwas ganz tief in seinem Innern. »Sie stammte aus Pakistan und hat eine Zeitlang im Palast von Maradova gearbeitet. Im Park, glaube ich.«

»Bist du gar nicht neugierig, was deine Herkunft angeht?«, überlegte Haru laut, flatterte mit seinen dichten Wimpern und forderte Jamie auf, noch mehr Dinge zum Vorschein zu bringen, die er normalerweise tief vergraben hielt. »Du könntest ja dein Sabbatjahr nutzen, um in ihre Heimat zu reisen.«

»Haru, ich hab's dir doch schon gesagt – ich werde kein Sabbatjahr nehmen«, brummte Jamie, als der Bann, unter dem er offenbar gestanden hatte, mit dem Verschwinden der letzten Sonnenstrahlen am Horizont zerbrach.

»Entschuldige«, sagte Haru aufrichtig und legte seine Hand gefährlich nah neben Jamies ab. »Es fällt mir einfach schwer zu verstehen, warum deine Prinzessin und ihre Familie dich nicht dazu ermutigen, mehr über deine … wie soll ich sagen …« Er zögerte und trommelte nachdenklich mit den Fingern, wobei er ganz leicht Jamies Hand streifte. »… deine eigene Identität herauszufinden. Tut mir leid, wenn ich da was falsch verstehe.«

Harus Worte ließen die Welt dahinschmelzen, und eine Erinnerung stieg in Jamie herauf – nicht an seine Prinzessin, sondern an Lottie und das Geschenk, das sie an seinem Geburtstag für ihn besorgt hatte, bevor sie erfuhr, dass er dieses Datum am liebsten überging. Es war ein Buch über Pakistan gewesen, mit Rezepten und Anekdoten und einem Geschichtsteil, über das er sich damals so geärgert hatte, weil er sich davor fürchtete. Trotzdem hatte er sich nicht davon trennen können. Ellie dagegen hatte ihm nie solch ein Geschenk gemacht, geschweige denn die anderen Wolfsons. Alles, was er von ihnen bekommen hatte, war der silberne Wolfsanhänger, den sie sich alle um den Hals hängten. Jamie biss sich fest auf die Innenseiten seiner Wangen und rief sich in Erinnerung, dass sie ihn darüber hinaus doch auch aufgenommen, und, was noch wichtiger war, ihm vertraut hatten.

»Ich möchte dich was fragen«, sagte Haru, dessen Sommerbrise-Lächeln zurückgekehrt war, und kniff die Augen zusammen wie ein Fuchs. »Deine Prinzessin hat doch diese Freundin – Ellie, richtig? Und sie stehen sich sehr nah, oder?«

Jamie erstarrte, hin und her gerissen zwischen der Erleichterung über den Themenwechsel und dem Prickeln auf seiner Haut, das die Erwähnung von Lottie und Ellie in einem Satz bei ihm hervorrief, weil sie sich damit der Wahrheit bedrohlich näherten.

»Ja, die beiden sind sehr gut befreundet.« Als er das sagte, loderte der brennende Schmerz wieder auf, der in seiner Brust schlummerte.

»Vielleicht täusche ich mich, aber mir kommen die beiden so komplett verschieden vor, wie Tag und Nacht.«

Jamie schrak erneut zusammen. Genau das war seine größte Angst – dass die Wolfsons Lotties Licht mit ihren dunklen Geheimnissen ersticken könnten.

»Manchmal ergänzen Gegensätze sich doch sehr gut«, entgegnete er zwischen zusammengebissenen Zähnen hindurch und schämte sich insgeheim dafür, so grausame Dinge zu denken.

»Aber warum macht Ellie deine Prinzessin dann so unglücklich?«

Irgendwo knackte ein Zweig, und das Geräusch ließ Jamie herumschnellen. Aber da war nur Haru, der Jamies Blick aus seinen dunkelbraunen Rehaugen erwiderte, die in der hereinbrechenden Nacht schwarz wirkten.

Dann war das, was er in Ellie und Lottie sah, also nicht nur seine persönliche Wahrnehmung, sondern ein Fakt und auch für andere sichtbar. Jamie wusste, dass Lottie gut für Ellie gewesen war, weil sie ihr gezeigt hatte, wie viel Schaden ihre Sorglosigkeit anrichten konnte. Für den Bruchteil einer Sekunde erlosch das Gefühl, dass die maradovische Königsfamilie seine Retter waren. Sie waren nicht länger Güte, Freundlichkeit und Zuflucht. Sie waren eine Krankheit, die ihn bereits infiziert hatte. Und als er länger über das Gefühl nachdachte, konnte er Ellie nicht mehr als seine Prinzessin ansehen. Lottie war die Einzige, die er verteidigen wollte, und Ellie war das Element, vor dem sie beschützt werden musste.

»Jamie-kun? Alles in Ordnung mit dir?«, sagte Haru, dessen Stimme nun wieder sanft war, und Jamie kam es so vor, als würde er dort hineinplumpsen wie in ein weiches Kissen nach all diesen düsteren Gedanken.

Doch dann sah er plötzlich wieder Ellie vor sich, wie sie im Gegenlicht vor ihm stand – eher wie ein Prinz als wie eine Prinzessin –, und jenes Versprechen abgab und sie beide darauf einschwor, Lottie zu schützen, indem sie sich von ihr entfernten. Er musste ihr glauben und sich darauf verlassen, dass sie ihren Teil der Vereinbarung erfüllte.

»Mir geht's gut«, sagte Jamie und stand abrupt auf. »Komm.«

Jamie streckte eine Hand aus und forderte Haru mit einer leichten Bewegung auf, sie zu ergreifen, anstatt weiter jede Berührung mit ihm zu vermeiden. Es war seine Art, ihm zu danken und Haru mitzuteilen, dass er sich sein Vertrauen verdient hatte. Der andere Partist blickte lächelnd zu ihm auf, und das leere Schwimmbecken, in das seine Beine nach wie vor herabhingen, war wie ein unergründlicher, bodenloser Abgrund unter ihm. Ihn hochzuziehen war überraschend einfach; schon blickte Haru wieder auf ihn herab, und eine vorher nicht gekannte Vertrautheit herrschte zwischen ihnen, als ihrer beider warmer Atem sich in der kalten Luft mischte wie Rauch.

Haru hatte ihm einen riesigen Gefallen getan. Er hatte ihm zugehört und ihm damit zu größerer Klarheit verholfen, als er ahnen konnte, deshalb wollte Jamie ihm gerne etwas zurückgeben.

Er beschloss, nicht lange drumherum zu reden. »Hör mal«, sagte er. »Du hast in Ms. Bolters Büro ein paar Sachen zu mir gesagt …«

»Stört es dich?«, fragte Haru und wich einen kleinen Schritt zurück.

»Nein, es ist nur …« Auf einmal fühlte Jamie sich schüchtern auf eine Weise, die für ihn vollkommen untypisch war, und als er sich die Haare aus der Stirn strich, musste er daran denken, wie oft er diese Geste bei Ellie beobachtet hatte. Es war komplettes Neuland für ihn, zu wissen, dass eine andere Person solche Gefühle für ihn hatte – jemand, den er bewunderte. »Ehrlich gesagt kommt es mir so vor, als würde es mir gar nicht zustehen, über solche Dinge nachzudenken«, sagte er und kam sich schäbig vor, ihm nur so eine vage Antwort zu geben.

Haru blickte schmunzelnd auf ihn herab – offensichtlich fand er Jamies unerwartete Schüchternheit um einiges lustiger als er selbst. »Ist schon okay. Ich wollte dich nur ein bisschen aufheitern. Ich mag es einfach nicht, dich so bedrückt zu sehen – auch wenn es dich vielleicht genervt hat, dass ich so hartnäckig versucht habe, dir nahe zu sein.«

»Ja, das ist dir gelungen.« Jamie legte den Kopf ein wenig schief, und ganz allmählich verzog sich sein Mund zu einem leichten Lächeln. »Ich bin froh, dass du nicht lockergelassen hast.«

Zufrieden mit ihrem soeben geschlossenen Waffenstillstand gingen die beiden jungen Männer nebeneinander über das fast menschenleere Schulgelände. Nur der Mond schaute auf sie herab, und Jamie dachte seufzend, wie gut es tat, endlich jemanden gefunden zu haben, der ihn verstand und dem er vertrauen konnte.

19

Lottie hatte sich noch nie im Leben so schuldig gefühlt. Sie hatte Jamie zu Haru geschickt, weil sie nur so sicherstellten konnte, dass er ihr nicht hinterherspionierte.

Haru musste abgelenkt sein, damit sie sich an einen Ort wagen konnte, der nur sein Misstrauen erregen würde. Und leider war die einzige Ablenkung, die ihr einfiel, Jamie, auch wenn sie sich schrecklich fühlte, ihn dafür zu benutzen. Sie hatte sich etwas umgehört und nicht allzu lange gebraucht, um herauszufinden, dass sich eine schwarzhaarige Ivy-Schülerin in einen ungenutzten Bereich der Schule geschlichen hatte, und nun ging das Gerücht um, dass sie sich dem geheimen Zweig von Rosewoods Artistokraten angeschlossen hatte.

Rosewoods Einrichtungen für Kunst und Fotografie gehörten zu den besten der Welt. Die hellen weißen Räume mit den abstrakten Gemälden und Marmorstatuen erinnerten eher an ein Museum als an ein Internat. Jedes Kunstwerk war ein Beleg für die kreativen Köpfe, die diese Schule hervorbrachte. An einem gewöhnlichen Tag war der Weg durch die hallenden Gänge, in die das gedämpfte Gemurmel aus den Klassenzimmern und der Geruch nach Ton und Schwefel aus der Töpferwerkstatt herüberdrang, ein friedliches Erlebnis.

Aber heute war kein gewöhnlicher Tag. Mit grimmiger Miene eilte Lottie durch die wohlbekannten Gänge in das angrenzende alte Gebäude.

Sobald die Tür dröhnend hinter ihr ins Schloss gefallen war, wurde die Welt um sie eng und bedrückend, und aus den kleinen Räumen quollen nicht mehr genutzte Materialien und alte Kunstwerke ehemaliger Rosewood-Schüler hervor wie ein Meer aus Müll, das ihr den Weg versperrte.

Doch Lottie lief weiter und stellte sich vor, wie Ellie denselben Weg gegangen war, bis sie sich im Zentrum des Labyrinths wiederfand, an der Wendeltreppe, die nach oben führte, wo früher die Fotografieabteilung gewesen war. Das Holz war wellig, und die meisten Türen waren mit Ketten verschlossen, manche sogar regelrecht verbarrikadiert, als befänden sich dahinter schreckliche Seeungeheuer. Nur eine einzige Tür zeigte neuere Gebrauchsspuren, und drei Puppenarme ragten aus den eisernen Beschlägen rund um das verschlossene Guckloch wie gefangene Seelen aus einem Hexenhaus.

Sei freundlich, sei mutig und gib niemals auf.

Lottie sagte sich ihr Motto vor, während sie die Faust hob, um anzuklopfen. Doch bevor sie die Tür auch nur berührt hatte, sprang sie auf, und Lottie wäre beinahe mit einem großen Mädchen zusammengestoßen, das blutrotes Haar und dunkle, mehrfach gepiercte Augenbrauen hatte, die wie kleine Tierchen mit winzigen Metallbeinen aussahen.

Während Lottie sich noch von ihrem Schreck erholte, grinste das Mädchen breit, und ein Zungenpiercing blitzte auf.

»Na, wenn das nicht die kleine Prinzessin persönlich ist!«

»Ich muss mit euch über eine Freundin reden. Sie war vor kurzem bei euch«, sagte Lottie, fest entschlossen, sich nicht einschüchtern zu lassen.

»Du hast Glück«, erwiderte das rothaarige Mädchen und trat beiseite, um Lottie in den stockfinsteren Gang zu lassen. »Stephanie hat gesagt, wir sollen dir aufmachen, wenn du kommst.«

Lottie schluckte. Beim Gedanken, dass man sie erwartet hatte, lief ihr ein Schauer über den Rücken. Trotzdem ging sie weiter. Ihre Finger tasteten in der Tasche nach ihrer Krone, und deren vertraute Form gab ihr den Mut, weiterzugehen.

Als sie die nächste Tür aufstieß, fand sie sich in einem Kaleidoskop aus blauen und grünen Lichtern wieder, und die Luft war kühl und roch nach Salzwasser, als wäre sie an einem Ort unter dem Ozean herausgekommen. Überall um sie herum reckten Puppen ihre Glieder aus den Wänden.

»Schon zurück? Oh!«

Da war sie. Eins der schönsten Mädchen, die Lottie je gesehen hatte, blickte durch lange Federwimpern aus ihrem schwarzen, mit Muscheln besetzten Samtthron zu ihr herauf.

Die Meerhexe.

Der Gedanke war ganz plötzlich in Lotties Kopf, und sie griff sich unwillkürlich an den Hals, als könnte sie ihre Stimme verlieren – und das hatte sie auch wirklich: Ihre Kehle war mit einem Mal so trocken, dass sie kaum mehr als ein Krächzen hervorbrachte.

»Oh, Gem, da hast du mir ja einen hübschen kleinen Fisch gefangen«, sagte Stephanie mit tiefer Stimme. »Paris, Max, sagt Hallo zu dem kleinen Fisch hier.«

Lottie wurde weiter in den Dunklen Salon hineingezogen und auf einen Stuhl gegenüber von Stephanies Thron gedrückt. In dem flackernden Licht nahm sie nur verschwommen wahr, wie die beiden Schüler, mit denen Stephanie gesprochen hatte, grüßend die Köpfe hoben, bevor sie sich wieder ihren unheimlichen Kunstwerken zuwandten.

»Ich muss mit dir über ein Tattoo reden, das du einer Freundin von mir gemacht hast«, begann Lottie und schluckte mühsam ihre Nervosität hinunter. »Ich meine das Henna-Tattoo von Ellie Wolf.«

Lottie brauchte Gewissheit. Wenn Ellie sich wirklich das maradovische Wort für *Schmerzliches Opfer* auf den unteren Brustkorb hatte tätowieren lassen, musste sie sie damit konfrontieren.

Stephanies Augen schnellten zu ihr wie ein Gummiband, und ihre künstlichen schwarzen Fingernägel glitten in ihre Haare, die dunkler waren als der Meeresgrund.

»Ich handle nur mit Geheimnissen, kleine Prinzessin«, murmelte sie mit einem Lächeln. »Das heißt auch, dass ich die Geheimnisse anderer bewahre.«

Die Erkenntnis traf Lottie wie ein Schlag in die Magengrube und nahm ihr den Atem.

Sie wusste es.

Was auch immer Ellie sich auf die Rippen hatte tätowieren lassen, eins war klar: Es war ihr so wichtig gewesen, dass sie dafür ihre geheime Identität preisgegeben hatte, und das hieß, dass das Mädchen wusste, dass Lottie eine Fälschung war.

»Wenn du auch ein Geheimnis hast, können wir gerne ins Geschäft kommen.« Stephanie zeigte auf eine Tafel an der

Wand, auf der eine Liste stand. Die Gedankenstriche hatten die Form von Totenköpfen.

- ☠ *Tattoos*
- ☠ *Piercings*
- ☠ *Besorgungen*
- ☠ *Entsorgungen*
- ☠ *Noten*
- ☠ *Schmuggelware*

Lottie starrte die Tafel mit zusammengekniffenen Augen an, als könnte sie deren Sinn begreifen, wenn sie sich nur fest genug konzentrierte.

»Sie ist verwirrt.« Der Junge am anderen Ende des Raums – Paris – drehte sich lachend um, so dass Lottie sein Gesicht sehen konnte, auf das ein zweites Augenbrauenpaar gemalt war, was ihm das Aussehen einer Spinne verlieh. »Am besten gibst du ihr ein paar Beispiele.«

Wie eine Rauchwolke tauchte Max neben ihr auf und kniete sich neben Lotties Stuhl. Xier war so groß, dass sie auf Augenhöhe waren.

Gebannt von Max' langen Wimpern, brauchte Lottie einen Moment, bis sie merkte, dass Stephanie ihre Krone in der Hand hielt.

»Oh, die ist aber schön«, murmelte Stephanie und schürzte bewundernd die Lippen.

Lottie fragte sich nicht, wann und wie sie die Krone in die Finger bekommen hatte, sie spürte nur mit glühendheißer Panik, dass sie sie zurückhaben musste.

»Gib sie her«, forderte sie und streckte die Hand aus, doch Max legte nur den Kopf schief und zog sie außer Reichweite, wobei der Opal empört funkelte.

»Was soll ich hergeben?« Max tat ahnungslos, und Lottie musste entsetzt mitansehen, wie ihre Krone unter Max' Händen verschwand.

»Ta-da!«, rief Gem und hob die Arme wie eine Zauberergehilfin, die einen Trick ihres Meisters präsentiert. »Cool, was?« Ihre Augen blickten Max fasziniert an.

»Schluss jetzt. Hört auf, das arme Ding zu ärgern!« Stephanies Stimme brauste durch den Raum und ließ ihre Untergebenen strammstehen.

»Na schön.« Max streckte den Arm aus und hielt Lottie mit einer flinken Bewegung einen Spiegel vor, und sie begriff, dass die Krone die ganze Zeit auf ihrem Kopf gewesen war.

»Besorgung und Entsorgung«, erklärte Max und zuckte mit den Schultern, als wäre es ganz einfach. »Wir stehlen Dinge oder lassen sie verschwinden.«

»Wenn es etwas geben sollte, was wir für dich besorgen oder verschwinden lassen können, brauchen wir nur ein gutes Geheimnis«, erklärte Stephanie und klatschte dabei in die Hände. »Also, was können wir für dich tun?«, fragte sie dann und ließ die Zähne mit einem Haifischlächeln blitzen.

Es war so offensichtlich, dass Lottie es beinahe vor sich sah – Harus Kästchen. Ihre Zunge kribbelte vor Verlangen, sie zu bitten, das Kästchen für sie zu stehlen. Ein kleines Geheimnis, und sie würde endlich erfahren, was sich darin verbarg. Es gab nur ein Problem: Sie brachte es nicht über sich, das einzige Geheimnis preiszugeben, das eine solche Leistung wert war.

»Ich glaube, ich gehe jetzt«, sagte sie, stand auf und wandte sich um, bevor jemand widersprechen konnten.

»Wie du willst«, rief Stephanie ihr nach. »Solltest du deine Meinung ändern – ich bin hier.«

Benommen verließ Lottie das Kunstgebäude und stellte verwirrt fest, dass es schon dunkel war. Die Wege waren vom sanften Licht der Bodenlämpchen erleuchtet, doch in diesem Teil der Schule, der weitgehend verlassen war, hatten sie etwas Gespenstisches, wie Laternenfische, die sie ins Verderben lockten.

Sie ärgerte sich, dass sie nicht herausgefunden hatte, was Ellie genau getan hatte. Sie war ratlos – sie war weder der Lösung von Claudes sonderbarem Brief, noch einer Idee, wie sie Ellie helfen konnte, einen Schritt näher gekommen.

»Prinzessin?«

Lottie drehte sich um und sah ein Mädchen aus dem ersten Jahr, das sie mit leerem Blick anstarrte, und ihr Beschützerinstinkt erwachte.

»Was ist los? Ist alles in Ordnung?«

Das Mädchen glotzte weiter wie ein Fisch auf dem Trockenen, doch am verstörendsten waren ihre aufgesprungenen Lippen und ihre zerzausten Haare, als hätte sie jedes Gefühl für ihren Körper verloren.

»Tut dir was weh?«

So plötzlich wie die Zunge eines Froschs schoss die Hand des Mädchens vor, ihre Finger legten sich eng um ihr Handgelenk, und mit einem heftigen Ruck zerrte sie Lottie mit sich.

Lottie kratzte und zog an den Fingern des Mädchens, doch

die beförderte sie mit überraschender Kraft an den Fenstern der Klassenräume vorbei um das Gebäude herum, hinaus aus dem Sichtfeld anderer Schüler. In diesem Moment konnte Lottie es riechen – einen widerlich süßen Geruch, bei dem sie unwillkürlich die Nase rümpfte. Es war ein Geruch, den sie hasste: die Hameln-Formel.

Mit einem heftigen Stoß beförderte das Mädchen sie in den schmalen Zwischenraum zwischen dem alten und dem neuen Kunstgebäude, wo kaum ein Lichtstrahl hineindrang und von wo ihr zwei dunkle Augen hinter Brillengläsern entgegenblinkten.

Haru streckte die Arme aus und fing Lottie auf, bevor der Stoß des Mädchens sie zu Boden warf. Sie war so erschrocken, dass sie sich nicht rühren konnte, und ließ sich von Haru stützen, während ihr klar wurde, wie dumm sie gewesen war. Sie war unvorsichtig geworden, hatte sich in einer falschen Sicherheit gewiegt und vergessen, dass Haru immer noch eine Bedrohung war, dass er immer noch da war und sie beobachtete und jederzeit Gebrauch von der Hameln-Formel machen konnte.

»Rühr dich nicht von der Stelle!«, befahl er über Lotties Schulter hinweg dem vergifteten Mädchen. Lottie starrte ihn finster an. »Keine Sorge.« Endlich ließ er sie los. »Spätestens in einer Woche ist das Zeug wieder aus ihrem Körper.«

Lottie ärgerte sich, dass Haru sein Treffen mit Jamie früher als sonst beendet hatte, vor allem aber machte sie wütend, was er dem Mädchen angetan hatte.

»Du hattest versprochen, niemanden zu verletzen!«

Sein Blick traf sie scharf und nagelte sie fest. »Und *du* hattest versprochen, mit niemandem über meine Arbeit für Leviathan zu sprechen.«

Die sanfte Maske, an die Lottie sich so gewöhnt hatte, war wie weggeblasen. Das war der echte Haru, brodelnd und gefährlich, und Lottie fragte sich, worüber Jamie und er gesprochen haben mochten, dass er so aufgebracht war.

»Was willst du –«

»Komm schon, Prinzessin, lass uns unsere Zeit nicht mit Lügen verschwenden.« Er brachte sie mit einer Handbewegung zum Schweigen und lehnte sich an die Wand, wobei er ihr mit seinen langen Armen und Beinen den Durchgang versperrte. »Ich weiß, dass du deiner kleinen Freundin Binah von den Briefen erzählt hast. Aber merkwürdigerweise niemandem sonst aus deinem engsten Kreis.«

Lottie wurden die Knie weich. Woher wusste Haru das? Natürlich hatte sie mit niemandem außer Binah darüber gesprochen. Einen Augenblick lang fürchtete sie sogar, er wüsste, was er niemals erfahren durfte – dass Ellie die echte Prinzessin war.

»Hm«, machte Haru und klopfte sich mit der Fingerspitze ans Kinn, als würde er nachdenken. »Meinetwegen darf sie dir helfen, wenn du dann schneller darauf kommst. Aber ich möchte dir etwas zeigen«, fügte er hinzu und ließ unvermittelt den Arm vorschnellen, so dass Lottie zusammenzuckte. »Das könnte mit allen deinen Freunden passieren, wenn du nicht aufpasst, also sei vorsichtig, klar?« Er zwinkerte ihr zu, als mache er nur Spaß, doch Lottie wich instinktiv vor ihm zurück.

Auf sein Kommando kam die benebelte Schülerin näher

und stellte sich neben ihn. Haru blickte wie ein wohlwollender Vater auf sie herab.

»Wiederhole meine Worte«, befahl er, und das Mädchen nickte und starrte weiter aus ihren toten Augen wie eine Schaufensterpuppe. »Du hasst die Prinzessin von Maradova.«

»Ich hasse die Prinzessin von Maradova.« Sie sprach voller Abscheu.

Lottie wurde schlecht. Bis jetzt hatte sie die Wirkung der Hameln-Formel nur von weitem gesehen. Aus der Nähe war das Ganze gruseliger als jeder Albtraum.

»Sie ist böse und gemein, und wir wollen, dass sie verschwindet«, fuhr Haru fort.

»Sie ist böse und gemein, und wir wollen, dass sie verschwindet.« Während das Mädchen die Worte wiederholte, drehte sie sich zu Lottie um und begann zu zittern. Angstvoll suchte sie hinter Haru Schutz.

»Das ist falsch, hör auf damit!« Lottie ballte die Fäuste und stieß die einzige Drohung aus, die ihr einfiel, um Haru zu stoppen: »Hör auf, oder ich sage es Jamie!«

Der japanische Partist hielt inne. Neugierig legte er den Kopf schief, bis ein abscheuliches Lächeln über sein Gesicht lief wie eine Narbe. »Was genau willst du ihm sagen?«, fragte er und machte einen Schritt auf sie zu. »Dass du einen Pakt mit mir geschlossen hast, ihn ins offene Messer laufen zu lassen?«

»Das habe ich nicht –«

»Es sieht aber ganz danach aus.«

Seine dunklen Augen blitzten im Mondschein, und Lottie hatte plötzlich einen bitteren Geschmack im Mund. Vielleicht hatte Haru recht.

»Du wirkst aufgebracht.« Er flüsterte beinahe, und seine Maske legte sich wieder über sein Gesicht, bis Lottie den unbekümmerten Jungen vor sich kaum wiedererkannte. »Vielleicht kann ich dich mit einem Geschenk aufheitern.«

Aus der Innentasche seiner Jacke zog er zwei Umschläge aus festem Karton und hielt sie ihr zwischen Mittel- und Zeigefinger entgegen. Sie sah, dass sie gut lesbar beschriftet waren, *Eins* und *Zwei*. »Das sind die letzten Hinweise, bevor wir die Wahrheit enthüllen und zur Tat schreiten.«

»Was?« Lottie spürte eine Panik in sich aufsteigen, auf die sie nicht vorbereitet war. Sie war nicht einmal nahe dran, das Rätsel zu lösen, wie konnte es da nur noch zwei Hinweise geben?

»Den zweiten Hinweis darfst du erst öffnen, wenn der erste gelöst ist. Viel Glück, Prinzessin.« Haru drückte ihr die Umschläge in die Hand und beugte sich über ihr Ohr, so dass seine Stimme sie streifte wie ein Fluch. »Und denk dran, ich lasse dich nicht aus den Augen.«

20

Liebe Prinzessin,

dies sind die letzten Hinweise, und ich hoffe, die Teile fügen sich jetzt zusammen.
Ich habe dieses Puzzle genau auf dich und alles, was ich über dich weiß, zugeschnitten, und ich gebe dir einen Tipp: Dein Wissen über Märchen wird dich leiten.
In dieser Hinsicht haben wir sogar etwas gemeinsam. Besonders ein Märchen hat deine Großmutter meinem Bruder und mir immer wieder vorgelesen, als wir klein waren, und es ist mir über die Jahre sehr lieb geworden. Dieses Märchen ist der Schlüssel zur Wahrheit. Such nach Salten, 1923.
Die Zeit läuft gegen deine Chance, die Dinge in Ordnung zu bringen, bevor ich sie selbst in die Hand nehme.

Dein Onkel, Claude

»Da ist es!« Binah zog ein zerfleddertes Buch aus dem Regal, dessen uralter Einband beinahe auseinanderfiel.

Sie waren in dem dunklen, staubigen Teil der Bibliothek, in dem sich die ältesten Bücher befanden, und es war nur Binahs Status als Jahrgangsbeste zu verdanken, dass sie die Erlaubnis bekommen hatten, hier herumzustöbern. Vorsichtig, als wäre es ein Vogelbaby, hielt Binah ihren Fund in den Händen, die Erstausgabe eines Buchs, zu dem Lottie eine zwiespältige Beziehung hatte: *Eine Lebensgeschichte aus dem Walde,* besser bekannt als *Bambi.*

»Warum *Bambi*?«, fragte Lottie nachdenklich, während sie das Buch betrachtete, als könnte es ihr die Antwort geben. »Erst ein gekrönter Hirsch, dann ein gekrönter Wolf, und jetzt *Bambi.*«

»Der Hirsch passt, aber ich kann mich nicht daran erinnern, dass es bei Bambi Wölfe gibt, schon gar keine königlichen.« Behutsam blätterte Binah durch die Seiten. Beim Anblick der wohlbekannten Illustrationen bekam Lottie Gänsehaut.

»Nein, es gibt keine.«

Binah legte einen Finger ans Kinn. »Vielleicht soll das heißen, dass Wölfe nicht an der Macht sein sollten.«

»Du meinst, ein Thronräuber?«, rief Lottie geschockt.

»He, mach mal langsam!« Binah hob die Hände. »Es bringt nichts, voreilige Schlüsse zu ziehen.«

»Aber ich … verstehe es einfach nicht«, stöhnte Lottie. »Claude wollte den Thron von Maradova doch gar nicht. Deshalb ist er ins Exil gegangen, und Ellies Vater hat die Krone übernommen.« Sie knüllte den Brief zusammen und stopfte ihn in die Tasche. »Warum macht er das alles? Was will er?«

»Vielleicht will er uns genau das sagen«, überlegte Binah. »Dass mehr dahintersteckt.«

Lottie starrte das Buch an und versuchte, sich zu konzentrieren, doch nach dem Zwischenfall mit Haru war sie immer noch durcheinander und fühlte sich richtig paranoid. Sie hatte die ganze Zeit das Gefühl, jeden Moment ein Augenpaar entdecken zu können, das sie aus einem Bücherregal anstarrte. Selbst das Rätselraten mit Binah fühlte sich nicht mehr befreiend an, seit Haru seine offizielle Zustimmung gegeben hatte. Und dann auch noch *Bambi*!

»Ich habe das Buch immer gehasst«, gestand Lottie und klemmte es sich unter den Arm, um einen freien Tisch zu suchen. »Es war die einzige Geschichte, die meine Mutter mir nicht vorlesen durfte.«

»Wegen dem, was mit Bambis Mutter passiert?«

Sie fanden einen Platz unter dem Oberlicht der Bibliothek, und Binah setzte sich ihr gegenüber wie in einem Verhör, während die Lockenkrone auf ihrem Kopf wie ein kleines Ausrufezeichen hüpfte.

»Komischerweise nicht.« Lottie blätterte durch die vergilbten Seiten zu der Stelle, die sie so gestört hatte. Sie wusste nicht, ob es an Harus Überfall oder an Claude und seinem schrecklichen Spiel lag, aber sie merkte, dass sie die Seite hasserfüllt anstarrte.

»Hier.« Sie zeigte auf das Bild des großen Hirschs, der sich über Bambi beugt, das Geweih wie eine Krone auf dem Kopf. »Das ist der Prinz des Waldes, der Hirsch, der lange Zeit in der unberechenbaren Wildnis überlebt hat, der allen Jägern, Menschen und Raubtieren entkommen ist. Er ist alt und weise, und Bambi ist sein Sohn.«

Sie nahm nur halb wahr, dass Binah ihr mit großen Augen lauschte.

»Aber trotz seiner Weisheit sagt er, als Bambi seine Mutter verliert, nicht, dass er sein Vater ist! Er wartet, bis Bambi alles gelernt hat, was er wissen muss, bevor er seinen Titel an ihn weitergibt, und so geht es mit Bambis Kindern weiter, die er prompt genauso ignoriert wie sein Vater ihn.« Lottie schlug das Buch zu, dass eine Staubwolke aufwirbelte, und schloss die Augen. »Ich hasse es«, flüsterte sie.

»Du bist echt gut mit Geschichten, Lottie. Ich bin richtig gespannt, was du der Welt bieten wirst, wenn wir mit der Schule fertig sind.«

»Was?« Lottie stieß ein verblüfftes Lachen aus, und ihre Wangen wurden rosenrot. »Du bist doch diejenige, die einen Haufen aufregende Dinge nach der Schule tun wird.«

Binah senkte den Blick und blätterte zu einer leeren Seite in ihrem Notizbuch, wo sie mehrere Fragezeichen um das Wort *Bambi* kritzelte.

»Na ja, Ollie und ich denken darüber nach, nach der Schule erst mal durch Ostafrika und Südamerika zu reisen und meine Verwandten in Kenia und seine in Brasilien zu besuchen. Elefanten sehen, zum Machu Picchu wandern und so weiter, wir haben schon angefangen zu planen.«

Lottie hob ruckartig den Kopf. »Du und Ollie? *Mein* Ollie?«

»Wir hatten ziemlich viel Kontakt, seit wir im Sommer zusammen in Rosewood eingebrochen sind.«

Also wohl nicht mehr mein *Ollie,* dachte Lottie und hatte das Gefühl, einen Teil von sich zu verlieren, das Bild, das sie von ihrem Leben hatte, ein bisschen unschärfer zu sehen.

»Du willst ein Jahr frei machen?«, fragte sie schnell, um den unangenehmen Gedanken zu vertreiben. »Wolltest du nicht in Oxford Jura studieren? Ich dachte, die haben was gegen Auszeiten?«

»Ich war die letzten vierzehn Jahre meines Lebens die perfekte Schülerin und die perfekte Tochter. Ich bin quasi ein Aushängeschild für queere farbige Mädchen. Ich habe die besten Noten, bin gut in allen Sportarten und AGs und habe noch dazu einen Haufen Ämter. Ich brauch mal eine Pause.«

»Aber das alles fliegt dir doch einfach so zu. Ich dachte, du wüsstest schon genau, was du nach der Schule machen willst?« Lottie purzelten die Worte nur so aus dem Mund. Sie wusste selbst nicht, warum die Neuigkeit sie so störte.

»Ja, wahrscheinlich schon.« Binah seufzte. »Aber mir ist klar geworden, dass ich auch mal Zeit für mich brauche, ohne ständig ein perfektes Vorbild sein zu müssen. Bevor ich die Welt rette, will ich erst mal ein bisschen mehr davon sehen.«

Lottie brauchte einen Moment, um Binahs Worte zu verdauen. Sie schämte sich, dass sie selbst so orientierungslos war, während Binah eine so genaue Vorstellung davon hatte, wer sie war und was sie wollte.

»Weißt du, mir wird immer klarer, dass ich eigentlich viel lieber ans King's College in London gehen und Physik oder Astrophysik studieren würde. Irgendwas mit dem Weltraum, wo alle zusammenarbeiten, und keinen Bereich, wo alle miteinander im Wettstreit stehen.« Ein aufgeregtes Grinsen breitete sich auf Binahs Gesicht aus, ein Plan entstand, während sie die Idee ins Leben redete. »Vielleicht kannst du dich ja auch bewerben? Es gibt da ein tolles Englisch-Programm.«

»O nein, nein, nein.« Lottie kicherte, als hätte Binah einen albernen Witz gemacht.

»Komm schon, Lottie, du würdest es doch spielend aufs King's College schaffen.«

»Nein, ich meine, ich gehe natürlich nach Maradova und erfülle dort meine Pflichten als Porterin. Ich nehme an, dass die Arbeit erst so richtig losgeht, wenn die Schule vorbei ist und wir Claude ein für allemal besiegt haben.«

»Aber was machst du, wenn Ellie den Thron besteigt?«

Die Frage war so unerwartet, dass Lottie das Gefühl hatte, jemand hätte ihr den Boden unter den Füßen weggezogen.

Ein Bild von Ellie erschien in ihrem Kopf, aber nicht die prinzenhafte Gestalt, die sie sonst immer sah, wenn sie an sie dachte. Sie blickte sie finster an und versuchte sie loszuwerden, und die Vorstellung war so schmerzhaft, dass ihre Augen brannten.

»Ich …« Sie verstummte. Was blieb ihr ohne Ellie und die Wolfsons? »Ich weiß es nicht.«

Über ihnen wurde ein leises Klopfen hörbar, und die Welt hinterm Dachfenster verschwamm im stärker werdenden Regen.

»Ich muss los«, sagte Lottie schnell. »Sieht so aus, als würde es gleich richtig schütten, und ich hab mal wieder keinen Schirm dabei. Außerdem muss ich den Rest des Rätsels lösen.«

Binah kniff die Augen zusammen. So leicht konnte man ihr nichts vormachen.

»Darf ich fragen, ob du Ellie schon von den Briefen erzählt hast?«

Lottie wischte Binahs Frage mit einer Handbewegung beiseite und hob schnell die Wasserflasche an den Mund, um ihr Gesicht zu verbergen.

»Es gehört nun mal zu meinen Pflichten, den komplizierten Kram zu übernehmen. Das ist schon in Ordnung«, erwiderte sie und packte ihre Sachen zusammen. »Danke für deine Hilfe, Binah.«

»Sollten wir nicht noch den anderen Brief aufmachen?«

»Ist schon okay, ich mache das.« Lottie warf sich die Tasche über die Schulter und stürmte los. Sie musste sofort aus dieser staubigen Bibliothek raus. »Ich hätte dich gar nicht erst in die Sache hineinziehen sollen.«

Mit ihrer Tasche als Regenschutz überm Kopf flitzte sie davon, bevor Binah noch etwas sagen konnte. Umringt von anderen, die ins Trockene eilten, rannte sie durch den Guss, fest entschlossen, in ihr Zimmer zu kommen, bevor sie gänzlich aufgeweicht war. Sie wusste, was sie tat. Oder nicht?

Keuchend rannte sie durch das Tor zum Wohnheim, wobei sie beinahe mit einem Jungen auf dem Weg nach draußen zusammengestoßen wäre. Sie zuckte zusammen – zu viele Augen, zu viele Menschen, alle starrten sie an.

Am Eingang wandte sie sich nach links und hastete die Treppe hoch, geradewegs zu Zimmer 221.

»Bitte!«, flüsterte sie. Sie brauchte etwas, um sich wieder an die Wolfsons zu binden, sich selbst wieder einen Sinn zu geben. »Lass es mich lösen.«

Sie flog ins Zimmer, und da war er, gut verstaut in ihrer Nachttischschublade. Er würde die Kette, die sie an Ellie band, stark und unzerbrechlich machen: der zweite Umschlag.

Sie griff nach dem festen Papier, fuhr mit dem Finger unter der Lasche entlang und leerte den Inhalt aufs Bett.

Sie war überrascht, dass nur ein Bogen darin war. Sie hatte auf mehr gehofft, worin sie sich verbeißen konnte. Doch auf der Tagesdecke war nur ein altes Foto gelandet.

»Okay, Ziegenmann.« Lottie atmete langsam aus, um sich zu beruhigen. »Dann wollen wir mal hoffen, dass das Foto mich weiterbringt, sonst …«

Sie verstummte, als sie das Bild in die Höhe hielt. Es war das Foto einer Gruppe Frauen, die sie nicht kannte. Sie lächelten in die Kamera, und ihre Kleidung und der Hintergrund kamen ihr bekannt vor. Nur eine junge Frau blickte finster drein. Ihr Körperbau erinnerte Lottie an …

Ihr Blick sprang zum unteren Rand des Fotos, wo etwas auf Maradovisch stand.

Palast der Wolfsons, Dienerinnen mit ihren Kindern, 2002

Sie kannte die Frauen also doch. Die, die ihr aufgefallen war, war Edwina Winter, die Personalchefin, als junge Frau. Eine kleine dunkelhaarige Frau in einem schlichten Kleid hielt ein ernsthaft dreinblickendes Kind auf dem Arm – ein Kind, das jetzt selbst erwachsen war und im Palast arbeitete. Es war Midori, und an der Hand einer pummeligen rothaarigen Frau, mit passendem Kleid und Schürze, war ein Kind mit einem breiten Lächeln, das sie schon oft gesehen hatte: Hanna, nun selbst ein Dienstmädchen, mit rotem, rundem, fröhlichem Gesicht.

Das Zimmer schien den Atem anzuhalten, als Lotties Augen über das Foto huschten und bei einer Frau am Bildrand hängenblieben, die ihr unbekannt und vertraut zugleich vorkam. Ihre Gedanken stoben durcheinander nach all den zusammenhanglosen Hinweisen, eine Rehherde, ein Wolfsrudel stürmten an ihr vorbei, und sie hörte wieder und wieder das Flüstern von Ingrids Stimme.

Warum ist Jamie dein Partist?

Die unbekannte Frau blickte sie mit klugem Lächeln an. Sie trug eine erdige Latzhose und hielt ein paar Gartengeräte an die schmale Hüfte gelehnt. Alles an ihr war lang und elegant, eine zarte Erscheinung mit einem strahlenden Lächeln auf den vollen Lippen. Ihre Haut glänzte wie Bronze, und ihre Augen waren so golden wie die Sterne auf dem Gipfel eines Berges – Augen, die Lottie gut kannte.

Sie wusste, wer sie war, so wie sie wusste, dass der Himmel blau und das Gras grün war. Die Frage war – warum um alles in der Welt hatte Claude ihr ein Foto von Jamies Mutter geschickt?

21

Wusch, wusch, wusch.

Jeden Abend vor dem Schlafengehen kämmte Lottie sich die Haare vor dem Badezimmerspiegel – ihr kleines Ritual, dem Ellie vom Türrahmen aus zusah, während sie sich die Zähne putzte. Der Anblick war hypnotisierend, ihre Haare, die im gelben Licht der Deckenlampe wie Sonnenschein glänzten, ihr leises Summen und die Ruhe, die sich dabei immer über ihr Gesicht legte. Heute jedoch war ihr Gesicht unruhig.

Wusch, wusch, zapp.

Ellie wollte sie fragen, was los war, was sie vor ihr verbarg, was da nach ihren Gedanken schnappte – aber das würde bedeuten, ihr nahezukommen, was gefährlich war, und außerdem würde es bald sowieso keine Rolle mehr spielen.

Lottie fing ihren Blick im Spiegel auf, und ein Lächeln breitete sich auf ihrem Gesicht aus, das jeden anderen hätte täuschen können. Doch in dem Moment, als ihre Zähne aufblitzten, begann Ellies Haut zu brennen. Das maradovische Wort, dass sie sich auf die Rippen hatte tätowieren lassen, war immer noch nicht verheilt. Sie verzog das Gesicht und legte eine Hand auf die schmerzende Seite.

»Ellie«, begann Lottie zaghaft. »Ich hoffe, du nimmst mir die Frage nicht übel … Hast du dir ein Tattoo machen lassen?«

Ellie konnte Lotties Blick nicht erwidern, sie nickte nur schweigend. Sie wusste, dass Lottie mehr wissen wollte, doch sie war noch nicht bereit, die Einzelheiten preiszugeben. Dieses Tattoo und was es bedeutete, war nur für sie allein.

Lottie verstand. »Es ist ganz schön kalt geworden.« Sie bibberte theatralisch, um ihre Aussage zu bekräftigen. »Vielleicht ist es langsam Zeit für eine zweite Decke.« Sie stand mit verschränkten Armen und gekrümmten Zehen auf den kalten Fliesen, und Ellie hörte ihrer Stimme die Bitte an, einen ihrer trockenen Witze zu machen, um zu beweisen, dass alles normal war.

Ellie konnte nicht anders, Lotties Hundeblick konnte sie nie widerstehen. »Reichen Mr. Trüffel und der ganze Stofftierzoo denn nicht, um dich warmzuhalten?«

Lotties Augen leuchteten auf. »Die brauchen auch eine Decke!«

Zufrieden tappte sie zum Bett, aber sie wussten beide, dass nichts normal war. Zwischen ihnen herrschte ein stilles Unbehagen, seit Lottie beschlossen hatte, ihren Vater aus ihrem Leben zu verbannen.

Bei dem Gedanken glitt eine neue Welle heißer Nadelstiche über Ellies Tattoo, und sie tat ihr Bestes, um sich nichts anmerken zu lassen.

»Gute Nacht, Ellie«, flötete Lottie und kuschelte sich mit Mr. Trüffel ein.

Das war zu viel. Lottie zusammengerollt mit ihrem Stoffschwein zu sehen, war so quälend niedlich, dass Ellie das Gefühl hatte, ihre Brust müsste explodieren, wenn sie nicht irgendetwas kniff.

»Träum schön«, erwiderte sie mühsam, drehte sich auf die Seite und versuchte, den Anblick aus dem Kopf zu bekommen, bevor ihr Tattoo noch mehr schmerzte. Sie machte sich auf eine weitere schlaflose Nacht gefasst.

Sie wusste, wann Lottie eingeschlafen war – ihre Atemzüge wurden tief und gleichmäßig wie ein Schlaflied. Manchmal gelang es ihr, auch ein bisschen zu schlafen, aber jetzt wurde es Winter, die Weihnachtsferien und das Wiedersehen mit ihrer Familie rückten näher, und Ellies Gedanken kamen nicht zur Ruhe. Also tat sie, was sie immer tat: Sie stand auf und ging ins Bad, um Salbe auf den entzündeten Bereich zu reiben, wo das Henna langsam verblasste.

»Warum tust du so weh?«, flüsterte Ellie dem Schriftzug im Spiegel zu.

Stephanie hatte behauptet, das Brennen würde bald nachlassen, doch bisher hatten keine Creme oder Salbe den Schmerz lange gelindert. Das Seltsamste war, dass sie angefangen hatte, sich daran zu gewöhnen. Das Tattoo war ihr Gewissen, das sie an die Schmerzen erinnerte, die sie allen zufügte, die sie in ihren Familienwirrwarr hineinzog, und es warnte sie davor, mit Lottie eine Grenze zu überschreiten, über die sie nicht mehr zurückkonnten.

Eines Tages bist du Königin, und sie werden weit weg von der Krankheit der Wolfsons sein, redete sie sich zu.

Sie raufte sich die Haare und machte sich bereit, ins Zimmer zurückzugehen, wo es nach Rosen und Lavendel und Lottie, Lottie, Lottie duften würde.

Gerade als sie das Bad verließ, hörte sie das verräterische Quietschen des Gartentors.

Niemand durfte sich so spätabends in der Nähe des Wohnheims aufhalten, erst recht nicht, seit die Sicherheitsmaßnahmen verschärft worden waren.

Ellie trat ans Fenster, spähte hinaus und sah, dass eine große, geisterhafte Gestalt auf das Gebäude zu huschte. Sie trug etwas unterm Arm, was Ellie nicht erkennen konnte. Erst als die Person ins Licht trat, wurden die markante bauschige Frisur und die Brille sichtbar. Es war Haru, und er war auf dem Weg zum Wohnheim der Jungen.

Bevor Ellie sich genauer ansehen konnte, was er da unterm Arm hatte, bewegte er sich außer Sichtweite. Sie wusste, sie musste ihn finden und aufhalten.

Ellie schlich durchs Zimmer und zog sich schwarze Kleidung über. Als sie an Lotties Bett vorbeikam und ihr Blick auf die weiche Decke fiel, die sich regelmäßig hob und senkte, auf ihren Mund, der immer leicht geöffnet war, wenn sie schlief, fragte sie sich, ob sie nicht lieber bleiben sollte, ob sie Lottie sonst noch mehr Ärger einhandeln würde. Der Sturm in ihr beruhigte sich etwas, bis ihr Blick auf ein Stück blitzendes Metall fiel, das unterm Bett hervorlugte.

Lilianas Schwert.

Schon brauste der Sturm wieder auf, wild und orientierungslos – ein Hurrikan, der keine Ahnung hatte, wohin er wollte und warum, der nur wusste, dass er toben musste, und zwar jetzt.

Sie griff nach dem Schwert und spürte, dass das singende Metall sie begrüßte.

Gemeinsam flogen sie die Treppe hinunter.

Draußen hielt sie sich im Schatten der Mauer und huschte

auf Zehenspitzen weiter. Sie glaubte zu wissen, wohin Haru unterwegs war.

Und richtig, sie erwischte ihn, als er um die Rückseite des Gebäudes ging. Er blieb vor der Hintertür zum Wohnheim der Jungen stehen, wo das Notlicht hell durch die verschlungenen Efeuranken schien. Er hatte nichts von seinem üblichen biegsamen, tröstlichen Charme an sich, kein einlullendes Sommerwindlächeln.

Er war auf einer Mission, doch Ellie würde ihn aufhalten.

»Hände hoch!«

Ehe Ellie noch ein Wort sagen konnte, tauchte Haru mit der raschen Bewegung eines Schattens mühelos unter der Klinge durch. Er stieß ein Bein vor und brachte Ellie aus dem Gleichgewicht, bevor er sie mit der freien Hand packte und mit solcher Kraft gegen die Wand drückte, dass es ihr den Atem nahm.

»Du?« Haru sah sie verwirrt an, fasste sich aber schnell wieder. »Oh, entschuldige bitte!« Er verbeugte sich tief, während Ellie sich aufrichtete und nach Luft schnappte. »Das war mein Partisteninstinkt.«

An die kalte Mauer gelehnt, immer noch keuchend, sah Ellie den Partisten, der Mitglied von Leviathan war, den Kopf heben, und diesmal nahm es ihr aus einem anderen Grund den Atem. Sie sah hinter seine Maske, die Illusion war zerstört. Zum ersten Mal erkannte sie, was sich dahinter verbarg, und es war furchterregend.

Mit ihm musste Lottie es aufnehmen? Der Gedanke war so erschreckend, dass ihr schlecht wurde.

»Deine kleine Prinzessin sollte dich eigentlich warnen, dich nicht mit mir anzulegen.« Er sprach ruhig, fast wie ein nachsichtiger Erwachsener, der ein ungezogenes Kind schilt, und es war so entwaffnend, dass Ellie die Drohung in seinen Worten beinahe entgangen wäre. »Oder versuchst du absichtlich, ihr das Leben schwerzumachen?«

Ellie kam wieder zu sich und versuchte, sich nicht verunsichern zu lassen.

»Warum schleichst du hier herum?« Sie brachte kaum die Worte heraus, da ihre Lunge von seinem festen Stoß immer noch schmerzte. »Du hast gesagt, wenn wir uns benehmen, sind wir in Sicherheit.« Sie wollte ihn gerade fragen, was er in der Hand hatte, als sie das weihnachtliche Muster sah.

Es war ein Weihnachtsgeschenk.

»Ich wollte Jamie-kun ein Geschenk bringen. Es ist eine Überraschung. Etwas, das er mit nach Hause nehmen kann.« Er legte unschuldig den Kopf schief. »Hat deine kleine Prinzessin schon etwas für ihn?«

»Sie … Was?« Die Frage brachte Ellie völlig aus dem Konzept. Sie versuchte, außerhalb von Harus Reichweite zu huschen, doch Harus Hand schoss vor und hielt sie fest.

»Hat sie natürlich nicht, vermutlich ist es ihr nicht mal in den Sinn gekommen.« Seine Maske verrutschte noch etwas weiter, und er hob herausfordernd das Kinn, als wolle er sie beißen. »Jamie hat mir von dir und seiner Prinzessin erzählt.«

Ellie erstarrte. Sie konnte nicht glauben, dass Jamie über sie und Lottie geredet hatte, noch dazu mit Haru … Aber natürlich wusste Jamie nichts über Haru, und das war ihre Schuld. Sie hätte Lottie erlauben sollen, es ihren Eltern zu sagen, als die Möglichkeit dazu bestand, aber ihre dumme Besessenheit, ihren Eltern einen Schritt voraus zu sein, hatte dafür gesorgt, dass alle verletzt wurden.

Sie sorgte immer dafür, dass alle verletzt wurden.

»Du machst nur Ärger«, bemerkte Haru und drückte ihre Schultern so fest, dass sie leise aufschrie.

»Wovon sprichst du?«

»Von dir und der Prinzessin, der du so nahestehst«, erwiderte Haru. Seine sanfte Stimme passte nicht zu seinem kühlen Gesichtsausdruck. »Eure Beziehung bereitet allen einen Haufen Probleme. Aber das ist natürlich nur eine Beobachtung.«

Diesmal zuckte Ellie, auch ohne dass Haru ihre Schultern drückte. Seine Worte waren schmerzhaft genug. Alles, was sie an sich fürchtete und verabscheute, musste sie aus dem Mund ihres Feindes hören.

»Darüber hast du mit Jamie gesprochen?« Ihre Stimme klang heiser und mutlos.

»Wir sind rein zufällig darauf zu sprechen gekommen«, erwiderte Haru leichthin. Das war der letzte Stoß, der Ellie über die Kante trieb.

»Ich weiß, was du machst«, fauchte sie. »Ich weiß, dass du versuchst, Jamie zu manipulieren. Aber das werde ich nicht zulassen. Eher bringe ich dich um.«

»Was meinst du?« Haru wich einen Schritt zurück.

»Ich werde dich nicht davonkommen lassen«, knurrte sie. »Wir beobachten dich auch.«

Als Haru sich drohend vor ihr aufbaute, erinnerte er sie weniger an einen verschmitzten Fuchs als an einen Raubvogel, der jeden Moment vom Himmel stoßen und sie bei lebendigem Leib fressen konnte, und tief, tief darunter war der Hauch von etwas Menschlichem, ein Anflug von Zweifel.

»Weiß Jamie davon?«

Ellie zögerte. Heiße Panik ließ sie erkennen, wie dumm die Bemerkung gewesen war. »Vielleicht.«

Haru entspannte sich, lehnte sich lässig an die Steinmauer und musterte sie.

»Also nicht. Das hatte ich auch nicht erwartet, obwohl es schon komisch ist, dass seine Prinzessin ihm nichts gesagt hat«, erwiderte er gedankenverloren und schob das Geschenk von einer Hand in die andere.

Ellie schluckte. »Vielleicht kennst du sie nicht so gut, wie du denkst.«

»Eins kannst du mir glauben«, entgegnete Haru belustigt. »Wir kennen die Prinzessin von Maradova besser, als sie sich selbst kennt.«

Er machte einen Schritt auf Ellie zu, und sie bleckte die Zähne.

»An deiner Stelle würde ich mich von der Prinzessin fernhalten.« Seine Worte klangen warnend. »Sie tut niemandem gut.«

Wenn der wüsste, dachte Ellie, und ein Teil von ihr hätte lachen können. Der andere Teil wollte schreien und um sich schlagen.

»Du glaubst sie zu kennen, aber in Wahrheit kennst du sie schlechter als alle anderen.«

»Was willst du damit –«

Ellie brachte kein Wort heraus, und Haru tätschelte ihr abfällig den Kopf. »Es ist ganz einfach«, sagte er. »Jede wichtige

Entscheidung, die sie in ihrem Leben getroffen hat, haben wir eingefädelt.«

»Was?« Ellie bekam große Augen, und Haru lächelte, erfreut über ihre Reaktion.

»Wir haben die Gerüchte über ihr draufgängerisches Verhalten gestreut, die dafür gesorgt haben, dass sie eingesperrt wurde und verzweifelt raus wollte. Wir haben ihr die Informationen über diese Schule zukommen lassen. Wir sind der Grund, warum sie nach Japan gereist ist. Die maradovische Königsfamilie ist so vorhersehbar wie der Wechsel der Jahreszeiten, wir mussten ihr nur einen kleinen Schubs geben, und schon –«

»Hör auf!«, blaffte Ellie, die kein Wort mehr hören wollte.

Ihr Griff um das Schwert wurde schlaff, und sie ließ die Schultern hängen. »Es reicht.«

»Also«, sagte Haru zufrieden. »Wirst du dich von ihr fernhalten?«

Mit kreiselnden Gedanken ging Ellie alles durch – den Moment, als sie Rosewood zum ersten Mal betreten hatte, wie sie Lottie kennengelernt und ihr das Amt der Porterin übertragen hatte, Leviathan, Jamie, alle ihre Freunde und was sie durchgemacht hatten. Es gab nicht den Hauch eines Zweifels, was sie tun musste. Sie hoffte nur, dass ihr noch etwas Zeit blieb.

»Ja«, sagte sie schließlich, und die Tätowierung auf ihrem Oberkörper brannte wie eine frische Wunde. »Ich halte es für das Beste, wenn sich alle von der Prinzessin von Maradova fernhalten.«

22

Lottie betrachtete das Bild von William Tufty und bekam es einfach nicht zu fassen. Seine Gesichtszüge verwandelten sich ständig, bis sie keine Spur ihrer eigenen mehr darin entdecken konnte. Stattdessen sah sie das Bild von Jamies Mutter vor sich.

Warum ist Jamie dein Partist?

Es half nichts, dass sie, seit sie das Foto bekommen hatte, ständig Ingrids Flüsterstimme im Kopf hatte.

Bis zu den Weihnachtsfeiertagen war es nur noch eine Woche, und durch das Erkerfenster im Gemeinschaftsraum von Ivy konnte Lottie Schüler in dicken Wintermänteln sehen, die aufgeregt nach Schnee Ausschau hielten, während sie drinnen saß und sich über Claudes Rätsel den Kopf zerbrach.

»Lottie?«

»Clau-« Lottie wäre fast aus der Haut gefahren. Ganz kurz hatte sie geglaubt, Claude stünde direkt hinter ihr. Aber es war nur Jamie, der geduldig bei ihr saß, um mit ihr Ideen für den ISC-Contest zu sammeln. »Hast du mich erschreckt. Ich hab gerade überlegt, mit welchem Buch ich anfangen soll«, sagte sie schnell und hoffte, dass er nichts bemerkt hatte.

Ihre Finger glitten über den Rücken von Lilianas Tagebuch, das im Stapel von William Tuftys Gedichts- und Kinderliederbüchern steckte, und die Berührung versetzte ihrer Hand einen Stromschlag.

»Du wirkst abgelenkt«, stellte Jamie fest und zog die Augenbrauen zusammen. »Bald musst du deine Präsentation zu Tufty einreichen«, erinnerte er sie, und der Vorwurf, dass sie nicht wirklich vorangekommen war, schwebte unausgesprochen in der Luft.

»Tut mir leid. Ich weiß, dass die Wolfsons nicht gut dastehen, wenn ich nicht endlich in die Gänge komme und etwas Gutes einreiche.« Sie seufzte, wütend auf sich selbst. Sie konnte Jamie schlecht sagen, dass der Grund für ihre Abgelenktheit er und seine Mutter waren.

»Das habe ich doch gar nicht –«, begann Jamie.

»Um ehrlich zu sein ...«, unterbrach Lottie ihn, während ihr Blick suchend zum Fenster wanderte, hinter dem braune Blätter durch die Luft tanzten und flackernde Schatten ins Zimmer warfen, »... mache ich mir in erster Linie Sorgen um Ellie. Der ISC-Contest kommt mir so sinnlos vor.«

Jamies Kiefer zuckte wie bei einem Tier, das einen Geruch wittert. Als er sie ansah, kniff er die Augen zusammen, und sie wich seinem Blick aus.

»Was ist mit Ellie?«

»Hast du es nicht bemerkt?« Lottie musste über irgendetwas reden, das sie von Jamie und seiner Mutter ablenkte. »Sie kann mir in letzter Zeit kaum in die Augen sehen. Seit ich entschieden habe, den Kontakt zu meiner Familie abzubrechen. Ich weiß, dass sie sich die Schuld daran gibt, obwohl ich ihr gesagt habe, dass es mir nichts ausmacht. Ich verstehe nicht, warum sie mich so –«

»Zu deinem Vater«, unterbrach Jamie sie und warf ihr einen vielsagenden Blick zu.

»Was?«

»Du hast gerade gesagt, du hättest den Kontakt zu deiner Familie abgebrochen, dabei erinnere ich mich an deine Worte, dass dein Vater nicht zu deiner Familie gehört.«

Verwirrt runzelte Lottie die Stirn. Jamie musste sie falsch verstanden haben.

»Ich bin sicher, dass ich gesagt habe –«

»Ich wünschte, du würdest dir mal eine Pause gönnen«, fiel Jamie ihr wieder ins Wort. »Es ist doch eine ziemlich große Sache, die Geschichte seiner Vorfahren zu erfahren. Liliana, Tufty, Rosewood – das bist du. Es könnte deine Zukunft sein.«

Lottie zuckte bei seinen Worten zusammen und musste sich Mühe geben, nicht wegzuschauen, weil sie wusste, dass Jamie sie dann noch stärker bedrängen würde. »Seit wann redest du gerne über Familie?«

Zu ihrer Überraschung verzog er schmerzlich das Gesicht.

»Ich habe in vielen Dingen falsch gelegen.« Kopfschüttelnd griff er nach einem Buch.

Sein Blick erinnerte sie daran, wie Binah sie neulich in der Bibliothek angesehen hatte – mitfühlend auf eine Art, die ihr unangenehm war, auch wenn Jamies Blick viel schärfer war.

»Ich weiß, was ich tue«, sagte sie, ohne nachzudenken.

»Wenn du weißt, was du tust, warum kannst du dann keins dieser Bücher lesen?«, fragte Jamie. »Warum kannst du dich auf nichts konzentrieren, was nicht mit Ellie und ihrer Familie zu tun hat?«

Seine Worte bereiteten ihr Kopfschmerzen. Nichts passte mehr richtig.

Warum ist Jamie dein Partist?

An der Wand über Lottie tickte eine alte Uhr, das regelmäßige Scharren ihrer Zeiger war eine unaufhörliche Erinnerung daran, dass ihr die Zeit davonlief, und aus Nervosität tat sie das Einzige, was ihr einfiel.

»Jamie, darf ich dir eine persönliche Frage stellen?«

»Auf keinen Fall.« Sein Ton war beinahe spöttisch. »So leicht kommst du nicht um die Arbeit herum.«

»Bitte«, flehte Lottie. »Wenn du sie beantwortest, konzentriere ich mich auf die Aufgabe. Versprochen.«

Jamie musterte sie, wie sie auf ihrem Stuhl herumrutschte und versuchte, ein Unschuldslächeln aufzusetzen.

Seufzend lehnte er sich zurück. »Was willst du wissen?«

Lottie klappte das Buch zu, faltete die Hände im Schoß und beugte sich vor, aufgeregt über die seltene Gelegenheit, etwas über ihren Partisten herauszufinden, und erleichtert, nicht mehr über ihre eigene Familie sprechen zu müssen.

»Mir ist gerade klar geworden«, begann sie und strich sich die Haare aus dem Gesicht, um ihre Verlegenheit zu verbergen, »dass du jede Einzelheit über meine Familie weißt, und ich kenne nicht mal die Namen deiner Eltern.«

Jamie sah sie mit hochgezogenen Augen an. »Das war keine Frage.«

Lottie verdrehte die Augen und blies die Wangen auf. »Na gut, okay.« Sie fühlte, dass ihr unter seinem Blick heiß wurde, und war nicht sicher, ob es daran lag, dass sie Jamie eine Frage stellte, die ihm unangenehm war, oder an seinem Blick, der so aussah, als könnte er ein Loch in ihren Kopf brennen.

»Wie war der Name deiner Mutter?« Sie stieß die Frage hervor, ehe sie es sich anders überlegen konnte.

Jamie starrte sie an, bis die Intensität seines Blicks schwand und er in sich hineinzuschauen schien, als wäre er an einen Ort gegangen, an den sie ihm nicht folgen konnte.

»Du bist schon die Zweite, die mich das fragt«, sagte er schließlich, und Lottie spürte ein Kribbeln, weil sie wusste, dass die andere Person nur Haru sein konnte.

»Es ist nicht schlimm, wenn du nicht antworten willst, ich war nur neugierig –«

»Hirana.« Jamie sah sie nicht an, als er sprach, sondern trat ans Fenster und legte das Gesicht ans Glas, so dass sein Atem kleine Engelflügel aus Dunst darauf hinterließ. »Hirana Rajput.«

Er sprach ihren Namen aus, als würde er beten, leise und persönlich, mehr für sich als für Lottie, und sie fühlte sich wie ein Eindringling, doch eine Frage stahl sich auf ihre Lippen, bevor sie sie zurückhalten konnte.

»Warum haben sie deinen Namen geändert?«

Jamie wandte sich mit dem wilden Blick eines gefangenen Tiers zu ihr um. »Ich …«, stammelte er, und es war seltsam, ihn nach Worten ringen zu sehen. »Darüber habe ich nie nachgedacht«, gab er aufrichtig zu. Das war nicht seine übliche gleichgültige Art. Sein Blick wurde wieder feurig, und er starrte in die Ferne.

»Du hast mir doch letztes Jahr dieses Buch zum Geburtstag geschenkt. Darin steht, dass Hirana auf Punjabi *Reh* heißt.«

Jamies Stimme war leise, doch seine Worte sprangen ihr entgegen wie kreischende Banshee. »Vielleicht wollten sie kein Reh bei den Wölfen haben.«

Jamies Mutter war das Reh. Lottie wusste nicht, was das hieß, sie wusste nur, dass sie sofort in ihr Zimmer musste, um es herauszufinden.

»Jamie, ich –«

Bevor sie den Satz beenden konnte, lenkte ein Poltern vor dem Fenster sie ab. Vampy maunzte hinter der Scheibe, ein totes Kaninchen zwischen den Zähnen. Zu Lotties Entsetzen begann Jamies Kater das arme Geschöpf vor einem Haufen kreischender Schüler in Stücke zu reißen, während er zu Jamie aufblickte, als erwartete er dessen Lob.

Percy erschien hinter dem Kater und hob entschuldigend die Hände. Er nahm Vampy auf den Arm, der protestierend aufschrie, als Percy das leblose Geschöpf mit der Schuhspitze unter einen Busch schob.

Die Flammen in Jamies Augen verglommen zu Asche, während er zusah, wie der Kater sich in Percys Armen wand und ein müder Ausdruck das Gesicht ihres Freundes überzog, der das kleine Monster babysitten musste. »Dieser verdammte Kater.«

Einen Moment, gab er Percy in Zeichensprache zu verstehen und bedachte Vampy mit einem scharfen Blick. Der Kater sank wie ein Häuflein Knete in sich zusammen, sein dicker Kopf verschwand in seinen Hals, bis er eher einer Kugel als einer Katze ähnelte. »Bitte entschuldige mich, Lottie.«

Sobald Jamie weg war, packte Lottie ihre Bücher zusammen und eilte auf ihr Zimmer. Ellie hatte die Balkontür offen gelassen, bevor sie zum Fechttraining gegangen war, das Zimmer war eiskalt, und Lottie bekam augenblicklich Gänsehaut.

Sie legte Lilianas Tagebuch auf den Nachttisch und schob die restlichen Bücher unters Bett, bevor sie sich der Nachttischschublade zuwandte.

In der Schublade lag Lotties Skizzenbuch. Es sah nicht besonders spannend aus, ein schlichtes, schon etwas mitgenommenes purpurrotes Moleskinheft, doch darin befanden sich ihre persönlichsten Gedanken und zahlreiche Skizzen. In Tinte und Wasserfarben war dort alles festgehalten, was ihr durch den Kopf ging. Ellie, Jamie und ihre Freunde hatte sie viele Male gezeichnet, es gab sogar ein paar Skizzen von Ingrid, Haru und Claude. Und in der Mitte des Buchs klemmten die Briefe und Hinweise, die Claude ihr geschickt hatte.

Wie ferngesteuert zog sie die versteckten Puzzleteile hervor und verteilte sie auf dem Bett, bis sie das Foto von Hirana gefunden hatte, und notierte mit zitternden Fingern die neue Information auf einer leeren Seite. Doch Hiranas Namen aufzuschreiben brachte sie nicht weiter. Sie begann mit ein paar groben Skizzen, um das Durcheinander in ihrem Kopf zu entwirren.

Langsam füllten sich die Seiten mit Ebenbildern von Jamie und Ellie. Ellie zeichnete sie als Wolf mit gebleckten Zähnen, Jamie zeichnete sie über den Namen seiner Mutter in Flammen, um das Brennen seiner Augen einzufangen, mit einem kräftigen Hirschgeweih auf dem Kopf. Die Kritzeleien sahen eher nach Dämonen als nach Menschen aus und waren das genaue Gegenteil der königlichen Darstellungen, die sie normalerweise von ihnen machte.

Erst als sie mit der linken Hand einen von Claudes Briefen streifte, wurde sie aus ihrer Trance gerissen.

Vor ihren Augen, am Ende seines Briefs, standen die Worte, die sie in ihrem Kopf weggeschlossen hatte. *Auch Wölfe sind Jäger.*

Der Satz zündete in ihrem Kopf wie eine Bombe, die sie nicht aufhalten konnte.

Hirana, *Bambi*, Wölfe und Jäger und die Frage, die sie nachts wachhielt: *Warum ist Jamie dein Partist?*

Sie hatte noch immer nicht die Antwort, sie wusste noch immer nicht warum, aber eins wusste sie mit Sicherheit.

Sie blickte auf ihre Zeichnungen von Jamie, dem Hirsch, und Ellie, dem Wolf. Das Rätsel war so einfach, dass es nur Hiranas Namen brauchte, um es zu lösen.

Claude wollte ihr mitteilen, dass Jamies Mutter ermordet worden war.

Lottie stand so schnell auf, dass sich alles um sie drehte. Sie ließ ihr Skizzenbuch fallen, während ihre Beine unter ihr nachgaben und sie zu Boden stürzte. Im Fallen versuchte sie, sich an ihrer Tasche festzuhalten, deren Inhalt sich auf dem kalten Boden verteilte.

»Was soll das heißen, Claude?« Sie sprach laut und ballte die Fäuste zu beiden Seiten des offenen Skizzenbuchs, aus dem das Foto von Jamies Mutter ihr entgegenblickte. »Was ist mit Hirana passiert? Und warum willst du, dass ich es weiß?«

Sie fühlte sich hoffnungslos verloren, und ihre rasenden Gedanken kamen quietschend zum Stehen. Sie brauchte mehr. Irgendeine Erklärung zu Claudes Nachricht.

Sie richtete sich auf, suchte nach ihrer Krone und betrachtete den regenbogenartig schillernden Glanz des Opals, der sich im Licht wie eine hypnotisierende Spirale zu drehen schien. Plötzlich kam sie ihr fremd vor. Sie beruhigte sie nicht so wie sonst, sondern erinnerte sie an ein anderes Problem.

Im Hinterkopf zwickte sie der Gedanke, dass sie Jamie versprochen hatte, sich auf den ISC-Contest zu konzentrieren, aber wie sollte sie das nach dieser Entdeckung schaffen?

Schon der Gedanke, die Bücher aufzuschlagen und an Liliana zu denken, ließ sie zurückschrecken, als würde die Auseinandersetzung mit ihrer Familiengeschichte sie weiter von Ellie und den Wolfsons entfernen – von der einzigen echten Familie, die sie noch hatte.

»Ich bin eine Porterin«, verkündete Lottie, an niemand Bestimmten gerichtet, und drängte das ungute Gefühl beiseite.

Wieder ließ der Opalmond der Krone sein Regenbogenlicht aufblitzen, und der Schein fiel genau auf den Wolfsanhänger, der schwer um ihren Hals hing.

»Ich brauche das nicht. Ich habe eine neue Familie gefunden, und ich muss ihnen helfen.« Lottie versuchte, sich selbst zu glauben, aber die Worte kamen ihr wie eine Ausrede vor.

Sie steckte die Krone in die Tasche und atmete tief durch, um sich zu sammeln. Sie würde die Bedeutung hinter Claudes Nachrichten herausfinden, und das hieß, dass sie jetzt etwas absolut Unverantwortliches tun musste.

Es war an der Zeit herauszufinden, was sich in Harus geheimem Kästchen befand.

Sie klappte ihr Skizzenbuch zu und steckte es zusammen mit Lilianas Tagebuch ebenfalls vorsichtig in die Tasche.

Sie tat es für ihre Prinzessin und ihren Partisten. Nur die

beiden zählten. Wenn sie das Rätsel löste und ihre Pflichten als Porterin erfüllte, würde alles wieder gut werden, und sie würde für immer zur Familie Wolfson gehören.

Sie machte sich auf den Weg an einen Ort, von dem sie eigentlich gehofft hatte, ihn nicht noch einmal aufsuchen zu müssen.

Draußen war es eiskalt. Lotties purpurner Schal und Blazer hielten den Frost nicht davon ab, ihr in den Hals zu beißen. Doch die Kälte tat gut – sie lenkte sie von der Frage ab, welches schreckliche Schicksal Jamies Mutter ereilt hatte.

Sie hielt den Kopf gesenkt, da Haru zweifellos ein Auge auf sie hatte, und überquerte eilig das Schulgelände. Erst als sie vor der Tür zur alten Fotoabteilung stand, nahm sie die Kälte so richtig wahr, und ihre Hand schmerzte, als sie die Faust an die Tür hob. Sie erinnerte sich daran, dass sie mutig sein wollte, dass sie für die Menschen hier war, die sie liebte, und klopfte an.

»Ah, da bist du ja wieder.« Paris starrte durch die Klappe in der Tür. Seine weißen Kontaktlinsen ließen seine Augen wie zwei Monde aussehen. »Was willst du?«

Lottie drückte ihre Tasche an sich, in der sich ihre größten Geheimnisse befanden, Liliana und ihre königliche Vergangenheit, die sie verbergen musste, um ihrer Pflicht als Porterin nachkommen zu können. Jetzt würde sie wenigstens einen Nutzen daraus ziehen.

»Ich muss mit Stephanie sprechen«, sagte sie. »Ich möchte ein Geheimnis gegen eure Dienste tauschen.«

23

Die nächsten beiden Tage waren quälend. Jeder Schatten ließ Lottie zusammenzucken, jedes unerwartete Geräusch ließ ihr Herz rasen, als stünde Claude direkt hinter ihr. Sie musste lächeln und durfte niemandem von ihrer schrecklichen Entdeckung erzählen, bis sie das ganze Rätsel gelöst hatte.

Ein sehr lauter Teil ihres Gehirns sagte ihr, dass Haru alles wusste und dass sie mit ihrem albernen Plan, sein Kästchen zu stehlen, die ganze Schule in Gefahr brachte. Doch die Zeit verging, ohne dass es einen plötzlichen Hinterhalt gegeben hätte, ohne dass sich weitere Schüler gegen sie wandten, und noch immer hatte sie keine Nachricht von den Artistokraten über Harus geheimnisvolles Kästchen.

»Isst du das noch?«

Lottie, die gedankenverloren ihren Nachtisch auf dem Teller hin- und hergeschoben hatte, blickte auf. Sie hatte keine Zeit, die Frage zu beantworten, bevor Saskia ihre Gabel in Lotties letztes Stück Cheesecake piekte und es sich in den Mund stopfte, zum großen Entsetzen der Zwillinge, die neben ihr saßen.

»Saskia, was fällt dir ein?«, rief Lola empört, während Micky schnell ein Stück von seiner Erdbeertarte abtrennte und auf Lotties leeren Teller legte.

»Nachtisch ist heilig!« In Mickys Stimme lag nicht ein Fünkchen Ironie. Er nickte Lottie huldvoll zu, als wäre er der ehrwürdige Wächter des Nachtischs, was er ja irgendwie auch war, seit ihm und seiner Schwester die Firma ihres Vaters gehörte.

Die meisten Schüler, darunter auch Ellie und Jamie, waren unterwegs, um sich für die außerschulischen Aktivitäten anzumelden, so dass der Speisesaal nicht allzu voll war. Am Büfett gab es unter anderem Sushi, und beim Geruch nach rohem Fisch wurde Lottie flau im Magen.

»Ich habe gar keinen Hunger mehr.« Lottie lächelte und schob ihren Teller von sich, während die Zwillinge einen skeptischen Blick wechselten, den sie zu ignorieren beschloss.

Offenbar gelang es ihr nicht, ihnen etwas vorzumachen, und wenn schon die Zwillinge misstrauisch wurden, würde Haru es erst recht werden.

»Du lächelst zu viel.« Anastasia blickte nicht einmal von ihrer Modezeitschrift auf. »Wenn etwas nicht stimmt, musst du es uns sagen.« Ihre Worte hatten ein Gewicht, das die Zwillinge nicht verstehen konnten – eine klare Aufforderung, Saskia und sie über Haru auf dem Laufenden zu halten. »Binah hat erzählt, dass du neulich einfach abgehauen bist, als ihr zusammen in der Bibliothek wart.«

Lottie erstarrte. Die Anklage war eindeutig.

Anastasia war nicht dumm, und der Blick, den sie Lottie unter halbgesenkten Lidern zuwarf, sagte ihr, dass sie von ihren Geheimnissen wusste. Aber Lottie konnte es ihr nicht sagen, so gern sie auch mit jemandem über Claudes Briefe und deren schrecklichen Inhalt gesprochen hätte. Es war unmöglich. Das konnte sie Jamie nicht antun, solange sie nicht wusste, was wirklich mit seiner Mutter passiert war.

»Alles okay«, versicherte Lottie noch immer lächelnd. »Es ist nur der Geruch hier. Ich –«

In dem Moment rumste etwas gegen ihre Rücklehne, und sie unterbrach sich. Alle Augen richteten sich auf das Mädchen hinter Lotties Stuhl.

»Ups. Tut mir *schrecklich* leid, Prinzessin.« Lottie zog die Augenbrauen hoch. Das Mädchen klang überhaupt nicht, als täte es ihr leid. Hatte Haru schon wieder die Finger im Spiel? »Ich bin einfach gegen deinen Stuhl gelaufen, wie dumm von mir!«

Lottie hob die Nase und schnupperte nach dem verräterischen Babypuderduft der Hameln-Formel. Doch da war nichts, nur ein leicht salziger Geruch, als käme das Mädchen direkt aus dem Meer. Sie hatte sich ein aufwendiges Spinnenwebmuster ins Gesicht geschminkt, das Lottie bekannt vorkam, und als sie sich umdrehte und davonmarschierte, erkannte Lottie sie – sie gehörte zu den Artistokraten.

Dann fühlte sie es. In der Tasche ihres Blazers steckte ein schwerer Gegenstand, der vorher eindeutig nicht darin gewesen war.

»Was sollte das denn?«, knurrte Saskia, und alle warfen dem Mädchen finstere Blicke hinterher, so dass Lottie unbeobachtet nachschauen konnte, was sich in ihrer Tasche befand.

Es war ein langer aquamarinblauer Kristall, um den ein Zettel gewickelt war. Er rollte sich um ihre Finger wie Seegras.

Bitte gib mir das Buch zurück, das ich dir geliehen habe.
Ich erwarte dich mit dem geforderten Gegenstand in der Waschküche von Ivy.
Das Buch ist in deiner Tasche ☺

Sie hatten es – Harus Kästchen wartete schon auf sie, sie musste es sich nur holen. Beim Gedanken daran zitterten ihr die Hände, und die Welt um sie herum verschwamm vor ihren Augen. Nur das Bild von Jamies Mutter und die immer wiederkehrenden Worte blieben scharf.

Warum ist Jamie dein Partist?

»Wo willst du hin?« Anastasias Stimme durchbohrte Lotties Hinterkopf, als sie vom Tisch aufstand. »Wir sind doch mit Ellie zum Lernen verabredet!«

»Ich muss noch ein Buch zurückgeben«, sagte Lottie wie aus der Pistole geschossen.

Sie hoffte, dass die feinen Schweißperlen über ihren Augenbrauen sie nicht verrieten, griff in ihre Tasche, und tatsächlich trafen ihre Finger auf einen Gegenstand, der vorher nicht da gewesen war. Sie zog das Buch hervor, das perfekte Alibi.

»Hier.« Lottie hielt das schwarze Notizbuch mit dem Wappen von Ivy hoch. Das Etikett belegte, dass es die Mathenotizen einer Schülerin aus der Stufe über ihnen waren. »Louisa hat mir ihren Übungsplan von letztem Jahr zum Abschreiben geliehen.« Die Lüge ging ihr erschreckend leicht über die Lippen. *Es ist für Ellie und Jamie*, sagte sie sich, obwohl ihre Brust eng wurde. *Auch das gehört zu den Pflichten einer Porterin.* »Wir sehen uns später.«

Ohne Anastasia die Chance zu geben, ihre Worte in Frage

zu stellen, eilte Lottie durch den Speisesaal, wobei sie sich sehr beherrschen musste, nicht zu rennen.

Als sie das Wohnheim von Ivy erreichte, keuchte sie, aber nicht vor Anstrengung. Rennen war sie gewohnt, aber dieser Sport war anders. Sie suchte verzweifelt nach Antworten, die immer gerade so außer Reichweite waren.

Die Waschküche im Untergeschoss des Wohnheims war heiß, und Lotties Wangen und Finger brannten durch den plötzlichen Temperaturunterschied. Ihre Augen richteten sich auf die Person, die auf einem der Trockner saß.

»Ich habe deine Nachricht bekommen.« Lottie ging auf Max zu, dier von xiesem Wäschethron auf sie herabblickte, und das metallische Summen der Wand hinter xiem ließ es so aussehen, als würde die Welt zittern.

»Wie du gewünscht hast.« Hinter Lottie ertönte eine energische Stimme, und die Tür zur Waschküche knallte zu. Es war Stephanie persönlich, die Lottie das Kästchen so unvermittelt in die Hände drückte, dass es ihr hart gegen die Brust stieß. »Wenn du vorhast, es zu öffnen, brauchst du allerdings einen Schlüssel.«

»Was?« Lottie untersuchte das Kästchen. Es war schlicht – ein einfacher schwarzer Kasten mit einem robusten Schloss. »Es lässt sich nicht öffnen?«

»Du hast nur das Kästchen verlangt, Prinzessin Mayfutt.«

Lottie erstarrte und drehte sich zu Max um, dier sie angrinste wie ein Hai, der sie zwischen seine Kiefer locken wollte.

So hatte sie noch nie jemand genannt, und die Anrede ließ ihre Kopfhaut kribbeln, als würde etwas tief in ihrem Inneren sie auffordern, ihre Krone aufzusetzen und ein für allemal zu diesem versteckten Teil ihrer Persönlichkeit zu stehen.

Sie ignorierte das Gefühl und wandte sich an Stephanie. »So dürft ihr mich nicht nennen.«

Stephanie bedachte Max mit einem Augenrollen, dann tätschelte sie Lottie den Kopf, als wäre sie ein aufgeregtes Hündchen. »Halt dich an die Regeln, Max. Wir respektieren die Geheimnisse anderer.« Sie musterte Lottie von Kopf bis Fuß und grinste in sich hinein. »Selbst wenn das Geheimnis total widersprüchlich ist, kleine verschollene Prinzessin.«

Lottie ignorierte ihren belustigten Unterton und weigerte sich, dem unangenehmen Gefühl nachzugehen, das er verursachte. Sie war Ellies Porterin, und die Wolfsons waren ihre Familie. Die Familie, die sie sich ausgesucht hatte, eine echte Familie – keine Geister der Vergangenheit. Dorthin gehörte sie, und dorthin würde sie ihre Aufmerksamkeit richten, selbst wenn es hieß, dass sie ihre eigene königliche Herkunft leugnen musste.

»Aber ich muss es öffnen!« Lottie war selbst überrascht, wie verzweifelt sie klang. Max und Stephanie waren bei den unbeherrschten Worten zusammengezuckt.

Max sprang vom Trockner und legte einen langen Finger ans Kinn. »Was ist denn da drin, was so wichtig ist?«

»Das würdest du nicht verstehen. Niemand versteht es, nicht mal ich.« Lottie schüttelte das Kästchen, als könnte es ihr einen Hinweis geben. »Es ist ein Rätsel, und wenn ich es nicht löse, werden schreckliche Dinge passieren. Ich könnte alles verlieren.«

Mit einem Mal wünschte Lottie, Sayuri wäre da. Mit ihr

könnte sie über alles reden, und sie würde ihr helfen. Sayuri würde ihr Bedürfnis verstehen, an dieser Familie festzuhalten und sie zu beschützen.

Max und Stephanie blickten einander an. Schließlich stieß Stephanie entschlossen die Luft aus.

»Hör zu, du kleiner Goldfisch.« Stephanie trat vor und legte ihren kühlen Arm um Lotties Schultern. »Du hast mir ein gutes Geheimnis gegeben, deshalb gebe ich dir einen guten Rat. Du musst etwas sehr Scharfes unter den Deckel schieben und ihn aufhebeln. Schaffst du das?«

»Woher soll ich –«

Lottie verstummte, während ihr Sayuris Brief in den Sinn kam, als wäre er der Schlüssel, den sie brauchte.

»Unsere Schicksale sind über das Schwert miteinander verbunden.«

Obwohl sie am anderen Ende der Welt war und keine Möglichkeit hatte, mit ihr in Verbindung zu treten, fand Sayuri einen Weg, ihr den Rat zu geben, den sie brauchte.

»Ich weiß, was ich tun muss«, sagte Lottie und schüttelte Stephanies Arm ab. »Wartet hier auf mich, ich bringe euch das Kästchen in einer Viertelstunde zurück.«

Sie blieb kurz in der Tür stehen, um einen Blick in Max' und Stephanies verblüffte Gesichter zu werfen.

»Danke.«

Dann stürmte sie in ihr Zimmer, trat die Tür hinter sich zu und kniete sich auf den Boden. Da, tief im Schatten unter ihrem Bett, blitzte ein silbernes Licht zwischen den Stofftüchern hervor. Sie schloss die Finger um ihren Schatz und befreite ihn aus seinem Versteck.

Als sie das Schwert hervorzog, kam die sonderbare, vertraute Sonne in Sicht, die in den Griff graviert war.

Warum hatte sie das Schwert ihrer Vorfahrin versteckt? Zum ersten Mal seit langem betrachtete sie es wieder.

Wenn sie das Schwert hielt, spürte sie ein Ziehen in der Brust, und sie sehnte sich danach, Lilianas Erbe anzutreten. Doch sie wusste, wenn sie diesem Verlangen nachgab, erwartete sie nur Einsamkeit. Keine Familie, keine Wolfsons, kein Jamie, keine Ellie. Nur Lottie, wieder einmal allein.

Das war der letzte Schubs, den sie brauchte, um sich das Kästchen vorzunehmen.

Solange sie den Wolfsons helfen konnte, hatte sie einen Platz, an den sie gehörte.

Entschlossen hob sie das Schwert mit beiden Händen und ließ es auf das Kästchen niedersausen. Ein dumpfer Knall ertönte, gefolgt von einem verheißungsvollen Klicken. Die Klinge zerteilte das Schloss wie Butter.

Es war wie Zauberei. Das Schwert hatte genau die richtige Stelle getroffen, das Kästchen platzte auf wie die Schale einer Kastanie, und das reife Innere blitzte hervor.

Jetzt gab es kein Zurück mehr.

24

»Na bitte«, flüsterte Lottie und griff gierig nach ihrem Fund, bis ihre Finger verwirrt erstarrten.

Nie wäre ihr in den Sinn gekommen, dass Haru die Wahrheit gesagt hatte und in dem Kästchen wirklich ein Tagebuch lag.

Sie nahm das rote Notizbuch in die Hände und blätterte hastig darin. Doch das Buch beinhaltete nicht die eindeutigen Hinweise, die sie erwartet hatte. Es war halb leer – erst in der zweiten Hälfte füllten sich die Seiten mit Schriftzeichen in Kanji und Hiragana, die sie nicht lesen konnte.

Erst als sie eine Zeichnung von einer auf dem Kopf stehenden Katze sah, begriff sie ihren Fehler. Die letzte Seite war eigentlich die erste, was bedeutete, dass Haru das Buch schon in Japan benutzt hatte.

Hoffnungsvoll drehte sie das Buch um, als könnte sie so auf wundersame Weise die fremden Schriftzeichen verstehen, doch sie merkte augenblicklich, wie aussichtslos es war. Zwischen den japanischen Zeichen fand sich keine einzige Zeile auf Englisch. Wahrscheinlich war alles genau vor ihren Augen, Leviathans Pläne und Absichten, und sie verstand nicht ein Wort.

Ein heftiger Schmerz in der Unterlippe sagte ihr, dass sie

vor Enttäuschung zu fest darauf gebissen hatte, und ihr stiegen Tränen in die Augen, die auf das Tagebuch zu tropfen drohten.

Sie blinzelte die Tränen weg und blätterte weiter, bis sie endlich ein paar vertraute Zeichen registrierte. In eleganter Schrift standen vier Zahlenkombinationen mit jeweils drei Ziffern da:

2 2 1
0 0 9
1 0 9
9 9 9

Darunter hatte Haru etwas auf Japanisch geschrieben und dreifach eingekreist, es war also eindeutig etwas Wichtiges, doch es waren die drei Ziffern in der ersten Zeile, die ihr ins Auge sprangen: Ihre Zimmernummer.

Mit zitternden Fingern griff Lottie nach einem Stift und kritzelte die Ziffern auf einen Zettel. Auch die japanischen Zeichen schrieb sie ab. Auch wenn sie nicht wusste, was die anderen Zahlen zu bedeuten hatten – sie würde die Verbindung schon noch herausfinden.

Ihre Gedanken überschlugen sich in der Hoffnung, tatsächlich etwas Brauchbares gefunden zu haben, und ihre zitternden Finger hatten Mühe, das Tagebuch in das Kästchen zurückzulegen. Da bemerkte sie etwas: eine Erhebung unter dem Leder an der Rückseite des Buchs.

Sie drehte es noch einmal um und strich mit der Fingerspitze über die Naht an der Innenseite des Einbands, wo sie in der Falz den Rand eines Papiers entdeckte. Sie musste nur ein bisschen daran ruckeln, und die ausziehbare Innentasche öffnete sich.

Augenblicklich kam eine dunkle Obsession ans Licht – Bilder, Zeichnungen und Notizen flatterten auf den Boden, und jede einzelne von ihnen hatte mit Jamie zu tun.

Auf einigen der Zettel war Jamies markante Schrift leicht zu erkennen: poetische Notizen, die er aufgeschrieben haben musste, während er Haru bei seinen Aufgaben half – hübsche kleine Gedanken, die Haru als so wertvoll erachtete, dass er sie aufgehoben hatte. Inmitten der Papiere entdeckte Lottie ein dunkles Stück Schnur, das sie näher betrachtete und sogleich japsend wieder sinken ließ, als ihr klar wurde, dass es sich um eine Locke von Jamies Haar handelte.

Mit demselben Schrecken, wie man eine Leiche identifiziert, musterte sie ein Relikt nach dem anderen.

Neben Jamies Gedankenschnipseln gab es Fotografien und Zeichnungen ihres Partisten, jede etwas anders – eine Skizze zeigte sogar sein seltenes Lächeln. Die Sammlung war wie eine gruselige, verzerrte Version von Lotties Skizzenbuch. Ein Bild stach besonders heraus: Das Foto war alt und zeigte Jamie, als er jünger war, noch ein kleiner Junge, und doch starrte er schon mit derselben steinernen Miene in die Kamera, die er heute hatte. Es war merkwürdig, dass Haru dieses Bild besaß, doch es machte sie noch etwas anderes stutzig. Haru hatte Jamies Kopf mit einem Lackstift verziert und ihm ein goldenes Geweih verpasst.

Behutsam hob Lottie das Foto auf und betrachtete es aufmerksam. Dann drehte sie es um, und die Welt blieb stehen.

Auf der Rückseite standen die Worte: *Der kleine Prinz von Maradova.*

»Nein …« Das Wort entwich ihren Lippen, bevor ihr Kopf folgen konnte. Nur langsam erfasste sie die Tragweite dessen, was sie sah.

Das war der Beweis, ob es ihr gefiel oder nicht, und er belegte, dass Haru, auch wenn es völlig absurd erschien, Jamie für den Prinzen von Maradova hielt.

Warum ist Jamie dein Partist?

Diesmal traf die Frage sie so heftig wie ein Blitz. Lottie sprang auf und wankte zur Tür. Sie hatte gerade noch genug Verstand, die losen Papiere zurück in das Tagebuch zu schieben, das Buch in das Kästchen zu legen und die anderen Hinweise in ihre Tasche zu stopfen, bevor sie nach draußen rannte.

Als sie in die Waschküche kam, war Max nicht mehr da, doch Stephanie wartete auf sie. Sie knibbelte an einem ihrer langen Fingernägel herum, die mit Muscheln verziert waren.

»Das ging aber schnell.« Sie sah aus, als wollte sie einen Witz machen, doch sie verkniff ihn sich, als sie Lotties Gesicht sah. »Was hast du gefunden?« Ihre Stimme war eine Oktave tiefer geworden, ein dunkles Verlangen zu erfahren, was Lottie so verstört hatte.

Lottie schüttelte den Kopf und drückte Stephanie die kleine Kiste in die Hand.

»Du musst das Kästchen zurück in Harus Schreibtisch bringen. Er darf nicht erfahren, dass ich es geöffnet habe.«

Stephanie zog die Augenbrauen hoch und betrachtete den

Gegenstand in ihrer Hand wie einen vergifteten Apfel. »Er war gerade hier.«

»Was?«, krächzte Lottie.

»Max hat ihn gesehen. Er hatte einen Umschlag in der Hand und seine Sporttasche dabei. Er ist gleich wieder gegangen – wahrscheinlich wollte er nur etwas abgeben und danach zum Training. Wir können dafür sorgen, dass Haru erst zurückkommt, wenn wir Gelegenheit hatten, das Ding zurückzubringen.« Sie wedelte mit dem Kästchen.

Lottie schnappte nach Luft, Adrenalin rauschte durch ihren Körper. »Ich … ich muss los«, stieß sie hervor und nahm nur verschwommen wahr, dass Stephanie ihr etwas hinterherrief.

Ihre Füße waren schwer wie Blei, als sie rannte. Sie wusste genau, was sie erwartete.

In ihrem Postfach lag ein Brief, ein Umschlag aus festem Karton. Sie griff danach, und als sie ihn umdrehte, stand da in Harus Handschrift: *Die Zeit ist um.*

Es war früher Abend, als Lottie über das Schulgelände wankte. Ihre Mitschüler nahm sie wie Geister am Rande ihres Gesichtsfelds wahr, bis sie Stratus und den Eingang zu Lilianas Atelier erreichte.

Normalerweise war es ein friedliches Gefühl, sich allein im Herzen der Schule aufzuhalten, an ihrem geheimen Ort, doch nun beschlich sie ein Gefühl der Angst. Sie wollte nicht mehr allein sein.

Sie musste den Wolfsons helfen und alles wieder in Ordnung bringen, ganz gleich, wie schwer es war. Nur so konnten sie, Ellie und ihre Familie für immer glücklich zusammen sein.

Einen Hinweis nach dem anderen legte sie vor sich auf den Teppich. Das Bild von Bambi, den Hirsch, die thronräuberischen Wölfe und Jamies Mutter.

Genau in die Mitte legte sie den verschlossenen Umschlag. Das letzte Puzzleteil.

In seinem ersten Brief hatte Claude sich selbst ein Opfer genannt. Aber wessen Opfer war er, und was hatte Jamies Mutter damit zu tun?

Lottie strich mit den Fingern über jeden Hinweis. Dann griff sie nach dem letzten Umschlag und leerte seinen Inhalt auf den Boden.

»Ich bin bereit«, sagte sie, aber sie wusste, dass es gelogen war.

Eine Karte fiel heraus, auf der exakt die Frage stand, die Lottie keine Ruhe ließ. *Warum ist Jamie dein Partist?*

Sie war in einer eleganten Handschrift geschrieben. Die Antwort stand auf der Rückseite, die Tinte blutete durchs Papier. Im Sommer hatte sie die falsche Antwort gegeben, als Ingrid ihr die Frage gestellt hatte – sie war so dumm gewesen zu glauben, dass er der Familie Wolfson nur aus der Verpflichtung heraus verbunden war. Jetzt wusste sie es besser, und die Narbe, die sie damals davongetragen hatte, erinnerte sie daran.

Sie hatte Angst, die Karte umzudrehen. Stattdessen zog sie ein gefaltetes Papier hervor, das noch im Umschlag steckte, und öffnete es mit zitternden Fingern.

Ein verzweigtes Muster kam zum Vorschein, Zeile um Zeile, ein Baum aus Namen, der Jahrhunderte zurückreichte, eine Familie. Ein Name sprang ihr sofort ins Auge: *Eleanor Wolfson*. Das war ihr Baum, der Stammbaum ihrer Familie.

Aber es war nicht Ellies Name, der ihre Welt ins Wanken brachte. Es waren die Zeilen, die sich daneben übers Papier zogen und ihr geheimes Netz webten wie die Fäden einer Spinne.

Ellie hatte gesagt, dass sie die einzige Thronfolgerin war. Dass sie keine Geschwister und auch keine Cousins oder Cousinen hatte. Dass alles auf ihr lastete. Doch die Zweige des Stammbaums enthüllten die Wahrheit. Neben Ellies Namen stand der Name eines Jungen, den Lottie gut kannte, und die Zeichen auf dem Papier banden ihn und Ellie durch Blut aneinander.

Vor ihren Augen erblühte die Wahrheit. Der Name neben Ellie lautete *Jamie*, und über ihm beanspruchten zwei Namen ihn als ihren Sohn.

Claude Wolfson und *Hirana Rajput*.

Es ließ sich nicht leugnen. Claude war Jamies Vater.

Sie sah sein Gesicht deutlich vor sich. Seine Augen – Jamies Augen. Glühendes Gold und smaragdenes Grün vermischten sich wie bei einem Waldbrand. Die beiden verschmolzen zu einer Person – die zuckenden Lippen, die Dämonen, die hinter ihrem Blick lauerten.

Lottie blinzelte eine Träne weg und griff mit erstickter Kehle nach der Karte. *Warum ist Jamie dein Partist?*

Sie rang nach Luft und stellte sich vor, sie hielte das Messer, das all ihre Bande durchtrennen würde. Sie biss die Zähne zusammen, wendete die Karte, und da, genau in der Mitte, stand die Antwort.

Zur Strafe.

25

»Wir müssen sofort einen Flug nach Maradova buchen!«

Lottie stürmte durch die Tür, und ihr Herz klopfte so laut, dass sie glaubte, es müsste ihr aus der Brust springen. »Du, ich und Jamie. Ich muss dringend mit deinen Eltern sprechen.«

»Was?« Ellie verschüttete beinahe den gesamten Inhalt der Kekspackung, die sie gerade öffnete, weil sie zu fest an den Kanten riss. »Worüber?«

»Ich …« Obwohl sie das Gespräch wieder und wieder im Kopf geprobt hatte, hatte sie jetzt das Gefühl, Claudes Hand auf der Schulter zu spüren und Jamies Gesicht hinter Ellies zu sehen, und sie rieb sich die Augen, um die beiden loszuwerden. »Ich muss einfach mit ihnen reden«, brachte sie schließlich hervor. »Bitte vertrau mir.«

»Worüber musst du mit ihnen reden, worüber du nicht mit mir reden kannst?«

Draußen zog ein Sturm auf, und der Himmel verdunkelte sich. Lottie blickte in Ellies verwirrtes Gesicht, und ihr wurde klar, dass sie zum ersten Mal seit langer Zeit wieder richtig miteinander sprachen.

Wie hatten sie sich so voneinander entfernen können? Wie hatte sie das zulassen können?

»Bitte versteh mich nicht falsch, Ellie«, bat sie. »Ich will ja mit dir darüber sprechen. Ich muss nur zuerst mit *ihnen* sprechen.« Sie blickte forschend in Ellies dunkle Augen und sah den Sturm darin brausen. »Du stehst für mich an oberster Stelle«, fuhr sie beschwichtigend fort. »Bitte, glaub mir, dass ich das nur tue, weil ich es wirklich für das Beste halte. Ich …« Sie wusste sofort, dass sie das Falsche gesagt hatte, und die Worte erstarben auf ihren Lippen. Ellie wich zurück, nicht nur körperlich, auch innerlich.

»Ich muss auch etwas mit dir besprechen«, entgegnete sie. »Unsere Situation.«

Jetzt war Lottie verwirrt. »Wie bitte?«

Ellie blickte sie an – ihre Miene war distanziert, da war nicht ein Fünkchen Nähe, und als sie sprach, klang ihre Stimme schrecklich. »Ich will wissen, was du tun wirst, wenn du nicht mehr meine Porterin bist.«

Die Worte kreischten in Lotties Schädel wie ein Banshee. Während ein bitterer Geschmack in ihrer Kehle hochstieg, rang sie nach Worten und versuchte zu verstehen, was sie fühlte.

Alles, was sie getan hatte, alles, was sie tat, tat sie, um bei Ellie bleiben zu können. Sie hatte nichts anderes.

»Na, ich bleibe bei dir«, murmelte sie. Ellie legte den Kopf schief wie ein Raubtier, das ausprobiert, wie weit es seine Beute treiben kann.

»Nicht, wenn ich Königin bin.«

Lottie wurde schwindlig, ihr Kopf wattig und verwirrt. »Ich weiß nicht … Ich kann nicht …«, war alles, was sie herausbrachte. Es war, als wären ihre Lippen zugenäht.

So sollte dieses Gespräch nicht laufen. Lottie wollte doch

nur alles in Ordnung bringen, damit sie für immer zusammen sein konnten. Sie musste Ellie davon überzeugen, dass es das Beste war, nach Maradova zu reisen. Sie würden dem König und der Königin die Wahrheit entlocken und endlich alles ans Licht bringen. Aber warum war es plötzlich so schwer, mit Ellie zu reden?

»Du musst darüber nachdenken, Lottie«, sagte Ellie, aber es war nicht Ellie – es war irgendein grausames Wesen, dessen schwarzes Haar wirr vom Kopf abstand und dessen Gesichtszüge von Schatten verzerrt waren. »Du musst über die Zukunft nachdenken und darüber, was du ohne mich machen wirst.«

Der Raum schien immer kleiner zu werden. Es war dasselbe Gefühl, das sie hatte, als sie in der Bibliothek mit Binah gesprochen hatte – als würden ihre Worte zerbröckeln, als würde ihr die Luft aus der Brust gesaugt, die enger und enger wurde. Das war die Zukunft, weit, ungewiss und so gewaltig, dass sie alles mit ihrem Gewicht erdrückte. Und so einsam, dass sie das Gefühl hatte, sterben zu müssen.

»Ich brauche Luft«, sagte sie keuchend und stolperte zum Balkon, riss die Tür auf und trat hinaus, während Ellie ihr folgte, ein Schatten in ihrem Rücken.

Der leichte Nieselregen legte sich auf ihre Haut und ihr Haar, und ihre Körper wurden schwer unter dem Gewicht der Tropfen.

»Lottie?«

Als sie sich umdrehte, stand sie Auge in Auge mit ihrer Prinzessin, den Rücken gegen die steinerne Brüstung gepresst, ohne einen Fluchtweg.

»Was soll das heißen?«, fragte sie. Ihre Finger krampften sich um den kalten, bemoosten Stein, und die Schärfe ihres Tonfalls überraschte sie selbst.

»Na ja …« Ellie sprach beiläufig und blickte dabei in die Wolkenmassen in der Ferne. Im Zwielicht sah ihr Gesicht herb aus, ihre Haut eingefallen, als würde sie ihr nicht mehr richtig passen. »An welchen Unis willst du dich bewerben, wo willst du leben?« Sie seufzte gereizt und sah sie beinahe enttäuscht an. »Du bist die Nachfahrin von Liliana Mayfutt, die einzige Verwandte der verschollenen Prinzessin und Gründerin von Rosewood Hall! Fragst du dich nie, was das bedeutet? Was du sonst noch alles sein könntest?«

»Das ist mir egal«, entgegnete Lottie, und ihr Magen zog sich zusammen, als hätte sie das nicht sagen dürfen. Aber es stimmte. Sie wollte nicht mehr allein sein. »Ich will einfach bei dir sein. Ich dachte, das wollten wir beide.« Es schien ein dummes Gefühl zu sein, kindisch und naiv.

»Wie kommst du denn auf die Idee?«

»Hör auf, Ellie.«

Lottie war fest entschlossen, sich nicht einschüchtern zu lassen. Mittlerweile waren sie beide völlig durchnässt, ihre weißen Baumwollblusen klebten an ihren Körpern und hingen an ihnen wie ein totes Gewicht, und sie roch die Rosen und Kräuter aus dem Garten, feucht und modrig.

»Ich weiß nicht, was das soll, ob du mich wegen irgendwelcher dummen Schuldgefühle wegstoßen willst, aber du kannst mir nichts vormachen.« Sie trat einen Schritt vor, heraus aus der engen Nische, die ihr das Gefühl gab, nicht atmen zu können. »Wir wissen beide, dass wir mehr sind als diese Vereinbarung. Wir waren dafür bestimmt, uns zu finden.« Während sie die Worte aussprach, überlief sie ein Schauer, die Erinnerung an einen zuckerbestäubten Kuss, den süßesten Moment, den sie je gekostet hatte, doch er wurde ihr weggerissen, und der Zucker wurde bitter, als Ellie sie ansah.

»Ich weiß nicht, wovon du sprichst«, sagte sie, und ihre Stimme war wie ein Rohrstock auf ihrer nassen Haut. Sie starrte Lottie an, und ihre nassen Wimpern warfen lange Linien über ihr Gesicht wie Tränen. »Wir sind zwei total verschiedene Menschen aus total verschiedenen Welten.«

Ihre Worte trafen Lottie wie in Zeitlupe – ein stechender Schmerz, den ihr Kopf nicht gleich begriff. Dann endlich konnte sie ihn fassen: Es war der Schmerz, verraten und verlassen worden zu sein.

»Mein ganzes Leben ...« Sie flüsterte, aber nicht schwach, sondern brodelnd. »Mein ganzes Leben war ein einziges Chaos, in dem ich nicht wusste, wo ich hingehörte, und ich habe gesucht, ich habe endlos gearbeitet, um es herauszufinden.« Sie trat einen Schritt vor und konnte die Hitze von Ellies Körper spüren – den Beweis, dass noch Wärme in ihr war. »Und durch irgendein Wunder«, fuhr sie fort, Ellies Aufmerksamkeit nun gewiss, »bin ich nach Rosewood gekommen und habe dich gefunden – *wir* haben *uns* gefunden, und zum ersten Mal habe ich erlebt, wie es ist, ein Zuhause zu haben.« Ihre Stimme begann zu zittern, ihr Körper war Ellies so nah, dass sie ihre nasse Haut spürte, und sie sah ihr in die Augen und durch sie hindurch, hinter die grausame Maske, die sie aufgesetzt hatte, bis in ihr Innerstes. »Das muss doch etwas bedeuten.«

Ein Zittern ging durch die Luft, ein kaffeegetränkter Seufzer entwich Ellies Lippen, der Lotties Hals streifte, ein wildes Flackern trat in ihre Augen, das über der Stelle verharrte, wo ihr Herzschlag sichtbar unter der regennassen Haut pulsierte, und ihre Lippen glänzten feucht, als wollten sie küssen oder beißen. Es war nur ein Augenblick, aber er erfüllte Lottie mit schmerzlicher Sehnsucht, und sie beugte sich vor und wiederholte an der Brust ihrer Prinzessin, leise wie ein Gebet: »Das muss doch etwas bedeuten.«

Ellies Finger fanden den Weg in Lotties Locken, spielten mit den tropfnassen Spitzen, bis ihr das Wasser über die Handgelenke lief.

»Lottie.« Sie hauchte ihren Namen, und es war, als hätte ihn nie zuvor ein Mensch wirklich ausgesprochen, er klang schön und bedeutsam, bis der Bann brach. »Wir sind doch nur Freundinnen, weil du meine Porterin bist.«

Die Worte waren ein Schnitt, der sie trennen sollte, aber Lottie wusste es besser, sie wusste, dass es stimmte, ob Ellie es zugab oder nicht. Diesmal würde sie nicht klein beigeben. Sie ballte die Fäuste, biss die Zähne zusammen und schrie: »Du lügst!«

Tränen traten ihr in die Augen, Salz brannte auf ihren Wangen – nicht nur wegen Ellie, auch wegen Claude und diesem schrecklichen Geheimnis, wegen Jamie und allem, was sie erlebt hatte. »Du lügst«, wiederholte sie, und diesmal landete ihre Faust sanft auf Ellies Brust, als wollte sie die Worte in sie zurückdrängen. Kaum lauter als ein Atmen sagte sie es noch einmal, damit es wahr wurde: »Du lügst.«

»Lottie –«

Bevor Ellie noch etwas sagen konnte, packte Lottie ihr Gesicht, schloss die Finger hungrig um die Wärme ihrer Wangen, stellte sich auf die Zehenspitzen und drückte ihre Lippen auf Ellies, zwang die Lüge und die grausamen Worte zurück in ihre Kehle.

Einen wunderbaren Moment lang war alles richtig – ihre Körper flossen ineinander, während sie sich an die Brüstung lehnten, als könnten sie mit dem Gebäude verschmelzen, als könnten ihre Gefühle für immer zu Stein werden. Die salzigen Tränen wurden weggespült und verschwanden hinter dem Geschmack von Kaffee und Zimt. Es gab keine Geheimnisse mehr, keine schrecklichen Wahrheiten – es gab nur noch zwei Menschen, und sie war in Sicherheit.

Dann machte Ellie ein Geräusch, das halb Knurren, halb Jaulen war, und stieß Lottie weg. Sie fasste sich, schüttelte den Kuss ab und leckte ihn sich mit einem verächtlichen Blick von den Lippen.

»Nein«, sagte sie so ausdruckslos wie vorher. »Ich lüge nicht.«

Lottie fühlte, wie ihr Körper zu Eis wurde, alle Wärme daraus wich, so dass sie zitternd und fiebrig zurückblieb. »Aber der Kuss?«

»Das war doch nur Spaß.« Ellie strich sich lässig durchs Haar, das wie eine nasse Masse zurückglitt, und als sie Lottie ins Gesicht sah, zuckten ihre vollen Lippen und schienen den Kuss abzuwerfen wie ein störrisches Pferd seinen Reiter. »Es ist nicht meine Schuld, dass du dir eingebildet hast, es wäre mehr.«

Lottie drängte sich an Ellie vorbei. Sie hatte das Gefühl,

sich übergeben zu müssen, und jeder Schritt schmerzte wie hundert Messer, die in ihre Füße schnitten. »Ich … Ich muss gehen.«

Sie schnappte nach Luft und hatte das Gefühl, das Herz müsste ihr aus der Brust fallen, wenn sie nicht die Arme um den Oberkörper schlang. Sie wollte nicht, dass Ellie sie so sah. Sie brauchte jemanden – jemanden, der sie in den Arm nahm und keine Fragen stellte, jemanden, der sie verstand, ohne dass sie ein Wort sagen musste. Auf wackligen Beinen stürzte sie die Treppe hinunter. Sie wusste genau, wen sie suchte.

Sie suchte Jamie.

26

Der kalte Regen fühlte sich gut auf Jamies Haut an. Er linderte das Brennen in seinem Inneren, wenn auch nur kurz. Jamie war sicher, dass es wieder schlimmer werden würde, und obwohl er die Ursache nicht genau benennen konnte, wusste er, dass es mit Lottie zu tun hatte. Etwas stimmte nicht – ihr Licht war geschwächt wie bei einer Sonnenfinsternis, und das tat weh. Das stechende Gefühl strömte aus seiner Brust in jede Faser seines Körpers, weil er ihr nicht helfen konnte. Ellies Pakt ließ das nicht zu. Er konnte nur zuschauen, ohne etwas zu tun.

»Ich muss mit irgendwem kämpfen«, murmelte Jamie, kaum außer Atem von den Runden, die sie um das Feld gejoggt waren.

Raphael und Haru, die sich im Schutz einer großen Eiche dehnten, blickten ihn mit rosigen Gesichtern an.

»Ich würde mich ja anbieten, wenn ich nicht wüsste, dass du mich dann total fertigmachst«, erwiderte Raphael lachend. »Außerdem will ich unter die Dusche.«

Er klopfte Jamie auf die Schulter, winkte Haru zu und machte sich auf den Weg zum Wohnheim. Über die Schulter rief er: »Jamie, bleibt es dabei, dass wir heute Abend mit Percy einen Film schauen?«

Jamie zeigte ihm den erhobenen Daumen, doch sein Blick war schon auf Haru gerichtet, der sich vor ihm aufbaute.

»Du willst kämpfen?« Er legte den Kopf schief, und eine feuchte Locke fiel ihm in die Stirn.

»Ich muss Dampf ablassen«, gab Jamie zu und strich sich die nassen Haare aus dem Gesicht. »Das Wetter ist so bedrückend. Ich fühle mich wie …« Er verstummte. Er konnte nicht über das Feuer in seinem Inneren sprechen. Ein Partist musste sich immer unter Kontrolle haben.

Haru stellte keine Fragen. Mit einem verschmitzten Lächeln nahm er eine Hapkido-Pose ein. Jamie tat es ihm gleich. Unwillkürlich musste auch er lächeln. Hapkido war die erste Kampfkunst, die sie im Partistentraining lernten, die man beherrschen musste, um das Diplom zu erhalten, und sie war so etwas wie die inoffizielle Kampfkunst der Partisten. Jamie war ein Naturtalent – sein Körper floss in die Bewegungen wie Wasser in einen Strom. Die Sportart hatte ihm gezeigt, dass er für seine Aufgabe bestimmt war, dass er die Kraft dazu in sich trug wie alle guten Partisten – einen Dämon der Stärke, der genutzt werden musste. Zumindest hatte man ihm das gesagt.

Ihre Körper aktivierten ihr über Jahre aufgebautes Muskelgedächtnis und begannen sich gleichzeitig zu bewegen, einander zu spiegeln wie in einem bizarren Tanz. Haru wagte den ersten Angriff, sein rechter Arm glitt über seine Schulter, um Jamie seitlich am Gesicht zu treffen. Jamie kannte diesen Griff wie seine eigene Handfläche, und mit einem kleinen Schritt zur Seite verlagerte er das Gewicht aufs linke Bein und schlug Harus Arm weg. Normalerweise war das der Moment, in dem er seinen Gegner über die Schulter zog, seinen Arm verdrehte und ihn rücklings auf den Boden warf, doch als er das jetzt tun wollte, kam Haru der Bewegung zuvor und stieß ihn mit dem anderen Arm weg. Jamie versuchte, sich zu sammeln, streckte ein Bein vor, um Haru aus dem Gleichgewicht zu bringen, doch der bewegte sich anders, als er erwartet hatte. Es war, wie gegen den Wind zu kämpfen – ständig änderte Haru die Richtung, kam von der Seite, wirbelte herum –, und gerade als Jamie sicher war, dass Haru ihn gleich zu Boden stoßen würde, brachte er ihn durch einen Tritt in die Kniekehle zu Fall, während er ihn gleichzeitig so festhielt, dass sein Gesicht haarscharf über dem Boden zu schweben kam, Zentimeter über dem Matsch.

Keuchend vor Anstrengung rappelte Jamie sich auf. Es störte ihn nicht, dass er verloren hatte, es erregte ihn. Es war das erste Mal in all seinen Jahren als Partist, dass sein Gegner ihn überrascht hatte.

Wieder nahmen beide ihre Position ein – ihre Haut war feucht von Schweiß und Regen und schimmerte mit jedem Atemzug.

»Bist du auf eine bestimmte Waffe spezialisiert?«, fragte Jamie. Plötzlich wollte er mehr wissen.

»Seil.«

»Warum überrascht mich das nicht?« Er lachte, während Haru mit den Schultern zuckte. Sie standen einander weiter gegenüber, bereit für die nächste Runde.

Haru zog eine Augenbraue hoch. »Und du?«

»Das will ich nicht sagen.«

»Oh, Jamie-kun.« Harus Mundwinkel zuckten, und seine sommersprossige Nase kräuselte sich, während er das Lachen unterdrückte. »Du kämpfst doch nicht etwa mit Fächern, oder?«

»Darin bin ich unschlagbar«, konterte Jamie. Er konnte kaum glauben, wie leicht es war, mit Haru Witze zu machen, und wie gut es sich anfühlte, mit einem anderen Partisten reden zu können.

»Komm, noch eine Runde.«

Jamie sprintete vor und ließ Haru keine Zeit, sich vorzubereiten. Er durchschlitzte die Luft, streckte einen Arm vor und packte Haru unter der Schulter. Diesmal machte er sich auf das Unvorhersehbare gefasst, lauerte auf jedes Signal von Harus Körper, in welche Richtung er sich drehen würde, als beobachtete er die Bewegungen eines Windspiels, folgte noch dem leisesten Ton, der winzigsten Regung. Sie kamen in eine nahezu ausweglose Situation – der eine packte zu, der andere wand sich heraus, der eine landete beinahe einen Treffer, der andere wich aus –, bis plötzlich der süße Geruch von Marshmallows in Jamies Nase drang, ein so warmer und einladender Geruch, dass er einen Augenblick zu lang zögerte, so dass Haru zur Seite springen konnte und er nur sein T-Shirt zu fassen bekam.

Mit einem lauten Ratsch riss der Stoff, und Haru wich zurück.

Da sah Jamie sie – die kleine Narbe auf seinem Bauch.

Er fühlte, wie der Boden unter ihm nachgab und er ans Ende des Sommers zurückgeworfen wurde, als er sich von Haru verabschiedet hatte und der zurückgewichen war – vor Schmerzen, weil die jetzt vernarbte Wunde noch frisch gewesen war.

»Du …« Taumelnd versuchte Jamie, dem Durcheinander in seinem Kopf einen Sinn abzuringen. Vor langer Zeit waren Zweifel in ihm gekeimt, weil er geahnt hatte, was für eine Verletzung das war – er hatte es die ganze Zeit geahnt, und jetzt fühlte es sich an, als würden seine Gedanken auf ihn einstürzen, während der Boden weiter schwand, bis er wieder auf dem Dach in Tokio war.

Haru streckte die Hand aus, doch Jamie schlug sie weg. Er stolperte rückwärts, bis er gegen einen Baumstamm stieß, und starrte den Partisten, den er so lieb gewonnen hatte, mit zusammengekniffenen Augen an. Er konnte sein Gesicht nicht mehr erkennen – das Kaminfeuerlächeln, die Rehaugen hatten Risse bekommen, und dahinter sah er eine Vogelmaske. Die Vogelmaske vom Dach in Tokio.

»Du bist der Vogel vom Dach«, sagte er mit zitternder Stimme.

Der Junge mit der Vogelmaske, der genau an der Stelle von einem Messer getroffen worden war, an der Harus Narbe war.

Er war die ganze Zeit sein Feind gewesen.

Jamie tastete hinter sich nach Halt. »Du hast mich belogen.«

Er erkannte seine eigene Stimme kaum wieder, sie war winselnd und schwach. Sie machte ihn wütend.

Als sein Blick wieder klar wurde, hatte Haru die Hände gehoben, sein zerrissenes T-Shirt lag im Matsch, und er stand schutzlos und nass im Regen. Beim Anblick von Jamies Miene brachte er die Füße in Verteidigungsposition, bereit zu kämpfen. Das war der echte Haru, in dem dasselbe Feuer brannte, das Jamie in sich trug.

»Was du gesagt hast … War das alles gelogen?«, fragte Jamie.

»Nein, Jamie.« Haru hielt seinem Blick stand, die Hände noch immer erhoben. »Es ist wahr. Ich bin hierhergekommen, weil ich dich mag. Wir können unsere eigenen Entscheidungen treffen.«

»Wie soll ich dir noch vertrauen?«, knurrte Jamie und rieb sich frustriert das Gesicht.

Haru entging nicht, dass seine Wachsamkeit schwand, und trat vorsichtig einen Schritt näher.

»Wir haben dich nicht belogen, Jamie. Wir haben gewartet. Ihnen die Chance gegeben, alles in Ordnung zu bringen. Sie haben sie nicht genutzt. Ich wollte es dir heute nach dem Training sagen.«

»Wovon redest du?«, fragte Jamie misstrauisch. »Wem habt ihr eine Chance gegeben?«

Das Gefühl der Mutlosigkeit in seiner Brust wurde schwerer, und sein Kopf weigerte sich zu glauben, was er bereits wusste.

»Sie haben dich verraten, Jamie.«

»Nein. Ich glaube dir nicht.« Jamie bemühte sich, standhaft zu bleiben, doch seine Stimme schwankte. »Du lügst.«

Haru kam noch einen Schritt näher, und Jamie brachte nicht die Kraft auf, ihn wegzustoßen. Als er sprach, sagte er etwas ganz anderes, als er erwartet hatte.

»Jamie, du bist so viel mehr, als du denkst.« Harus Stimme war sehr ernst geworden. »Du hältst dich für einen Ritter, dabei bist du selbst derjenige, der von Rittern beschützt werden sollte.«

Die Welt schien auf ihrer Achse zu wanken. Jamie spürte die Erde unter seinen Füßen, den Nieselregen auf seiner

Haut. Er fühlte sich, als würde er in den Boden sinken, in ein offenes Grab.

»Deine Prinzessin hat dich verraten.« Dass Haru Ellie erwähnte, machte ihn nur noch benommener. »Sie hat zu Beginn des Schuljahrs einen Pakt mit mir geschlossen und dich und deine Unwissenheit gegen Informationen von mir getauscht.«

Jamie versuchte, sich an irgendetwas festzuhalten, an der Gewissheit, dass Haru log, aber es ging nicht.

»Du lügst«, wiederholte er, doch es fühlte sich eher so an, als wollte er sich selbst überzeugen.

Mit einem Mal wurde der Regen stärker. Beinahe konnte er sie im Nebel vor sich sehen, Lottie und seine Prinzessin. Lottie würde alles für sie tun, egal was. Lottie war von den Wölfen der Familie verdorben worden, sie hatten alles verdreht, was Gutes in ihr gesteckt hatte.

»Geh. Frag sie«, befahl Haru.

»Was weiß meine Prinzessin?«

»Alles, was du nicht weißt.« Haru hob seine Kapuzenjacke auf, zog sie über und hielt sie vor seiner Narbe zusammen. »Deine Prinzessin und ihre Freunde haben die ganze Zeit gewusst, wer ich bin. Ich musste mit ansehen, wie sie dich im Dunkeln gelassen haben, und warten, dass sie sich beweisen, aber sie haben mich enttäuscht.« Die Worte verließen Harus Mund wie vergiftete Pfeile. Aber sie brachten keine Schmerzen. Sie brachten Veränderung.

Jamie fühlte, dass die Dämonen in seinem Inneren ans Licht kamen. All die Geheimnisse, die Lügen, das falsche Vertrauen … Bevor er wusste, wie ihm geschah, verwandelte er sich in eine brüllende Bestie. Er rammte die Fäuste gegen den Baumstamm hinter ihm, und in seinen Knöcheln explodierte der Schmerz. Es fühlte sich gut an.

»Es ist komisch, oder?«, fuhr Haru mit sanfter Stimme fort, als wäre Jamie ein wildes Tier, das er zähmen musste. »Warum haben sie es vor dir geheim gehalten? Warum vertrauen sie dir nicht?«

»Aber warum sollten sie –«

»Frag sie«, wiederholte Haru. »Ich werde am Haupttor auf dich warten, wenn du erfahren hast, was sie vor dir versteckt haben. Ich bringe dich dahin, wo du jetzt hin musst. Und ich verspreche dir, falls du immer noch hierher zurück willst, wenn du die Wahrheit erfahren hast, lassen wir dich in Zukunft in Ruhe.« Sanft legte er eine Hand auf Jamies Schulter, den Daumen über seine Halsvene, bis er seinen Puls fühlen konnte. »Es ist an der Zeit, dass du erfährst, wer du bist.«

27

Das Schulgelände war leer, der Nebel tief und dicht. Jamie trottete durchs Grau und zitterte bis in die Knochen.

Das Windspiel am Tor des Wohnheims von Ivy grüßte ihn, sein hohler Klang hallte durch seinen Kopf. Die ganze Zeit hatte er das Gefühl, Haru würde ihm auflauern, seine Worte würden ihm durch den geisterhaften Nebel folgen. Er erkannte die Symptome des Schocks, die betäubende Kälte, die traumartige Ruhe, während seine Beine ihn weitertrugen. Er wusste nur, dass Haru auf ihn wartete, und seine Prinzessin auch.

Der Kies knirschte unter seinen Sohlen, als er sich dem Wohnheim von Ivy näherte. Am Tor fühlte er seinen Verstand zurückkommen, als würde er aus einem Albtraum erwachen.

Was mache ich eigentlich?, dachte er entsetzt. Wollte er wirklich seine Prinzessin und das Mädchen, das zu beschützen er geschworen hatte, bezichtigen, ihn belogen zu haben? Das war doch völlig absurd.

Als sein Blick auf sein Spiegelbild im Glasfenster der Tür fiel, hielt er inne. Seine Augen waren grün statt golden, smaragden wie das Herz des Waldes. Die Gestalt, die ihm entgegenstarrte, hatte sich nicht unter Kontrolle.

Das alles war falsch. Er sollte Ellie und Lottie sagen, was er über Haru wusste, verlangen, dass sie ihn auslieferten, und mit ihnen nach Maradova fliegen. Aber Haru hatte ihn gehen lassen. Er hatte darauf vertraut, dass Jamie ihn nicht verriet. Er hatte versprochen, für immer zu verschwinden, wenn Jamie ihm nicht folgen wollte.

Gerade als seine Hand über der Klinke schwebte, ertönte ein wohlbekanntes Maunzen, und aus den tiefhängenden Nebelschwaden erschien ein gewaltiger Kater. Vampy strich ihm um die Beine und stupste ihn mit dem Kopf, bis er einen Schritt von der Tür zurückwich.

»Was willst du?«

Irgendwo über ihm zerriss ein Schrei den Nebel, und Jamies Körper begann zu brennen. Ein qualvoller Schrei. Lottie.

»Du lügst!«, hörte er sie rufen.

Jamie huschte um das Gebäude, folgte dem Geräusch wie ein Schiff dem Leuchtturm. Hinter der Ecke kam er schlitternd zum Stehen, spähte aufwärts und sah, dass die Balkontür der Mädchen offenstand.

Die Umrisse der beiden zeichneten sich vor dem Licht in ihrem Zimmer ab. Lottie und seine Prinzessin standen eng umschlungen und küssten sich.

Er fühlte das Feuer in seinem Inneren aufsteigen wie Säure, die in ihm brodelte: Betrug und Verrat. Blut lief ihm über die Hand, und er merkte, dass er die Fingernägel zu fest in die Haut gebohrt hatte. Gerade als er glaubte, dass das Brennen nicht mehr stärker werden konnte, sah er, wie Ellie Lottie mit einem grausamen Lächeln von sich stieß. Sie sagte etwas, was er nicht verstehen konnte, woraufhin Lottie nach Luft schnappte.

Mehr konnte er nicht ertragen. Er stolperte rückwärts, und

bevor er begriff, was er tat, rannte er los – seine Beine trugen ihn auf sein Zimmer, wo er den Schrank aufriss und seine Sachen durchwühlte, bis er das Samtkästchen gefunden hatte. Er holte es aus seinem schlummernden Grab, wobei er in der Eile so fest gegen den verborgenen Mechanismus stieß, dass sich die doppelte Rückwand löste. Da, ins Holz geritzt, stand die Frage, die ihn die ganze Zeit gequält hatte.

Wo versteckt sich mein Feind?

Er trat zurück, steckte das Samtkästchen in die Tasche und blickte sich im Zimmer um. Er wusste, dass Percy jeden Moment zurückkommen konnte, und plötzlich fühlte sich der Raum zu eng an, zu erfüllt von der Lüge, in der er lebte. Er musste hier weg, irgendwohin, wo niemand ihn störte. Er rannte los, raus aus dem Wohnheim, er wusste genau, wo er hin wollte. Jedes Mal, wenn seine Füße auf den Boden hämmerten, kam ihm ein neues Bild in den Kopf: Haru im Regen, Ellie, die den Pakt brach, Lottie, die schrie, und schließlich sein eigenes düsteres Spiegelbild. Erst als er den Turm von Stratus erreichte, blieb er stehen, um zu verschnaufen. Dann begann er ruhig und methodisch den Abstieg in Lilianas geheimes Atelier.

Der Raum roch nach Rosen und Lavendel – der beruhigende Duft, den er mit Lottie verband. Sie roch nach Rosewood, der Geist der Schule floss in ihren Adern. Die Lichterkette, die sie aufgehängt hatte, tauchte den Raum in rosafarbenes Licht, und über ihm funkelten kleine Sterne, als schwebte er durchs Weltall. Der ganze Raum war Lottie, und im Augenblick wollte er nichts lieber, als sich dieser Atmosphäre hinzugeben.

Er atmete langsam ein und aus und versuchte, Ordnung in

das Chaos in seinem Kopf zu bringen. Er wusste, dass Haru auf ihn wartete, dass Lottie und Ellie irgendwo in der Schule waren, dass sie etwas wussten, was er nicht wusste, und dass Ellie ihn betrogen hatte. Und das Unverzeihlichste war, dass Ellie ihn zu einem Pakt gedrängt hatte, der Lottie beschützen sollte, gebunden durch ihre Loyalität zur Krone, und sie hatte ihn zerstört, wie sie alles zerstörte.

Während er nachdachte, tigerte er unruhig durch den Raum, hob zerstreut einzelne Gegenstände auf und legte sie wieder zurück. Lilianas und Lotties Habseligkeiten vermischten sich wie Briefe durch die Zeit. Er blieb vor dem Schreibtisch stehen, dessen oberste Schublade einen Spalt offen stand. Unwillkürlich zog er daran. In der Schublade lag Lotties Skizzenbuch – der Einband glänzte, und die Seiten teilten sich in der Mitte, wo sie mehrere Papiere eingeklemmt hatte, wie ein blinzelndes Auge. Eigentlich war es nicht seine Art, herumzuschnüffeln, aber er suchte so verzweifelt nach etwas, woran er sich festhalten konnte, nach etwas von Lottie, dass seine Hände für ihn handelten. Die Seiten waren mit Erlebnissen und Menschen aus Lotties Leben gefüllt, auch mit Skizzen von Ellie und ihm. Es waren keine gewöhnlichen Porträts – Lottie hatte sie in allen möglichen königlichen Aufmachungen gezeichnet. Eines davon sprang ihm besonders ins Auge. Es war die Skizze von ihm selbst auf einem Thron. Seine Augen waren grün – dasselbe Grün, das er gerade im Spiegel der Tür gesehen hatte. Keine goldenen Sprenkel. Aber das Merkwürdigste war die Krone auf seinem Kopf. Nein, keine Krone, ein Hirschgeweih. Das Bild kam ihm wie eine Prophezeiung vor – beinahe konnte er hören, dass es ihm etwas zuraunte.

Du bist so viel mehr, als du denkst, Jamie, flüsterte Harus Stimme über seine Schulter.

Wie gebannt blätterte er durch die Seiten. Weitere Zeichnungen kamen zum Vorschein, einige von ihnen mussten im letzten Sommer entstanden sein. Gehörnte Katzen, ein gehörnter Jamie, Ellie in einem Käfig von der Form einer Krone, Ellie mit lächelndem Gesicht, Jamie mit finsterem Gesicht, bis er zur Mitte des Buchs kam und ihm etwas in die Hände fiel, das völlig fehl am Platz wirkte. Briefe, handgeschrieben, in eleganter Schrift, lockend wie der Gesang einer Sirene.

Anfangs ergaben sie keinen Sinn. Rätselhafte Botschaften. Dann schärfte sich seine Konzentration, und ein bitterer Geschmack stieg in seiner Kehle hoch. Sein Atem stockte, als er die Unterschrift las: *Dein Onkel Claude.*

Der Ziegenmann vom Dach in Tokio. Nur langsam wurde ihm klar, was das bedeutete und warum er sich bei dem Gedanken so schmutzig und krank fühlte. Lottie hatte die ganze Zeit Kontakt zu Claude gehabt. Und es war noch nicht vorbei. Aus seinen zitternden Händen fielen die restlichen Dokumente zu Boden, ein regelrechter Geheimnisregen, ein Foto, Karten mit Zeichen, die er nicht deuten konnte, und ein zusammengefaltetes Blatt Papier.

Erst als er sich danach bückte, wurde ihm klar, was er vor sich hatte. Vom kalten Steinboden des Ateliers blickte ihm seine Mutter entgegen. Ihr Lächeln war klug und ironisch, und ihre Lippen hatten den gleichen Bogen, den er von sich selbst kannte. Unwillkürlich hob er die Hände zum Mund, zur Nase, ins Haar und betastete, was er auf dem Foto sah. Dann griff er mit zitternden Händen nach dem Papier daneben und öffnete es. Vor seinen Augen entfaltete sich eine Zeichnung – ein Familienstammbaum –, und plötzlich ergab alles einen Sinn. Da war sie, die Wahrheit, sie schrie ihm ins Gesicht, doch sie war nicht der harte Schlag, den er erwartet hatte – sie war ein Streicheln, eine sanfte Berührung. Es war Harus Hand auf seiner Schulter, es war der Blick, den der König und die Königin in seiner Gegenwart wechselten und den er nie hatte deuten können, und es war Claudes Schatten im Gang des Palasts. Endlich wusste Jamie, wer er war.

Die Ruhe, die ihn überkam, war nicht die Ruhe eines Schocks. Sie war nachdenklich und entschlossen zugleich. Er setzte sich an den Schreibtisch, schrieb eine kurze Nachricht und klemmte sie hinter den Kommodenspiegel. Dann zog er das Samtkästchen aus der Tasche, öffnete es und betrachtete die Kette, die er so lange getragen hatte und die ihn mit gebleckten Zähnen anzuknurren schien. Er legte sie vorsichtig auf den Tisch und griff nach dem Messer, das er am Knöchel trug. Die Klinge glänzte im Schein der Lichterkette. Er ließ das Messer auf den Anhänger niedersausen, so fest er konnte, und teilte ihn genau in der Mitte.

Seine Verbindung zu Ellie und ihren Eltern war entzwei.

Auf dem Weg zur Tür blieb er stehen und ließ die Hand über den Schalter der Lichterkette verharren, mit der Lottie den Raum geschmückt hatte. Kurzentschlossen drehte er sich um und ließ den Blick schweifen. Er griff nach der Decke, in die Lottie sich so oft gekuschelt hatte, und hob sie ans Gesicht, um ihren Geruch einzuatmen. Dann drückte er sie an sich und nahm sie mit.

Er musste nicht mit seiner Prinzessin sprechen. Er musste

sie nicht fragen, was sie vor ihm geheim gehalten hatte. Sie war nicht mal seine Prinzessin, war es nie gewesen. Das wusste er jetzt. Er trat hinaus in den Regen und lenkte die Schritte zum Schultor, wobei er leise vor sich hin lachte. Die ganze Zeit hatte er nach seinem Feind gesucht und war fest entschlossen gewesen, Lottie vor ihm zu beschützen. Und dabei war er selbst die ganze Zeit ihr Gefangener gewesen.

Wie versprochen erwartete Haru ihn am Tor. Er trug eine Tasche über der Schulter und hielt einen Regenschirm für Jamie bereit. Jamie trat darunter, endlich war er im Trockenen.

Sie lächelten nicht. Haru wartete, bis Jamie das Wort ergriff.

»Haru«, sagte er, und seine Stimme klang fremd in seinen Ohren. Er warf keinen Blick zurück nach Rosewood, er hatte dort nichts mehr zu tun.

»Bring mich zu meinem Vater.«

28

Lottie hatte überall gesucht. Jetzt konnte sie nicht länger im Nebel durch die Schule irren, sie war zu erschöpft. Es war wie ein Lauf durch einen Albtraum.

Sie hätte gerne geglaubt, dass das, was gerade passiert war, zu Ellies Versuchen gehörte, sie zu ihrem eigenen Schutz von sich fernzuhalten, aber es fühlte sich zu grausam an.

Auf der Brücke zwischen dem Feld und dem Schulgelände verschnaufte sie und starrte hinunter in den Fluss, der trotz des Regens klar war. Sie erkannte ihr Spiegelbild im Wasser. Aber es war nicht ihr Gesicht. Sie sah Liliana und William Tufty. Beide lebten in ihrem Blut.

»Was wollt ihr?«, rief sie, und ihre Stimme kam als Echo zurück.

Die beiden blickten sie nur weiter aus dem Fluss an – stille Beobachter, die ihr etwas sagen zu wollen schienen. Es schmerzte, sie anzusehen – eine bittere Erinnerung an ihre ungewisse Zukunft. Eine Welle der Scham überkam sie bei der Erinnerung an die schrecklichen Dinge, die Ellie zu ihr gesagt hatte. Sie hatte alles verloren.

Lottie hob einen Kieselstein auf und warf ihn ins Wasser, so dass die Gesichter in viele kleine Splitter brachen. »Wenn ihr mir nicht helfen wollt, verschwindet!«

Sie fühlte ein Schluchzen in der Kehle aufsteigen, rieb sich das Gesicht und stellte die einzige Frage, auf die sie wirklich eine Antwort brauchte.

»Jamie«, flüsterte sie. »Wo bist du?«

Sie blickte auf und sah einen schwarzen Schatten am Rand der Brücke, dessen Schwanz hin und her peitschte.

»Mrauu!« Vampy hatte den Kopf schiefgelegt und musterte mit seinen schmalen gelben Augen ihre tränenüberströmten Wangen.

Schniefend lachte Lottie auf.

»Weißt du, wo Jamie ist?«, fragte sie den Kater und ging langsam auf ihn zu.

Vampy schnurrte – sein Fell war nass und glatt vom Regen. Er rieb sich an ihren nackten Beinen und stupste sie auffordernd mit dem Kopf an, bevor er in Richtung Schule huschte.

»He, warte!«, rief Lottie ihm nach. Sie wischte sich die Nase mit dem Handrücken ab, ohne sich darum zu kümmern, wie jämmerlich sie aussehen musste.

Als sie den Turm von Stratus erreichten, wusste Lottie, wohin sie unterwegs waren. Ihr Herz hämmerte in ihrer Brust, und sie spürte ein Kribbeln auf der Haut, das ihr das Gefühl gab, ein Tier im Wald zu sein, das eine unsichtbare, aber nahe Gefahr spürt.

Vampy blieb vor der Tür stehen und begann laut zu miauen.

»Ist ja gut«, sagte sie und bückte sich, um ihn auf den Arm zu nehmen. »Alles wird gut.« Irgendwie fühlte sie sich besser, indem sie ihn tröstete.

»Warum bist du denn so aufgeregt?« Sie öffnete die Tür.

»Du willst ins Atelier?« Vampy schnurrte an ihrem Hals und ließ ihre Haut vibrieren. »Ist Jamie da unten?« Wieder ertönte ein lautes Maunzen, das sie mit weiterem Geflüster beruhigte.

Irgendetwas stimmte nicht. Sie fühlte es an Vampys Anspannung und an ihren Sinnen, die wie taub geworden waren, als wäre ein Teil von ihr gefangen – voller Angst vor etwas, das sie nicht benennen konnte.

Wie so viele Male zuvor drehte Lottie das W an der Elwin-Statue und tappte mit dem nervös schnurrenden Vampy in die Dunkelheit.

»Hallo?«, rief sie. Ein schwacher Teil von ihr hoffte, dass Jamie da unten war.

Sie knipste die Lichterkette an, und der Raum erwachte in rosigem Licht – doch es war nicht der warme Schein, den sie gewohnt war. Das Licht füllte sie mit demselben Schaudern wie das Schimmern in den Augen eines Raubtiers im dunklen Wald.

Trotz ihres Streits überlegte Lottie, ob sie Ellie holen sollte.

Dann sah sie die Papiere auf dem Boden vor dem Schreibtisch. Ihre geheimen Skizzen, entblößt wie ein blutendes Herz.

Neben ihr begann Vampy wieder zu miauen.

»Schhh, schhh«, machte sie, während sie stirnrunzelnd das Durcheinander begutachtete, doch der Kater maunzte immer weiter.

»Vampy, bitte –«

Sie hob den Blick zum Spiegel und glaubte, ihr Herz bliebe stehen.

Mitten auf der Kommode lag Jamies Wolfsanhänger, in zwei Teile geschlagen, genau wie Claudes.

Und um den zerbrochenen Wolf herum lagen alle Hinweise, die sie bekommen hatte: Claudes Briefe, die die entsetzliche Wahrheit enthüllten.

Jamie hatte das Rätsel gelöst.

Sie war zu spät gekommen.

Vampy ließ ein schauerliches Heulen vernehmen. Lottie hatte das Gefühl, es käme aus ihrem eigenen Kopf.

Tränen liefen ihr über die Wangen, während sie die Hand nach der Nachricht ausstreckte, die hinter dem Spiegel steckte, und ihr Spiegelbild ins Unkenntliche zerfloss.

Langsam trockneten die Tränen in ihren Augen, und die Buchstaben wurden sichtbar. Jamies Handschrift. Die Worte blieben ihr im Hals stecken, jedes von ihnen war Kuss und Biss zugleich.

Liebe Lottie,

ich muss meine Familie finden. Ich komme wieder und rette dich vor den Wölfen. Ich bin dein Partist, und ich werde dich immer beschützen.

Jamie

Sie musste sofort zu Ellie.

DRITTER TEIL

Die Wahrheit steigt aus dem Brunnen

Gemälde von Jean-Léon Gérôme (1896)

29

Ellie stürmte in die Eingangshalle des maradovischen Königspalasts. Achtlos warf sie Mantel und Schal auf den Marmorboden und wirbelte durch die aufstäubenden Schneeflocken wie ein weißer Tornado.

»Wie konntet ihr uns das verheimlichen?«, schrie sie.

»Eleanor –«

»Nein!« Ihre Stimme grollte wie Donner. »Ihr werdet uns jetzt alles sagen. Sofort.«

Der König und die Königin wechselten einen Blick, dann eilten sie in Richtung der veilchenfarbenen Gemächer, in denen Ellies Großmutter sie schon erwartete.

Nachdem Lottie Jamies zerschmetterten Wolf gefunden hatte, war alles sehr schnell gegangen. Schon nach wenigen Stunden hatten sie im Flugzeug nach Maradova gesessen, und nun waren sie hier im Palast, wo Lottie die Angst durch die Knochen kroch wie die Kälte durch die Wände.

Als sie die Gemächer ihrer Großmutter erreichten, machte Ellie sich nicht die Mühe, anzuklopfen. Sie warf sich mit vollem Gewicht gegen die Tür, die aufsprang und gegen die Wand knallte. Lottie zuckte zusammen. Auf dem großen Bett, zerbrechlich wie ein welkes Blatt, lag Ellies Großmutter mit einem Berg seidener Kissen im Rücken.

Abgesehen von dem messerschmalen Lichtspalt zwischen den Vorhängen und den schimmernden Augen von Willemena Wolfson, war das Zimmer dunkel

»Redet nicht lange drum herum«, befahl Ellie. »Ihr sagt uns jetzt, was passiert ist.«

König Alexander ließ sich in einen Lehnstuhl in der Zimmerecke sinken und stützte den Kopf in die Hand, während seine Frau im Lichtspalt vor dem Fenster stehenblieb und nach draußen spähte. Ellie stand am Fußende des Betts und sah aus, als wäre sie der Tod persönlich, der gekommen war, um die Königinmutter zu holen.

Lottie blieb zögernd in der Tür stehen.

»Ist es wahr?« Ellie starrte ihre Großmutter an – der Sturm in ihr brodelte, bereit, beim kleinsten Täuschungsversuch aufzubrausen. »Musste Jamie zur Strafe mein Partist werden?«

Willemena versuchte etwas zu sagen, doch sie wurde von einem Hustenanfall geschüttelt und musste sich vornüber beugen.

War sie die letzten Male auch schon so zerbrechlich?, fragte Lottie sich. Hatte sie die Stärke nur simuliert, oder war dieser Verfall eine neuere Entwicklung? So oder so konnte sie ihrer Enkelin nicht die Stirn bieten.

»Es war nicht unsere Absicht –«

»Eure Absicht ist mir egal«, schnitt Ellie ihr knurrend das Wort ab und warf ihren Eltern einen drohenden Blick zu, um sicherzugehen, dass sie sie nicht unterbrechen würden.

»Ich habe einen Fehler gemacht.«

Lottie schnappte nach Luft. Willemena Wolfsons Stimme war dunkel vor Schuld. »Ich habe einen schrecklichen Fehler gemacht, und jetzt zahlen wir alle den Preis. Eleanor, bitte setz dich und lass es mich erklären.« Sie rutschte mühsam in ihrem Bett zur Seite, damit Ellie sich neben sie auf die Decke setzen konnte. »Sie auch, Miss Pumpkin.«

Lottie hatte nicht damit gerechnet, ins Zimmer gerufen zu werden. Zögernd setzte sie sich neben ihre Prinzessin auf die Bettkante, wobei sie in Schichten teurer Seide und bestickter Decken einsanken.

Aus der Nähe konnte Lottie den Bergamotteduft der Bettwäsche riechen, dem es nicht gelang, den Geruch der schleichenden Verwesung zu überdecken, der ihr in die Nase stieg. Es fühlte sich komisch an, hier zu sitzen, und Lottie musste an den Wolf im Kostüm der Großmutter denken und fragte sich, ob es nur ein Trick war, um sie näher zu sich zu locken, bevor sie sie verschlang. Doch als sie in die gelben Augen der alten Frau blickte, bekam sie einen Kloß im Hals, und ihr wurde klar, dass sie der Königinmutter vertrauen mussten.

»Niemand von uns weiß wirklich, was er tut, Eleanor«, sagte Willemena mit zitternden Lippen. »Wir können nur versuchen, das Richtige zu tun und den anderen ein Bild von Stärke zu vermitteln. Das wirst auch du tun müssen, wenn du Königin bist und die Menschen auf dich zählen.«

Lottie hörte aufmerksam zu. Die Worte kamen ihr wie ein Echo ihres eigenen Mottos vor. Aber es zu erfüllen war so schwer, seit Jamie weg war, seit Ellie sich immer weiter von ihr entfernte und die Zukunft so ungewiss war.

»Das ist bescheuert«, sagte Ellie ungerührt.

»Vielleicht«, erwiderte ihre Großmutter hustend – es klang beinahe wie ein Lachen. »Aber so ist es nun mal.«

Der Lichtstrahl zwischen den Vorhängen verdunkelte sich. Willemenas Blick wurde schwer, und Lottie fühlte die Veränderung im Zimmer. Gleich würde sie die Wahrheit enthüllen, und sie würde weh tun.

Der König und die Königin wechselten mit gedämpften Stimmen ein paar Worte, bevor sie leise das Zimmer verließen. Kaum hatte sich die Tür hinter ihnen geschlossen, tat der Bann seine Wirkung.

»Hirana«, begann Ellies Großmutter, und sie sprach den Namen ohne die Bosheit aus, auf die Claude sie vorbereitet hatte, »hat nicht nur kurze Zeit für uns gearbeitet, wie wir euch erzählt haben. Sie hat alle Gärten des Palasts entworfen.« In ihrer Stimme lag eine Wehmut, die ihre Worte wie eine Ode an etwas Außergewöhnliches klingen ließ. »Sie war ein Genie, sie war unvergleichlich mit Blumen und Gartenbau. Wir waren so glücklich, dass sie Leben in die Palastgärten brachte. Sie war so tief im Palast verwurzelt wie wir selbst.«

»Aber sie war nicht gut genug, um ein Teil der Familie zu werden«, schnaubte Ellie und brach beinahe den Bann, doch Willemena zog ihre Fäden mit einem strengen Blick wieder zusammen.

»Hat mein abscheulicher Sohn das behauptet?«

Willemena wertete ihr Schweigen als Bestätigung. »Ich wusste, dass er sich früher oder später an euch wenden würde. Ihr mögt mich für eine verbitterte alte Hexe halten, aber was mit Hirana passiert ist, habe ich nicht gewollt, auch wenn es meine Schuld ist.«

In ihrer ganzen Zeit bei den Wolfsons hatte Lottie die Königinmutter noch nie so offen sprechen gehört, und es hatte etwas Befreiendes, als würden sich die Ketten eines alten Fluchs endlich lösen.

»Wir wussten immer, dass Claude eine Schwäche für schöne Menschen hatte. Wir mussten es unter Verschluss halten, weil es eine arrangierte Ehe gab, was ihn nicht weiter störte. Es war nun mal die Voraussetzung, um König zu werden. Er verstand das, aber er konnte Hirana einfach nicht widerstehen. Und sie konnte ihm nicht widerstehen.«

Es war ihr sichtlich unangenehm, darüber zu sprechen, doch in ihrer Stimme lag keine Missbilligung, kein Hinweis auf Claudes Darstellung, dass die Königsfamilie die Beziehung nicht geduldet hatte.

»Irgendetwas ist zwischen ihnen vorgefallen, woraufhin sie Hals über Kopf gekündigt hat. Wir haben sie angefleht zu bleiben, haben gesagt, dass die Gärten ohne sie eingehen würden, aber sie hat nur erwidert, sie habe gesehen, wie die Zukunft der Wolfsons aussehen werde, und sie wolle kein Teil davon sein. Wir hatten keine Ahnung, dass sie von Claude schwanger war.«

»Was hat er getan?«

»Warum hat sie gekündigt?«

Lottie und Ellie sprachen gleichzeitig. Beide hatten sich angespannt vorgebeugt, um kein Wort zu verpassen.

»Das wissen wir nicht. Ich weiß nur, dass Claude rücksichtslos ehrgeizig war und dass Hirana etwas über ihn erfahren hat, was sie erschreckt hat. Ich habe ihr vertraut, und ich wusste, dass ich es ernst nehmen musste, deshalb habe ich meinen Sohn zur Rede gestellt. Es war das erste Mal, dass sein Verhalten schwerwiegende Auswirkungen auf den Palast und seine Mitarbeiter hatte.« Sie hielt inne, um Ellie anzusehen, und ihre finstere Miene war wie eine Warnung. »Das war mein erster Fehler: Dass ich zu ihm gesagt habe, sein Anspruch auf den Thron sei gefährdet, wenn er der Familie noch einmal mit seinen Liebeleien schade.«

»Wie hat er reagiert?« Diesmal frage nur Lottie, Ellie war in Gedanken versunken.

»Er hat den Palast verlassen.« Willemena lachte schroff. »Er hat seine Tasche gepackt wie ein trotziges Kind und ist in eins unserer Anwesen in der Stadt gezogen.«

Die Königinmutter unterbrach sich und deutete auf das Wasserglas auf ihrem Nachttisch, bevor sie erneut von einem Hustenanfall geschüttelt wurde. Nach ein paar Schlucken klopfte sie sich auf die Brust und sprach weiter.

»Am 26. August 2000 kam Hirana hochschwanger in den Palast zurück und bat um Hilfe.« Sie klopfte sich wieder auf die Brust, als wären die Worte darin steckengeblieben. »Jemand hatte versucht, sie zu töten – sie war schwer verletzt.«

Lottie sah, dass Ellie neben ihr die Fäuste ballte. Das Laken war zerknittert, weil sie es so fest umklammerte, bis der Stoff feuchte Seidenklumpen bildete.

»Sie war entkommen und hatte es zu uns geschafft, aber der Schock und die Verletzung waren zu viel für sie. Sie sagte uns, dass das Baby Jamie heißen sollte. Wir versprachen ihr, ihn bei uns im Palast großzuziehen. Das war das Letzte, was wir für sie tun konnten.«

Wieder rieb Willemena sich die Brust und atmete rasselnd ein. Der letzte Teil der Geschichte steckte noch in ihr. Als er nun endlich herauskam, konnte Lottie das Gewicht der Lüge spüren, die sie so lange mit sich herumgetragen hatte.

»Es war wohl so …« Willemena rang nach den richtigen Worten. »Als er erfuhr, dass Hirana von ihm schwanger war, ordnete Claude – er war besessen von dem Gedanken, König zu werden – ihre Ermordung an.« Das schreckliche Gefühl in Lotties Magen wurde stärker, ebenso der bittere Geschmack auf ihrer Zunge. Willemena fuhr fort: »Er glaubte, das Baby sei eine Gefahr für seinen Anspruch auf den Thron. Und das war meine Schuld.«

Lottie hatte das Gefühl, dass der Raum sich drehte, und wie bei einer Bildertrommel blitzte immer wieder Claudes Gesicht vor ihr auf.

»Und dann habt ihr aus Jamie einen Partisten gemacht?« Ellies Stimme war wie ein Messer, das scharf auf die Geschichte niedersauste und dafür sorgte, dass Lottie wieder festen Boden unter den Füßen spürte.

»Das war mein zweiter Fehler«, erwiderte Willemena seufzend. »Und um ihn einzugestehen, habe ich sehr viel länger gebraucht.« Sie schloss kurz die Augen, bevor sie fortfuhr: »Ich wollte Jamie einen Platz in der Familie geben, aber ich hatte Angst, dass die Wahrheit über meinen Sohn ans Licht kommen könnte. Vor allem aber hatte ich Angst davor, was Claude ihm antun könnte, wenn er von ihm erfahren würde.«

Lottie fragte sich, wann Claude auf Jamie aufmerksam geworden war und was er mit ihm vorhatte. »Es war nicht meine Absicht, ihn zu bestrafen oder ihn herabzusetzen, aber natürlich ist genau das passiert: Mein eigener Enkel musste für die Fehler seines Vaters zahlen, den er nicht einmal kannte, und als mir endlich klar wurde, was ich getan hatte, haben wir es nicht über uns gebracht, es ihm zu sagen. Wir haben uns eingeredet, er sei glücklich.«

Ohne ihr eine Pause zu lassen, stellte Ellie die Frage, die auch Lottie beschäftigte. »Wolltet ihr es ihm überhaupt irgendwann sagen?«

Willemena nickte und räusperte sich. »Nächstes Jahr nach dem Schulabschluss. Aber als wir von Claudes Verbindung zu Leviathan erfahren haben, hatte ich Angst, dass Jamie es selbst herausfinden könnte. Und jetzt hat er es herausgefunden. Wir haben zu lange gewartet.«

Das Licht aus dem Vorhangspalt leuchtete auf und zeigte wie ein ausgestreckter Zeigefinger genau auf Ellies Großmutter, teilte ihr Gesicht in der Mitte und ließ ihr gelbliches Auge blinzeln. Ellie rutschte vom Bett, und die Seidendecke lag wieder glatt.

Lotties Kopf schmerzte von den Informationen, ihre Wangen glühten, und ihre Knochen waren schwer vor Erschöpfung, doch sie ließ Ellie nicht aus den Augen, weil sie wusste, dass es für sie noch schlimmer sein musste. Sie wirkte ruhig, es war der lauernde Sturm, den sie kannte, ruhig und entschieden. Sie hob eine Hand und rieb sich den Brustkorb, woraufhin sie schmerzerfüllt das Gesicht verzog.

»Lottie«, sagte sie schließlich so leise, als würde sie schlafen, »würdest du mich einen Moment mit meiner Großmutter allein lassen? Ich komme dann und finde dich.«

Lottie stand auf und wollte Ellie beruhigend die Hand auf die Schulter legen, doch im letzten Moment zuckte sie zurück und zog die Finger weg.

Sie strich sich den Rock glatt und machte ein tapferes Gesicht, damit sie wenigstens eine Sorge weniger hatte.

»Natürlich«, sagte sie. »Bis später.«

30

Irgendjemand hatte in Lotties Zimmer Kerzen angezündet. Sie flackerten in ihren silbernen Haltern und warfen zitternde Blätter und zappelnde Glieder an die stillen Wände. Nach den vielen Stunden, die vergangen waren, seit sie den zerbrochenen Wolf gefunden hatte, war es das erste Mal, dass sie wirklich allein war, und sie wusste, wenn sie sich nicht irgendwie ablenkte, würde alles auf sie einstürzen.

Sie klammerte sich an das Einzige, was sie von Jamie hatte – das Geschenk, das er ihr gegeben hatte, als sie ihre Rolle als Porterin angenommen hatte. Es war das Tagebuch des alten maradovischen Porters Oscar Oddwood, der seine Autobiographie mit so viel Klatsch und Tratsch gespickt hatte, wie nur möglich war.

Sie kannte das Buch in- und auswendig, hatte es wieder und wieder gelesen, als sie in die aufregende Welt der Königinnen und Könige, der Prinzen und Prinzessinnen eingetreten war. Jetzt lag es schwer in ihrer Hand. Es machte nicht halb so viel Spaß, über königliche Intrigen zu lesen, wenn man selbst ein Teil davon war.

Ich muss etwas tun. Sie setzte sich kerzengerade hin. *Ich muss helfen, dieses Chaos in Ordnung zu bringen.*

Sie durfte jetzt nicht aufgeben. Sie musste weitermachen.

Sie wickelte sich in ihren Morgenmantel.

Weil sie zu müde war, um joggen zu gehen, wie sie es normalerweise getan hätte, suchte sie nach etwas, von dem sie hoffte, dass es helfen könnte. Sie schlug ihr Skizzenbuch auf und betrachtete die Zahlen, die sie aus Harus Notizbuch abgeschrieben hatte. Langsam zog sie die Ziffern mit der Fingerspitze nach und musterte dann die japanischen Schriftzeichen. Sie waren nicht schwer zu übersetzen gewesen, doch das Wort ergab für sie keinen Sinn. *Sū jū-nen* stand da nur – *Dekaden*, doch was das mit ihrer Zimmernummer zu tun hatte, war ihr schleierhaft. Und was bedeuteten die anderen Zahlen? Waren es Schließfachkombinationen, Adressen, Kontonummern oder andere Zimmernummern? Es gab zu viele Möglichkeiten und keinen Weg, sie zu testen.

Die Zahlen verschwammen vor ihren Augen zu bedeutungslosen Klecksen, und derjenige, der solche Rätsel am besten lösen konnte, war weg.

»Jamie ist weg.« Sie sprach die gefürchteten Worte laut aus. »Er ist weg. Ellie und ich sind allein.«

Und Ellie wollte sie nicht …

Ein Tropfen fiel auf eine der Zahlen, und die Tinte bekam Fransen. Sie blickte verwirrt auf, und als sie den Blick wieder senkte, war da ein weiterer Tropfen. Erst als ein ersticktes Schluchzen aus ihrer Kehle drang, wurde ihr klar, dass sie weinte. Im Nu war sie völlig aufgelöst. Der Schmerz, dass Ellie sie zurückgewiesen hatte und dass Jamie nicht mehr da war, war einfach zu groß. Sie brauchte ihn, und er war nicht da. Vielleicht würde er nie wieder da sein.

Plötzlich hatte sie das Gefühl, nicht mehr atmen zu können. Sie musste an die frische Luft, raus aus dem stickigen Zimmer. Sie taumelte auf den Gang und irrte ziellos durch den Palast.

»Miss Pumpkin?«

Sie blieb stehen. Niemand sollte sie so sehen, voller Rotz und Tränen, die Haut fleckig und gerötet. Hastig wischte sie sich mit dem Ärmel über das Gesicht, bevor sie sich umdrehte.

»Hanna. Midori.« Ihre Stimme war zittrig und rau. »Was macht ihr denn so spät noch hier?«

Die beiden Dienstmädchen standen in ihren schwarz-weißen Uniformen nebeneinander wie zwei große Elstern. Sie wechselten einen Blick – Sorge zeichnete ihre Gesichter.

»Wir warten darauf, dass Eleanor das Gespräch mit ihrer Großmutter beendet.«

»Ist sie immer noch da drin?«

Midori nickte seufzend, ihre Finger zupften am Saum ihrer Schürze, und dann ging sie ohne ein weiteres Wort auf Lottie zu und umarmte sie fest. Ihre Uniform duftete nach Zitronen und Honig, sauber und beruhigend.

»Es tut uns so leid.« Ihre Stimme war leise, doch Lottie konnte das Kratzen darin hören.

Sie erwiderte die Umarmung und spürte noch einen anderen Körper neben sich – Hanna. Ihre kräftigen Arme waren warm und rosig. Sie gab dem Drang nach, zu weinen, wenn auch nicht mehr ganz so heftig, und ihr Schluchzen wurde von den sanften Fingern gelindert, die ihr übers Haar strichen.

Nach einer Weile wich Hanna ein Stück zurück und legte Lottie eine Hand an die Wange.

»Na komm, wir besorgen dir was zu essen und zu trinken«,

sagte sie. »Du hast bei dem Trubel doch bestimmt noch nichts in den Magen bekommen.«

Lottie nickte und folgte den beiden in die Küche.

Sie setzte sich auf einen Hocker und lauschte dem Brummen des Kühlschranks, der knisternden Gasflamme und dem leisen Summen von Midori, die in einer Schüssel Pfannkuchenteig rührte.

»Ihr müsst doch nicht –« Lottie wollte nicht, dass sie extra für sie etwas kochten, doch ihr knurrender Magen sagte etwas anderes.

»Keine Sorge.« Midori lächelte ihr aufmunternd zu. »Wir essen auch was.«

Langsam füllte sich die Küche mit süßen Gerüchen, und schon bald hatte Lottie eine heiße Schokolade und einen Schokorito vor sich – einen monströsen Nachtisch, den Ellie erfunden hatte. Mit dem tröstlichen Gefühl, Kind zu sein, nahm sie ein großes Stück voll Schlagsahne und Marshmallos und leckte sich die Finger ab, und die schaumige Süße ließ den salzigen Geschmack von ihren Lippen verschwinden.

»Danke.« Lotties Stimme war kaum lauter als ein Flüstern. Ihr Hals schmerzte immer noch vom Weinen.

»Wir sind auch traurig wegen Jamie«, sagte Hanna und setzte sich mit ihrem riesigen Schokorito mit Vanilleeis und Karamellsoße neben Lottie. »Ich dachte, wir könnten etwas Süßes gebrauchen.« Sie versuchte, zuversichtlich zu klingen, doch ihre Nase kräuselte sich, ihre Sommersprossen rückten zusammen, und sie schniefte, während sie einen Löffel Eis in den Mund steckte und versuchte, die Tränen wegzublinzeln, die ihr in die Augen getreten waren.

»Er ist wie ein kleiner Bruder für uns«, gestand Midori und band sich einen Pferdeschwanz, bevor sie vorsichtig an ihrer heißen Schokolade nippte. »Als er klein war, fanden wir es immer niedlich, dass er so ernst war, aber je älter er wurde, desto schwieriger war es mitanzusehen.«

»Also wusstet ihr es? Ihr wusstet, wer Jamie wirklich war?« Lotties Hände mit ihrer Tasse hielten in der Luft inne, Zentimeter vor ihrem Mund.

Hanna und Midori blickten betreten auf den Tisch, und ihr Schweigen sprach Bände. Lottie konnte ihnen keine Vorwürfe machen. Sie hatte ihm ja auch nichts gesagt.

»Wir glauben, dass Willemena immer ein bisschen Angst vor Jamie hatte«, sagte Midori und rührte in ihrer Tasse, bis die Schlagsahne geschmolzen war. »Er war so klug und stark. Sie hat sich schlecht gefühlt, weil sie wusste, was sein Vater getan hatte.«

Hanna spielte zerstreut mit ihren orangenen Locken. »Als seine Mutter nicht mehr da war, sind die Gärten verwildert«, fügte sie hinzu. »Die Königinmutter hat keine Gärtner mehr in den Palast gelassen.«

»Warum nicht?«

»Sie ist sehr abergläubisch.« So, wie Midori es sagte, klang es, als wäre nicht nur die Königinmutter abergläubisch. »Vielleicht hatte sie Angst, dass Hiranas Geist zurückkommen und dass Jamie eines Tages Vergeltung nehmen würde.« Sie leckte ihren Löffel ab, und ihr Blick wurde finster. »Jetzt scheint es fast so, als würde genau das eintreten, was sie so gefürchtet hat.«

Lottie versuchte sich vorzustellen, wie es sein musste, mit diesem schrecklichen Geheimnis im Palast zu leben, und sie fühlte, dass es schwer auf ihren Schultern gelastet hatte, das Gefühl der Schuld, das sie alle teilten.

»Ich kann nicht glauben, dass er wirklich weg ist«, sagte sie schließlich.

Die beiden Hausmädchen wechselten einen Blick, dann schaute Midori rasch zur Tür.

»Lottie, wir möchten dir etwas geben«, erklärte Hanna, und ihre Stimme kiekste, als wäre sie nicht sicher, ob sie etwas Verbotenes tat. Sie steckte die Hand in die Schürzentasche und zog einen kleinen Beutel hervor, dessen samtiger Stoff wie Quecksilber schimmerte.

Flink wie ein Eisvogel öffnete sie den Beutel, leerte dessen Inhalt in Lotties Hand und schloss ihre Finger darum, während ihre Augen erneut nervös zur Tür huschten. »Das ist der Ring, den Hirana Jamie hinterlassen hat«, flüsterte sie. »Sie wollten ihm den Ring nächstes Jahr geben, wenn er die Wahrheit erfahren sollte, aber als wir gehört haben, dass er weg ist, haben wir ihn, äh … an uns genommen.«

»Wie bitte?«, fragte Lottie entsetzt.

»Wir mussten es tun«, erklärte Hanna schnell. »Die Königinmutter wollte ihn wegsperren. Sie meint, er wäre verflucht, weil sie ihn Jamie nicht rechtzeitig gegeben hat.«

Lottie öffnete die Hand und starrte den Ring an. Sie drehte ihn auf die Seite, wo das Gold wie von Sternenstaub überzogen war. Die ganze Milchstraße war da, und das Gold war nicht das grelle, protzige Gold des Palasts, es war zart und dezent und fühlte sich warm und glatt an. Als sie den Ring ins Licht hielt, kamen auf der Innenseite Worte zum Vorschein, Schriftzeichen, die sie nicht entziffern konnte.

»Warum gebt ihr mir das?«, fragte sie, ebenfalls flüsternd.

»Weil« – Midoris Stimme klang beinahe flehentlich, während sie Lotties Finger nahm und wieder um den Ring schloss – »wir alle glauben, dass du die Einzige bist, die ihn zurückholen kann.«

Die beiden starrten sie an – blaue und braune Augen wie Kristallkugeln, die in eine Zukunft sahen, von der sie glaubten, Lottie könne sie ihnen bringen. Sie fühlte es so deutlich wie ihren eigenen Herzschlag, dass sie, obwohl sie sie weinend und ängstlich und allein aufgelesen hatten und wussten, wer sie war, an sie glaubten. Sie wünschte, sie könnte es auch.

»Ich werde mein Bestes versuchen.« Die Worte weckten etwas in ihr, das sie verloren gewähnt hatte. »Ich werde tun, was ich kann, um ihm diesen Ring zu geben und ihn nach Hause zu holen.«

Sonst wirkte Lottie stets so selbstsicher, doch jetzt wankte ihre Stimme. Sonst hatte sie immer Ellie und Jamie bei sich gehabt.

Sie musste mit Ellie sprechen. Sie war ihre Porterin, und gemeinsam waren sie stark. Egal, was zwischen ihnen passiert war, das hier war wichtiger. Sie würden es zusammen angehen, wie sie es normalerweise taten.

Plötzlich ertönten Schritte auf dem Gang, und Lottie versteckte hastig den Ring, bevor sich alle drei wieder ihrem Nachtisch zuwandten.

»Da bist du ja, Lottie.« Ellie bog um die Ecke. Sie hatte dunkle Ringe unter den Augen, und ihre Lippen waren trocken und aufgesprungen. Hannas und Midoris Blicke schienen ihr unangenehm zu sein. »Wie fühlst du –«

»Was ist der Plan?«, fiel Lottie ihr ins Wort. Sie hatte keine Lust, mit Ellie über ihre Gefühle sprechen. Außerdem gab es im Moment Wichtigeres. »Wie wollen wir Jamie zurückholen?«

Ellie verzog das Gesicht und schürzte die Lippen. Ihre Schuldgefühle ließen sie noch blasser aussehen, als sie ohnehin war.

»Wir bleiben die Weihnachtsferien über hier, dann reisen wir zurück zur Schule und schreiben unsere Examen.«

Lottie ließ mit einem lauten Klappern den Löffel fallen.

»Das ist nicht dein Ernst. Wir müssen sofort etwas tun! Wir haben keine Zeit, um –«

Ellie hob die Hand und gab Lottie ein Zeichen, ihr aus der Küche zu folgen. Sobald sie außer Hörweite der Dienstmädchen waren, drehte sie sich mit undurchdringlicher Miene zu ihr um. Sie sah aus, als trüge sie eine Maske. »Samuel wird uns begleiten«, fuhr sie fort, als wäre nichts dabei. »Ich weiß, es kommt unerwartet, aber es wurde entschieden, dass –«

»Das kann doch nicht wahr sein!«, fauchte Lottie. So hatte sie sich das nicht vorgestellt. Ellie musste auf ihrer Seite sein. Sie mussten Jamie zusammen zurückholen. »Das ist nicht richtig, und das weißt du. Wir müssen Jamie suchen. Wir können ihn nicht einfach aufgeben!« Sie fühlte den Ring in ihrer Tasche – ihre letzte Hoffnung.

Ellie lief einfach weiter, so dass Lottie nur noch ihren Rücken sehen konnte.

»Ellie, hör mir zu!«, rief sie ihr nach. »Wir müssen Jamie zurückholen, bevor …« Die Worte blieben ihr im Hals stecken wie Gräten, und ihr kam ein erschreckender Gedanke.

Jamie würde den Leuten von Leviathan sagen, dass Ellie die echte Prinzessin war, und wenn er das tat, was geschah dann mit Lottie?

»Claude darf die Wahrheit über dich nicht erfahren. Wir müssen etwas tun, bevor –«

Ellie drehte sich mit einer schwungvollen Bewegung um, so dass ihre weite Bluse um sie herumflatterte. »Kapierst du es nicht, Lottie? Es ist vorbei.« Kopfschüttelnd legte sie die Hände auf Lotties Schultern und beschwor sie mit ihrem Blick, nicht weiter zu beharren. »Es ist vorbei.«

Was ist vorbei? Was meinte sie?

Ellie holte tief Luft. »Meine Eltern und ich haben eine Entscheidung getroffen, die wir alle für das Beste halten.« Sie schwieg einen Moment und drückte Lotties Schultern so fest, dass es beinahe weh tat. »Wir haben beschlossen, uns selbst um Jamie und Leviathan zu kümmern. Du darfst unter keinen Umständen versuchen, mit Jamie oder Claude Kontakt aufzunehmen.«

Lottie wankte rückwärts, um sich aus Ellies Griff zu befreien.

»Warum?«, flüsterte sie. Doch als sie ihre Prinzessin ansah, war deren kühle Sicherheit wie weggeblasen – hinter ihren Augen brannte ein Feuer, und die Tränen waren kurz vorm Überlaufen.

»Bitte, Lottie«, stieß Ellie hervor. Ihr ganzer Körper schien sich darauf zu konzentrieren, nicht zusammenzubrechen. »Lass uns einfach zurück nach Rosewood fahren und unsere Prüfungen schreiben, bevor alles um uns herum sich auflöst, okay?«

Lottie war sicher, dass es da noch etwas gab, was Ellie nicht sagte, doch ihr ganzes Draufgängertum war von ihr abgeblättert und ihr flehender Blick war so schmerzhaft, dass sie sie nicht noch weiter quälen konnte.

Aber wie sollte sie *nicht* nach Jamie suchen? Wie konnte Ellie von ihr erwarten, ihre Nachforschungen zu Leviathans Plan einfach fallenzulassen? Das war unmöglich. Andererseits war die Vorstellung, sich Ellie zu widersetzen, wenn sie so aussah, als könnte sie jeden Moment zusammenklappen, ebenfalls unmöglich.

»Okay«, sagte Lottie und schluckte ihre Verzweiflung hinunter. Sie wusste, wenn sie Jamie helfen wollte, war sie auf sich gestellt. »Wenn du glaubst, dass es das Beste ist, beuge ich mich deinem Befehl.«

Sie versuchte gar nicht erst zu lächeln. Es gab keine Möglichkeit, ihre Gefühle zu verstecken.

Lottie konnte Jamie nicht im Stich lassen, und wenn die Wolfsons ihr verbieten wollten, nach ihm zu suchen, musste sie eben einen Weg finden, ihr Verbot zu umgehen.

»Wir sollten jetzt schlafen«, sagte sie, während ihre Finger den Ring in ihrer Tasche betasteten und sie sich an den letzten Hoffnungsfunken klammerte, dass eines Tages alles wieder normal und sie alle wieder zusammen sein könnten, dass sie Partys feiern und miteinander Spaß haben könnten wie ganz normale Teenager.

Komisch, dass ein so einfacher Traum plötzlich so unerreichbar schien.

Sie liefen nebeneinander durch die hallenden Gänge, umhüllt von einem unangenehmen Schweigen.

Lottie brachte Ellie bis zu ihrem Zimmer, und kurz sah Ellie so aus, als wollte sie ihr etwas sagen, doch dann kam nur ein Seufzer heraus. »Ich verspreche dir, dass alles wieder gut wird«, sagte sie stattdessen. »Dafür werde ich sorgen.«

»Ich weiß«, erwiderte Lottie und griff unwillkürlich nach dem Wolf an ihrem Hals, der ihr mit einem Mal wertvoll und zerbrechlich vorkam, seit nur noch ihrer und Ellies übrig waren. Ellie hatte ausgesprochen, was sie selbst fühlte. Sie würde dafür sorgen, dass alles wieder gut wurde, ob es ihnen gefiel oder nicht.

Auf dem Weg zu ihren Gemächern kam ihr die Pracht des Palasts schal vor, das Silber matt und das Kristall stumpf. Zweige und Weinranken klopften an die Fenster. Nie zuvor war Lottie aufgefallen, wie sehr der Garten dem Palast auf die Pelle rückte, seine spillerigen grünen Finger danach ausstreckte. Kein Wunder, dass Willemena abergläubisch war.

»Ich werde dich zurückholen«, versprach sie und umschloss den Ring fest mit der Hand. »Wir werden wieder zusammen sein.«

31

Haru brachte Jamie zu einer Hütte an einem See in den Bayerischen Alpen, fernab von jeglicher Zivilisation. Sie reisten mit dem Zug und dem Auto und benutzten gefälschte Pässe, die Haru im Voraus besorgt hatte, bis sie spätabends endlich ankamen. Ein aufgeblähter, neugieriger Mond folgte ihnen über den steilen Pfad hoch hinauf in die Berge. Überdacht von Millionen von Sternen erstreckte sich der Planet unter ihnen, und das Universum über ihnen spiegelte sich in dem riesigen See.

»Sie haben bestimmt etwas für uns gekocht«, sagte Haru. »Wie fühlst du dich?«

Jamie gab keine Antwort. Er starrte seine Füße im blauen Gras am Ufer des Sees an, während das Licht der Hütte ihn von hinten beleuchtete und einen dunklen Schatten über das sternenglitzernde Wasser warf. Einen Augenblick lang fühlte er sich wie der einzige Mensch auf der Erde, bis Haru näher trat und ihre Schatten verschmolzen.

»Alles fühlt sich so groß an«, murmelte Jamie. »Ein bisschen überwältigend.«

Haru legte ihm den Arm um die Schultern. »Wir müssen noch nicht reingehen.«

Jamie wusste, dass er erschöpft war und sein Gehirn ihm Streiche spielte, doch als er in der Ferne ein Tier heulen hörte, musste er daran denken, wie Lottie auf dem Balkon geweint hatte, weil Ellie sie verletzt hatte. Die Gewissheit, dass sie immer noch in dieser kleinen Welt gefangen war und die Wolfskette um ihren Hals enger und enger wurde, ließ seine Haut brennen. Er musste einfach daran glauben, dass ihr nichts passierte, bis er seine Pläne umsetzen konnte. Pläne, für die er seinen Vater brauchte.

Er hob einen flachen Stein auf und ließ ihn übers Wasser hüpfen, wo er ihre Schatten und die Sterne auseinanderjagte.

»Gehen wir.« Jamie wandte sich unvermittelt um und gab Haru ein Zeichen, ihm zu folgen. »Ich muss Claude etwas Wichtiges sagen.« Ohne einen Blick zurück stapfte er zur Hütte.

Haru klopfte an – ein besonderes Klopfzeichen, um sich zu erkennen zu geben. Hinter der Tür war das Klicken mehrere Schlösser zu hören, und dann schwang die Tür auf. Die Hütte sah aus wie ein auf dem Kopf stehendes Schiff: Die dunklen Dachbalken waren der Rumpf, und ein großer Kamin ragte aus der Wand wie ein lodernder Fels durch den Bug. Gegenüber der Tür befand sich ein breites deckenhohes Fenster mit Blick auf den See.

Die Frau, die sie empfing, war groß und kräftig, hatte silbernes Haar, pistolengraue Augen und einen Blick, der nicht weniger bedrohlich war als ihre eindrucksvolle Gestalt. Ihre schroffe Erscheinung passte nicht so recht zu dem heimeligen, dottergelben Schein des Kaminfeuers und dem Duft nach frisch gekochter Hühnersuppe. Noch verwirrender wurde es, als sie sich verneigte.

»Mein Prinz«, sagte sie mit grabestiefer Stimme.

Haru musste Jamie die Hand auf den Rücken legen und ihn sanft weiterschieben, um ihn daran zu erinnern, warum er hier war. So viele Male hatte er sich vor Eleanor verneigt, vor dem König, der Königin und der Königinmutter und vor seinem Trainer Nikolai, aber noch nie hatte sich jemand vor ihm verneigt. Es war ein unangenehmes Gefühl – wie eine schwere Last auf den Schultern.

»Übertreib es nicht, Phi.« Eine Männerstimme kam von links durch den Flur, sanft und hypnotisch wie das Zischeln einer Schlange. Jamie kannte diese Stimme, und obwohl er hier war, um mit ihr zu sprechen, begann seine Haut zu kribbeln, und eine langsam wachsende Panik riet ihm dazu, weit wegzurennen. »Ich bin sicher, dass Jamie sich mit solchen Ehrerweisungen nicht besonders wohlfühlt.«

Die Bodendielen quietschten, und ohne Zeremonie oder Fanfare trat er durch den Türbogen.

Jemand schloss die Tür hinter Jamie, doch er hätte nicht sagen können, wer, so sehr zog ihn der Mann vor ihm in seinen Bann. Diesmal gab es keine Maske, keinen Umhang, keinen Schatten. Mit einem warmen Lächeln trat Claude ins Licht.

Sein Leben lang hatte man Jamie erzählt, dass der Mann auf dem schwarzgerahmten Gemälde im Palast ein Mensch war, vor dem man sich fürchten musste – ein grünäugiges Monster mit falschem Charme und wissendem Lächeln, die Verkörperung von Betrug und Verrat und allem, was Jamie niemals werden durfte. Nun sah er, wie das sogenannte *Monster* Haru in die Arme schloss, ihm auf die Schulter klopfte und ihm durchs Haar strubbelte wie ein Vater seinem Sohn.

Ich bin der Welt ein Vater geworden. Das hatte er vor Monaten auf dem Dach in Tokio gesagt, und jetzt konnte Jamie sehen, was er gemeint hatte.

»Willkommen zu Hause«, sagte Claude, und seine Stimme war beruhigend wie Weihrauch. »Du hast hervorragende Arbeit geleistet.«

Haru strahlte. Sein Gesicht bekam den sanften Ausdruck, der Jamie immer an einen leichten Sommerwind erinnerte. Dann verließen er und Phi unvermittelt das Zimmer, und Jamie blieb allein mit dem Mann zurück, der sein Feind sein sollte.

Claude wandte sich zu ihm, und ihre Blicke begegneten sich wie Magnete. Das Kaminfeuer in seinem Rücken umrahmte seine Gestalt, Schatten tanzten um seine Füße, und sein langes Gewand streifte den Boden, während tiefes Rot das Licht zersetzte. Sein dichtes schwarzes Haar war zurückgebunden, einige Strähnen hatten sich gelöst und erinnerten Jamie an seine eigene unzähmbare Mähne. Er hatte nichts Bedrohliches, wie er da stand und lächelte, und doch strahlte er eine gewisse Wildheit aus. Sie spiegelte das Gefühl, das Jamie schon immer tief in sich gespürt hatte und von dem man ihm immer wieder gesagt hatte, er müsse es unterdrücken. Es war Feuer, und es war wild.

Obwohl er gekommen war, um mit Claude zu sprechen, war er nicht darauf vorbereitet, wie seltsam es sein würde, ihm gegenüberzustehen – dem Ziegenmann, dem Meister von Leviathan, der Geißel der Wolfsons. Das war der Stoff, aus dem Albträume sind, aber es fühlte sich nur wie ein seltsamer Traum an.

Claude ergriff als Erster das Wort.

»Verzeih mir, bitte setz dich doch«, sagte er mit einer entschuldigenden Geste. »Ich kann mir vorstellen, dass das alles sehr unangenehm für dich ist. Ich hole dir erst mal etwas zu essen.«

Claude eilte aus dem Raum und ließ Jamie am Feuer zurück. Er saß auf einem großen grauen Sofa, sein Körper sank in die Kissen, und er hatte das Gefühl zu schwanken. Das Feuer warf seinen flackernden Schein über das Holz und den rohen Backstein, und die Schiffskabine erwachte zum Leben und schaukelte ihn übers Meer. Er fand es merkwürdig, dass sie ihn einfach hier alleinließen, und er fragte sich, ob sie ihn beobachteten, um zu sehen, was er tat, doch er hatte nicht vor, herumzuschnüffeln. Seine einzige Mission war es, Lottie zu schützen, und dafür brauchte er Claude.

»Mahlzeit!«, rief Claude, der zurückkam. »Ingrid hat für dich gekocht.« Er stellte eine Suppenschale und einen Teller mit Brot und Käse auf den Tisch. »Sie wollte etwas Besonderes für dich machen – ein Friedensangebot, wenn man so will.«

»Bist du sicher, dass sie nicht vergiftet ist?« Jamie rutschte die Frage heraus, bevor er sie zurückhalten konnte. Claude sah ihn erstaunt an, dann zogen sich seine smaragdgrünen Augen zusammen, und er lachte. Es war ein lautes, dröhnendes Lachen, und er warf Jamie einen vertraulichen Blick zu, als wäre es ein Witz nur zwischen ihnen. »Sie hat dir also Eindruck gemacht.« Claude stibitzte ein Stück Käse von Jamies Teller und ließ sich in einen großen Lehnstuhl sinken wie in einen Thron.

Jamie konnte ihn jederzeit töten, das musste ihm klar sein – er war allein und schutzlos, und es war niemand im Raum, der ihn aufhalten konnte. Sie hatten ihn nicht einmal auf Waffen oder ein verstecktes Mikrophon untersucht. Nach allem, was sie wussten, konnte er hier sein, um ihm die Kehle durchzuschneiden.

»Warum vertraust du mir?«, fragte er rundheraus. Er hatte keine Zeit für Spielchen.

Claude sah ihn lächelnd an. Jamie konnte den Blick nicht abwenden. *Ich bin sein Sohn.*

Es war dasselbe langsame Erwachen, das er erlebt hatte, als er die Briefe gefunden hatte – sorgfältige, methodische Finger, die in ihn hineingriffen und Teile in Lücken fügten, von denen er gar nicht gewusst hatte, dass es sie gab. Der Mann auf dem Thron durchlief eine kaum merkliche Veränderung – seine Züge veränderten sich, die Schatten gruben sich tiefer in die Konturen seines Gesichts.

»Ich möchte, dass du dich hier wohlfühlst«, antwortete er offen. »Du bist entfesselt worden, befreit von einer Strafe, von der du gar nicht wusstest, dass du sie verbüßt. Ich kenne diese Erfahrung gut. Iss.« Er zeigte auf die Teller auf dem Sofatisch, und Jamie folgte der Anweisung.

»Ich kann mir gut vorstellen, dass du dich orientierungslos fühlst, verunsichert, dass die Welt auf einmal viel größer ist, als sie es in deiner Erinnerung war. Ist das so?«

Jamie nickte.

»Du bist mein Sohn.« Das Feuer loderte in seinen Augen, die Smaragde blitzten bei dieser Feststellung auf. »Du bist das Kind der Frau, die ich geliebt habe, und wir sind beide dafür bestraft worden. All die Jahre haben sie dich vor mir versteckt gehalten, und ich kann nur hoffen, dass wir jetzt, da wir zusammen sind, endlich alles in Ordnung bringen. Klingt das fürs Erste vernünftig?«

Jamie schluckte. Wieder spürte er das Brennen in seinem Bauch, denn genau das war es ja, was er wollte: etwas in Ordnung bringen, das falsch gewesen war, Lottie aus einer Position befreien, in die man sie nie hätte drängen dürfen. Aber erst musste er sich ganz sicher sein.

»Das letzte Mal, als wir uns gesehen haben, hast du mich auf einem Dach in Lebensgefahr gebracht. Warum hast du es mir da nicht gesagt?«

Claude antwortete, ohne zu zögern. »Ich wollte ihnen die Chance geben, das Unrecht selbst wiedergutzumachen.« Er schüttelte den Kopf, und seinem Gesicht war die Enttäuschung anzusehen. »Ich wollte ihnen Gelegenheit geben, das Richtige zu tun. Ich wollte niemanden verletzen.«

»Warum gebrauchst du dann die Hameln-Formel?« Jamie hielt seine Fragen kurz und schnell – eine Lektion, die jeder Partistenschüler lernte, weil man so dafür sorgte, dass das Gegenüber nicht lange nachdenken konnte.

»Die Formel ist unsere letzte Ausflucht. Wenn sie nicht von sich aus zugeben, was sie getan haben – dass sie dich gezwungen haben, ein Partist zu werden, dass sie mich verbannt haben, weil ich mich in die falsche Frau verliebt habe –, haben wir das Mittel, sie gestehen zu lassen. Ich denke, die Welt sollte erfahren, wer wirklich an der Macht ist und wozu diese Menschen fähig sind. Dann kann das Volk selbst entscheiden, von wem es regiert werden möchte. Wenn du das alles gewusst hättest, wenn die Menschen, die im Palast arbeiten, es gewusst hätten, hätten sie dort nie ihren Dienst geleistet. Stimmst du mir zu?«

So unsinnig es war: Jamie hatte das Gefühl, als spräche Claude über Lottie, als hätte er in seinen Kopf geschaut und den Grund ausgemacht, warum er gekommen war.

»Ja, ich stimme dir zu.« Jamie wusste, was er als Nächstes tun musste, er brauchte nur noch die anderen. »Kannst du bitte alle Mitglieder von Leviathan zusammenrufen?«

»Haru hat angedeutet, du müsstest mir etwas Wichtiges sagen?« Claude legte den Kopf schief.

»Das stimmt, aber ich brauche die anderen, damit ihr versteht, wie wichtig es ist. Alle.« Er hielt kurz inne. »Vor allem Ingrid.«

Ein Lächeln kroch über Claudes Lippen.

Wie hatte er solche Angst vor diesem Mann haben können? Wie hatte er zittern können bei der Vorstellung, dass Lottie in seine Nähe kam? Der Gedanke an Lottie ließ das Feuer in ihm wieder aufflammen – es erinnerte ihn daran, warum er hier war und was er tun musste.

Claude verließ wortlos den Raum. Nach einigen Minuten tröpfelten seine Anhänger herein: erst Phi, die vorsichtig ins Zimmer spähte, als erwarte sie eine böse Überraschung, dann Haru, mit einem Teller in der Hand. Ihnen folgten die zwei mausartigsten Teenager, die Jamie je gesehen hatte, und da sie gleich groß waren und dieselbe Statur, nahm er an, dass sie Zwillinge waren. Die beiden starrten ihn an und kicherten, wobei sich ihre Nasen auf identische Weise kräuselten.

Die Letzte, die hereinkam, war Ingrid. Sie stellte sich in eine

Ecke, so weit von Jamie entfernt wie möglich, verschränkte die Arme vor der Brust und blickte finster drein.

Das also waren die Anhänger von Leviathan. Die Ungeheuer, die seine Freunde und er so lange gefürchtet hatten.

Ihre Haltung machte deutlich, dass sie alle eine Partistenausbildung hatten.

»Wo ist Julius?«, fragte Jamie und schaute sich um.

»Der ist in einer wichtigen Mission unterwegs«, erwiderte Claude schnell.

»Gehe ich richtig in der Annahme, dass ihr die Prinzessin von Maradova entführen wollt?«, fragte Jamie und sah Claude fest an.

Die anderen schlugen die Augen nieder, nur Claude erwiderte seinen Blick.

»Ist das ein Problem?« Seine Stimme war ruhig.

»Ja«, sagte Jamie, während sich die Blicke der anderen wieder hoben. »Ihr dürft ihr nichts tun.« Er hielt inne und dachte an Lottie und wie sie von Ellie betrogen worden war – wie sie *beide* von den Wolfsons betrogen worden waren. »Ihr dürft ihr nichts tun. Sie ist nicht die echte Prinzessin.«

In der Stille, die nun folgte, war nur das Knistern des Feuers zu hören – ein Scheit zerbrach prasselnd, und Jamie spürte tief im Magen die wilde Flamme. Jetzt gab es kein Zurück mehr.

»Lottie Pumpkin«, fuhr Jamie fort. Seine Stimme war kühl, doch sie brannte in seinem Hals. »Ist nicht der Deckname der Prinzessin. Es ist ihr echter Name. Sie ist Eleanors Porterin.«

Als Jamie sich im Raum umsah, waren die Gesichter der anderen Partisten beinahe zum Lachen. Wie schmelzendes

Wachs schienen sich ihre Mienen nicht auf einen Ausdruck festlegen können: Münder öffneten sich, Kiefer zitterten, als könnte ihre Haut nicht die vielen verschiedenen Gefühle halten. Haru wirkte besonders benommen. Sein Blick richtete sich in die Ferne, während er versuchte, diesen Irrsinn zu erfassen. Ingrid und Claude waren die Einzigen, die zu wissen schienen, was sie mit dieser Information anfangen sollten. Ingrids Augen wurden groß in Anbetracht dieser Demütigung, Claude hingegen zeigte keine Spur von Schock oder Verlegenheit. Es sah so aus, als würde sich für ihn plötzlich alles zusammenfügen. Er spielte mit seinem Bart, und ein hungriges Lächeln zog an seinen Mundwinkeln.

»Und wer ist die echte Prinzessin?«

Jamies Blick sprang zu Haru, dessen Augen sich verstehend weiteten.

»Ellie.« Haru lachte, doch eher fassungslos, als amüsiert. »Das Mädchen mit dem schlechten Einfluss.«

»Dann hatten wir den ganzen Ärger wegen einer dahergelaufenen Straßengöre?« Ingrid sah aus, als wolle sie dem Mädchen die Kehle durchschlitzen, das sie immer wieder übertrumpft hatte. Genau deshalb war Jamie hier.

Er wandte sich wieder an Claude: »Lottie ist ein guter Mensch. Sie wurde in diese Sache hineingezogen. Die echte Prinzessin, Ellie Wolf, macht ihr nichts als Ärger, seit sie sich kennen.« Jamie konnte nicht glauben, dass er diese Worte wirklich sagte – dass er so lange gebraucht hatte, um die Wahrheit zu sehen. Er spürte Gewissensbisse, aber sie verflogen schnell. Sein Leben lang hatte man seine Identität verleugnet. Es war an der Zeit, dass Ellie ihre Identität preisgab.

Etwas huschte über Claudes Gesicht – ein Funke blitzte in seinen grünen Augen, und kurz fühlte es sich so an, als sähe er direkt in ihn hinein, in die Tiefen seiner geheimsten Gedanken, bis er nackt vor ihm stand. Er schauderte – nicht vor Angst, sondern weil er wusste, dass er vor diesem Mann nichts verbergen konnte. Sie waren sich zu ähnlich.

»Was brauchst du von uns, Jamie?«, fragte Claude, doch Jamie konnte sehen, dass sein Vater es bereits wusste.

Er ließ den Blick durch den Raum schweifen und sah jeden Einzelnen fest an. Das hier war jetzt sein Rudel.

»Meine Bedingung ist einfach.« Er lehnte sich in seinem Stuhl zurück wie sein Vater. »Ihr müsst mir helfen, Lottie vor der maradovischen Königsfamilie zu retten.«

32

Eine dichte Schneedecke hatte sich über Rosewood gelegt, als Lottie und Ellie nach den Weihnachtsferien in die Schule zurückkamen. Es fühlte sich völlig anders an als das Rosewood, das sie vor den Ferien verlassen hatten. Da war ihre Welt trübe von Nebel und Regen gewesen. Jetzt war die Luft frisch und friedlich.

Während die klare Kälte langsam ihre Gedanken beruhigte, merkte Lottie, dass etwas nicht stimmte. Es gab etwas, das Ellie ihr verschwieg.

Sie waren in Begleitung von Samuel Petrov, der für den Rest des Schuljahrs auf dem Campus wohnen sollte. Die Schule hatte ihnen versichert, dass weiterhin die höchste Sicherheitsstufe gelten werde, solange Haru und ihr Partist *auf geheimer Mission für den Partistenrat unterwegs* waren, wie Haru es in einer Nachricht an die Schule formuliert hatte.

Schnell stellte sich der Alltag wieder ein. Samuel wartete vor der Tür auf Lottie, begleitete sie zu ihrem nächsten Kurs, wartete dort auf sie und so weiter. Schon bald fühlte sich diese Sicherheitsdecke nicht mehr sicher, sondern nur noch erstickend an, doch erst am dritten Tag, als sie alle zusammen in der Bibliothek lernten, wurde Lottie argwöhnisch.

Die Anweisungen aus dem Königshaus waren simpel:

Sagt niemandem, was mit Jamie passiert ist.

Stellt jegliche Nachforschungen über Leviathan ein.

Sucht nicht nach Jamie.

Natürlich hatte Lottie nicht die Absicht, sich an diese Regeln zu halten, aber sie hatte auch nicht damit gerechnet, die ganze Zeit unter Beobachtung zu stehen.

»Er ist einfach nicht gekommen, obwohl wir verabredet waren«, jammerte Raphael zum hundertsten Mal, während sein Tee vor ihm kalt wurde. »Er hat sich nicht mal verabschiedet, das passt einfach nicht zu ihm …«

Ellie zuckte mit keiner Wimper. Sie hielt den Blick auf ihre Aufgaben gerichtet, das perfekte Bild einer Schülerin, die sich auf die Prüfungen vorbereitet. Es war unheimlich.

»Außerdem hat er Vampy einfach bei Percy gelassen. Das sieht ihm gar nicht ähnlich«, fuhr Raphael fort, ohne dass Ellie reagierte.

Lotties Herz zog sich beim Gedanken an den Kater zusammen, den Jamie ebenfalls verlassen hatte.

Neben ihr wechselten Saskia, Ani und Binah verstohlene Blicke. Sie waren die Einzigen, die wussten, was passiert war.

Um sie machte Lottie sich keine Sorgen. Hinter Ellies Stuhl jedoch stand Samuel, der sie scharf ansah, bis ihr heiß und kalt wurde und der Pullover ihrer Schuluniform sich zu eng anfühlte.

»Ich habe es doch schon gesagt, Raphael«, erwiderte Lottie, so ruhig sie konnte, obwohl sie das Gefühl hatte, ihr Herz müsste jeden Moment explodieren. »Jamie und Haru haben eine wichtige Aufgabe vom Partistenrat bekommen, und wir dürfen zu ihrem Aufenthaltsort keine Angaben machen.«

Lottie fühlte sich wie ein Roboter, der nach dem Willen seiner Programmierer Lügen ausspucken musste, während Ellie noch immer kein Wort sagte. Ihre Rolle der Porterin war noch nie ein solches Gefängnis gewesen.

Endlich griff Raphael nach seiner Teetasse und hob sie an die Lippen, während er vor sich hin murmelte: »Ich wünschte, er hätte sich verabschiedet.«

Ich auch, dachte Lottie. Irgendwie beneidete sie Raphael um seine Ahnungslosigkeit. Sie fragte sich, ob es weniger weh tun würde, wenn sie nicht wüsste, wo er war.

Sie hoffte, dass das Thema damit beendet war, doch als Raphael und die Zwillinge sich schließlich verabschiedet hatten und sie über die vereisten Wege stapften, fragte Saskia: »Ist bei euch beiden alles in Ordnung?« Ihr roter Schal flatterte im Schneesturm. Von ihrem üblichen Humor war nichts zu spüren – keine blitzenden Augen, kein schelmisches Grinsen. Sie wirkte einfach nur ratlos. »Das alles kommt mir total komisch vor. Ihr müsst doch mal darüber reden, oder nicht? Ich weiß, die Königsfamilie hat gesagt, sie kümmert sich drum, aber wir können uns doch trotzdem irgendetwas überlegen. Ich weiß nicht, warum ihr so tut, als ob –«

»Sie kümmert sich drum«, fiel Ellie ihr scharf ins Wort, bevor Samuel neben ihnen auftauchte und dunkel im Licht der Laternen aufragte wie Lotties persönlicher Schatten.

Die Mädchen zogen die Augenbrauen hoch, und Anastasia und Binah sahen Lottie fragend an, doch die konnte nur den Kopf schütteln. Sie verstand es ja selbst nicht.

In der dritten Woche nach den Ferien wurde die nicht vorhandene Privatsphäre noch erdrückender, und das lag nicht nur an Samuel. Die ganze Schule beobachtete sie mit Getuschel und neugierigen Blicken, weil alle ahnten, dass etwas passiert sein musste. Sie durfte sich ihre Gefühle unter keinen Umständen anmerken lassen.

Am Freitag wurde Lottie endgültig klar, dass sie nicht nur beschützt, sondern auch beobachtet wurde. Wenn sie ihre Suche nach Jamie endlich in die Tat umsetzen wollte, musste sie sich etwas einfallen lassen, um ihren neuen Bodyguard loszuwerden.

»In zwei Stunden ist Sperrstunde«, erinnerte Samuel die Mädchen, als sie abends ihre Sachen in der Bibliothek ausbreiteten, um noch eine Runde zu lernen.

»Ja, danke, das wissen wir«, erwiderte Lottie unbeabsichtigt patzig.

Wenig später tauchte Ellie auf, klopfte sich den Schnee vom Mantel und stellte einen weißen Schoko-Latte vor sie auf den Tisch.

»Bitte schön, Lottie!« Sie strahlte sie an, so wie damals, als sie sich gerade angefreundet hatten. »Den magst du doch so gerne.«

Zögernd nahm Lottie die Tasse und sah Ellie forschend in die Augen, auf der Suche nach dem Geheimnis, das sie in ihrem Schweigen verbarg. »Danke.«

Die beiden richteten sich in ihrer üblichen Ecke ein, und Lottie hatte das wehmütige Gefühl, sie spielten glückliche Familie. Die Ringe unter Ellies Augen passten nicht zu ihrem Lächeln. Sie machte ihr etwas vor. Aber warum?

Warum wollte sie nicht über Jamie und Leviathan sprechen?

Dann kam Binah mit ihren Mathenotizen. Sie fluchte über das Wetter, während sie sich aus ihrem Mantel schälte.

»Das ist der kälteste Februar seit Jahren«, grummelte sie und setzte sich neben Lottie.

Das war ihre Chance.

Als Binah ihre Tasche auf den Boden stellte, ließ Lottie ihren Stift vom Tisch rollen und verpasste der Tasche einen kleinen Tritt, so dass er genau darin landete.

»Ups!«, sagte sie.

Sie konnte nicht mal unterm Tisch abtauchen, weil sie wusste, dass Samuel sonst misstrauisch werden würde. Doch sie hatte eine Nachricht in ihrem Ärmel versteckt, so dass sie nur nach dem Stift greifen und ihm selben Moment den Zettel in die Tasche fallen lassen musste.

Falls Samuel sie beobachtete, würde er nichts bemerken. Das hatte sie von Stephanie und den Artistokraten gelernt.

Die Nachricht enthielt nur eine nüchterne Anweisung.

Montag, 12.30 Uhr bei Elwin.

Jetzt musste sie sich nur noch eine gute Ausrede einfallen lassen, die ihr dreißig Minuten allein verschaffte, um die Zahlen aus Harus Tagebuch mit Binah zu besprechen und ihr zu sagen, dass sie Jamie suchen wollte.

Es war Sonntag – der Tag vor ihrem Treffen mit Binah –, als sie begriff, was Ellie mit ihrer gespielten guten Laune bezweckte.

Es war nach der Ausgangssperre, und Lottie saß allein im Zimmer zwischen offenen Büchern, auf die sie sich kaum konzentrieren konnte, als Ellie die Tür mit der Hüfte aufstieß, einen Haufen Snacktüten im Arm und dem neuen unheimlichen Plastiklächeln im Gesicht.

»Ich dachte, du könntest ein bisschen Kraftstoff gebrauchen.« Ellie grinste, ein Schatten ihres alten schiefen Lächelns, und Lottie wurde unbehaglich.

Ellie setzte sich neben Lottie, öffnete eine Chipstüte und beugte sich über Lotties Schulter.

Wenn jemand sie so gesehen hätte, hätte er sie einfach für zwei Freundinnen gehalten, die zusammen lernten. Niemand hätte etwas von ihrem Streit oder dem Betrug geahnt. Aber was sollte dieses Spiel?

»Wie kommst du mit der Arbeit für den Contest voran?«, fragte Ellie. Die Frage brachte Lottie aus der Fassung. Sie hatte ihn schon wieder vergessen.

»Ich war in letzter Zeit ehrlich gesagt nicht in der Stimmung, darüber nachzudenken.« Lottie klappte ihr Buch zu und nahm sich ein Marmeladentörtchen, obwohl sie die ganze Aktion ziemlich seltsam fand.

»Weißt du noch, wie wir an Halloween das erste Mal in Lilianas Atelier waren?« Ein kleines Lächeln ersetzte das künstliche in Ellies Gesicht – eine Wehmut, an die Lottie sich klammerte.

»Ich hatte wahnsinnige Angst«, gab Lottie zu. »Ich konnte

nicht glauben, dass es so etwas wirklich gibt, aber noch mehr Angst hatte ich, einen Teil von mir selbst zu finden.«

Ellie lehnte sich an den Nachttisch und zog die Beine an, wobei ihre Zehenspitzen Lotties Oberschenkel streiften, und der flüchtige Kontakt erinnerte Lottie daran, wie wenig sie sich in letzter Zeit berührt hatten.

»Es war, als wäre es Vorsehung, dass du es findest«, sagte Ellie. »Es lag dir im Blut.« Sie legte neugierig den Kopf schief und spielte an Lotties Rocksaum herum, ohne sie anzusehen. »Ich hoffe, du denkst daran, wenn du mit deiner Präsentation für den Contest beginnst. Ich weiß jetzt schon, dass sie toll wird.«

Das Gespräch bewegte sich auf gefährliches Terrain. Dinge, an die Lottie lieber nicht denken wollte, kamen an die Oberfläche, was besonders heikel war, da ihr ihre Rolle als Porterin und die Verbindung zu Ellies Familie immer fadenscheiniger vorkam.

»Jamie wäre stinksauer, wenn er wüsste, dass ich immer noch nicht damit angefangen habe«, sagte sie und lachte bitter.

Ellie zog unvermittelt die Finger zurück, und die Leichtigkeit schwand aus ihren Augen, bevor sie wieder ihre Plastikmaske aufsetzte.

Lottie starrte ihre Prinzessin an und hatte das Gefühl, ihr Schweigen müsste sie erdrücken. »Ellie, ich kann das nicht.« Sie seufzte und machte sich auf das Schlimmste gefasst. »Ich weiß nicht, was mit dir los ist, aber wir können nicht einfach so tun, als wäre alles in Ordnung. Ich kann das nicht.«

Ellie blickte nicht auf, doch Lottie konnte es sehen. Hinter dem puppenhaften Starren war ein kleines Flackern.

»Bitte, nur für eine kleine Weile.« Lottie war nicht sicher, ob sie Ellie wirklich gehört hatte, weil sich ihre Lippen kaum bewegten. »Mir zuliebe.«

Es waren die ersten ehrlichen Worte, die Ellie sagte, seit sie ihr im Palast ihre Befehle erteilt hatte. Sie sah sie mit demselben flehenden Blick an, den Lottie nicht verstand.

Lottie brauchte jedes Fünkchen Willenskraft, um den Kopf zu schütteln. Diesmal würde sie nicht nachgeben.

»Wir können nicht ewig so weitermachen.« Die Worte taten weh, aber Lottie redete weiter. »Wir haben uns gestritten, wir haben Jamie verloren, und Leviathan könnte jede Sekunde kommen und …« Ihre Stimme stockte, und sie musste kurz durchatmen. »Kann ja sein, dass du das Recht hast, mir zu sagen, dass ich nicht nach Jamie oder Leviathan suchen darf, aber du hast auch gesagt, dass du mich nicht willst, also was soll das alles?«

Es war die schmerzlichste Frage, die sie je gestellt hatte, und sie sah, dass sie Ellie schwer getroffen hatte.

Ihre Prinzessin zog die Augen zusammen und sank in sich zusammen, wie der Mond hinter einer Wolke verschwindet.

»Bitte, Lottie, ich darf es nicht sagen, ich darf nicht.« Sie schluckte, und Lottie war bereit, sie zu drängen, aus ihr herauszuholen, was sie versteckte, als Ellie etwas so Schockierendes sagte, dass sie erstarrte. »Kannst du nicht einfach meine Porterin sein?«, quengelte sie. »So wie in dem Jahr, als wir uns kennengelernt haben, nur du und ich, sonst nichts? Bitte, nur für eine kleine Weile.«

Ellies Hand tastete nach Lotties, warme Finger schlangen sich um ihre eigenen.

Einfach nur Ellies Porterin sein – genau das wollte sie ja. Es hieß, Teil einer Familie zu sein. Auch wenn die Familie kaputt war und Teile fehlten, bot sie ihr einen Platz, an den sie gehörte. Aber es war falsch. Was Ellie tat, hatte etwas Geheimes und Verdrehtes. Sie musste das geradebiegen.

Lottie seufzte. Sie wusste, dass es feige war, mitzuspielen, aber sie konnte Ellie nicht sagen, was sie vorhatte, und außerdem wusste sie, dass sie ihrer Prinzessin keinen Wunsch abschlagen durfte. »Na schön. Ich mache mit, auch wenn ich nicht weiß, warum. Bis nach dem Contest, wenn wir Ferien kriegen, aber das war's. Das ist nicht gesund.«

Ellie nickte eifrig und hielt Lotties Hände fest, bis sie dasaßen, als würden sie beten. »Perfekt. Und dann bringe ich alles in Ordnung, versprochen.«

Lottie sah zu, wie ihre Prinzessin wieder das Plastiklächeln aufsetzte und sich noch eine Handvoll Chips nahm, wobei sie zufrieden vor sich hin summte, als hätte sie gerade ein Problem gelöst. Ein dunkler Teil in ihrem Inneren fragte sich, ob sie selbst das Problem war, das Ellie lösen musste.

Sie versuchte, sich nichts anmerken zu lassen. *Morgen,* dachte sie. Morgen würde sie einen Plan machen, wie sie an Leviathan herankommen und Jamie finden konnte.

Sie würde beweisen, dass sie immer noch eine gute Porterin war.

33

Als Lottie am Montagmorgen erwachte, war der Schnee geschmolzen. Es war keine Spur mehr davon übrig, und die Welt schimmerte vom Tau. Die Luft roch frisch und klar, endlich bahnte sich der Frühling einen Weg durch den rauen Winter. Lottie hätte ihn genossen, wäre da nicht das kleine Problem ihres persönlichen Schattens gewesen, besser bekannt als Samuel.

Mit ihrem Plan, sich davonzustehlen, ging sie ein Risiko ein, und alles hing davon ab, ob ihre Einschätzung von ihm richtig war und ob es ihr gelang, überzeugend zu schauspielern.

Mittags, als Ellie beim Fechten war, setzte sie ihren Plan in die Tat um.

Sie gingen gerade am Gebäude von Stratus vorbei, als sie abrupt stehenblieb. Samuel, der ein paar Schritte vor ihr war, merkte erst nach einer Weile, dass sie nicht mehr hinter ihm war, und drehte sich zu ihr um.

»Was ist los?«, fragte er mit besorgtem Gesicht.

Samuel war kein schlechter Mensch. Er machte seine Arbeit für die Wolfsons, und er machte sie gut. Das einzige Problem war seine absolute Humorlosigkeit, und er war schrecklich schüchtern, wenn es um persönliche Angelegenheiten ging.

»Das möchte ich nicht sagen«, erwiderte Lottie. Sie verzog das Gesicht und bemühte sich, verlegen und wütend zugleich auszusehen.

»Wenn etwas nicht stimmt, musst du es mir –«

Lottie blickte beschämt zu Boden. »Ich kann es Ihnen nicht sagen, es ist zu peinlich.«

Samuel war verwirrt. Er trat auf sie zu, und sie sah den Schweiß, der sich auf seiner Stirn bildete. Das Gespräch war ihm unangenehm, und Lottie nutzte ihre Chance.

»Na schön, wenn Sie es unbedingt wissen müssen und darauf bestehen, mir nicht das kleinste bisschen Privatsphäre zu geben, ich hatte gerade einen Unfall.« Sie hüstelte und sah ihn vielsagend an. »Die Art, zu der es nur einmal im Monat kommt, wenn Sie verstehen, was ich meine.«

Samuels stoische Haltung bröckelte, und er begann zu stammeln und zu schwitzen und rückwärts zu taumeln.

Es war genau, wie Lottie erwartet hatte. Samuel war total verklemmt.

»Ich, ähem … vielleicht kann ich, ähem … dich zurück auf dein Zimmer, ähem … bringen, wenn das helfen würde?«

Lottie stöhnte und verdrehte die Augen, um ihren Bodyguard vollends zu überfordern.

»Das dauert viel zu lange«, jammerte sie. »Ich habe eine Freundin in Stratus. Sie kann mir frische Unterwäsche und die nötigen Hygieneartikel leihen, wenn Sie mir mal einen Moment Privatsphäre geben würden.«

»Oh, ich bitte um Entschuldigung, aber natürlich«, stotterte Samuel und hielt Lottie die Tür zum Turm von Stratus auf.

Als er Anstalten machte, ihr zu folgen, drehte Lottie sich

mit einem scharfen Blick zu ihm um. »Würden Sie mich bitte kurz allein lassen?«, zischte sie.

Samuel blieb wie angewurzelt stehen und wurde rot wie eine Tomate. »Natürlich. Du hast zwanzig Minuten um, äh ... das Problem zu lösen«, stammelte er. »Ich warte draußen auf dich.« Damit drehte er sich hastig um.

Beinahe hätte Lottie einen Triumphschrei ausgestoßen. Ihr lächerlicher Plan hatte funktioniert. Sie kicherte leise in sich hinein. Unglaublich, dass jemand angesichts einer so normalen Sache so in Verlegenheit geraten konnte.

Sobald sie hinterm Tor und außer Sichtweite war, flitzte sie zur Elwin-Statue und grüßte sie wie einen alten Freund, bevor sie das W in seinem Namen drehte.

Auf dem Weg zu Lilianas Atelier kam die Erinnerung an das letzte Mal zurück, als sie diesen Weg genommen hatte, an die Angst und den Schmerz ihrer Entdeckung.

»Das hat aber lange gedauert«, stellte Binah fest. Sie saß bereits auf dem Boden und hatte alle Nachrichten von Claude um sich herum ausgebreitet.

»Sorry.« Lottie hob entschuldigend die Hände. »Ich musste so tun, als würde ich mich schämen, weil ich meine Tage habe.«

»Warum sollte man sich deshalb schämen?«

»Keine Ahnung!« Lottie lachte und ließ sich auf den Teppich plumpsen. »Für Jamie war das nie ein Thema. Er hatte für den Notfall sogar immer Tampons dabei ...« Lottie spürte, wie sich ihre Kehle zuschnürte, und sie musste fest schlucken, um den schmerzenden Kloß loszuwerden, den sie bekam, wenn sie an ihn dachte. Die Fröhlichkeit, die sie gerade noch gespürt hatte, löste sich in Luft auf, als ihr wieder einfiel, warum sie hier war.

»Ich bin so froh, dass du gekommen bist, Binah«, sagte sie und umarmte ihre Freundin fest. »Wir müssen herausfinden, was Leviathan vorhat. Du bist meine einzige Hoffnung.«

»Na, dann los«, sagte Binah und drückte sie.

Obwohl sie sich seit ihrer Rückkehr nach den Weihnachtsferien jeden Tag gesehen hatten, fühlte es sich so an, als würden sie zum ersten Mal wieder offen miteinander reden.

»Ich habe einen neuen Hinweis«, verkündete Lottie, und Binah leuchtete auf wie ein Weihnachtsbaum. »Wir haben nur zwanzig Minuten, sonst wird Samuel misstrauisch, deshalb müssen wir schnell machen.« Sie zog ihr Notizbuch mit den Zahlencodes aus der Tasche und schob es Binah zu.

»Diese Zahlen habe ich in Harus Tagebuch mit dem Vermerk *Dekaden* gefunden, aber ich habe keine Ahnung, was sie bedeuten. Die einzige Zahl, die mir etwas sagt, ist unsere Zimmernummer ganz oben.«

Binah starrte sie an und schien etwas fragen zu wollen, doch dann änderte sie ihre Meinung.

Sie blickte mit zusammengekniffenen Augen auf das Papier und tippte sich nachdenklich ans Kinn. »Hmm, ja, das könnte wichtig sein.«

»Ich dachte, es sind vielleicht Pin-Nummern.«

»Zu kurz.«

»Oder Zahlenkombinationen für Schließfächer.«

»Möglich, aber solange wie sie nicht ausprobieren können, bringt uns das nichts.«

Stöhnend ließ Lottie sich rückwärts auf den Teppich fallen,

so dass eine Staubwolke aufwirbelte. Binah sprach aus, was sie selbst schon gedacht hatte. Ihre Ideen ließen sich unmöglich testen, und sie bekam so langsam das Gefühl, dass Haru die Zahlen nur notiert hatte, um sie zu quälen.

Binah griff nach dem Notizbuch, rückte ihre Brille zurecht und betrachtete die vier Zeilen aus nächster Nähe. »Hast du sie genau so abgeschrieben, wie er sie notiert hat?« Sie wartete, bis Lottie bestätigend nickte. »Die Abstände zwischen den Ziffern sind irgendwie komisch«, stellte sie fest. »Haben wir irgendetwas, womit wir sie in Verbindung bringen können?«

Lottie zählte alles, was sie wussten, an den Fingern ab.

»Wir haben diese Zahlen, die Hameln-Formel, Ingrids Anspielung auf Alexis Wolfson und seine Ähnlichkeit mit Claude *und* Ingrids Anspielung auf die Beseitigung von König und Königin.«

Binah stieß ein Lachen aus, das Lottie überraschte. »Wir haben mehr Informationen von Ingrid, als wir selbst herausgefunden haben.«

Lottie zog die Augenbrauen hoch und stellte fest, dass es stimmte, aber es brachte sie nicht zum Lachen, es verstärkte eher noch ihre Sorge.

»Ach, es ist alles so komisch gerade …« Die Worte sprudelten etwas zusammenhanglos aus ihr heraus, und Binah warf ihr einen forschenden Blick zu, der sie aufforderte, es zu erklären.

»Du hast doch bestimmt bemerkt, dass Ellie so tut, als wäre alles in Ordnung? Es ist schlimmer, als du dir vorstellen kannst. Sie hat mir nicht nur verboten, nach Jamie zu suchen, sie lässt mich nicht mal seinen Namen erwähnen. Sie tut so, als wäre alles wie früher, als wir noch nichts von Leviathan und Claude wussten.«

»Wie gehen Ellies Eltern damit um?«, fragte Binah, während sie etwas in dem Notizbuch markierte. »Die sind erstaunlich ruhig«, erwiderte Lottie. »Das macht mich nur noch nervöser. Und keiner sagt mir, was sie vorhaben. Ich fühle mich …« Sie unterbrach sich, weil sie nicht zugeben wollte, dass sie sich immer nutzloser fühlte.

Binah dachte über Lotties Worte nach, kaute regelrecht auf ihnen herum. »Sind wir einer Meinung, dass Claude, was auch immer er vorhat, Jamie braucht?«, fragte Binah plötzlich.

Lottie konnte nicht antworten. Sie spürte, dass ihre tapfere Miene ins Rutschen kam.

»Ist alles in Ordnung?« Binah legte das verflixte Notizbuch beiseite. »Wir müssen nicht herumrätseln, wenn es im Augenblick zu schwer ist. Wir können auch einfach reden.«

»Doch, müssen wir«, widersprach Lottie. »Jamie ist weg, und Ellie und ihre Familie wollen mir nichts sagen und tun so, als wäre alles in Ordnung. Wenn das so weitergeht, werde ich verrückt!«

Sie sprang auf und lief zur Kommode, wo Jamie seine Nachricht hinterlassen hatte. Lilianas Atelier fühlte sich plötzlich anders an – es war nicht mehr ein Hort von Rätseln und Geschichten, wo sie in den Spiegel schaute und Liliana ihren Blick erwiderte. Jetzt war der Raum nur noch eine dunkle Erinnerung, wie einsam sie sein würde, wenn sie ihre Verbindung zu den Wolfsons verlor. Dazu durfte es nicht kommen.

Sie legte Lilianas Krone vor den Spiegel, in der Hoffnung,

sich den Raum so zurückzuerobern und nicht mehr an Jamies schreckliche Nachricht denken zu müssen, wenn sie in den Spiegel sah. Doch es funktionierte nicht, die Krone glänzte nicht so, wie sie sollte, und Lottie wurde das Gefühl nicht los, dass sie von ihr enttäuscht war.

»Ich bin Ellies Porterin. Egal, was sie sagen, es ist meine Aufgabe, der Sache ein Ende zu machen. Ich werde nicht aufgeben, bis ich es geschafft habe«, sagte sie entschlossen und versuchte, die Kraft in sich aufzuspüren, die niemals aufgab. »Das bin ich Jamie und Ellie und Sayuri und Saskia und Percy und allen anderen schuldig, denen Claude geschadet hat.« In Gedanken sah sie Hanna und Midori vor sich, die auf sie zählten, die ihr den Ring anvertraut hatten, und da Ellie sich so unverständlich verhielt, lag es allein an ihr. »Ich werde nicht zulassen, dass Claude gewinnt und mir das alles nimmt.«

In dem Schweigen, das auf ihren Ausbruch folgte, stellte Lottie überrascht fest, dass sie keuchte, und sie schlang verlegen die Arme um den Oberkörper. Sie warf einen Blick in den Spiegel und hatte das Gefühl, eine Fremde zu sehen.

Als sie sich wieder zu Binah umdrehte, hatte die den Kopf schief gelegt wie eine Eule und durchbohrte sie mit ihren dunklen Augen, so dass Lottie sich wie eine Maus fühlte, die auf den Angriff wartet. Sie roch den Kokosduft von Binahs Körpercreme, die ihre Haut wie mit Gold bestäubt glänzen ließ, und der vertraute Geruch in Kombination mit ihrem ernsten Blick wirkte, als wäre die Welt aus den Fugen, als sähe sie alles durch ein Kaleidoskop.

»Wir haben nur noch ein paar Minuten, bevor Samuel misstrauisch wird«, sagte Lottie und griff nach ihrer Tasche, obwohl nichts Nützliches darin war. »Lass uns weiter nachdenken.«

Mit einem Seufzen schlug Binah das Notizbuch wieder auf und blätterte durch die Seiten, und ihr offenkundiges Missfallen erinnerte Lottie an den Gedanken, dass ihre Krone sie beobachtete und irgendwie enttäuscht war, auch wenn sie nicht wusstc, warum.

»Wo können wir sonst noch einen Hinweis bekommen?«

»Ich habe das Tagebuch von Oscar Oddwood dabei«, sagte Lottie eifrig. »Der alte Porter der Wolfsons.«

»Und?« Binah leckte sich die Lippen – ihr üblicher Funke flackerte wieder auf. »Wird Alexis darin erwähnt?«

Lottie schluckte. »Na ja, ich konnte nur eine Nebenbemerkung über ein Bankett finden, das im 19. Jahrhundert zu seinen Ehren ausgerichtet wurde, und es wird auch nur erwähnt, weil es der Schauplatz für irgendein Palastgerücht war.«

Das Flackern in Binahs Augen erlosch, doch auf ihren Lippen blieb ein mitfühlendes Lächeln, das Lottie das Gefühl gab, eine totale Versagerin zu sein.

»Mach dich nicht so fertig, Lottie«, sagte sie und klappte das Buch zu. »Es ist ein Anfang. Du kannst nicht erwarten, dass du alles über Nacht löst.« Sie legte ihr beruhigend eine Hand aufs Bein, und Lottie wäre beinahe zusammengezuckt. »Lass uns zu dir gehen und eine Weile an etwas anderes denken. Manchmal grübelt man zu viel über ein Problem nach, und dann –«

»Nein!«, unterbrach Lottie sie heftig. »Ich kann nicht einfach aufhören. Dann mache ich eben allein weiter.«

Binahs Gesicht nahm einen ungewohnten Ausdruck an.

Der rosige Schimmer der Lichterkette verwandelte ihre zierliche Gestalt in eine goldene Statue – eine Gottheit, die Respekt forderte und keinen Widerspruch billigte.

»Das kannst du nicht mit mir machen«, sagte sie in einem Ton, den Lottie noch nie von ihr gehört hatte. Sie schnaubte voller Unmut und rutschte im Schneidersitz über den Boden, bis sie Lottie genau gegenüber saß. »Wenn du das wirklich so siehst, und wenn du darauf bestehst, dich immer für alle zu opfern …« Ihre kleinen runden Wangen röteten sich vor Erregung. »Was soll ich dann tun? Was erwartest du von mir?«

Lottie hatte noch nie erlebt, dass Binah so aufgebracht war. Vermutlich war es einfach neu für sie, dass jemand ihren Rat ignorierte, dachte sie. Erst als ihre Brille beschlug, wurde Lottie klar, dass Binah nicht nur verärgert war. Sie war den Tränen nahe.

»Ich versuche die ganze Zeit, dir zu helfen, Lottie. Immer helfe ich dir, aber nicht, weil es ein spannendes Abenteuer ist, sondern weil wir Freundinnen sind und weil ich es hasse, wenn jemand nicht weiterweiß. Mein Leben lang wollte ich alles wissen, um allen helfen zu können.«

Neben ihr begann ein Lampion in der Lichterkette zu flackern, doch sie wandte sich nicht danach um – ihre Augen waren groß hinter den runden Brillengläsern und hielten Lotties Blick wie Magnete. »Für mich ist das auch schwer. Ich bin es nicht gewohnt, etwas falsch zu verstehen.« Das Zittern ihrer Stimme war nur leicht, doch es war da, so klein und schmerzhaft wie ein Nadelstich. »Und Jamie ist auch *mein* Freund!«

Lottie wurde heiß. Sie hatte keine Sekunde daran gedacht, dass auch Binah sich Sorgen machte. Sie schluckte ihre Beschämung herunter und schaute sich um: stapelweise Nachforschungen und Theorien, und nichts davon hatte sie dem Ziel nähergebracht, Jamie zurückzuholen und Claude aufzuhalten. Ihr wurde klar, dass ihr Versuch, das Rätsel allein zu lösen, niemandem geholfen hatte. Ihr Verhalten erinnerte sie an Ellie.

»Es tut mir so leid.«

Die Entschuldigung brannte in ihrem Hals. Es fiel ihr schwer, es sich selbst einzugestehen: Es war ihre Schuld. Sie war dafür verantwortlich, dass sie Jamie verloren hatten. Sie war fest entschlossen gewesen, die Last allein zu tragen und einen Weg zu finden, Claudes Rätsel zu lösen, um bei Ellie und den Wolfsons bleiben zu können und nie wieder allein zu sein, und nun war sie einsamer denn je.

»Ich war so dumm. Ich …« Lottie blieben die Worte im Hals stecken, doch sie zwang sich weiterzusprechen. »Ich bin verwirrt und habe Angst, und deshalb mache ich die ganze Zeit Sachen, die anderen weh tun. Es tut mir leid.«

Binah rutschte näher an sie heran, legte ihre warmen Hände um Lotties gerötete Wangen und zwang sie, ihr ins Gesicht zu sehen. Obwohl Binah kaum 1,50 Meter groß war, hatte Lottie das Gefühl, ihr Kopf sei die Welt und Binah eine Göttin, die ihn in ihren gütigen Händen hielt.

»Danke für die Entschuldigung, Lottie«, sagte sie. »Aber du musst immer daran denken, dass du dich mir anvertrauen kannst und auch solltest. Du bist ein eigener Mensch mit eigenen Gefühlen, die außerhalb dieser Sache existieren, und es ist egoistisch, deine Freunde außen vor zu lassen. Wir machen uns Sorgen um dich.« Sie wartete, bis Lottie nickte, um sicherzugehen, dass sie ihre Worte verstanden hatte. »Sagst du mir jetzt, was wirklich los ist?«

Lottie blickte unwillkürlich zur Seite. Die Vorstellung, ihre Sorgen bei jemand anderem abzuladen, fühlte sich wie ein Verbrechen an, und doch behauptete Binah, sie für sich zu behalten, sei noch egoistischer. Mit einem Stups zwang Binah Lottie, sie wieder anzusehen, und ihr Blick war weder ungeduldig noch verärgert, er war einfach liebevoll.

»Es ist nicht nur wegen Jamie«, gab Lottie widerstrebend zu. »Ich hatte einen Streit mit Ellie, bevor er verschwunden ist. Einen schlimmen Streit, und sie weigert sich, darüber zu reden. Es ist, als würde sie etwas vor mir verheimlichen. Ich *weiß*, dass sie etwas vor mir verheimlicht.« Sie merkte erst, dass sie weinte, als Binahs Daumen über ihre tränennasse Wange strich. Sie hatte das Gefühl, in letzter Zeit nur noch zu weinen.

»Ist ja gut«, murmelte Binah, als könnte sie die Stimme in ihrem Kopf hören. »Es ist in Ordnung, dass du traurig bist. Du darfst traurig sein.«

»Sie hat gesagt, dass sie mich nicht will, dass ich nur ihre Porterin bin und dass unsere Beziehung sowieso vorbei ist, wenn sie Königin wird, und jetzt tut sie so, als wäre es nie passiert. Sie … sie will, dass alles wieder so ist, wie es vor Leviathan war.« Sie brachte die Worte nur mühsam heraus, die sie noch nicht einmal sich selbst richtig eingestanden hatte, und sie fühlten sich wie eine offene Wunde an. »Ich kenne sie. Ich weiß, dass sie mich absichtlich von sich weggestoßen hat, aber ich verstehe nicht, was sie jetzt macht. Alles fühlt sich falsch an, und ich frage mich die ganze Zeit: Was, wenn es immer falsch war? Was, wenn ich die ganze Zeit eine totale Idiotin war und sie mich einfach wegwirft, sobald sie mich nicht mehr als Porterin braucht?«

Binah nahm mit einem tiefen Atemzug alles auf, dann stieß sie die Luft aus und löste die Hände von Lotties Wangen. »Das ist bescheuert. Was spielt es für eine Rolle, ob du ihre Porterin bist?«

Ihre Reaktion war nicht der laute Knall, den Lottie erwartet hatte.

»Weil das alles ist, was ich habe«, gestand sie und atmete tief ein, um sich zu beruhigen. »Alle wollen, dass ich mir überlege, was ich als Nächstes tun will – dass ich herausfinde, wer ich bin. Aber bevor ich nach Rosewood gekommen bin und Ellie getroffen habe, hatte ich nicht mal ein Zuhause. Ich kenne nichts anderes. Als ihre Porterin hatte ich zum ersten Mal so etwas wie eine Familie.«

»Ich verstehe«, sagte Binah, und Lottie wusste, dass es stimmte.

Eine Weile saßen sie schweigend da, Binah mit dem Kopf an Lotties Schulter gelehnt, und verdauten das Gespräch.

»Darf ich dir einen Rat geben?«, fragte Binah schließlich und setzte sich wieder aufrechter hin.

Lottie lächelte, und es tat nun weniger weh. »Immer.«

»Du darfst nicht vergessen, dass Ellie Angst hat. Sie hat Jamie verloren, und sie muss das Gefühl haben, dass der Name Wolfson nur Unheil bringt.« Sie neigte den Kopf von einer Seite zur anderen und fuhr fort: »Vielleicht braucht sie gerade nicht Lottie Pumpkin, die Porterin, sondern Lottie Pumpkin, die Freundin. Verstehst du, was ich meine?«

Lottie stand auf. Ihr Blick fiel auf ihre Krone auf der Kommode, der Opal schimmerte, und darüber war Lotties Spiegelbild: kurze Haare, runde rosa Wangen und, so hell wie die Sonne, ihre Entschlossenheit, niemals aufzugeben.

Wie hatte sie so dumm sein können? Es spielte keine Rolle, ob sie Ellies Porterin war. Es spielte keine Rolle, ob sie nützlich war. Sie war so viel mehr als das.

»Ja«, sagte sie und lächelte sich im Spiegel zu. »Jetzt verstehe ich.«

34

Die Zeit der Examen verwandelte die Schule in einen emsigen Bienenstock voller Lerntreffen und Bibliotheksbesuche, und es waren nicht nur die Prüfungsvorbereitungen, die alle beschäftigten, auch der ISC-Contest rückte näher. Bald würden überall in Rosewood Erinnerungen an die Namensgeber der drei Häuser lebendig werden, und Lottie hatte noch immer nicht mit ihrem Projekt angefangen.

Mit Binahs Rat im Hinterkopf schob sie ihre Sorgen beseite und nahm in Angriff, was sie so lange zu verdrängen versucht hatte. Es war an der Zeit, dass sie sich mit ihrer eigenen Geschichte auseinandersetzte.

Während Samuel vor der Tür Wache hielt, richtete sie sich in Raum A-2 ein – einem gemütlichen Unterrichtsraum im obersten Stock des Kunstgebäudes, in dem sie vor über einem Jahr zum ersten Mal von Liliana erfahren hatte. Die weißen Fensterläden waren geöffnet und klapperten im Wind, und der Efeu an der Mauer lugte neugierig herein. Sie holte tief Luft, setzte sich die Krone auf, streifte Jamies Ring über den Finger und begann.

Um sie herum lagen allerlei Materialien – Ölfarben, Pastellkreiden, Pinsel und mehrere große Leinwände. Es kam ihr so vor, als hätte sie seit Jahren nicht mehr gemalt, ihre Finger zuckten vor Vorfreude, und sie hatte das Gefühl, nach langer Zeit einen alten Freund wiederzusehen. Außerdem hatte sie jedes Buch herbeigeschleppt, das sie über Liliana und ihr Alter Ego William Tufty hatte finden können. Exakt vierundvierzig Bücher lagen aufgeschlagen im Raum verteilt, so dass sie aussahen wie Möwen im Flug. Von den ganzen Büchern erwähnten nur drei Liliana, und in nur einem war ein Bild von ihr. Es war das Bild, das sie bereits kannte: Lili mit ihrer Krone auf einem Berg wilder Locken, mit grimmigem Blick und dem Schwert in der Hand. Das Schwert, das nun unter Lotties Bett lag. Nur Lottie und ihre Freunde wussten, dass es noch andere Bilder von ihr gab, dass ihr Atelier voller Selbstporträts und Gemälde der Menschen war, die sie geliebt hatte.

Das alles war in William Tuftys Versen versteckt. *Die Füchsin und die zierliche Maus.* Kaum jemand wusste, dass sie ein- und dieselbe Person waren: Liliana war die Füchsin, Tufty die Maus. Die zwei Seiten einer Münze.

Während Lottie sich in die Bücher vertiefte und noch einmal alles durchging, was sie über Liliana Mayfutt, die eigensinnige Prinzessin, wusste – über ihre Abenteuer in Japan, die Begegnung mit ihrem Vorfahren Henry, wie sie William Tufty, Gründer von Rosewood Hall, geworden war und ihre wilde Seite verborgen hatte –, flammte etwas in ihr auf. Es fühlte sich an, als wäre tief in ihrem Körper eine Flamme erwacht, die immer schon dagewesen war, aber schwach, und die nun stärker wurde, als wäre jedes Wort, das sie las, Brennstoff für das Feuer.

Wie konnte ich davor solche Angst haben?

Sie dachte daran, was Ellie vor ihrem Streit gesagt hatte, als sie sie gebeten hatte, darüber nachzudenken, was sie über ihre Rolle als Porterin hinaus sein könnte. *Fragst du dich nie, was das bedeutet? Was du sonst noch sein könntest?*

Als sie die Worte in ihrem Kopf hörte, machte etwas *klick*. Es war, als wäre ihre Sicht seit Jamies Verschwinden getrübt gewesen und sie sähe nun endlich wieder klar.

Sie alle mussten herausfinden, wer sie waren, auch Jamie.

Ein Gefühl der Ruhe überkam sie. Endlich verstand sie, warum Jamie sie verlassen hatte. »Ich hoffe, du findest, was du suchst«, flüsterte sie seinem Ring zu. »Und wenn du es gefunden hast, komm schnell zu uns zurück.«

Wie zur Antwort blinkte ihr der Ring zu. Ein Sonnenstrahl, der durchs Fenster fiel, brachte ihn zum Funkeln, und die Sterne erstrahlten wie Tausende winziger Lichter. Sie erinnerten sie an den Opal-Mond ihrer Krone. Mit diesen beiden Schmuckstücken besaß sie den ganzen Nachthimmel.

Schlagartig wurde ihr klar, was sie zusammen waren, Jamie, Ellie und sie: Sie waren eine ganze Galaxie, und sie musste darauf vertrauen, dass sie eines Tages wieder in ihre Umlaufbahnen zurückkehren würden.

Der Gedanke war wie ein Déjà-vu, eine glückliche Erinnerung an die Zeit vor Leviathan und Claude und der unsicheren Zukunft. Sie tanzte in einem Kleid aus Goldfäden und Sonnenschein zwischen einem Ritter in der Farbe von Mitternacht und einem prinzenhaften Mädchen in einem Kleid aus Mondenschimmer, und sie drehten sich in einem ewigen Sternenwirbel.

Jamie hatte gesagt, er sei zu seiner Familie gegangen, aber das stimmte nicht. *Sie* waren seine Familie. Er gehörte zu Ellie und Lottie wie die Sonne und die Sterne zum Himmel. Sie wusste aber auch, dass er das selbst herausfinden musste, so wie sie es herausgefunden hatte.

Ohne dass sie nachdenken musste, glitten ihre Finger über die Leinwand, Graphitstriche umrissen ihre Gedanken, machten die Erinnerung lebendig.

Bald füllte sich das Weiß mit dem Bild zweier Tänzer, die einander glücklich in den Armen hielten, genau wie Lottie und Ellie vor Jahren auf dem Ball. Doch das waren nicht sie und ihre Prinzessin. Es waren die beiden Seiten von William Tufty, sommersanft wie Lottie und sturmwild wie Ellie. Es war so offensichtlich, dass ihr von der Leinwand entgegensprang, was sie die ganze Zeit übersehen hatte. So oft hatte sie sich im Spiegel betrachtet und nicht sagen können, wem sie mehr ähnelte: Sie hatte es nicht sagen können, weil sie beides war.

Die ganze Zeit hatte sie die Frage gequält, was ohne Ellie aus ihr werden sollte, jeden Gedanken an eine Zukunft weggeschoben, in der sie nicht zusammen waren. Aber das war Unsinn. Sie würden immer zusammen sein. Sie hatten sich zu etwas Eigenem und Neuem zusammengetan, das nie wieder verschwinden würde.

»Ellie.« Sie flüsterte der Leinwand den Namen zu, und die Farben erwachten unter ihrem Pinsel zum Leben, sichere, kraftvolle Striche erzählten der Welt ihre Geschichte. »Ich weiß nicht, was du vor mir versteckst oder wie du Jamie retten willst, aber egal, was passiert, wir sind dafür bestimmt, zusammen zu sein.«

Mit jedem Pinselstrich, den das Gemälde lebendiger wurde,

verstand sie besser, was sie tun musste. Bevor sie irgendetwas lösen konnte, musste sie Ellie klarmachen, dass sie gemeinsam bessere Menschen waren – gerade wegen ihrer Verschiedenheit – und dass sie beide auf ihre Weise perfekt waren. Die Wolfsons hatten Jamie verloren, weil sie zu große Angst davor gehabt hatten, ihn zu verlieren. Sie hatten gefürchtet, ihn nicht halten, nicht kontrollieren zu können, und genau diese Angst hatte ihn fortgetrieben. Dabei sah sie es genau vor sich, es war ganz einfach. Es spielte keine Rolle, dass sie alle ihren eigenen Weg gehen und sich weiterentwickeln würden. Sie würden für immer verbunden sein.

Sie musste mit Ellie reden.

Sie ließ den Pinsel fallen, steckte Jamies Ring in die Hosentasche und rannte aus dem Raum, wobei die Farbkleckse auf ihrer Latzhose um sie herumflatterten wie Schmetterlinge.

»Entschuldige, Samuel«, rief sie, während sie die Treppe hinunterstürmte. »Ich muss nur mal schnell auf mein Zimmer.« Nur vage nahm sie wahr, dass Samuel ihr nacheilte, zu sehr damit beschäftigt, ihre Prinzessin zu finden.

Als sie vor Zimmer 221 ankam, ging ihr Atem keuchend, aber nicht vor Anstrengung – vor Nervosität. Sie riss die Tür auf, und da war sie, mitten im Zimmer, genau da, wo ihre beiden Welten in magischem Chaos aufeinanderprallten. Ein kalter Kreis aus Sonnenschein, der durch die Balkontür fiel, war wie ein Scheinwerfer genau auf sie gerichtet.

»Ellie, ich bin so froh, dass du hier bist! Ich muss dir was sagen.« Die Worte sprudelten aus ihr heraus wie ein Wasserfall, sie musste sie loswerden, bevor sie zu lange darüber nachdenken konnte. »Ich werde mich an der Kunstakademie bewerben und eine Kunststiftung gründen. Und ich werde mich mit meiner Familiengeschichte beschäftigen. Ich möchte, dass Lilianas Vermächtnis in Erinnerung bleibt. Ich möchte ein Teil davon sein.«

Ellie öffnete den Mund und blinzelte verwirrt. Sie sah müde aus wie immer, lilablaue Schatten lagen unter ihren Augen. Doch da war noch etwas anderes: Ihre Haare waren zu lang geworden, die scharfen Kanten ihrer Wangenknochen traten etwas zu weit hervor, und ihre Haut war ein bisschen zu blass. »Wann hast du –«

»Ich weiß, es kommt überraschend«, unterbrach Lottie sie, und die Hitze, die ihr in die Wangen stieg, sagte ihr, dass sie rot wurde. »Aber ich habe nachgedacht, über das, was du gesagt hast, und über uns, und ich will dir sagen, dass du keine Angst haben musst.« Ellie schwieg, doch ihre Augen bedeuteten Lottie, fortzufahren. »Es ist gut, dass wir uns begegnet sind, Ellie. Dass wir uns kennen, hat uns beide zu besseren Menschen gemacht, und ich vertraue darauf, dass ich alles, was ich als deine Freundin gelernt habe, mit raus in die Welt nehmen werde.«

Wie Spiegelbilder ließen beide die Schultern sinken, als wäre ihnen eine schwere Last abgenommen worden. Das letzte Mal, als Lottie versucht hatte, offen mit Ellie zu reden, hatte sie so eine Angst gehabt, dass sie genau das Falsche gesagt hatte. Jetzt wusste sie, was sie fühlte und was sie sagen musste.

»Lottie, ich … Wie kommst du so plötzlich darauf?«

Lottie musste lächeln, so erleichtert war sie, dass sie endlich wieder mit Ellie redete und dass Ellie ihr endlich wieder richtig zuhörte, was sie daran sah, dass sie sich vorbeugte und die zerbrochene Brücke zwischen ihnen zusammenfügte.

»Ich habe die ganze Zeit versucht zu verdrängen, dass ich irgendwann nicht mehr deine Porterin sein werde, indem ich mich auf Leviathan und Claude und alles andere konzentriert habe, was mich an meine Aufgabe gebunden hat. Ich habe mir eingebildet, wenn ich meine Rolle so gut wie möglich erfülle, könnten du und ich für immer zusammen sein.« Je länger sie sprach, desto höher kletterten Ellies Augenbrauen, und der Anflug eines Lächelns zuckte in ihren Mundwinkeln. »Aber ich hatte unrecht«, fügte Lottie hinzu und spürte die Kraft ihres Geständnisses. »Egal, wohin wir gehen oder was wir tun, egal, ob ich deine Porterin bin oder nicht, wir werden immer einander haben. Gemeinsam sind wir besser.«

Sie griff nach Ellies Hand und drückte sie an ihr Herz. »Ich weiß, dass es stimmt. Und selbst wenn wir nach dem Abschluss getrennte Wege gehen, haben wir immer noch ein gemeinsames Jahr vor uns, um *wir* zu sein. Und um so gut zu werden, wie wir nur sein können.« Sie drückte Ellies Hand fest und sah ihr direkt in die Augen. »Wir beide geben niemals auf, und ich will nicht, dass du deswegen Angst hast. Du musst mich nicht wegstoßen. Wir schaffen es, zusammen oder getrennt, das weiß ich jetzt … aber lass es uns zusammen durchstehen.«

Ellie hielt lange Zeit still, nur ihr schwerer Atem war zu hören. Ihre dunkel geschminkten Lippen teilten sich, und sie schien etwas sagen zu wollen, doch dann schluckte sie es hinunter und schenkte Lottie ihr kleines halbes Lächeln.

Es gab immer noch etwas, das Ellie ihr nicht sagte. Lottie

musste einfach darauf hoffen, dass sie ihr bald genug vertrauen würde. Anders ging es nicht, wenn sie Jamie zurückholen wollten.

»Ich wusste doch, dass du wieder zur Vernunft kommen würdest«, sagte sie, beugte sich mit einem großen Seufzer vor und schmiegte die Stirn in Lotties Halsbeuge, so dass ihr warmer Atem Lotties Haut kitzelte. »Es tut mir leid.«

Ellies Worte fühlten sich wie ein Kuss an, und Lottie musste sich sehr zusammenreißen, um sich nicht hineinzulehnen.

»Tja, eine von uns muss ja vernünftig sein.« Sie wollte Ellie spielerisch an den Haaren ziehen, als ihr Blick auf die Gegenstände fiel, die um sie herum auf dem Boden lagen. »Was ist das?«

Ellie richtete sich auf und begutachtete das Durcheinander.

»Oh, ich habe nur schon mal angefangen zu packen.« Sie zuckte verlegen mit den Schultern, die Frage schien ihr unangenehm zu sein. »Ich will nach Maradova, sobald wir die Prüfungen hinter uns haben. In Anbetracht der Umstände …«

»Oh, natürlich, entschuldige.« Nun war Lottie verlegen, weil sie vor lauter Aufregung nicht daran gedacht hatte, dass Leviathan neue Informationen über sie besaß. »Es wird alles wieder gut, das weißt du, ja?«, fügte sie hinzu. »Wir holen Jamie zurück.«

»Klar, alles wird gut«, stimmte Ellie zu, und ihr Gesicht sagte Lottie, dass sie wirklich daran glaubte. »Dafür habe ich gesorgt.«

Verwirrt legte Lottie den Kopf schief. »Was meinst du damit?«

»Mach dir darüber keine Sorgen.« Ellie wedelte den Gedanken beiseite, ließ sich rückwärts auf ihr Bett fallen und warf Lottie ein verschmitztes Grinsen zu. »Sorg dich lieber um den Riesenfarbklecks in deinem Gesicht.«

»Was?« Lottie rannte zum Spiegel, und tatsächlich, ein gewaltiger pinkfarbener Pinselstrich verlief von ihrer Augenbraue über das Kinn bis zum anderen Ohr, so dass sie wie ein lachender Pfirsich aussah. »Jetzt ist es passiert. Meine Apfelbäckchen haben mein ganzes Gesicht erobert!«

Grinsend drehte sie sich zu ihrer Prinzessin um. Es war so leicht, wieder in die vertraute Neckerei zu verfallen, zu scherzen und einander aufzuziehen, als wäre nichts gewesen. Doch so gern Lottie den Moment einfach genossen hätte, war da immer noch etwas, das Ellie ihr verschwieg.

Was es auch war – Lottie war sicher, dass sie es überstehen würden. Solange sie nur zusammen waren.

35

Als sie am Morgen des ISC-Contests erwachten, war der Gemeinschaftsraum von Ivy völlig verwandelt. Gedichte in Schnörkelschrift hingen an Schnüren von der Decke und steckten in den Blüten von Stoffblumen, Zitate feministischer Literatur waren mit Kreide an die Wände geschrieben, und Reh-Statuen, die aus Wörtern und Buchstaben bestanden, tollten durch den Vorgarten.

Und das war erst der Anfang. Ganz Rosewood lag unter bunten Wimpeln und Bannern, Blüten und Duftkerzen in Purpur, Gelb und Rot, den Farben von Ivy, Stratus und Conch. Überall auf dem Gelände waren die mühevoll erarbeiteten Tribute an die Namensgeber der Häuser zu sehen, und jedes Werk zeigte stolz den Namen seines Urhebers.

Lottie hatte nicht die Ruhe, alle Arbeiten ausgiebig zu bewundern, da Samuel ihr ungeduldig folgte. Sie schaute nur kurz in Stratus und Conch vorbei, um sich die Kreationen der anderen anzusehen. Vor dem Turm von Stratus hatte jemand Blumenspaliere aufgestellt, die für die Arbeit von Shray und Sana standen. In Conch hatte jemand wenig geschmackvoll einen Wolfskopf auf die Bronzestatue von Saxon dem Bär gespießt, um Balthazar zu ehren, der angeblich mit einem Wolf gekämpft hatte, um einem Mitschüler das Leben zu retten.

Obwohl sie wusste, dass der Wolf in dieser Geschichte der Böse war, tat er Lottie doch leid. Seine Gesicht mit den gebleckten Zähnen erinnerte sie an die Türklopfer im Palast, und sie musste an Jamie und Ellie denken. Die knurrten nicht, weil sie wütend oder boshaft waren – sie knurrten, weil sie Angst hatten. Unwillkürlich streckte sie die Hand aus und tätschelte dem Wolf die Nase.

»Alles wird gut«, versicherte sie ihm.

Dann eilte sie los, um ihr eigenes Werk zu präsentieren.

Um elf Uhr begaben sich alle Schüler aus Lotties Jahrgang in den großen Saal. Aus dem Bereich, in dem die essbaren Beiträge präsentiert wurden, duftete es nach Gebäck und kandierten Früchten. Unter anderem waren täuschend echte Nachbildungen von Elwin, Ryley und Saxon aus Zuckerwerk dabei. Lottie war nicht überrascht, daneben Lolas und Mickys Namen zu entdecken.

Ihr eigenes Werk stand von einem Tuch verhüllt auf einem Podest, und die Hausvorsteherinnen standen wie Wachen davor. Sogar Professor Croak war gekommen. Er schnüffelte neugierig am Tisch mit den Leckereien herum und verschränkte die Finger hinter dem Rücken, wie um sich das Naschen zu verkneifen.

Lottie entdeckte ihre Freunde in der Menge, als sie auf das Podest stieg und sich neben Professor Devine stellte.

»Lottie, dein Bild ist wunderbar«, sagte Professor Devine herzlich, und ein Hauch ihres teuren Parfüms wehte Lottie entgegen. »Bist du so weit? Dann würden wir uns sehr freuen, wenn du uns deinen Tribut an William Tufty vorstellst.«

»Ich bin so weit, aber« – Lottie blickte über die versammelten Schüler hinweg und sah Ellie sofort, wie den Mond am klaren Nachthimmel – »ich würde gerne etwas dazu sagen, wenn ich darf.«

Das schien der Professorin zu gefallen. Ihre Mundwinkel wanderten leicht nach oben, so dass sie beinahe lächelte.

Das Stimmengewirr unter dem Podest legte sich. Alle hier hatten eines gemeinsam: Rosewood Hall, eine Welt, die von ihrer Vorfahrin erbaut worden war, und als sie jetzt vor ihnen stand, spürte Lottie die Verpflichtung, Lilianas Werk fortzusetzen.

»Bevor ich euch meinen Tribut an den Gründer dieser Schule zeige, möchte ich ein paar Worte sagen.« Sie wickelte eine lose Strähne um den Zeigefinger, während sie darauf wartete, dass alle ihr zuhörten.

»William Tufty war der festen Überzeugung, dass Menschlichkeit das Beste aus uns allen herausholt. Deshalb hat er die drei Säulen geschaffen, auf denen die Häuser dieser Schule gegründet sind: Ehrlichkeit, Entschlossenheit und Einfallsreichtum. Jede einzelne hat ihren Wert, aber wenn man alle drei verbindet, können phantastische, ja, magische Dinge geschehen.«

Lottie sah Binah zustimmend nicken.

»Tufty glaubte auch an das Prinzip der Dualität, daran, dass man laut sein muss, um seine Überzeugungen mitzuteilen, und dass man schweigen muss, damit andere sprechen können.« Sie hielt inne und zog das Tuch von ihrem Werk.

Ein Raunen ging durch den Saal, während Schüler und Lehrer Lotties Kunstwerk betrachteten. Beifälliges Gemurmel und begeisterte Ausrufe waren zu hören.

Das Gemälde in dem goldenen Rahmen war beinahe so groß wie Ms. Bolter. Es war im Stil der Präraffaeliten gehalten, um Tuftys verborgener Identität und der vielen Geheimnisse, die sich darum rankten, Rechnung zu tragen. Die vorherrschenden Farben waren warme Gelb- und Goldtöne mit winzigen Abstufungen wie auf einem Farbrad. Zwei Gestalten gingen ineinander über – die männliche Gestalt von William Tufty und die weibliche Gestalt neben ihm, deren Gesicht von Goldfäden verborgen war.

Als das Raunen verstummte, fuhr Lottie fort: »Diese Dualität wollte ich zeigen – die Harmonie der beiden Seiten unseres Gründers. Er war wild und besonnen, leidenschaftlich und ruhig, laut und sanft. Man könnte auch sagen: *Die Füchsin und die zierliche Maus*, eins meiner Lieblingsgedichte, als ich klein war.«

Sie blickte über die Menge und sah Ellie in die Augen, um ihr zu verstehen zu geben, dass die nächsten Worte für sie bestimmt waren. »Ich möchte mit diesem Bild uns alle dazu ermutigen, nicht nur das Beste aus uns selbst herauszuholen, sondern auch darauf zu achten, wie andere uns verändern können und wie wir durch sie zu besseren Menschen werden. Ich glaube, dass William Tufty sich das für euch gewünscht hätte, und das möchte ich mit diesem Bild aussagen. Vielen Dank! Ich glaube, jetzt dürft ihr endlich den Kuchen essen.«

Lottie sonnte sich nicht lange im Applaus. Sie lief die Treppe hinunter zu Ellie, und die beiden umarmten sich, als wären ihre Körper durstig nacheinander. »Was sagst du?«, fragte sie, ohne sie loszulassen.

Ellie schob sie an den Schultern ein Stück von sich und betrachtete sie eingehend. »Ich bin so stolz auf dich, Lottie«, sagte sie aufrichtig. »Du wirst auf der Welt noch Großes leisten.«

Lottie fühlte sich, als wäre sie selbst das Gemälde und als wollte Ellie sich jedes noch so kleine Detail einprägen. »Ich bin wirklich froh, dass wir diese gemeinsame Zeit hatten.«

Etwas schlich sich in Ellies Stimme – ein kleiner Riss, den Lottie nicht deuten konnte. Doch dann legte Ellie den Kopf schief, und ihr tintenschwarzes Haar streifte ihre blassen Wangenknochen. »Es erinnert mich an uns«, sagte sie. »Beim Sommerball. Als wir zum ersten Mal zusammen getanzt haben.« Sie stieß einen Seufzer aus, der Lotties Brust dort schmerzen ließ, wo ihr Wolfsanhänger lag. »Das war die schönste Zeit meines Lebens.«

Etwas Perfekteres hätte sie nicht sagen können.

»Genauso geht es mir auch«, erwiderte sie.

Doch dann war der Moment vorbei, und Ellie setzte ihre Maske wieder auf.

»O Gott, ich kann nicht glauben, dass ich das nächstes Jahr beim Goldenen Blumenfest 2019 schon wieder mitmachen muss«, sagte sie.

Lottie erstarrte, während Ellie lachte.

»Was hast du gesagt?«

»Nächstes Jahr, das Goldene Blumenfest«, sagte Ellie. »Erinnerst du dich nicht? Sie wollen es immer noch durchziehen.«

Lottie spürte ein Kribbeln am ganzen Körper. Irgendetwas an Ellies Bemerkung war wichtig, und sie musste darauf kommen, was es war.

»Ellie, ich muss mal kurz weg.« Ellies Hand legte sich um

ihre. »Ich bin gleich wieder da, versprochen. Und dann erkläre ich dir alles. Ich glaube …« Sie stockte, weil sie nicht wusste, wie sie es sagen sollte, ohne Ellie in Alarmbereitschaft zu versetzen. »Ich glaube, ich habe eine Idee, wie deine Familie Jamie finden kann«, sagte sie, weil sie wusste, dass sie sich aus der Sache heraushalten sollte.

Ellies Finger drückten sich fester um ihre, umschlossen sie wie Ton. »Mach dir keine Gedanken. Jeder tut, was er tun muss.«

Die Antwort war seltsam, genau wie Ellies fester Griff und ihr bohrender Blick. »Ja …« Lottie verstummte verwirrt.

Dann ließ Ellie sie unvermittelt los, und eine Kluft tat sich zwischen ihnen auf wie ein Riss in der Erde.

»Bis später«, sagte Lottie und verschwand in der Menge.

Sie merkte nicht, dass Samuel ihr nicht folgte.

36

Da die meisten Schüler bei den Feierlichkeiten des ISC-Contests waren, war die Bibliothek so gut wie leer. Nur einige wenige hatten sich vom Trubel hierher zurückgezogen, und so hatte Lottie viel Platz, um in den sonnendurchfluteten Räumen ihre Gedanken zu entwirren.

Zuerst legte sie einen Stopp in der Geschichtsabteilung ein. Sie blätterte durch gefühlte hundert Bücher, bis sie fand, wonach sie suchte. Es war ein neuerer Band mit dem Titel *Herrschaft und Eroberung: Eine kurze Geschichte der weitreichendsten Machtverschiebungen der Welt*. Ihr Geschichtslehrer hatte den Autor in den höchsten Tönen gelobt.

Sie zog das Buch aus dem Regal, suchte sich einen Tisch in der Nähe des Bibliothekscafés und breitete ihre spärliche Sammlung an Puzzleteilen aus: Jamies Zahlen, das Geschichtsbuch und Oscars Tagebuch, das sie an der Stelle über das Bankett aufschlug. Sie leckte sich über die Lippen und las den Anfang der Schilderung, sog ihn begierig in sich auf.

Es gab Zeiten, in denen mir die Tätigkeit als Porter Einblick in ungeheuerliche Affären verschafft hat. Vergangenes Jahr beispielsweise fragte mich eine Gräfin aus Genovia auf Alexis Wolfsons Gedenkbankett, ob ich mich nicht auf die

Liste der Angehörigen des maradovischen Königshauses setzen wolle, die ihretwegen einen Skandal provoziert haben. Ich lehnte höflich ab, doch nun bin ich mein Leben lang neugierig, welche Mitglieder des Königshauses sie gemeint hat.

Es war nicht die Anspielung auf den Skandal, die sie interessierte. Es war das Datum. Der Eintrag war auf 1860 datiert, was bedeutete, dass das vorangegangene Jahr 1859 gewesen war. Sie wandte sich den Zahlen in ihrem Notizbuch zu und schnappte nach Luft, als sie ihren Fehler erkannte.

2 2 1
0 0 9
1 0 9
9 9 9

Es waren nicht vier Zeilen – es waren drei Spalten, von oben nach unten und von rechts nach links geschrieben. 1999, 2009, 2019. Natürlich!

Mit zitternden Fingern griff sie nach dem Geschichtsbuch und suchte nach der passenden Stelle.

Revolutionen innerhalb eines Landes sind nicht ungewöhnlich. Ungewöhnlich ist dagegen eine einhellige Unterstützung, wie sie im Fall von Alexis Wolfson von Maradova zu beobachten war, der am 12. August 1589 den damaligen Herrscher stürzte und selbst aus den Reihen des Palasts vollsten Rückhalt erfuhr. Es wurde sogar behauptet, am Tag seiner Thronbesteigung habe zum ersten Mal seit zehn Jahren in Maradova wieder die Sonne geschienen.

Lottie war wie benommen. Alles purzelte an seinen Platz.

Die Zahlen waren keine Codes oder Kombinationen und hatten auch nichts mit ihrer Zimmernummer zu tun. Es war viel einfacher. Es waren Jahreszahlen, und zwar nicht irgendwelche – sie entsprachen dem Goldenen Blumenfest, das in Maradova alle zehn Jahre abgehalten wurde, um Alexis Wolfsons Machtergreifung zu feiern.

Lottie wusste nicht, wie der Plan lautete und wie sie ihn ausführen wollten, doch sie wusste mit entsetzlicher Gewissheit, dass, was auch immer Claude plante, auf dem Goldenen Blumenfest passieren würde.

Mit verzweifeltem Tempo, als ginge es um ihr Leben, stürmte sie aus der Bibliothek. So schnell war sie nicht mehr gerannt, seit Ingrid sie durch den Rosenwald gejagt hatte, ihre Füße flogen nur so über die Pflastersteine – sie musste sofort zu Ellie. Sie musste sie warnen.

Als sie das Wohnheim von Ivy erreichte, polterte sie keuchend die Treppe hinauf und stieß so fest gegen die Tür, dass sie gegen die Wand schlug.

»Ellie, ich habe herausgefunden, dass Claude –« Sie unterbrach sich, und die Worte erstarben in ihrem Mund, während sie weiterschnaufte und sich verdattert umschaute.

Ellie war nicht da. Und auch ihre Sachen nicht.

Da, wo Lotties und Ellies Sachen sich zu einem rosa-schwarzen Wimmelbild vermischt hatte, war nichts. Alles, was nicht Lottie gehörte, war weg. Das Einzige, was darauf hindeutete, dass Ellie hier gewohnt hatte, war die etwas dunklere Wandfarbe an den Stellen, wo ihre Poster gehangen hatten, und ein Fleck auf dem Parkett, wo ihr einmal Tinte ausgelaufen war. Abgesehen von diesen Schatten ihrer Existenz war von Ellie nichts mehr übrig. Ihre wütende Teenager-Rebellion, ihre leidenschaftlichen Pop-Zitate waren fort, und das Zimmer wirkte kühl und leer. Lotties Sachen sahen ohne Ellies leblos aus und nahmen in dem großen, halbleeren Raum viel zu wenig Platz ein.

Mit aufgerissenen Augen wich Lottie zurück. Sie verstand es immer noch nicht.

Samuel?, dachte sie plötzlich. *Wo ist Samuel?* Seit wann war er nicht mehr an ihrer Seite?

Seit sie im großen Saal mit Ellie gesprochen hatte! Er war ihr nicht in die Bibliothek gefolgt, also musste er bei Ellie geblieben sein. Sie musste ihn finden.

»Glückwunsch zu deinem Gemälde, Lottie!« Nana Lai, eine Ivy-Schülerin aus Lotties Kunstkurs, streckte den Kopf zur Tür herein und strahlte sie an. »Es ist wirklich toll. Ich denke auch darüber nach, mich nächstes Jahr an einer Kunsthochschule zu bewerben. Vielleicht sehen wir uns ja!«

Lottie musste sich zusammenreißen, um etwas zu erwidern. »Danke. Ja, vielleicht.« Die Worte fühlten sich fremd in ihrem Mund an, als spräche sie jemand anders. »Hast du Ellie irgendwo gesehen? Ich habe keine Ahnung, wo sie sein könnte.«

Nana zuckte mit den Schultern. »Ich glaube, sie ist vorhin abgereist.«

»Was?«

»Ja, sie hatte eine Menge Koffer dabei.«

Lottie begriff gar nichts mehr. Es war, als würde sich die Welt zu schnell drehen und alles vor ihren Augen verschwimmen. »Oh … okay«, war alles, was sie herausbrachte. Ihre Füße trugen sie nur mühsam die Treppe hinunter, während Nana ihr verblüfft nachblickte.

Plötzlich fiel Lottie Ellies Blick ein, als sich ihre Hände voneinander gelöst hatten, als wäre es das allerletzte Mal, dass sie sie sah.

Sie war so in Gedanken, dass sie beinahe mit Professor Devine zusammengestoßen wäre, deren purpurnes Gewand hinter ihr aufwallte, als sie abrupt stehenblieb. »Lottie, hervorragende Arbeit! Wir würden uns sehr freuen, wenn du uns die Erlaubnis gibst, dein Gemälde dauerhaft im großen Saal auszustellen.« Die Professorin musterte sie aufmerksam. »Ist alles in Ordnung?«

Doch Lottie konnte sie nur mit leerem Blick anstarren. Sie musste Ellie finden, das war das Einzige, was sie wusste. Alles andere war verworren.

»Ich suche Ellie«, stotterte sie, weil sie nicht wusste, was sie sonst sagen sollte.

Die Professorin kniff die Augen zusammen. »Eleanor ist abgereist. Hat sie dir nicht Bescheid gesagt?« Ihre Stimme klang etwas spitz. »Sie ist vor etwa einer halben Stunde abgeholt worden. Aber das hat sie dir doch sicher gesagt, Lottie?«

Lottie spürte, wie sich ihr Mund mehrmals öffnete und schloss, doch es kam nichts heraus, als wäre alle Luft aus ihrer Lunge gewichen.

»Ja … natürlich«, sagte sie schließlich gepresst und hastete an der Professorin vorbei zur Tür hinaus.

Ihre Gedanken drehten sich in schwindelerregenden Kreisen.

Ellie war weg.

Ellie war abgereist, und sie war weg. Sie war vor einer halben Stunde abgereist.

Das musste ein Irrtum sei. Aber ihr Blick. Ihr wehmütiges Lächeln.

Ich bin wirklich froh, dass wir diese gemeinsame Zeit hatten.

Erst als Lottie sich der Auffahrt näherte, wurde ihr klar, was sie tat. Die Rufe des schwarz gekleideten Sicherheitspersonals nahm sie kaum wahr. Sie raste mit voller Geschwindigkeit den Hügel hinunter, ihre Füße knirschten auf dem Kiesweg, weiter, weiter, an Blumenbeeten und Bäumen vorbei, durch das schmiedeeiserne Tor und den Ankunftsbereich mit dem hölzernen Vordach und immer weiter die Straße entlang.

Dann kam das Städtchen in Sicht, und sie konnte den Bahnhof sehen, der wie ein Leuchtturm strahlte. Unwillkürlich hielt sie nach einem Wagen mit verdunkelten Fenstern Ausschau, nach Ellie.

Ihre Gedanken sprangen zum allerersten Mal zurück, als sie Ellie gesehen hatte: Lederjacke, die dunklen Augen hinter einer Sonnenbrille versteckt, umgeben von einer Aura des Sturms und dem elektrisierenden Duft feuchter Erde. Wenn sie nur fest genug daran dachte, würde sie wieder bei ihr sein.

Sie war allein in der Stadt und extrem auffällig in ihrer purpurroten Uniform.

Die Leute starrten ihr nach, als sie vorbeirannte, und Kinder zeigten mit dem Finger auf sie. Sie spürte eine Angst, die sie zuletzt vor Jahren gefühlt hatte, lange bevor sie nach Rosewood Hall gekommen war.

Um den neugierigen Blicken zu entrinnen, bog sie in eine dunkle Seitenstraße und hoffte, sich auf dem Weg zum Bahnhof im Verborgenen halten zu können. Sie hatte nur eine vage Vorstellung, was sie tun würde: zum Bahnhof laufen, Ellie von der Telefonzelle aus anrufen, warten, dass sie kam und sie abholte.

Sie streckte die Hand aus, um sich an der Mauer abzustützen, und stellte bestürzt fest, dass sie zitterte. Wenn Ellie wirklich weg war, wenn ihr schlimmster Albtraum wahr geworden war, war sie jetzt ganz allein.

Aber das konnte doch nicht sein! Sie hatte sich mit Ellie versöhnt, hatte bewiesen, dass sie zusammengehörten, selbst wenn sie nicht ihre Porterin war. Warum also war sie weg? Warum waren alle weg, und sie war schon wieder allein?

Ihre Beine gaben unter ihr nach, und sie ließ sich an der Steinmauer zu Boden rutschen. So durfte es nicht sein. Sie hatten doch noch ein Jahr zusammen, sie sollten das alles gemeinsam durchstehen. Sie sollten Jamie finden. Trotzdem war sie allein in einer dunklen Gasse, ohne Jamie, ohne Ellie – und ohne sie konnte sie auch sich selbst nicht finden, sie wusste nicht, wer sie war.

»Ellie, Jamie, wo seid ihr?«, flüsterte sie.

Die Einsamkeit wirbelte in ihr herum und trübte ihren Verstand. Sie war eine Version von sich, von der sie geglaubt hatte, sie würde sie nie wiedersehen: das traurige kleine Mädchen, das auf dem Dachboden versteckt wurde, das nur Bilder und Märchen zur Gesellschaft hatte, das von Rosewood träumte und von der Person, die es dort werden würde. Alles, was sie seitdem erreicht hatte, wurde ihr jetzt weggerissen. Sie war kurz davor, sich zu übergeben.

»Na, wen haben wir denn da?« Eine Stimme wehte zu ihr herüber.

Lottie spähte durch die Finger und erkannte drei verschwommene Gestalten, die sich vor dem hellen Licht am Ende der Gasse abzeichneten.

»Sieht so aus, als hätte sich jemand verlaufen.«

37

Die Gestalten traten ins Zwielicht. Lottie kannte sie nicht. Es waren junge Männer, nicht viel älter als sie selbst, doch die Art, wie sie auf sie zukamen, ließ sie zurückweichen wie eine Maus in der Falle.

»Schaut mal, eine Schülerin aus Rosewood.« Der Größte der drei zeigte auf sie, und seine Nase zuckte, als würde er etwas wittern. »Du bist bestimmt 'ne ganz Schlaue, was? Komm doch mit uns ein Bier trinken und erzähl uns, was du alles weißt.«

Lottie brauchte einen Moment, um die Aufforderung zu registrieren. Seine Art zu reden war wortgewandt, aber nicht freundlich, sein Lächeln charmant, aber nicht liebenswürdig.

Der Zweite trat vor, er war kleiner und trug einen übergroßen Mantel, den er für cool zu halten schien. »Wie alt bist du?«, fragte er und stieß seinen Freund in die Rippen, und die beiden lachten, als wäre es ein Insiderwitz.

Lottie wusste, was sie tun sollte. Und sie wusste, was Ellie getan hätte, wäre sie da gewesen. Sie hätte den Größten von ihnen am Kragen gepackt und ihm gesagt, wo er sich sein Bier hinschieben konnte. Aber Lottie war nicht Ellie, und sie hatte weder Ellie noch Jamie an ihrer Seite, also wich sie zurück.

»Bitte, ich möchte nur nach Hause, ich –«

»Sollen wir dich begleiten?« Der Typ in der Mitte nahm ihren Arm – seine Hände waren klamm und fühlten sich unangenehm auf ihrer Haut an.

Instinktiv wand sie sich aus seinem Griff, wobei sie fieberhaft versuchte, sich an die Verteidigungsstrategien zu erinnern, die Jamie ihr beigebracht hatte, doch ihr fiel keine ein. Ohne ihn und Ellie war sie nichts. Ohne sie konnte sie der Welt nicht gegenübertreten.

»Warum heulst du denn so?«, rief der Große belustigt. »Wir wollen nur nett sein.«

»Hat dein Freund mit dir Schluss gemacht?«, fragte der Mittlere. Grelles Lachen.

Lottie konnte sich nicht rühren. Sie war weder freundlich noch mutig, noch war sie bereit, niemals aufzugeben. Sie war nur ein kleines Mädchen, das nicht mehr wusste, wer es war und was es tat.

»Komm schon, schenk uns ein Lächeln«, sagte der Kleine und zog die Mundwinkel mit den Fingerspitzen nach oben wie ein Clown. »Welche Probleme könnte eine nette junge Dame wie du schon haben?«

Alles außer ihm verschwamm vor Lotties Augen. Er kam näher, und sein Grinsen wurde breiter. Sie war sicher, dass sie gleich in Ohnmacht fallen würde.

Plötzlich zerfiel sein Grinsen, und seine Augen weiteten sich, als er nach hinten gezogen und herumgewirbelt wurde und hart mit dem Gesicht auf dem Boden landete, wo er keuchend liegenblieb. Ein großes Mädchen mit goldener Mähne und athletischem Körperbau drehte ihm den Arm auf den Rücken, und er winselte.

»Hältst du mich auch für eine *nette junge Dame*, du Blödmann?«, knurrte Saskia und zerrte noch einmal an seinem Arm, bis er ein jämmerliches Quieken ausstieß. *»Komm schon, schenk uns ein Lächeln. Warum heulst du denn so?«*

Eine kleinere Gestalt tauchte neben ihr auf, und Binah blickte zu Lottie herab. Ihre Brille vergrößerte ihre Augen, die warm und braun und tröstlich waren wie geschmolzene Schokolade.

Sie strahlte Lottie an und zog sie auf die Füße. »Wir haben dich gesucht.«

Wie haben sie mich gefunden?, dachte Lottie verwirrt.

Bevor sie nachvollziehen konnte, was geschah, schrien die anderen Typen eine Reihe Kraftausdrücke und marschierten wütend auf Saskia zu.

»Komm her, du miese …«

»Verzeihung.« Hinter Saskia trat Anastasia ins Licht und warf sich die Haare über die Schultern. »Ich habe mich wohl verhört. Oder wollt ihr euch mit der Tochter des französischen Botschafters anlegen?«, sagte sie und stellte sich furchtlos vor den Großen. Er sah aus, als wäre ihm klar geworden, dass er in der Falle saß. »Wenn das so ist, bleibt mir nichts anderes übrig, als den Sicherheitsdienst von Rosewood zu informieren, dass sie euch aus dem Verkehr ziehen müssen.« Ihre Augen verengten sich zu Schlitzen, und sie beugte sich auf eine Art vor, dass sie die beiden übrigen Männer zu überragen schien. »Dafür kann ich sorgen, *comprenez-vous?*«

Saskia ließ den Mann los, dem sie das Knie in den Rücken gestemmt hatte. Alle drei schluckten und stolperten rückwärts, während Saskia ihnen folgte und die Knöchel knacken ließ, um sie zu warnen, auch nur eine falsche Bewegung zu machen.

»Lottie, willst du den Typen noch irgendetwas sagen?«, fragte Binah und gab ihr einen kleinen Schubs. »Denk dran, du bist ein eigenständiger Mensch, und wir sind Freunde, komme, was wolle«, flüsterte sie ihr ins Ohr. »Was würde *Lottie, die Freundin* tun?«

Auge in Auge mit den drei jungen Männern, die vor ihnen zurückwichen, konnte sie nicht glauben, wie sehr sie sich hatte einschüchtern lassen. Sie war nicht allein. Sie war nicht *nichts* ohne Jamie und Ellie. Sie hatte alles, was sie in Rosewood und von ihren Freunden gelernt hatte – das alles pulsierte mit jedem Herzschlag in ihr. Sie war Lottie Pumpkin, sie bestand aus all ihren Erfahrungen, den guten wie den schlechten, sie war freundlich und mutig und gab niemals auf, und sie würde sich nie wieder herumschubsen lassen.

Sie trat vor, klopfte sich den Staub vom Rock, warf die Haare zurück, wie Anastasia es immer tat, und baute sich vor den drei schwitzenden Typen auf.

Sie legte den Kopf schief und äffte sie nach: *»Sollen wir euch begleiten?«*

»N-nein, danke«, stammelten sie und drängten sich aneinander.

Lächelnd beugte Lottie sich vor. »Dann macht, dass ihr wegkommt.«

Saskia trat beiseite, und die drei Typen schossen durch die Allee wie Ballons, aus denen die Luft zischt.

Als sie außer Sichtweite waren, brachen die vier Mädchen in Lachen aus. Doch es dauerte nur wenige Sekunden, bis

Lottie spürte, dass ihr das Lachen im Hals stecken blieb und sie einen Weinkrampf bekam.

»Wie habt ihr mich gefunden?«, schluchzte sie. Dabei war sie gar nicht traurig, sie war einfach nur überwältigt und erleichtert und wusste selbst nicht, was sie alles fühlte.

»Binah hat gesehen, wie du zum Tor gerannt bist«, sagte Anastasia. »Sie hat uns geholt.«

Binah beugte sich vor und zog Lottie an sich. »Wir werden immer für dich da sein, vergiss das nicht.«

Lottie nickte nur. Sie wusste, wenn sie den Mund aufmachte, würden ihr wieder die Tränen kommen.

»Was zur Hölle ist passiert?«, fragte Saskia und hakte Lottie auf der anderen Seite unter, bevor sie sich alle in Bewegung setzten. »Warum bist du hier in der Stadt, und warum bist du so verdammt schnell?«

Lottie lachte schwach, doch sie wusste, dass sie es ihnen sagen musste.

Sie traten aus der dunklen Gasse ins Licht, wo sie stehen blieben. Etwas in ihrem Gesicht schien sie zu verraten, denn die Mienen ihrer Freundinnen wurden sanft.

»Ich glaube …« Lottie suchte nach Worten, weil sie es noch nicht einmal sich selbst wirklich eingestanden hatte. Sie lauschte tief in sich hinein und spürte den Schmerz an der Stelle, wo der Wolf auf ihrer Brust lag, hohl und leer. Sie wusste, was passiert war, und sie wusste, sie musste es laut aussprechen.

»Ellie hat mich verlassen«, sagte sie heiser. »Sie ist weg.«

38

Sie blieben in der Stadt, bis der Himmel rosa wurde und die Wolken sich lavendelblau färbten. Bei einer Tasse Tee, zu der Anastasia sie eingeladen hatte, erzählte Lottie ihnen alles: von den Daten, vom Goldenen Blumenfest und von Ellies Abreise, und ihre Freundinnen hörten ihr aufmerksam zu, trösteten sie, wenn ihr die Tränen kamen, und warteten, bis sie die richtigen Worte gefunden hatte.

Bei ihrer Rückkehr nach Rosewood liefen sie geradewegs Ms. Bolter in die Arme, die völlig außer sich war und sagte, sie sei kurz davor gewesen, die Polizei zu rufen. Als sie jedoch ihre Gesichter und die besorgte Miene von Professor Devine sah, ließ sie sie ohne Verwarnung gehen.

Lottie holte sich ihr Kissen und Mr. Trüffel und begleitete Binah nach Stratus, um die letzte Nacht nicht allein verbringen zu müssen.

Binah bereitete in ihrem Kupferkessel Tee aus losen Teeblättern. Ihr leises Summen und das metallische Rühren des Löffels erzeugten ein hypnotisierendes Geräusch.

Lottie ging im Zimmer umher, strich vorsichtig über die Blätter der Pflanzen in Binahs kleinem Zimmer, das mehr einem Garten glich, und atmete den süßen Duft der Lilien und Kräuter auf dem Fensterbrett ein. In dem großen Bücherregal lagen mehrere Kristalle, von denen besonders einer Lotties Blick anzog. Es war die Geode eines Amethysts – das Licht tanzte auf seinen zackigen lila Kanten, schön und spitz, scharf und wunderbar, wie ein Sommergewitter. Er erinnerte sie an Ellie.

Wo bist du?, dachte sie und schluckte gegen den Kloß in ihrem Hals an.

»Du kannst bei mir und meinen Eltern in London bleiben, wenn du willst«, sagte Binah plötzlich und stellte eine Teetasse vor sie hin, von deren bernsteinfarbenem Inhalt heißer Dampf aufstieg.

»Danke. Ich bin sicher, dass es nicht so weit kommt«, erwiderte Lottie, doch ihre Stimme schwankte unsicher, und sie nippte schnell an ihrem Tee.

»So oder so«, sagte Binah schulterzuckend. »Du bist immer willkommen.«

Der nächste Morgen war ungewöhnlich kühl – ein frischer Wind brauste über die Schule und zerrte an den Uniformen, zerzauste Frisuren wie ein Blasebalg, verdunkelte die Gesichter und ließ ein gespenstisches Flackern über das ganze Gelände huschen.

Binah und Lottie kämpften sich durch den Sturm und trafen Anastasia und Saskia im Gemeinschaftsraum von Conch.

»Fühlt sich an wie am Strand«, stellte Lottie fest und schüttelte den letzten Rest Wind ab, als sie ihre Jacke aufhängte.

»Oder wie ein Orkan«, gab Binah zurück, doch Lottie wollte lieber nicht an Stürme denken.

Anastasia hatte das Plüschsofa unter dem Erkerfenster in

Beschlag genommen. Sie lag in Saskias Armen, und die beiden sahen wie das coolste Paar der Welt aus. Zum ersten Mal versetzte ihr Anblick Lottie einen Stich, und ihr Gehirn ließ unaufgefordert Bilder von Ellie und Jamie aufblitzen.

»Gibt's was Neues?«, fragte Anastasia, als Lottie sich neben sie setzte.

»Nein«, erwiderte Lottie mutlos. »Keine Nachricht an die Schule, keine an mich, nichts.«

»Was machst du, wenn die Schule schließt?«, fragte Saskia wenig zartfühlend.

»Das Wichtigste ist jetzt, dass wir Ellie und ihrer Familie die Information über den Zeitpunkt von Leviathans Plan zukommen lassen«, sagte Lottie. »Wir müssen sie warnen.«

Anastasia nickte zustimmend und zog ein Notizbuch hervor. »Ich habe mal ein paar Ideen gesammelt, wie –«

»He, Prinzessin«, rief in diesem Moment ein Conch-Schüler durch den Raum und zeigte auf den großen Fernseher an der Wand. »Deine Eltern sind im Fernsehen!«

Lottie wurde heiß. »Wie bitte?«

»Mach mal lauter!«, befahl Saskia, während Anastasia allen, die noch einen Mucks machten, tödliche Blicke zuwarf.

»Wir sind jetzt dem König und der Königin von Maradova live zugeschaltet, die eine wichtige offizielle Bekanntmachung angekündigt haben«, erklärte der Nachrichtensprecher, und dann waren tatsächlich König Alexander und Königin Matilde zu sehen, die auf ein Podium traten – beide in traditionellen maradovischen Königsgewändern mit Schärpen, die, wie Lottie wusste, nur bei wichtigen Anlässen getragen wurden.

»Nein!« Lotties Hals zog sich zusammen, als würde sie ertrinken. Hinter dem König und der Königin stand ein Mädchen in gleicher Aufmachung. »Ellie …« Der Name zuckte wie ein Schmerz durch ihren Kopf.

Lottie konnte sich kaum auf die Ansprache des Königs konzentrieren. Ihr Gehirn schaltete sich erst wieder ein, als Ellie aufs Podium trat.

»Der König hat das Podium nun einer jungen Frau überlassen«, erläuterte der Sprecher das Offensichtliche. *»Ich nehme an, dass sie als Nächste sprechen wird.«*

Mit stockendem Atem starrte Lottie Ellie an, die einen langen indigoblauen, mit Sternen bestickten Sarafan trug, der perfekt zu ihrer goldenen Schärpe passte. Das Gewand war bezaubernd und schien um Ellie herum zu schweben. Ihr Haar war mit einer halbmondförmigen Spange aufgesteckt, so dass ihr zarter Hals und ihr Porzellanteint besonders gut zur Geltung kamen. Sie war so schön, dass es weh tat – die perfekte Prinzessin.

Aber das alles war falsch. Ihre dunklen Augen blickten bedrückt zu Boden, denn das war nicht das, was sie wollte – sie hätte sich nie aus freien Stücken in dieser Aufmachung gezeigt. Lottie sehnte sich verzweifelt danach, sie zu befreien.

»Ist das nicht –«, setzte ein Schüler aus Conch an, doch Anastasia brachte ihn mit einem Zischen zum Schweigen.

Und dann begann Ellie zu sprechen.

Sie blickte entschlossen in die Menge, wild und schön zugleich, sie öffnete die dunklen Lippen, und ihre Stimme war fest und tief.

»Nach beinahe achtzehn Jahren hinter den Mauern des Palasts und unter dem Deckmantel der Täuschung stehe ich heute hier, vor

meinem Volk und der ganzen Welt, in der Hoffnung, von jetzt an eine starke und ehrliche Beziehung mit der Öffentlichkeit zu führen.«

Lottie hatte das Gefühl, dass die Welt um sie herum in Stücke brach, dass der kleine Vorsprung, auf dem sie Halt gefunden hatte, unter ihren Füßen wegbröckelte. Binah nahm ihre Hand und drückte sie.

»Die Entscheidung ist uns nicht leicht gefallen, aber wir haben es für das Beste gehalten, mir die Möglichkeit zu geben, ungestört zu lernen und zu wachsen, bis ich bereit war, diese große Verantwortung zu übernehmen.«

Anastasia tastete nach Lotties anderer Hand, und Saskia legte ihr eine Hand auf die Schulter. Alle warteten auf den unausweichlichen Schlag. Sie stützten Lottie, damit er sie nicht umwarf.

Gemeinsam blickten sie zu ihrer Freundin auf, einem Sturm von einer Prinzessin, eingesperrt in ihrem Turm.

Ellies Lippen auf dem Bildschirm zuckten, ihre Nase kräuselte sich, und Lottie sah, dass sie Angst hatte. Sie wollte nichts lieber, als sie retten. Ellie ließ den Blick über die Menge schweifen, holte tief Luft und sagte die Worte, die alles verändern würden:

»Ich bin die wahre Prinzessin von Maradova.«

Ende Buch vier

Nachwort

Von Beginn an war die Serie *Prinzessin undercover* als eine magische Flucht aus der realen Welt angelegt, als ein Märchenland, in dem außergewöhnliche und wundersame Dinge geschehen und Gut über Böse siegt. Ich wollte meinen Leserinnen und Lesern eine Geschichte schenken, in der die Schrecken unserer Welt nicht vorkommen und jede und jeder sich unabhängig von Herkunft und Vorlieben sicher fühlen kann.

Für die Cover meiner Bücher hat mein Verlag genau die richtige Künstlerin gefunden: Qing Han, eine junge Frau mit einem scharfen Sinn für Humor und einem unglaublichen Optimismus, deren Werke Millionen Menschen überall auf der Welt inspiriert haben. In ihrer Kunst hat sie ihre schwere Krankheit in Botschaften der Hoffnung verwandelt. Sie hat junge Frauen dargestellt, die Sterne in die Luft malen oder ganze Galaxien weinen. Sie hat sich ihrer Lage bemächtigt und Magie in unsere Welt gebracht. Was Qing für Rosewood getan hat, ist unermesslich, und ohne sie wäre die Geschichte nicht, was sie ist. Sie hat den Büchern die Aura des Wundersamen, Verheißungsvollen verliehen, die man spürt, sobald man eine Ausgabe in die Hand nimmt. Mit ihrer Kunst hat sie die Geschichte zum Leben erweckt.

Ich kann ihr nicht genug dafür danken, was sie für meine

Bücher getan hat, und ich weiß, dass gerade sie es wäre, die unsere Trauer über ihren Tod in etwas Schönes verwandeln könnte. Ohne sie wird Rosewood nie wieder sein, wie es war, aber ich hoffe, dass wir alle in ihrem Namen danach streben, ein bisschen Zauber in die Welt zu bringen.

Alle Bücher
der erfolgreichen Serie
für **Prinzessinnen** von heute!

Band 1: Geheimnisse
400 Seiten
ISBN 978-3-7373-4291-9

Band 2: Enthüllungen
416 Seiten
ISBN 978-3-7373-4138-7

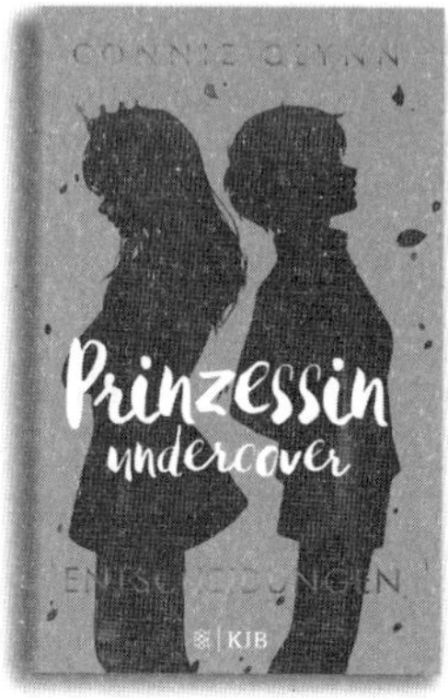

Band 3: Entscheidungen
384 Seiten
ISBN 978-3-7373-4167-7

Band 4: Hoffnungen
384 Seiten
ISBN 978-3-7373-4226-1

Band 5: Versprechen
336 Seiten
ISBN 978-3-7373-4291-9

Das gesamte Programm gibt es unter
www.fischerverlage.de

Das fulminante Finale der erfolgreichen Serie

Ellie ist eine rebellische Prinzessin, die ihre wahre Identität offengelegt hat. Lottie ist ihre Stellvertreterin und wünscht sich nichts mehr, als Ellie vor der Bedrohung durch die Geheimorganisation Leviathan zu bewahren. Jamie ist Ellies Leibwächter, der geschworen hat, die Prinzessin um jeden Preis zu beschützen. Doch das Schicksal hat sie auseinandergerissen, und es ist lange Zeit unsicher, ob sie sich jemals wiedersehen werden. Denn nicht nur die Krone von Maradova ist in großer Gefahr …

Connie Glynn
Prinzessin undercover
Versprechen
Band 5
Aus dem Englischen von Maren Illinger und Marlene Frucht
336 Seiten, gebunden

Alle Bücher von Connie Glynn

Habe ich *Wünsche ich mir*

	›Prinzessin undercover – Geheimnisse‹ (Band 1)	
	›Prinzessin undercover – Enthüllungen‹ (Band 2)	
	›Prinzessin undercover – Entscheidungen‹ (Band 3)	
	›Prinzessin undercover – Hoffnungen‹ (Band 4)	
	›Prinzessin undercover – Versprechen‹ (Band 5)	

Das gesamte Programm gibt es unter
www.fischerverlage.de

Deine Wunschliste bitte hier ausschneiden.